LE SOURIRE DE SARAH BERNHARDT

Écrivain et femme de théâtre, Anne Delbée a signé de nombreuses mises en scène : Schiller, Pirandello, Hugo... Dès son adolescence, passionnée par l'œuvre de Racine, elle n'a cessé de mettre en scène et d'interpréter elle-même ses tragédies, sans oublier *Les Plaideurs*, ce pamphlet inégalé sur la Justice. Son adaptation de *Phèdre* à la Comédie-Française en 1995 a été un triomphe. Fondatrice et animatrice, avec Jacques Fontaine, du théâtre Gô, elle a dirigé une cellule de création au Centre dramatique national d'Angers. Elle a été la première femme nommée à la tête d'un Centre national dramatique. Spécialiste de Claudel, dont elle connaît parfaitement l'univers, Anne Delbée a monté, notamment, *L'Échange* au Théâtre de la Ville, et a assumé les rencontres internationales de Brangues, à la suite de Jean-Louis Barrault. En 1982, son livre *Une femme, Camille Claudel* révèle l'existence de ce destin tragique. Elle a obtenu le Grand Prix 1983 des lectrices de *Elle*. Traduit en vingt-cinq langues, ce livre sort de l'oubli le nom et l'œuvre de l'élève géniale du sculpteur Auguste Rodin.
Anne Delbée est également l'auteur de *Elle qui traversa le monde* (1985), *Racine Roman* (1998) et *Danse !*.

Paru dans Le Livre de Poche :

Danse !
Racine, roman
Une femme

ANNE DELBÉE

Le Sourire de Sarah Bernhardt

FAYARD

À Émilie D.

Ne me secouez pas, je suis plein de larmes.
Henri CALET
(Notes trouvées après sa mort)

PRÉFACE

Diamant, glisse sur la joue du poète, Sarah Bernhardt l'exige ! Victor Hugo frémit dans l'obscurité et la solitude d'une loge mordorée en la maison de Molière. Son regard extasié a la fixité inquiétante d'un lion superbe et généreux. Ce soir-là la tragédienne auréolée, nimbée de lumière, offre à Doña Sol son âme tout entière. Elle embrase, incendie les planches de la Comédie-Française, et semble comme un martyr chrétien condamné au bûcher.

Rue Fortuny, le lendemain, à l'heure presque où elle s'envole pour le théâtre, une surprise l'arrête : en son hôtel à l'architecture très Gustave Doré, le poète lui fait livrer la petite pierre magique qui répand tant d'éclats, comme la surnomment les Anversois. Ce diamant en forme de goutte de pluie, embastillé dans un écrin en galuchat couleur grenouille, est escorté d'un mot : « Votre génie m'a arraché cette larme, qu'elle glisse désormais sur votre poitrine, précieux écrin de votre divin cœur (Victor Hugo). »

Le temps s'écoule. La tragédienne, dont la voix possède la perfection des stradivarius les plus recherchés, sert le génial auteur. Sublimement elle donne vie et mort à toutes les héroïnes hugoliennes, et du parterre au paradis ce ne sont que cris de joie, que bravos. Hugo, reconnaissant, pour lui témoigner sa fidélité, offre pour la seconde fois un présent historique. Mais celui-ci est beaucoup plus ambigu que le premier. Ce cadeau n'est plus tout à fait une tête humaine, et ne peut cependant pas encore être considéré comme un objet. C'est un crâne, don obligeant de l'Académie de médecine, dont la mâchoire est articulée par de petits crochets de cuivre. Hugo va transmuer cette chose et la hisser définitivement au statut d'œuvre d'art en traçant à la plume d'aigle trempée dans de l'encre de Chine couleur sang, de son illustre main, à l'arrière de cette boîte crânienne, un poème terrifiant et secret qui va procurer grand agrément au monstre sacré :

Squelette, qu'as-tu fait de l'âme ?
Lampe, qu'as-tu fait de la flamme ?
Cage déserte, qu'as-tu fait de ton bel oiseau qui chantait ?
Volcan, qu'as-tu fait de la lave ?
Qu'as-tu fait de ton maître, esclave ?

Là apparaît l'aspect phénoménal du mystère Sarah Bernhardt. Parce qu'après tant d'amnésie, de négligences, de confusion, après tant de désordres, seule encore elle nous reste, et inspire aujourd'hui les écrivains, telle une oasis rafraîchissante au milieu du désert. Sur Internet, les sites qui lui sont consacrés rivalisent d'audience avec ceux de Marilyn Monroe. Sacha Guitry répond en partie à cette énigme dans la pièce qu'il va écrire pour lui faire plaisir, mais qu'elle ne jouera pas, le domestique du maître annonçant à celui-ci : « Madame Sarah Bernhardt ne pourra pas jouer votre pièce, monsieur, elle est morte. »

Cette pièce a pour titre : *Un sujet de roman*. Avec elle, la boucle est bouclée, Sarah Bernhardt n'est plus, vive Sarah Bernhardt ! Cette femme détient pour l'éternité le secret de l'individualité hors normes, de la rebelle, de l'excentrique, de la différente, de la plus qu'originale, de ces êtres dont on ne sait pas au juste ce qu'ils sont, mais dont l'énoncé du nom fournit cependant l'exacte définition de l'art.

On ne sait pas comment Sarah Bernhardt est faite. Elle nous choque, nous donne des coups, nous transcende. Vamp ? Elle se défendait de cette image, car dans vamp il y a un vampire. Elle se blottit dans des cathèdres gothiques avec des airs d'innocence, et cet amalgame de sièges pieux où règne un démon possède un résultat parfait et magique.

Pile, ange blanc ; face, ange noir. Elle se divertit fort de cette balance. Elle interprète Jeanne d'Arc, mais se coiffe d'une chauve-souris, puis exige que l'on détruise le négatif dont les tirages, curieusement, perdurent jusqu'à nos jours. Elle se pâme en sainte Thérèse d'Avila, dans de profondes couches cruciformes de cristal piquées de glycine, habillée en mère abbesse qui aurait par désir de rédemption exigé des tuniques à traîne immense, très haute couture. Cependant elle pose, morte dans un cercueil, comme si on avait osé profaner sa sépulture, afin de lui plonger un pieu dans le cœur pour l'empêcher de déposer « quand même », selon sa devise, un baiser sanglant sur notre cou. Par ce cercueil elle veut nous faire comprendre sa répulsion névrotique de la mort. Il faut vivre... vivre... vite, car tout peut s'arrêter en une seconde. Cette terreur face à la fugacité de l'existence la fait sœur jumelle de Franz Kafka à qui elle ressemble presque trait pour trait. À les observer, on distingue ce même regard biblique, comme éternel. Jean Cocteau, qui la portait aux nues, avec Nijinski, aurait bien aimé qu'elle acceptât de traverser ses miroirs noirs. Comme Cocteau elle désirait savoir ce qu'il y avait après la mort, et pour qui l'on meurt. Elle rêvait d'arracher de ses mains embaguées ce rideau cramoisi qui décapite nos vies.

Anne Delbée, me semble-t-il, est proche de la compréhension de ces mystères. Elle possède les clés des appartements du boulevard Pereire, et là, dans le salon légendaire, lovées parmi d'immenses coussins et peaux de tigre, toutes deux rient et se font des confidences.

Dernièrement, une nuit de pleine lune, j'ai invoqué Sarah à travers la fumée des encens, elle est apparue et m'a dit : « Pourquoi la France ne m'a-t-elle pas accordé de funérailles nationales, moi qui ai été si souvent son ambassadrice ? Pourquoi n'ai-je pas mon médaillon sur la façade de la Comédie-Française aux côtés de mon glorieux ami, partenaire et amant Mounet-Sully ? Pourtant, il y a de la place à sa droite... Et n'ai-je pas apporté quelque gloire à la maison de Molière ? Pourquoi a-t-on retiré mon nom de la façade de mon théâtre pour le rebaptiser de ce nom on ne peut moins artistique de Théâtre de la Ville ? Pourquoi pas Théâtre du Carrefour ? Pourquoi tant de mépris mêlé d'ingratitude ?... »

À l'époque de Sarah Bernhardt, c'est-à-dire entre 1862 et 1923, les acteurs étaient des héros dans ce pays. On les appelait « monstres sacrés », « locomotives ». Ils tiraient les foules dans les théâtres. Avec le temps, insensiblement, on a mis ces locomotives à la casse, et aujourd'hui les rails me semblent bien vides, dans les théâtres, pour aller d'une idée ou d'un mythe à l'autre, d'un auteur à l'autre.

Toute sa vie et dans le monde entier, Sarah Bernhardt a brandi et agité frénétiquement l'étendard du théâtre. Dans ce livre, et pour notre plus grand bonheur, Anne Delbée reprend le flambeau. Elle rouvre les écuries royales où se trouve le chariot d'or rehaussé de lions, panthères, tigres à la gueule ouverte, tous crocs dehors, prêts à dévorer tout sur leur passage. Attention, Sarah Bernhardt va remonter une fois encore et pour nous les Champs-Élysées de son existence mythique ! Ce livre nous arrache des réalités d'un monde pour nous diriger vers l'Olympe grandiose de l'art théâtral, et j'en salue l'auteur d'une large et reconnaissante révérence.

Pierre SPIVAKOFF.

Jeudi 15 mars 1923

« C'est la nuit qu'il est beau de croire à la lumière... »

Sans cesse me reviennent des alexandrins, des répliques, des fragments de pièces, mais aussi des poèmes que je sais encore dans leur intégralité. Mieux que les médecins, ce sont eux qui m'ont soignée. Ils embaument ma mémoire au vrai sens du terme, comme, en cet instant, ce vers qui telle une étoile filante éclaire ma petite tête fatiguée. Depuis tout à l'heure, il ne cesse, à pas sonores, de trottiner dans mon cerveau :

« C'est la nuit qu'il est beau de croire... »

Je m'appelle Sarah Bernhardt et je vais mourir. Est-ce impie de dire que cela m'amuse ? Mais j'ai près de quatre-vingts ans. J'ai toujours eu beaucoup de joie à faire des farces. Celle-ci sera peut-être la dernière. Elle me rappelle celles que je faisais à mon pauvre Perrin, administrateur de la Comédie-Française. La fureur lui faisait ôter et remettre son chapeau quinze fois en quinze minutes, et ses cheveux bien lissés se hissaient sous cette galopade du gibus, ai-je raconté quelque part. J'ai eu autant de plaisir à le faire enrager qu'à raconter son affolement à mes amis. Peut-être aimé-je accomplir certaines choses rien que pour pouvoir les raconter après ? Ainsi je vis deux, trois, des dizaines de fois et autrement le même événement. Je joue sans cesse, j'aime rire, j'ai toujours pris la vie du bon côté... La sotte expression ! « Je te prends la vie », dit le meurtrier, et quel est le bon côté ? La vie m'a sauté au visage, joyeusement et tragiquement. Un bon paquet de mer bien salée ! Heureusement, j'adore le sel de la vie.

J'ai un rein très malade et sans doute bien d'autres tares. Sans oublier une jambe amputée, mais, à la place, je me suis greffé les ailes des poètes. La sueur recommence à perler à mes tempes où roulent allègrement des tambourins depuis un bon moment, assourdissant tous les autres sons. Une nouvelle crise d'urémie se prépare. Tant pis pour moi ! Les médecins m'ont interdit le sel alors que je n'ai cessé d'en vider de pleines salières sur les plats, jamais assez assaisonnés à mon goût. J'ai fait le même geste au-dessus de ma vie et, lorsque de bons amis me rapportaient les injures, les ragots, les horreurs colportés dans les journaux à mon sujet, je secouais mes cheveux rétifs et lançais à mon imprésario, le « terrible gentleman » :

— Mon cher Jarrett, rien ne tue que la mort !

Ainsi un nouveau voyage commence, et ce ne sera sans doute pas le dernier. Les yeux des agonisants m'ont toujours ouvert la voie de contrées infinies et j'espère bien aller y galoper joyeusement. Je suis si habituée aux départs ! J'ai parcouru le monde entier, mais, comme je le rétorquais à l'ignoble critique Benoît Jouvin, xénophobe et antisémite, qui doutait que je fusse française :

« Je suis française, monsieur, absolument française ! Si j'ai un accent, monsieur, mon accent est cosmopolite. Je suis fille de la grande race juive et mon langage un peu rude se ressent de nos pérégrinations forcées... »

L'imbécile ! J'avais traversé l'Océan, emportant mon rêve d'art en moi ! J'étais la fille de Minos et de Pasiphaé, mon aïeul s'appelait Jean Racine, j'avais la Révolution française pour grand-mère, et comme me l'avait écrit mon irremplaçable Rostand, je tenais entre mes mains d'Aiglon ce drapeau plein de sang dans le bas et de ciel dans le haut, baigné dans les espoirs du monde. La femme que j'étais avait eu Victor Hugo pour poète, pour amant et pour maître. Le grand proscrit s'était un jour agenouillé à mes pieds, m'enseignant à tout jamais *que « les mots sont les passants de l'âme ». Nous avions quarante ans de différence, mais dans un baiser –* bise de bocca ! *(j'avais vingt-huit ans, un matin de février !) –, il avait définitivement déposé en moi le goût doux et âcre de la Liberté.*

Mon cœur lisse ses ailes, impatient de s'envoler. Je ne pourrai le tenir en cage très longtemps encore. Le grand large s'insinue par toutes les lézardes de la vieille maison que je suis devenue. J'étouffe...

La tragédienne vient de remettre ses larges lunettes bleues qui protègent son célèbre regard, d'azur pâle aujourd'hui, indigo hier, vert d'eau dans le tumulte d'amour, tout à fait noir quand se lèvent les tempêtes de cette âme fière. Mr Leon Abrams, venu tout exprès d'Hollywood afin de proposer à la grande actrice le rôle titre de *La Voyante* dans le scénario de Sacha Guitry, s'inquiète. Il fait une chaleur inhumaine dans la pièce : lui-même a dû ôter son veston. Une lampe puissante, de la famille de celles qui éclairent la scène, vient d'éclater. Sarah Bernhardt est assise, si petite, si frêle qu'elle ressemble plus à une gosse des rues prête à se carapater ou bien à mordre. Ils ont peur qu'elle ne leur file entre les doigts. Quelques jours auparavant, Mr Abrams l'a trouvée couchée, mais elle l'a rassuré de cette voix cassante que, malheureusement, le cinéma d'alors ne restituerait même pas :

— Ce n'est qu'une grippe, monsieur, nous pourrons très vite commencer à tourner, mais peut-être serait-il plus sage de le faire boulevard Pereire, chez moi, si cela ne vous dérange pas ?

C'est ainsi qu'ils ont envahi l'atelier de Sarah Bernhardt, déplaçant les meubles, transformant peu à peu le désordre familier de la vieille dame en une sorte de bric-à-brac où se mêlent un décor évoquant le garni d'une tireuse de cartes, des tubes de mercure et des sunlights, une fenêtre en trompe-l'œil ouvrant sur un Montmartre peint à grands traits hâtifs. Elle n'a pas protesté. Tout cela, au contraire, a eu l'air de l'amuser !

Mr Abrams admire sa patience, lui qui ne cesse de s'agiter, enjambant à l'envers, à l'endroit, telle une mouche qui tricote de ses pattes, la trompeuse imitation du Sacré-Cœur. Il redoute les colères de l'illustre comédienne, toujours prête à renouer avec ses dix-sept ans, d'autant plus qu'il lui a assuré qu'elle n'aurait pas à se fatiguer durant le tournage.

Sois patiente, ma fille ! Le cinéma est un art en train de naître. Un nouveau film, à ton âge, cela ne se refuse pas, même si tu es trop à l'étroit, coincée sur ta petite chaise de tireuse de cartes. À la scène, j'aurais déjà lancé une grande talonnade à mon costume pour qu'il tournoie joliment autour de moi, et je serais partie faire quelques pas de l'autre côté de ce plateau. Je me suis toujours sentie libre, au théâtre, comme si l'air y était plus pur à respirer. « Rien de plus gai que cette ombre, rien de plus lumineux que ce noir », avais-je déclaré jadis à ma mère, venue me voir dans les coulisses de l'Odéon. J'entends encore son « Malheureuse enfant ! Comment peux-tu vivre là-dedans ? » Elle était repartie avec une mine dégoûtée. Mais peu importait ! Elle ne se souciait en vérité que de ma sœur Jeanne, ma cadette, la beauté de la famille ! Moi, j'étais laide. Toute la famille ne cessait de me le répéter, et voici que je tourne encore un film après des dizaines et des dizaines de rôles au théâtre !

« Tu n'arriveras jamais à rien dans la vie, ma pauvre enfant ! » se lamentait Maman. « Elle est bien trop maigre pour être actrice », ajoutait mon parrain Régis. « Tu es trop petite, et ta figure est aussi laide de près que de loin. Pourquoi t'obstiner ?... »

Je me suis obstinée, mais, assise comme une vieille dans ce décor, je me sens abandonnée, seule avec mes rêves trop grands. Avec qui d'ailleurs les partager ? Je vois des silhouettes s'affairer dans un brouillard triste, car mes yeux espèrent bientôt connaître les clartés d'une Phèdre délestée de son poids terrestre. Je sens mon maquillage trop épais couler le long de mes joues.

Mon masque humain commence heureusement à me quitter. Je redoute de m'affaisser et je me recueille encore plus qu'à l'ordinaire. Mais il ne faut pas qu'ils m'oublient, ici...

Quel dommage qu'on n'ait pas inventé le cinéma plus tôt. Quelle carrière j'aurais pu faire !

Un garçon de l'équipe éclate d'un rire frais. Il paraît que je suis mondialement célèbre, mais sans doute est-ce trop peu pour moi. Je cherche autre chose. Peut-être devrais-je à mon tour inventer un film, au lieu d'attendre stupidement les ordres d'un réalisateur que je trouve bien lent. Cher Mr Abrams, hâtez-vous de me fixer sur votre pellicule, car je suis en train de me dissoudre et vais finir par disparaître de ce monde visible !

Françoise vient de sauter sur mes genoux. Elle sent un parfum nouveau sur moi. Il a nom « Au-delà ». *Les bêtes ne se trompent pas. Elle me regarde de ses prunelles charbonneuses, et je redoute qu'elle ne se mette à manger mes manches de dentelle qu'elle s'est mise à agripper sérieusement. Françoise est une petite guenon qui joue dans le film avec Harry Baur et ma jeune amie Marie Marquet. Mon Dieu, elle commence à introduire son doigt crochu dans un trou de mon chemisier ! Je ris intérieurement en repensant au boa que j'avais rapporté d'Amérique du Sud jusqu'à Belle-Isle : gavé de nourriture, l'animal devait sommeiller de longs mois et j'avais répondu étourdiment à Jojotte, mon cher peintre Clairin, que je comptais l'utiliser pour reposer mes pieds. En réalité, un beau matin d'été, mon si joli boa s'était réveillé et avait dévoré un, puis trois, puis tous mes coussins, avant de se tourner vers moi. Le coup de revolver me sauva à temps.*

La vie ne se prend *donc du bon ou du mauvais côté que pour mourir d'une urémie ou dans la gueule d'un boa.*

Je ne suis pas sûre que je parviendrai à faire ce film. Il semble qu'un spectacle plus essentiel m'attende. J'entends l'appel de quelqu'un ; la voix est mélodieuse et parle de choses aussi graves que mystérieuses. Je devine les paroles de mon père : « Écoute, Sarah... Je t'emmènerai avec moi, bien loin, faire de beaux voyages... » J'ai à peine dix ans et suis prête à attendre son retour toute ma vie. Toute ma vie !

Je baisse mes paupières fatiguées d'avoir guetté son pas d'homme. Il est temps de sortir du jardin où Sarah a été abandonnée, me dis-je. Il y a si longtemps que plus personne ne m'a appelée « la petite Sarah »...

Dans l'aube brûlante qui noyait les contours de la terre, une haute silhouette avait accosté aux abords de la *Salute* dont seule la coupole parfaite illuminait le ciel de Venise à cette heure. Johann A., le vieil historien indocile, s'était dit que l'heure était venue de retrouver son premier et unique amour, « la petite Sarah ». Il avait fini par l'appeler ainsi tout en vieillissant, confondant peu à peu son image avec celle de Salomé, la petite princesse d'Oscar Wilde.

Chacun s'accordait à dire que le poète avait écrit ce texte pour Sarah Bernhardt elle-même. Malheureusement, malgré les répétitions commencées, la censure britannique avait interdit la pièce.

À Sarah Bernhardt
Hommage d'Oscar Wilde
Comme la princesse Salomé
Est belle ce soir !

Londres 1892.

Cette édition anglaise des *Poems* d'Oscar Wilde dédicacée à Sarah, Johann A. l'avait tenue entre les mains. Il avait lu et relu *Salomé*, imaginant la pâle princesse à ses côtés dans sa retraite d'historien et comme ce soir, elle redanserait une fois encore pour lui ; il était venu jusqu'ici pour que ce vœu se réalise.

« Elle ressemble au reflet d'une rose blanche dans un miroir d'argent. »

La lune commençait déjà à transfigurer Venise.

« Sans l'art, que serait la vie ? La science prolonge

la vie. Que serait celle-ci – manger, boire, dormir ? À quoi bon vivre plus longtemps s'il s'agit seulement de satisfaire aux obligations qui entretiennent la vie ? Sans le charme de l'art, tout cela n'est rien... »

Elle signe : SARAH BERNHARDT.

Johann A. rêve sans doute pour la dernière fois à celle qui dicta ces mots, il y a quelque cent ans. Il lui semble entendre sa voix : « la voix d'or », c'est ainsi qu'ils l'appelaient tous. Lentement, dans le silence de la nuit, ses paroles parviennent jusqu'à lui, et c'est une musique qui peu à peu se rapproche, l'invite irrésistiblement à la suivre, à passer de l'autre côté, à se redresser, à vivre enfin. Autrement.

« ... De tout temps le théâtre fut un enseignement et même un terrain de mouvement révolutionnaire artistique ; le théâtre est le porte-voix le plus direct des idées nouvelles, philosophiques, sociales, religieuses et morales. Ce siècle, qui semble devoir être l'ère des libertés, nous apportera sans doute bien des surprises, et c'est par le théâtre qu'elles nous seront d'abord présentées [...]. Le théâtre est un besoin de toutes les nations, de tous les peuples, de tous les êtres. Il faut aimer le théâtre... »

Johann repose *L'Art du théâtre* qu'elle a dicté à Mlle Gourgon, puis à Mme Normand. Cet *Art du théâtre* qu'elle n'a jamais pu achever...

« Apportez le fatras, chérie ! » lançait-elle à sa secrétaire afin de continuer à confier ses réflexions entre deux répétitions, deux tournées, quelques mois avant de mourir.

Assis dans le spacieux fauteuil qu'il a dessiné lui-même, Johann A. songe à cet être qu'il aurait pu aimer et auquel il a presque consacré sa vie, de même qu'aux tragédiennes qui l'ont précédée : Rachel, Adrienne Lecouvreur, la Champmeslé : ainsi les « Andromaque » retiennent-elles entre leurs doigts féminins le signe ultime d'une humanité qui lentement s'efface. Peut-être sont-elles les derniers témoins d'un temps où les dieux étaient les modèles des humains, et toute tragédienne qui descend les marches porte-t-elle sur le front la trace du baiser d'Homère ?

La vie de Sarah Bernhardt se déplace à l'intérieur de ce palais énigmatique où il s'enfonce de chambre en chambre de plus en plus secrètes, jusqu'à ce théâtre de velours rouge brodé de scintillements d'or où elle l'invite à pénétrer, l'attirant de sa voix inimitable.

Petit à petit, au fil des années, il a appris à parcourir et à imaginer ce palais sans en résoudre l'énigme : le sourire de Sarah.

Il y a peu de meubles dans la pièce où il travaille. Il guette son pas qu'il sait maintenant reconnaître. Au soir de sa vie, il attend qu'elle vienne le chercher une dernière fois pour l'emmener jusque dans ses chambres. Peut-être se tient-elle déjà, prête à entrer, comme hier, dans les coulisses de son théâtre ? Aura-t-elle son visage d'enfant ou de vieille dame malicieuse ? Ou retrouvera-t-il la jeune fille aux camélias, sérieuse, si maigre qu'elle attirait les humoristes et les caricaturistes ? Mais lui, maintenant que sa tête s'est couverte de neige, ne songe plus qu'au sourire.

Non loin de Johann A., une table de verre sur laquelle repose une plume ancienne, ciselée, occupe un coin de la pièce aux dallages nocturnes. Ici et là, de savants éclairages mêlés au halo des bougies nimbent le contour des rares objets. Une ottomane de soie bleutée et une sculpture, tête d'enfant au front levé vers le ciel, que le visiteur, s'il s'en présentait, reconnaîtrait aussitôt. Après avoir été un historien passionné, Johann A. est devenu l'amateur d'art le plus respecté, le plus jalousé de la place. Le tableau devant lequel il se tient comme un animal aux aguets, et qui capte son regard. Venise... Face à lui, la *Salute* émerge de l'eau sombre du Grand Canal. Ce tableau n'a pas de prix et l'acheteur, si permission lui était accordée de pénétrer jusqu'à ce sanctuaire, n'y déchiffrerait aucune signature. Peut-être a-t-il été peint par une main de génie au XVIIe siècle, mais Johann A. ne veut plus avoir affaire aux marchands. Il est trop tard pour eux.

C'est ce soir qu'elle lui a donné rendez-vous. Il le

sent parce que cela ressemble à Sarah, à ce sourire qu'elle a commencé de lui révéler, mise en confiance par toutes ces années de recherche qu'il lui a consacrées.

Johann A. écoute la nuit qui monte alentour et par laquelle il se laissera submerger avec délectation dès qu'elle lui aura tendu la main.

À son doigt, il porte en souvenir d'elle un anneau où il a fait graver le vers de Victor Hugo :

« Je tâte dans la nuit ce mur, l'éternité... »

Sarah Bernhardt et Victor Hugo, deux grands vivants face à face, deux amants fous – elle aurait pu être sa fille et même sa petite-fille, mais quelle importance : ces êtres-là n'ont pas d'âge lorsqu'ils font superbement l'amour, âme et corps mêlés ! Le vieux lion et la jeune rebelle, le siècle entier n'y suffirait pas... Ils sont l'éternité retrouvée vers laquelle Johann A. se lève.

Il repense à la jeune fille entrevue et qu'il avait eu envie d'amener jusqu'à cette salle retirée pour « regarder » le tableau. Elle avait souri de cet indicible sourire qu'il espérait, celui que devait arborer Béatrice lorsque Dante la découvrit, puis elle avait imperceptiblement déplacé d'un doigt léger, racé, le tableau en murmurant : « C'est souvent lorsque c'est très peu que ça se voit le plus ! » ; elle était repartie, laissant derrière elle un sillage lumineux qui, depuis, n'avait cessé d'obséder Johann A.

Reynaldo Hahn, musicien, grand ami de Sarah Bernhardt, écrivait à propos de son jeu théâtral :

« Il y a une imperceptible intonation, une variation que l'oreille a peine à suivre, mais qui est tout un monde de distinction et de race. C'est le point qui marque la barrière entre la simple technique et le talent supérieur – le centimètre qui, dans *La Création de l'homme* de Michel-Ange, met un espace infini entre le doigt d'Adam et celui de Dieu... »

Johann A. sent son cœur tout à coup primesautier lui échapper : les tambours de Violetta, la *Dame aux camélias*, résonnent au creux de sa poitrine. Il s'est redressé, le chant de Verdi s'élève, il marche vers le tableau et entend la voix :

« *In me rinasce*. Je me reprends à vivre... Ô joie ! *O gioa...* »

Il sent le souffle sur son visage, il reconnaît le visage et se rappelle les phrases du fils de Rostand :

« Il y avait deux êtres en Sarah : un être extraordinairement viril et un être extrêmement féminin ; elle était en somme le couple réuni en un seul être, elle-même Tristan et Yseult... »

Le vent s'engouffre dans la *Salute*, déjà elle lui prend la main et la porte à ses lèvres. Aveugle, il parcourt la peinture mais sous ses doigts hésitants la couleur respire, et peu à peu affleure l'ineffable. Tel est le sourire de Sarah : une expression qui tient à une infime différence. Mais dans cet infini réside tout l'art du théâtre, de la peinture, de la musique... Et de l'amour.

L'ultime dialogue entre Sarah Bernhardt et Johann A. peut commencer. Entre l'historien et la tragédienne, même un coup de foudre peut avoir lieu.

La princesse aux yeux d'ambre commence sa danse, il entend la Voix :

« J'étais chaste, tu as rempli mes veines de feu... Si tu m'avais regardée, tu m'aurais aimée. Je sais bien que tu m'aurais aimée... »

Tout au loin, Johann A. distingue avec amusement le jeune homme qu'il a été et qu'un jour, une très vieille dame malicieuse, appelée Sarah Bernhardt, a séduit pour toujours...

Johann est un chercheur, encore très jeune, agrégé d'histoire qui cache derrière des lunettes des yeux gris-bleu de rebelle rêveur.

Il prépare une thèse qu'il ne rendra peut-être jamais sur les tragédiennes.

Ce soir, il commence à refaire connaissance avec Sarah Bernhardt, qui meurt au début du XXe siècle.

Il a consigné toutes ses notes dans des cahiers qu'il a appelés : « Les Cahiers d'Andromaque ». Son écriture serrée, minuscule, les protège mieux que n'importe quel coffre-fort.

Il reprend ses feuilles encore blanches dans une nuit déjà bien avancée. Le magnifique cahier rouge qu'il a fait relier et qui contient tout ce qu'il trouve sur Sarah attend. Cette pourpre en fusion sied bien à la tragédienne de feu dont Jules Renard, pourtant peu enclin à l'admiration, disait qu'elle était jolie comme un sourire d'enfant alors qu'il la croyait laide, et qui finalement s'écriait : « Oui, oui, finissons-en : Sarah c'est le Génie. Elle me remet droit comme la foudre. »

La foudre ! L'historien ébauche un air sceptique, moqueur, et consulte avec calme ses notes.

Déjà dans sa bibliothèque s'entassent un cahier blanc, celui d'Andromaque, un vert pour la Du Parc, un or pour la Champmeslé... Parfois, les yeux fatigués, il caresse ses reliures, qui sont devenues ses plus précieux joyaux.

Il relit l'article de Théophile Gautier du 10 janvier 1862. L'année où Sarah commence précisément à faire son apparition et où la disparition de Rachel marque l'absence de la tragédie.

« La salle était comble lorsque Mlle Rachel jouait Phèdre, Camille, Pauline et toutes les belles héroïnes auxquelles elle donnait l'art de la vie.

« La tragédie semble avoir aujourd'hui perdu sur le public une grande partie de son action... Elle attire peu le monde, et la volonté de ne pas laisser tomber en désuétude un genre qui a été une des gloires de la langue française la maintient seule au répertoire. Est-ce bien la faute à la tragédie ?

« L'art de dire le vers sérieux s'oublie de jour en jour, et il faut encourager les jeunes talents qui s'y dévouent et s'essaient à ces rôles consacrés où se développent toutes les passions de l'âme... »

« Les passions de l'âme » ! Qu'est-ce que cela veut dire aujourd'hui ?

Le jeune homme contemple le ciel nocturne de la Ville, troué par le phare de la tour Eiffel qui semble à chacun de ses passages venir balayer sa table. L'historien songe que Paris aime décidément ses tragédiennes : la Champmeslé, Adrienne Lecouvreur, Rachel, enfin Sarah... Aucune autre capitale au monde ne pourrait s'enorgueillir de posséder de telles reines. Demain, le XXIe siècle commence et Paris, ce soir, est un bien bel amant à captiver.

Johann habite seul avec sa mère, donne quelques cours et retourne aussitôt retrouver ces femmes qui, depuis l'Antiquité, s'empoignent à la Tragédie. À ses yeux, Andromaque est un symbole : sensuelle, maternelle, audacieuse, semblable à un animal sauvage qui ne se laisse jamais tout à fait apprivoiser, il lui a dédicacé toute sa recherche.

Cette femme, son enfant dans les bras, jetée dans les pires horreurs de la guerre, et qui se dresse, fière, en haut des murailles de Troie, devient plus réelle que celles qu'il côtoie ici ou là.

Il se demande si au XXIe siècle, une actrice reprendra cette dimension historique.

Pourtant, jamais peut-être le monde n'a été plus tragique, sur l'écran de télévision de sa mère, une petite dame discrète près de laquelle il dîne chaque soir ; fleurissent aux quatre coins de la terre des Andromaque noires, indiennes, arabes ou juives...

À relire les critiques, l'interprétation d'Andromaque par Sarah était unique :

« Son Andromaque a quelque chose qui suggère la tige brisée et la tête baissée d'une fleur brutalement arrachée », écrit Henry James.

Ce rôle lui amena la consécration. « Dans *Andromaque* elle fut une veuve, une veuve tendre..., faible, cherchant protection : elle y transporta sa modernité. Elle eut un triomphe », écrit Gustave Kahn.

Johann a refermé le beau cahier bleu consacré à Rachel sur cette lettre d'elle – l'une des dernières que l'actrice ait écrites de la Vallée des Rois où, déjà malade, elle s'était fait transporter :

« ... Du bas des Pyramides, je contemple vingt siècles évanouis dans les sables. Ah, mon ami, comme je vois ici le néant des tragédiens ! Je me croyais pyramidale et je reconnais que je ne suis qu'une ombre qui passe... qui a passé. Je suis venue ici pour recouvrer la vie qui m'échappe et je ne vois que la mort autour de moi. Quand on a été aimée à Paris, il faut mourir...

J'écris ceci sans bien savoir ce que je dis, mais je sèche l'encre avec la poussière des reines d'Égypte !

C'est ce qu'il y a de plus éloquent dans mon billet.

Celle qui s'en va,

Rachel. »

Ainsi Johann salue une dernière fois celle qui s'en est allée, ce 3 janvier 1858 à onze heures du soir : « Elle nous dit d'un geste un suprême adieu que ses lèvres ne pouvaient plus prononcer... » « Le sourire semblait errer sur ses lèvres », écrit le médecin.

L'une s'en va, l'autre apparaît. Et Johann, l'historien, doit assurer cette continuité, raconter sans émotion. Il ne s'agit pas d'une mort, mais d'une date, comme celle sur laquelle il se penche maintenant.

« Le 11 août 1862, une jeune actrice pénètre sur le plateau de la Comédie-Française dans le rôle de l'Iphigénie de Jean Racine. Elle est saisie d'un trac épouvantable et c'est à peine si elle parvient à tenir jusqu'à la fin de la pièce. Elle vient de sortir du Conservatoire et s'appelle Sarah Bernhardt... »

Sarah Bernhardt est née.

Pour la première fois, il trouve surprenant qu'on s'intéresse davantage à l'endroit où une personne est née qu'au lieu où elle est enterrée. Pourquoi sa mère, ce soir, lui a récité ce poème, avec un drôle d'air moqueur à l'égard de son fils acharné au travail.

« J'écris pour que le jour où je ne serai plus
On sache comme l'air et le plaisir m'ont plu »

Elle s'était arrêtée devant le tableau de Venise hérité de son père, et il avait remarqué la lumière sur son visage. Il avait repris la suite du poème avec elle.

« Et qu'un jeune homme alors lisant ce que j'écris
Sentant pour moi son cœur ému, troublé, surpris,
Ayant tout oublié des épouses réelles,
M'accueille dans son âme et me préfère à elles. »

Dans le coin de la pièce, le tableau de Clairin reproduit, agrandi, où Sarah Bernhardt semble se retourner pour lui faire signe, flamboie.

La reine de *Ruy Blas* l'attend. Il l'entend :

« Jamais à mon oreille un mot d'amour ne vibre
Aujourd'hui je suis ruiné. Autrefois j'étais libre. »

15 mars, suite du film...

L'air surchauffé de la pièce dépose une buée sur mes lunettes, ou est-ce une espèce de lassitude qui pleuvine silencieusement ? De toute façon, j'ai toujours eu l'impression que les humains vivaient dans un décor de carton-pâte plus ou moins réaliste mais dont il fallait s'échapper pour trouver le Beau.

« Au théâtre, le naturel, c'est bien. Le sublime, c'est tout de même mieux ! » disais-je à mes amis après avoir assisté à des productions de moins en moins habitées par la poésie. Enfant, j'avais rêvé d'être religieuse. Adolescente, je rencontrai le théâtre. Au soir de ma vie, je pressens qu'enfin obsédée par le dépassement du jeu, l'enfant mystique et l'actrice, qui se préparent à mourir tout à l'heure, viennent de se réconcilier.

J'attends l'heure de me délester du réel.

Un réel qui, pour l'heure, laisse beaucoup à désirer. Tout est agitation autour de moi. Les câbles électriques courent sous mes pieds comme des serpents qu'on a dérangés. J'aperçois Raymond Agnel, juché sur une échelle, qui semble en pleine discussion avec l'autre opérateur, Alphonse Gibory. Lorsque je lève la tête, je distingue trois visages marqués par l'inquiétude : les Anges de lumière, sans doute, qui, à mon humble avis, ont quelques problèmes avec l'installation électrique. M. René Duval, l'ingénieur, me paraît fort agacé. Il a tort : ma patience est à toute épreuve, contrairement aux bruits que l'on colporte. Surtout si le travail est en cause. D'autant plus que, cette fois, l'éternité commence à dérégler toutes nos horloges... Et voici le directeur technique, Henri Ménessier, qui vérifie... les nuages ! Car il paraît qu'il y aura des « projetés de nuages » pendant les prises de vues, pour troubler le ciel gris au-dessus de Montmartre. Pour l'instant, je me réchauffe aux soleils artificiels qu'alimente le courant de la ville et qui, peu à peu, sont en train de me faire fondre.

Je sens mon corps s'évanouir. Lentement, lentement, la vie s'en va comme l'eau déborde d'un vase trop plein. Peut-être ce corps n'était-il qu'un simulacre de cire rose, comme le faux nez de Martel lorsqu'il jouait avec moi à la Comédie-Française ? Brave Martel ! S'il avait su qu'au moment de mourir je penserais à lui et à son faux appendice nasal !

La vie ? Le théâtre ? Trop d'éclairage, et le matériau ne résiste plus. Je suis en train de me brûler le bout des ailes à cette lumière qui, tout là-bas, m'attire et m'aspire à grande vitesse. Une goutte de cire perle déjà à mon menton au-dessus du haut col de dentelle.

— Qu'est-ce qui vous faisait sourire, *Great* ? demande Lysiane qui vient de s'approcher de sa grand-mère.

Ils n'ont pas encore tourné. Cela risque de durer un moment.

— Un drôle de souvenir, Liseron. Je crois que j'ai le temps de te le raconter. Entre deux prises de vues, je pourrais presque refaire une tournée en Amérique !

— Vous êtes incroyable. Vous ne pouvez pas tenir en place. Vous savez comment on vous appelle ?

— Le « Mouvement perpétuel ! », « Mademoiselle Révolte ! » ou le « Petit Tas de cendres ! », la « Zimboum-boum ! », le « Petit Bâton surmonté d'une éponge ! », quand ce n'est pas « la Vieille ! » ou « la Vieille Folle ! », ce que je préfère encore. C'est à cause de cette folie, Liseron, que j'ai longtemps vécu de très belles choses et que je n'ai jamais cessé d'être blâmée. Un jour que je m'énervais avec Perrin de tout ce qu'on me reprochait – trop mince ! trop de cheveux ! –, je lui ai suggéré de me faire raser la tête et de prendre de l'arsenic pour gonfler comme un tonneau, et il m'a répondu d'un ton calme : « Ma chère enfant, il y a des gens ni gras, ni maigres, ni rasés, ni chevelus, et qui répondent par oui et par non. »

Great éclate de ce rire d'enfant irrésistible qui entraîne sa petite-fille à se croire autorisée à le partager.

— Tu vois, Liseron, j'avais tantôt du trop, tantôt du trop peu. Je ne connaissais pas la moyenne. Et je sentais qu'il n'y aurait rien à faire à cela. Je ne pouvais pas, comme Martel, m'allonger l'âme avec de la cire...

— Qu'est-ce encore que cette histoire ?

— Martel était un comédien qui jouait Théramène lorsque j'ai interprété *Phèdre* pour la première fois. Tu sais que, lorsqu'une représentation se prépare, je peux me mettre à pleurer comme une gamine ou me repoudrer jusqu'à en être aveuglée et même étouffée. Curieusement, le cinéma, tu vois, ne me cause pas ce trac-là. C'est que la scène de théâtre est d'une démesure incomparable. Et puis il ne s'agit pas de recoller les scènes après qu'elles ont été jouées. Une pièce avance à la vitesse de la vie réelle ; une fois le rideau tombé, il n'y a plus rien à corriger. Tout est dit, et « le reste est silence », comme le murmure Hamlet au moment de mourir. Je vais te confier quelque chose : je crois que le cinéma est un art trop petit pour moi.

— Et Martel ? demande Lysiane qui connaît déjà l'histoire, racontée dans les *Mémoires*, mais qui adore entendre *Great* raconter.

La guenon a passé ses bras autour du cou de l'actrice.

— Constatant mon trac, chacun est accouru pour me soutenir, craignant qu'au dernier moment je m'évanouisse de peur. Déjà Mounet, mon fou de Mounet-Sully se tient auprès de moi. Qu'il était beau ! ajoute la vieille dame, rêveuse. C'était un cyclone ! « J'ai fait un rêve, me lance-t-il d'une voix tonitruante. Nous jouions *Phèdre* et j'étais sifflé, hué ! Mes rêves se réalisent toujours à l'envers, dit-il dans un rire : nous allons remporter un immense succès ! » Mais cela ne me rassure qu'à moitié. Je regarde néanmoins mon Hippolyte avec gratitude et dévotion. Le trac me serre la gorge de plus en plus fort lorsque Martel surgit sur le seuil de ma loge. Alors...

La vieille dame recommence à être ébranlée tout entière par le fou rire qui l'a reprise. Les accès d'hilarité de Sarah sont légendaires.

— Tu vois ! Je n'ai jamais pu résister au comique. J'en pleure encore ! Martel n'a pas pu achever son nez...

— Comment cela ?

— Je savais que, chaque soir, il se confectionnait un faux nez, mais quand j'ai vu ce visage tout gris avec un bout de cire rose prolongeant d'un demi-centimètre son véritable appendice, j'ai été prise d'un rire si fort et inextinguible qu'il m'a détendu les cordes vocales. Quelque temps auparavant, ce nez avait fondu devant moi au cours d'une représentation... tropicale de *Zaïre* ! Je lui soufflais tout bas : « Ton nez ! Ton nez ! » Il n'entendait rien. Soudain, cet idiot y porte vivement la main et l'aplatit. Le public était plié en deux. Moi, j'étais furieuse ! Il suffit de si peu pour être dans l'impossibilité de se hisser au niveau de la tragédie. Un rien peut vous faire tout quitter, et le dieu ne revient plus vous visiter.

La tragédienne ôte ses lunettes ; son regard est devenu presque blanc.

Lysiane la laisse. Elle a appris à respecter les silences de sa grand-mère.

— Lysiane !

— Oui, *Great*, répond la jeune femme.

— Passe-moi vite mon poudrier. Je sens que j'ai le trac. Un trac épouvantable. Je vais en mourir !

— Mais non, *Great*, ce n'est que du cinéma !

— C'est encore pire, cette fois-ci.

Émile, le fidèle secrétaire, se précipite, apporte le sac de l'actrice. Il ne pourra vivre sans elle. Cela fait quarante ans que cela dure et, depuis ce matin, il la guette, prêt à intervenir, à la leur reprendre, car il sent qu'elle ne va pas bien.

J'entends le public murmurer derrière le rideau. Mais je n'allais pas dire à ma Liseron quelle représentation se préparait pour moi.

Non, ce n'est pas le cinéma qui m'impressionne... Simplement, je ne pouvais pas attendre la mort les bras croisés sans rien faire. Et lorsque Mr Abrams est venu me proposer La Voyante, *j'ai su que c'était le Ciel qui me faisait signe. J'ai toujours cru aux coïncidences. Cette* Voyante *m'aiderait à accueillir le seul avenir qui me reste : la Mort. Maurice, mes petites-filles, Émile, chacun s'est récrié. Je devais me reposer, j'avais eu de graves alertes, etc. Je leur ai répondu que je tournerais quand même.* « Quand même » *est ma chère devise, elle m'a permis d'échapper depuis toute petite à toute discussion. Lorsque je prononce* « Quand même », *personne n'ose plus rien dire, sachant que ce serait en vain.*

« Je vous ai fait un projet de contrat, m'avait glissé à l'oreille Mr Abrams.

— Je vais gagner des ors ! » avais-je lancé avec fierté.

Je n'ai jamais pu résister à un contrat. J'ai appris à en respecter les termes – enfin, pas toujours ! Peut-être est-ce la seule chose qui m'ait empêché de laisser la vie me glisser des doigts, de vouloir toujours partir ailleurs. J'aime le travail et j'ai grand besoin d'argent. Il faut que je continue jusqu'au bout à gagner ma vie, même si je sens depuis un instant que les enchères viennent de commencer. L'enjeu principal, c'est-à-dire moi, est mis à prix. Il me suffit d'observer leur regard à tous, autour de ma vieille carcasse : est-ce qu'elle sera capable de terminer La Voyante *? Puis ils vendront tout, peu à peu. J'ai toujours vécu au-dessus de mes moyens, mais l'argent, en cela, est semblable au temps : je n'en aurai jamais eu assez. Les uns s'ennuient à longueur de journées, d'autres ne voient pas les heures passer, et cinq minutes d'amour peuvent receler une éternité de souvenirs.*

L'argent ! Je me rappelle encore Liane de Pougy qui

confiait un jour qu'elle se faisait payer un quart d'heure de fausses tendresses quinze mille francs-or. Comment, après cela, croire au sérieux des affaires et du commerce ? Il n'y a qu'au théâtre que le public n'est pas trompé et ne trompe pas. Eux et moi avons toujours payé comptant. Instant irremplaçable du baisser de rideau :

> *« Et la mort à mes yeux dérobant la clarté*
> *Rend au jour qu'il souillait toute sa pureté. »*

Ces deux derniers vers de Phèdre *me faisaient agoniser d'angoisse. Imaginez-vous auprès de la personne qui vous est la plus chère au monde. Voici qu'elle est en train de mourir, et vous n'entendez pas les paroles qu'elle prononce. Jamais plus vous ne saurez ce qu'elle vous a dit. Jamais plus... J'avais si peur de mal prononcer ces ultimes vers, de ne pas être à la hauteur ! Ma vie entière tenait à ces deux alexandrins qui ouvraient au public l'accès à l'éternité racinienne.*

Aujourd'hui, c'est mon tour de me présenter devant les grandes portes de l'Au-delà. J'ai répété cela toute ma vie mais Dieu entendra-t-Il ma voix ?

Je ferme les yeux. À quoi bon penser à l'après-moi ? Il y aura vente ! Ils vendront tout peu à peu ! Même ce portrait de Rachel sur son lit de mort que je contemplais, tard dans la nuit, lorsque, épuisée, je rentrais du théâtre et écoutais enfin le silence.

Pour ce qui est de la gloire !, je la connais, je l'ai même interprétée, la Gloire !

> *« Ceux que j'aime avant tout, ce sont les cœurs qui doutent. »*

Voilà : je ne me souviens même plus des vers. Je tâtonne entre les murs opaques de ma mémoire.

> *« Que m'importent les temps, les honneurs, les musées !...*
> *Une pâleur divine est mon premier halo*
> *Parfois j'efface un roi mais j'écoute un sanglot ! »*

La gloire ! Une vieille actrice ensevelie sous les lauriers et qui s'efface. « Qu'est-ce au juste que la gloire d'une comédienne ? » disais-je l'autre fois au jeune Pierre Frondaie qui m'écoutait comme s'il avait rencontré un dieu vivant. « La gloire d'une comédienne ? Deux générations ! Dans cinquante ans, personne ne parlera plus de moi ! »

Vite ! me repoudrer le nez ! Le trac m'empoigne. Dans la glace, j'aperçois encore Pierre qui me regarde avec tristesse de là-bas, de cette Terre que je suis en train de quitter. Peut-être demain se souviendra-t-on moins de moi que de lui qui aura écrit de si merveilleuses choses.

Voici qu'ils essaient encore de régler une lumière sur ce bizarre Sacré-Cœur. Je m'amuse : j'ai l'impression d'être devenue un oiseau qui volette au-dessus d'eux et les regarde de haut. Sans doute mon âme a-t-elle déjà entamé le grand voyage.

« Eh bien, tant pis ! Mourir aujourd'hui, demain ou dans vingt ans, c'est toujours tout à l'heure ! »

— *Great*, qu'est-ce que tu marmonnes ?

— Rien du tout, Maurice. Je pensais à un rôle.

— Tu ne sais donc pas te reposer !

> « Eh bien, le repos absolu pour moi sera la mort, car je ne vis que parce que j'oublie, et je n'oublie que parce que je me dédouble chaque soir et que j'endosse, en même temps que mon costume, une autre âme... »

Maurice a repris le texte à sa mère. Il hésite, elle reprend :

> — « ... un autre cerveau, une autre personnalité... »

— Je n'aimais pas quand tu jouais Adrienne Lecouvreur. Surtout la fin...

— J'ai passé mon temps à mourir. Ce n'est pas grave.

Ils éclatent d'un rire complice. Elle saisit la main de son fils avec une certaine violence.

— Mon tout ! Mon Mauriçou !

L'homme s'assied de l'autre côté de la table. Le fils

et la mère... Liseron regarde son père et sa grand-mère avec tendresse. Ils n'ont plus d'âge, lorsqu'ils sont ensemble.

— Oui, mais je n'aimais pas la mort d'Adrienne. Cela pouvait durer des heures, avec toi. C'était insoutenable. Sans compter que tu t'évanouissais parfois encore après, dans ta loge. Cela commençait à l'instant où Adrienne, sentant le poison faire son effet, se met à rejouer *Phèdre*. Je ne supportais plus de te voir...

— Vrai ? De fait, c'était terrible. Mes nerfs, tendus à craquer. Une épouvantable agonie. Après les applaudissements, j'éprouvais comme une espèce d'anémie cérébrale. Ma circulation s'arrêtait. Mes mains et mes pieds devenaient glacés. Personne ne peut deviner le travail de la tragédie ; ça vous sculpte drôlement le cœur !

— Par contre, j'attendais toujours l'acte III avec plaisir. Quand tu t'avançais dans ton magnifique costume et que tu lançais ton « Eh bien, tant pis ! Mourir aujourd'hui, demain... », c'était...

Maurice s'arrête, se trouble, la regarde ; l'angoisse l'a saisi. Il remarque le visage trop fatigué, la sueur qui trace de longues traînées dans la poudre épaisse sur les traits de celle qu'il n'a jamais pu quitter.

— ... ou dans vingt ans, complète Sarah. Ne t'inquiète pas : je t'ai dit que j'irais au-delà des cent ans prévus. Cela me donne une grande joie malicieuse rien qu'à penser au déplaisir de mes ennemis. Te souviens-tu de ma colère, lors de mon dernier voyage en Amérique, en voyant qu'ils avaient titré : « Sarah Bernhardt, la plus vieille femme du monde, arrive aujourd'hui à New York » ? Je n'avais que soixante-douze ans ! J'ai crié à mon nouvel imprésario, cet imbécile de Connor : « À cent trois ans, je leur montrerai ce que c'est qu'une vieille femme ! »

— J'espère que tu ne vas pas encore nous entreprendre un voyage...

Devant la grimace espiègle de l'actrice, son fils s'inquiète.

— Ne te fais pas de souci. Je le ferai pour m'amuser ! Simplement pour m'amuser.

— Tu dis toujours cela. C'est ainsi que tu as accepté ce film qui t'épuise. « Pour m'amuser ! » m'as-tu dit aussi, et on te fait attendre des heures dans cette chaleur... Parfois, on dirait que rien ne t'atteint.

— Tu te trompes ! Toi, mes petites-filles, ceux que j'aime sont et ont toujours été mes premiers soucis. Le reste, tu sais... Gambetta, Gladstone, Morny, Edison, des rois aux empereurs, j'ai connu tant de gens, tant d'événements que cela a fini par me rendre paisible. Qu'est-ce qui a résisté ? Mon art. Le théâtre ! Grâce aux poètes, j'ai côtoyé presque chaque jour les dieux. Et puis, avouons-le : je n'aime pas m'ennuyer... À jouer à mourir, Maurice, j'ai aussi appris à jouer à vivre.

Mon fils m'appelle. J'ai eu un éblouissement de bonheur en le regardant... J'étais dans la victoria. Les chevaux qui trottent. J'ai dix-neuf ans et sens sur mon cœur une rose qu'un prince charmant m'a offerte la veille au soir durant le bal. Il est beau, beau comme mon fils aujourd'hui. Je porte le mouchoir à mes lèvres ; le fin mouchoir brodé du Prince exhale un parfum qui trouble ma mémoire encore ce soir. Il y a si longtemps. Qu'importe ! L'amour est toujours à recommencer. Je crois à ses paroles et j'ai raison puisqu'aujourd'hui – soixante ans plus tard – j'ai près de moi ce fils qui me regarde avec les mêmes yeux.

« Il avait votre port, vos yeux, votre langage... »

Rejouer Phèdre *une seule fois encore... La déclaration d'amour. Ne plus savoir si l'on a quatre-vingts ou dix-neuf ans. Je commence à comprendre : j'ai pénétré à mon tour au royaume du Minotaure, dans le labyrinthe de la mémoire où je me perds, je me perds...*

pe
d
p

en
dé

Johann A. scrute intensément la photographie de la petite Sarah près de sa mère. Elle porte un manteau long qui laisse apercevoir des pieds menus chaussés d'escarpins féminins. L'enfant arbore un coquet chapeau accordé au plissé qui entoure son cou. Un détail retient l'attention de l'historien : la fillette a glissé sa main gauche dans son habit, à la manière de Napoléon. Sur ce cliché, elle peut avoir sept à dix ans, et elle défie l'objectif d'un regard fier. La mère a posé son bras autour des épaules de sa fille et la couve d'un air à la fois protecteur et légèrement condescendant. Mais la petite n'a nul besoin de cette ombre à côté d'elle. Johann devine qu'elle aurait préféré poser seule.

Elle se tient très droite, et, par certains côtés, ressemble à ces enfants-soldats au regard grave, déjà accaparés par leur jeune destin ; mais vient se mêler à cet air volontaire et farouche une coquetterie, un raffinement insolites. Le chapeau est surmonté d'un nœud qui dessine une sorte de haute couronne au-dessus du fin visage.

En contemplant cette photographie, sans doute l'une des toutes premières de Sarah, Johann songe au portrait d'un autre enfant que la tragédienne a tant interprété et qui est devenu un symbole : l'Aiglon. Elle aussi semble en exil, comme ces gosses d'aujourd'hui fraîchement débarqués, immigrés.

La fillette le fascine. Elle est venue hanter ses rêves, jusqu'à le sortir de son découragement, stimuler sa solitude de brasseur d'archives. Elle l'attend, autoritaire, exigeant de lui une réponse.

Il a parfois envie de céder au charme de ces yeux étranges qui l'appellent de l'autre côté du miroir, car cela fait tant d'années que Sarah n'est plus !

En face, il y a l'autre, la vieille dame qui ne le regarde pas, qui ne l'invite même pas, qui n'en finit pas de l'ignorer. L'œil est lointain, le cœur a découvert un autre exil.

15 mars 1923 : Sarah Bernhardt est photographiée pour la dernière fois dans *La Voyante*. Dans quelques instants, elle va s'écrouler. Commencera son agonie. Il lui reste dix jours à vivre. À quoi pense-t-elle, le menton entre ses belles mains auxquelles la dentelle ajoute deux ailes blanches repliées autour des poignets ?

Qu'est-ce au juste qu'une vie ? pense le jeune Johann. Il tient maintenant les deux photographies, une dans chaque main. Et c'est tout un théâtre qui se lève entre ses doigts. Son théâtre à elle ! D'un côté le jardin, de l'autre la cour. Les deux côtés de la scène, et, au-delà, les coulisses comme un gris purgatoire. Johann hésite. Va-t-il choisir la naissance, côté jardin ? Va-t-il choisir la mort, côté cour ? Vaut-il mieux naître ? Vaut-il mieux ressusciter ? 184... ou 1923 ? Saura-t-il même la date exacte de cette naissance : 1841, 1842, 1844 ? Quelle main prendre pour s'engager dans le labyrinthe de Sarah : la main fraîche de l'enfant ou celle, sèche, de l'Oracle ? Qui lira pour lui dans ces cieux vers quoi déjà se lèvent les yeux de la tragédienne aveuglés par trop de lumière ? Celle qui s'apprête à vivre, ou celle qui s'apprête à mourir ? Phèdre peut avoir dix ou soixante-quinze ans au royaume de nos amours en allées.

Tel un fauve cherchant sa proie, l'orage se met à gronder à l'entour de la pièce où Johann travaille. Il est seul et c'est comme si la grande actrice venait d'expirer il y a quelques minutes à peine, ou comme s'il attendait quelque majestueuse naissance. Son enfant ? Celle qu'il appellera Sarah, dont il va bientôt transcrire l'acte de baptême ?

Les machines continuent à bourdonner, là-bas, dans chaque pays. Pourtant, les photos épinglées au mur, la multitude des documents assemblés sur la table attestent que quelqu'un qui s'appelle Sarah Bernhardt a bien traversé ce monde, déposant l'écho de sa voix quelque part entre ciel et terre.

Cette voix, la « voix d'or », voici qu'il en perçoit l'appel au fond de sa mémoire. C'est une voix de théâtre, c'est-à-dire qu'aucun disque, aucun écho ne saurait la retranscrire, et pas davantage un ordinateur ! C'est la voix de Quelqu'un.

Ce quelqu'un avait un corps, un cœur et une voix unique, des gestes, des regards, un parfum, un rire et des âges divers – dix-huit, cinquante-deux ans... –, des mouvements des cheveux, des pieds et des mains qui savaient s'accorder à la démesure de ce cœur et aux scansions de cette voix.

Qu'importent les années, les siècles ! Connus ou ordinaires, les êtres nous couvrent indéfiniment de leur ombre, se dit le jeune homme. Mais qui a imprimé leurs pas dans nos réminiscences familières, semblables à ceux d'un être que nous aurions nous-mêmes côtoyé ? Voici qu'une silhouette se lève à nouveau à cause d'un geste ébauché, d'un rire perçu, de la fumée plus dense d'une cheminée, d'une rose odorante offerte, et on se sent frôlé par le doigt disparu, la lèvre qui murmure à l'oreille une question.

Johann sait qu'il lui faut répondre dès ce soir à cet ineffable baiser qui s'attarde sur ses propres lèvres et qu'elle est venue y déposer par effraction tandis qu'il dînait en toute quiétude avec sa mère.

La pluie s'impatiente contre les vitres ; il a allumé sa lampe. Voici le moment où l'être qui hante les corridors entre l'ici et l'ailleurs de son esprit parvient d'une seule poussée à déverrouiller sa porte :

« Je m'appelle Sarah Bernhardt. Je m'appelle Sarah Bernhardt... Allons ! » dit-elle.

Allons, il est temps d'embarquer, comme le troubadour Joffroy Rudel et les simples marins à la recherche de la Princesse lointaine, la Dame du Poète :

« Oui, je suis partisan des aventures hautes !
Et près de celle-ci, que sont les Argonautes ? »

Johann songe à ces vers d'Edmond Rostand avant de replonger dans le grouillement de ses notes, des dates et des faits. Il lui semble entendre la voix tremblante du poète apportant sa pièce en cette année 1895 :

« Car c'est chose divine
D'aimer lorsqu'on devine
Rêve, invente, imagine
À peine...
Le seul rêve intéresse
Vivre sans rêve, qu'est-ce ?
Et j'aime la Princesse
Lointaine ! »

Ainsi Sarah lui propose un voyage au royaume de la poésie, mais lui, l'historien, a-t-il le droit de s'y engager ? Il se sent prêt à risquer toutes les tempêtes pour la rejoindre. Sans elle, il lui semble que la nef de l'humanité, secouée en tous sens par le zapping, se fracasserait dans l'eau noire où s'engloutit chaque jour un peu plus un monde en proie à la maladie d'Alzheimer en dépit des sondages et des calculs.

Il faut oser comme elle a osé ! Quitter les rivages trop piétinés d'une Comédie trop française pour se lancer à l'assaut de tous les théâtres du monde, subjuguant les princes comme les cow-boys, jouant pour les pauvres comme pour les riches, déclamant devant des milliers de prisonniers comme pour le cercle fermé des Tuileries, au seul service, partout et toujours, de la poésie !

S'il n'obéit pas à cet ordre secret, parviendra-t-il jusqu'à elle qui, telle une reine Christine à la proue du navire, s'apprête à le quitter ? Il hésite encore, mais nul ne peut espérer rencontrer Sarah s'il n'est décidé à tout perdre comme elle.

« Je vous donne entièrement *La Princesse lointaine*, que j'ai écrite pour vous – écrit le jeune Rostand de vingt-six ans – et qu'il me sera une immense joie de vous voir jouer. Je suis votre admirateur passionné et respectueux. »

L'actrice a cinquante ans. Elle est adulée, reconnue, son entourage le lui déconseille, mais elle relève quand même le défi. Car telle est sa devise : *Quand même !*

« La pièce ne fera peut-être pas un sou, mais ça m'est égal. Je la trouve superbe. Une artiste ne peut pas ne pas monter *La Princesse lointaine* ! »

La pièce sera un échec. Sarah y laissera deux cent mille francs (aujourd'hui plus de trois millions de francs), mais peut-être sans cela Edmond Rostand n'aurait-il pas écrit deux ans plus tard *Cyrano de Bergerac*. Ainsi va l'histoire.

> « ... Car tout rayon qui filtre d'idéal
> Est autant de gagné dans l'âme sur le mal...
> Je vois dans tout but noble un but plus noble poindre ;
> Car lorsqu'on eut un rêve on n'en prend pas un moindre. »

Dès lors Johann, l'historien, retient sa respiration, regarde ce monde qu'il risque peu à peu de délaisser malgré tous les repères qu'il a soigneusement accumulés : articles de journaux, livres, écrits de toutes sortes, photos, disques, films... Il décide de rejoindre cette étrange enfant à l'allure napoléonienne et aux yeux de chat qui a inscrit au fronton d'un théâtre ce beau nom de femme : SARAH BERNHARDT, qu'un jour d'Occupation une *Kommandantur* a arraché avec l'aide d'un conseiller français qui s'appelait Levillain !

Pourtant, à la mort de la tragédienne, lorsque tous ses biens furent vendus, la presse publia un communiqué du Conseil de Paris déclarant que « le Théâtre municipal de la place du Châtelet continuerait de s'appeler *Théâtre Sarah-Bernhardt* aussi longtemps que la Ville en resterait propriétaire ».

On a, depuis, remis son nom, mais en association avec l'autre, comme si le seul nom de Sarah Bernhardt n'était pas suffisant. Des mains incultes un jour l'effaceront définitivement, se demandant le genre exact de ce nom rajouté, exigeant de surcroît d'être entretenu. Il suffira d'une lettre qui commence à se détacher et s'en aller – sera-ce le « t » que Sarah faisait entendre lorsqu'elle prononçait son nom ? Le « t » comme Théâtre, ou l'accent circonflexe de ce mot qu'elle agrandissait volontiers ? Alors tout sera dit, l'inculture aura eu partie liée avec la violence. Il n'y aura plus d'accents trop visibles ni de lettres en surnombre.

> « Ô vous qu'étonne mon printemps d'éternité
> J'ai la jeunesse des chefs-d'œuvre et de l'amour
> On me nomme Sarah mais je suis la beauté... »

Elle dit « Saint-Pol Roux » qui lui rend hommage et Johann pose alors ses mains sur le cahier qui a pour titre *Sarah Bernhardt*. Il est temps d'inaugurer le théâtre de celle qu'on appelait aussi « Mademoiselle Révolte », contre tous les Levillain du monde. Il est temps d'entrer en résistance, de soulever la dalle funéraire comme on ouvre un livre.

Son cœur bat maintenant très vite. Elle va se dresser, pénétrer dans la pièce avec la soudaineté d'un coup de théâtre. Johann guette son pas, le son de cette voix unique qui l'appelle. Une voix qui s'est réincarnée, inconnue encore des simples mortels. De quelle coulisse va-t-elle surgir ?

Johann ferme les yeux et c'est comme s'il était assis dans un théâtre. Il respire déjà le parfum d'ambre. Son souffle fait frissonner la tenture, et le crépitement de la pluie n'est-il pas plutôt celui des applaudissements qui la précèdent ?

L'orage roule en coups sourds, semblables à ceux du brigadier d'un régisseur annonçant le lever du lourd velours rouge.

Dans l'éclat de la page encore vide que la tragédienne va transfigurer, convoquant une mémoire de plusieurs siècles, le rideau sanglant d'une humanité millénaire commence avec lenteur à frissonner. Déjà s'avancent dans l'arène antique ses premiers protecteurs, l'altière silhouette d'Eschyle tenant par les épaules Jean Racine, les voici ! Ils surgissent des fumigènes de notre quotidien. Déjà le plateau entier s'ébranle, pareil au pont du gigantesque vaisseau qui entame son voyage à la poursuite de la Princesse lointaine. Les voiles claquent, les étendards des poètes sont hissés, les tambours roulent, tous les projecteurs convergent vers un seul point. Johann s'accroche aux lignes sombres tracées à travers le néant des pages. C'est alors que le silence tonne, recouvrant tout de son poudroiement vermeil :

« Je meurs... Je meurs. Ah ! nous nous figurions
Que la vague immobile et lourde des sillons
Ne laissait rien flotter ! Mais les plaines racontent
Et la terre, ce soir, a des morts qui remontent... »

Johann a perçu les intonations de la tragédienne à travers l'énigmatique distance. La voix de Sarah tout à l'heure sur le disque était une voix morte. À présent elle emplit la pièce. Le dieu ne pouvait le visiter que par le dédale de l'écriture.

« Je fais souvent ce rêve étrange et pénétrant
D'une femme inconnue et que j'aime et qui m'aime...
Son regard est pareil au regard des statues
Et pour sa voix lointaine, et calme, et grave, elle a
L'inflexion des voix chères qui se sont tues. »

Johann songe à ce poème de Verlaine : mais elle, Sarah, n'a pas disparu. Elle lui fait face tout à coup, mi-femme, mi-homme, dressée sur sa table, ses longues jambes au secret du fourreau masculin de bottes noires, habillée du large manteau aux parements autrichiens. Le jeune homme a vingt ans ; l'actrice, elle, cinquante-six ou soixante, peut-être, si l'on prête attention aux incertitudes concernant la naissance. Est-ce que cela change quelque chose ? Qui est le plus vrai, en cet instant : l'Aiglon qu'elle interprète ou le bébé né de mère juive et de père inconnu qu'elle n'est plus ?

Johann se laisse à rêver : il imagine Judith, la future mère de Sarah, débarquant en France. C'est peut-être le soir, le bateau est parti la veille d'Angleterre. Elle est accompagnée d'une de ses sœurs. Les deux jeunes filles fuient leur père, ou plutôt cette belle-mère trop grande – presque deux mètres – qui déjà occupe de toute son encombrante personne la place poétique laissée par la vraie maman. Un beau marin, trop frisé peut-être, observe l'aînée (Sarah, des trois filles de Judith, chacune d'un père différent, aura été la seule à posséder cette chevelure rebelle). Judith et Rosine accostent, le quai étranger grouille de ceux qui se reconnaissent, mais le marin – est-ce un officier ? s'appelle-t-il Morel ? peut-être a-t-il déjà embrassé Judith durant la traversée ? – protège les deux jeunes filles. Il connaît Le Havre. Le père est-il ce riche armateur que certains historiens évoquent ? La mère possède-t-elle une fabrique ? Nul ne le saura, mais Judith a un visage de madone, et des cheveux qui lui coulent jusqu'aux chevilles, et ce jour-là le marin – si c'est lui – en tombe éperdument amoureux. Elle est musicienne, les jeunes Bernhardt savent coudre, elles se débrouillent. Lui, l'homme, le rêveur de rêves, toujours prêt à s'embarquer, se perd dans l'ombre des cils de Judith et invente avec elle une enfant, cette petite fille qui portera le nom de Sarah. Grâce à elle il osera définitivement fuir. Fuir Le Havre ! Dire non à la soupe autour de la table ! Tourner le dos aux arrangements feutrés des familles. Bientôt, par-delà la mère, c'est l'enfant qui ravit tout son cœur – son enfant, sa sève à lui qui coule dans Sarah, son effervescence déposée en une seconde d'éternité dans ce corps. Il vient la retrouver jusqu'à Paris.

« Je t'emmènerai avec moi, bien loin... » murmure-t-il au bébé.

Sarah lourde d'un secret d'homme. Ce père inconnu, à jamais elle en connaît la blessure, et jamais elle ne le reniera, fût-ce contre toutes les modes, les facilités, les désillusions. Ainsi elle déploiera pour ces hommes d'infinis voyages au long cours pour tenter de guérir leur plaie originelle. Elle deviendra la « Voix d'or » au nom de tous ces pères inconnus qui disparaissent, qui se taisent et meurent sans un baiser de leur enfant perdu. Romance enfouie en elle dans un moment d'amour sans prix. En elle le dieu déguisé en homme s'amuse à donner naissance à l'enfant inspiré qui s'appellera Sarah Bernhardt.

« Être quelqu'un, écrit-elle bien des années plus tard, je voulus cela... Je fus encore assez longtemps avec mon âme enfantine, mais mon cerveau perçut plus nettement la vie... »

Le dieu s'éveille, il s'incarne, ravissant l'âme de la créature qui l'héberge.

« Mais je définissais mal, alors, quel était le sentiment qui m'imposait ce désir... », conclut-elle en écrivant ses *Mémoires*.

Johann connaît tant de détails, du trivial au sublime, mais, face à cette photographie de l'actrice incarnant l'Aiglon, le 15 mars 1900, pour la première fois, il a envie de se mettre à genoux, ainsi que le fit Hugo au soir d'*Hernani*, il y a plus de cent ans, et de lui redire les mots du poète :

> « Madame,
>
> Vous avez été grande et charmante ; vous m'avez ému, moi le vieux combattant, et, à un certain moment, pendant que le public attendri et enchanté par vous applaudissait, j'ai pleuré. Cette larme que vous avez fait couler est à vous, et je la mets à vos pieds.
>
> Victor Hugo. »

Un écrin accompagnait le mot, renfermant une petite chaîne d'or et un diamant en forme de goutte d'eau.

Formidable époque où des titans du Verbe s'agenouillaient aux pieds des tragédiennes !

Que sont à côté les anecdotes, les ragots, les caprices, les colères, les extravagances – comme cette idée folle de posséder un cercueil où s'immobiliser dans un profond silence, voire de se faire greffer sur les reins une queue de tigre !

« Ça m'aurait tant amusée ! À certains moments, confie-t-elle à Reynaldo Hahn, je l'aurais laissée tranquillement sous ma robe, mais au contraire, dans les moments de colère ou de gaieté, je l'aurais relevée fièrement et elle aurait retroussé ma traîne comme une épée ! »

Les dieux sont bien tels qu'elle-même en équilibre

entre bête et homme, entre ange et démon, entre sexe et art. Jupiter lui-même n'a-t-il pas revêtu maintes formes, du cygne au taureau ?

Sarah n'est pas de l'espèce commune, mais faut-il pour cela l'exiler, la rapatrier, et dans quel pays ? la dénoncer à la vindicte ? Est-ce que l'objectivité est forcément synonyme de dérision, d'incroyance, est-ce qu'il faut additionner les détails les plus croustillants, quitte même à les inventer si l'intéressée s'en défend ?

« Le seul défaut que je n'ai jamais eu et que je ne pourrai jamais avoir, c'est la vulgarité. »

Faut-il à tout prix assaisonner le portrait d'un nuage de méchanceté, voire de mépris, pour bien montrer que l'historien n'est pas dupe et ne cède pas à sa subjectivité ?

« Pietà, gran Dio, di me... »

Elle implore, demande pitié, cette Dévoyée, face à ces hommes qui la soufflettent, des années après, en débaptisant son théâtre à moitié.

C'est une jeune fille, maintenant, qui se relève dans sa robe noire, si sage, son jabot de dentelle blanche éclairée par de larges camélias roses et rouges. Sur la photo, Johann se perd dans la contemplation de cette jeune femme sage, pudique, mais chez qui se lit une détermination de conquérant, celle d'un Aiglon.

« Empereur ?... Moi ?... Demain ?...
J'ai vingt ans et je vais régner !... »

D'autres vers montent encore jusqu'à lui :

« Ah ! je la sens ce soir assez vaste, mon âme,
Pour qu'un peuple y vienne prier.
Il me semble que j'ai pour âme Notre-Dame !... »

Toutes ses photos sont si diverses... Elle ne ressemble à personne, pas même à elle-même. Tour à tour vieillarde dans Rome vaincue, elle devient jeune homme à soixante ans, courtisane ou sainte à trente, Marie-Antoinette aussi bien que Cléopâtre ; elle est le théâtre entier, infini miroir de cette humanité dont elle emprunte la voix.

Que choisir pour commencer ? Une naissance très approximative, une vieille dame qui chancelle, ce 15 mars 1923, ou bien, à équidistance de ces deux pôles, un jeune Aiglon qui inaugure son théâtre en même temps que le siècle, ce 15 mars 1900... ?

Johann tend la main à la jeune fille qui depuis un moment le défie. Il est prêt à se perdre dans ce Labyrinthe dont elle détient entre ses doigts d'un passant adolescent le fil, telle une invisible rose qu'il respire, enivrante, décidé à la suivre dans l'énigmatique palais de l'Architecte, père des vols cassés d'Icare, gardien des impudeurs du Minotaure.

Sous le halo de sa lampe, elle l'attend, impatiente, cette petite sœur, jeune Phèdre qui l'entraîne, l'attire de sa voix :

« L'amour m'en eût d'abord inspiré la pensée
C'est moi, Prince, c'est moi dont l'utile secours
Vous eût du Labyrinthe enseigné les détours... »

Johann saisit cette plume noire et impudique et commence à tracer avec application la chronologie.

Une chose pour commencer ? Une manœuvre [illegible] approximative, une [illegible] qu'[illegible] [illegible] [illegible] [illegible] [illegible] [illegible] [illegible] [illegible] [illegible] [illegible] [illegible] [illegible] [illegible] [illegible]

[illegible] [illegible] qui [illegible] [illegible] [illegible] [illegible] [illegible] [illegible]

[illegible] [illegible] qui [illegible] [illegible] [illegible] [illegible] [illegible] [illegible] [illegible] [illegible] [illegible]

[illegible] [illegible] de [illegible] [illegible] [illegible] [illegible] qui [illegible] [illegible] [illegible]

[illegible] [illegible] [illegible] [illegible] [illegible]

[illegible] [illegible] [illegible] [illegible] [illegible]

[illegible] [illegible] [illegible] [illegible] [illegible]

[illegible] [illegible] [illegible] [illegible] [illegible] [illegible] [illegible]

—

— Je pensais à autre chose.

— Oui, cela [illegible]

[illegible] [illegible] [illegible] [illegible] [illegible] [illegible] [illegible] [illegible] [illegible] [illegible] [illegible] [illegible] [illegible] modeste [illegible] [illegible] [illegible] place [illegible] [illegible] [illegible] grimaces [illegible] [illegible] [illegible] deux [illegible] [illegible] [illegible] filles [illegible] [illegible] [illegible] la loi [illegible] [illegible] [illegible]

15 mars, « On tourne »

— *Great*, tu m’entends ?

Je serre un peu plus la main de Maurice. Il a les doigts longs, racés, admirables. Comme jadis ceux de son père. Son père ? Les chevaux disparaissent dans la brume du matin. Déjà je n’entends plus leurs sabots. Maurice est là, la douceur de ma vie, le plus cher de mes plaisirs. Mon bonheur ! Ma joie ! Ma vie ! Mon tout ! Mon plus cher que tout ! « La seule chose naturelle qu’ait jamais faite Sarah Bernhardt », disent mes ennemis. Les idiots ! Ils ne m’ont pas vue, durant le siège de Paris, en 70, puis au cours de la Commune, au chevet des blessés, ou à faire face au manque de nourriture... Nous n’avions même plus le temps de nous coiffer.

— Je pensais à Mme Lambquin.

— Qui cela ?

— Mme Lambquin, une actrice qui jouait les duègnes à l’Odéon... Toutes les deux, nous avons tenu l’ambulance au Théâtre de l’Odéon... J’aurai vu deux guerres. Quelle horreur !... Et le petit Toto. Pourquoi je me rappelle tout cela aujourd’hui ? Il s’appelait Victor : un petit aide-infirmier, une drôle de frimousse. Il était descendu chercher un médicament, place Médicis. J’étais à la fenêtre. Il me faisait des grimaces. Et plus rien : un obus l’avait coupé en deux... Il y a des images que je n’oublierai jamais. Elles n’en rendent le bonheur que plus précieux. Tu es là, toi, tu es là, près de moi.

J'aurais tout quitté pour mon enfant. Pour me retrouver à sa hauteur, la hauteur de l'enfance... J'ai tâché d'élever mon art jusqu'à cette exigence : celle de l'innocence. Cela m'aura pris quatre-vingts ans. Bientôt je vais enfin pouvoir entrer en scène. Mon pied frémit déjà. C'est pourquoi le trac ne cesse de me gagner. Je tremble de froid, maintenant. Ainsi cela m'arrive à moi aussi, quand même ! Quand même : *la devise que j'ai fait graver sur mon papier à lettres, broder sur mes oreillers et surtout inscrire dans mon cœur. Ainsi je meurs quand même ! La* Voyante *a tiré les cartes. Je viens de retourner le Roi. Le Roi de cœur...*

— *Quand même*, Mauriçou ! dit-elle en lui faisant un clin d'œil.

Il sourit à ma formule familière. Cela veut dire que, malgré toutes les peurs, les recommandations, les objurgations, je le ferai quand même. *Il se penche par-dessus la table, dépose un baiser sur mon front.*

— *Quand même !* Tu es l'homme le plus beau de ta génération, lui murmure-t-elle.

Il sait que j'ai repris la lutte. Je le retiens un instant.

— Nous avons toujours le même âge, *Great*, me souffle-t-il.

C'est grâce à lui que je suis devenue une grande tragédienne. Ne pas le décevoir ! Gagner de l'argent pour lui, pour qu'il reste le Prince qu'il porte en lui. Je tâcherai encore ce soir de bien jouer jusqu'au bout, avec panache. Question de dignité. Près de ce jeune homme distingué penché vers sa mère, je sais que je mourrai en paix. Il est devenu mon public le plus exigeant.

— Quelle nouvelle pièce imagines-tu encore ?
— L'histoire d'un enfant.

Je sens déjà l'odeur des planches chauffées à blanc – cette odeur très particulière, je la reconnais, je la hume ! Elle sépare mieux qu'un mur les coulisses de la scène. Bientôt je vais apparaître, quitte à en mourir. J'entrevois la lumière du plateau. Il est temps d'être à la hauteur des plus grandes : Champmeslé, Rachel, mes sœurs qui m'attendent. Il va se passer quelque chose, le canon gronde dans mon cœur.
— Qu'est-ce que je fais ?
Ma voix me paraît déjà sourde, lointaine.

— On tourne !

Où est passée ma « voix d'or » ? Il est vrai qu'ici, je n'en ai plus besoin. Mais je meurs, sans ma voix ! Je me suis toujours demandé d'où elle venait, la voix, en quelle mystérieuse contrée nous allons en puiser le flot. Or voici maintenant qu'il se dissipe et tarit. J'ai beau hurler, hurler, personne ne m'entend. C'est l'atroce mort qui m'a saisie. Je suis l'Aiglon. Je suis devenue ce Prince de Reichstag qui donne des ordres et que nul n'écoute, ce petit colonel dont tout le monde se moque, ce jeune homme blond qui ressemble à mon fils, que j'ai joué, que je n'ai que trop joué. Je suis lui *dans le brouillard glacé, exilé de tous mes pays – Juif, Autrichien, issu de la Révolution française –* Allons, enfants... *– j'ai dix ans – mais le jour de gloire tarde et la nuit est sans fin – une eau froide dévale entre mes omoplates – je crie des* Halte ! Front ! Alignement ! *que de vagues silhouettes ignorent – je suis devenue ce jeune homme vierge de tout amour.*
— Père !
J'ai entendu ! La lourde porte se referme. Je crie dans la nuit opaque qui m'engloutit inexorablement. Je hurle, me retourne.
Il se tient, massif, dans l'embrasure de la porte de

ma chambre, mais je n'arrive pas à bien distinguer ses traits. Sa silhouette se découpe dans le rai trop blanc. Je suis dans mon lit, ma chemise de nuit trempée d'angoisse. Je veux qu'il m'emporte. Il est à portée de main, je sens son odeur – d'écume, de cuir, de gazon écrasé... *Non, ceci est* L'Aiglon, *mais les mots des poètes ont définitivement modelé mes lèvres et le poison du théâtre ne cesse de couler dans mes veines. J'ai la voix de Tosca, la toux de Marguerite, les mains de Phèdre, la virginité de Frantz ; mon cerveau est celui de Hamlet, ma luxure s'appelle Lorenzaccio, mes rêves sont ceux d'un empereur...*

— Père !

L'homme me regarde et se tait. Il me rassure, comme ces fauves que j'espérais garder chez moi, au scandale de tous. Mon cher Scarpia, ce lion magnifique que j'ai fini par redonner à Gidel, le dompteur. Qui est cet homme ? Je sais qu'il m'aime et moi, j'attends son retour depuis si longtemps !

Un jour, il m'a tenue sur ses genoux. C'était une fin d'après-midi, le soleil nous isolait tous deux, le jardin était gorgé d'une pluie qui n'avait cessé de tomber depuis mon réveil. Autour de nous rôdait le parfum des fleurs, des herbes, et cela devenait insoutenable, comme une lente déchirure qui ne cessait de s'agrandir. Je comprenais qu'il allait me quitter et je m'accrochais désespérément à cette odeur d'homme, de grand large et d'insoumission. Sa voix basse, sourde, pénétrait tout mon corps :

« Écoute, Sarah, je t'emmènerai avec moi. »

La voix de mon père, semblable aux accords d'alto dans La Traviata *lorsque le jeu terrible des hommes commence à tourbillonner autour de Marguerite...*

Ils s'approchent, me touchent, me vendent, m'achètent. Lui seul pourrait me protéger. Je suis seule – seule.

« Il me souvient d'un homme
Qui me serrait très fort sur une étoile. Et comme
Il serrait, je sentais en pleurant de frayeur
L'étoile en diamants qui m'entrait dans le cœur... »

Est-ce à moi que pensait le poète lorsqu'il écrivit L'Aiglon *? Peut-être mon père, entre-temps, a-t-il pris peu à peu le visage de Napoléon ? Celui de Sainte-Hélène. Je n'ai que trop tardé. Il faut que je le retrouve avant qu'il meure, seul, abandonné de tous, sans son enfant. Je dois leur échapper. Il m'attend !*

Père !

— Coupez !

La tragédienne vient de s'effondrer. Son beau regard est fermé, invisible à la caméra.

— Docteur ! crie Mr Abrams.

Le Dr Marot enjambe le Sacré-Cœur, chacun s'affole. Il faut la transporter sur le divan, à côté.

Non, personne ne me retiendra. De quoi se mêle cet employé qui vient de me poser la main sur le bras pour l'empêcher de s'élancer ?

— Mais bâillonnez-le donc !

J'ai retrouvé ma voix : celle de Théodora. Je suis une impératrice.

Je ne peux souffrir que l'on me touche, qu'on veuille m'arrêter. Mon cœur bat et je vois rouge ! Aucune force au monde ne pourra me contraindre à rester invisible dans cette coulisse aussi grise et anodine qu'un purgatoire. Je veux être élue ! Je suis une artiste !

Très loin, quelqu'un a dit : « Mme Sarah Bernhardt est en train de mourir. »

Le film est arrêté.

Johann s'arrête de recopier les actes qui, çà et là, se recoupent, même si les orthographes changent parfois quelque peu. Il rêve un moment à ces deux sœurs, jeunes et séduisantes, qui débarquent un jour au Havre, puis se remet à aligner des notes au sujet du père de Sarah.

Père de Sarah : On a émis des hypothèses sur un officier de marine, ou un armateur du nom de Morel. Sarah ne révéla jamais son vrai nom. Il semble qu'elle l'ait connu. Dans ses *Mémoires*, elle évoque sa voix, sa mort, le portrait qu'elle gardait dans son appartement, qui brûla, l'héritage qu'il lui aura laissé. Elle narre l'épisode où il décida de la changer d'école et vint la chercher à Paris pour la conduire à Versailles :

« Mon père vint chez ma tante Rosine qui habitait alors 6, rue de la Chaussée-d'Antin. Il était lié avec Rossini qui, lui, habitait au nº 4.

« Mon père était beau comme un dieu. Et je le regardais avec fierté. Je le connaissais peu, le voyant rarement. Mais je l'aimais pour sa voix charmeuse, ses gestes doux et lents. Il en imposait un peu... »

Il semble que la belle-famille n'ait pas apprécié du tout la liaison avec cette Youle.

Judith devenue Youle (à la manière hollandaise), artiste musicienne, et couturière ou modiste, va donner le jour à Sarah.

Johann repose sa plume. Sarah disait toujours qu'elle était de père français : un Havrais, comme de nombreux témoignages l'indiquent. Ne va-t-elle d'ailleurs pas, aux moments difficiles de sa vie, s'enfermer à Sainte-Adresse, près du Havre ?

Jusqu'à sa disparition, survenue trop tôt, ce père va donc se soucier de son enfant et la faire élever dans la foi catholique ; il lui laissera même un héritage...

Ce matin même, le jeune homme a reçu du Havre l'acte de naissance d'une petite fille nommée Élise Fanni Bernhardt, née le 13 mars 1840, de père inconnu. À sa stupeur, l'un des témoins, qui a signé, s'appelle Morel : sa belle écriture est celle d'un homme sûrement éduqué.

Morel. Morel, armateur... ?

Un historien a-t-il le droit de rêver ? Morel, le nom ne cesse de trotter dans la tête de Johann. Parfois, un scientifique trouve la formule qu'il cherche au terme d'un dur labeur. Johann, lui, laisse sa pensée musarder. Où a-t-il déjà vu ce nom ? Quelqu'un qui, lui aussi, était armateur, comme le père présumé de Sarah... Alexandre Dumas !

Il se lève d'un bond, va rechercher son *Monte-Cristo*. Dumas, qu'elle a rencontré adolescente. Dumas qui empêchera la jeune fille de se suicider, dont elle créera le rôle d'Anne, dans *Kean*, à l'Odéon. Alexandre Dumas qui ne la quittera jamais vraiment.

Il feuillette fébrilement le début de *Monte-Cristo*. Voici Morel, l'armateur, qui confie ses bateaux à Edmond Dantès. Morel, le propriétaire du *Pharaon*. Dumas a écrit le roman en 1844 : année de la naissance de Sarah !

Mais si Sarah était née trois ans ou même un an plus tôt, comme le laisse supposer Maurice Rostand ? Alors la fillette aurait vu le jour au Havre le cœur déjà envahi par le grand large, les voyages que faisait ce père.

Johann recherche le document de l'hôtel Frascati dans son dossier consacré au Havre. L'hôtel où, plus tard, Sarah descendra au retour de sa tournée triomphale en Amérique. Ce palace, où l'on pouvait, dès 1839, rencontrer aussi bien Victor Hugo, Balzac qu'Alexandre

Dumas. Deauville n'existait pas encore et Le Havre voyait défiler le Tout-Paris. Jusqu'en 1874. L'impératrice Sissi, qui voyage incognito, occupe quasiment tout l'hôtel cette année-là.

Il relit l'article de *La Revue du Havre* de 1840, c'est-à-dire l'année où la mère de Sarah, demi-mondaine, habitait avec sa sœur la station balnéaire : « La bienfaisance, on la côtoyait hier au jardin des bains Frascati. On la heurtait en bottes vernies et en gants beurre frais ; de jeunes lions flânaient entre deux haies de belles lionnes... Ce soir, après le feu d'artifice magnifique, la foule fashionnable s'est réunie au salon autour d'une tombola alimentée par les enfants privilégiés qui donnaient de bon cœur leurs économies et leurs jouets... »

Peut-être est-ce bien au Havre que Youle fit connaissance de tous ces hommes qu'elle va retrouver avec sa sœur à Paris : Rossini, Alexandre Dumas, le duc de Morny...

Johann reste un instant méditatif devant les cheveux crépus de Sarah et le portrait d'Alexandre Dumas : qui saura ?

Mais, dans ce roman qu'elle écrivit sous le titre *La Petite Idole*, qui en dit parfois plus long sur elle que tout écrit autobiographique, n'est-ce pas elle, petite, entre ce père assez bourgeois et sa mère ? La fillette aurait-elle connu, l'espace de quelques mois, l'apparence d'une famille ?

À la fin de sa page, nourri par ses divagations, Johann recopie le texte de Maurice Rostand :

« J'aimerais mieux qu'elle fût née en 1841. Vous me direz que la vérité n'a que faire de ces préférences. À deux ou trois ans près, d'ailleurs, qu'importe ! Mais il me semble plus beau, plus émouvant, plus pathétique que la vieille dame extraordinaire qui jouait *La Gloire* et *Athalie*, que la vieille héroïne au courage imperturbable qui gagnait sa vie à l'âge où tant d'autres la somnolent, ait dépassé quatre-vingts ans et que cette voix sans précédent fût la voix d'une octogénaire... »

(Coquelin affirmait également qu'elle était née en 1841, note-t-il au bas du texte.)

— Curieusement.

Johann referme la lumière mais reste encore un long moment sur son fauteuil. Il imagine Monte-Cristo emmener une petite fille qui a nom Sarah ; le bateau fend les eaux avec fierté tandis que le soleil se lève sur la fine silhouette aux yeux d'océan qui se dresse en proue.

Jeudi soir, le soleil se couche.

Je suis à terre. La plaine de Troie résonne des galops des chevaux tueurs. Des silhouettes courbées s'affairent autour de moi. Je suis en train de naître, mes poumons cherchent leur air. Il y a la guerre à l'entour et une âcre poussière envahit ma gorge. J'entends au loin des voix :

— Il faut se dépêcher !

Je me débats. Des bras tentent de m'étouffer comme dans La Petite Idole. *Le trac me paralyse les membres, j'éprouve une sensation d'écrasement. Il faut que je m'élance au plus vite sur scène, mais ce n'est pas encore à moi ! Le trac : je n'ai jamais pu m'y habituer, ni su le dominer. C'est toujours la même sensation. Comme si j'étais désespérément, follement amoureuse ; la personne aimée vient de me donner rendez-vous pour dans une heure, une seconde. Maintenant... C'est comme le soleil qui frappe la vitre sans prévenir par un après-midi d'hiver, et tout commence par le bas du ventre : mélange de joie, de peur, frissons de fièvre et d'enfance, morts qui s'effondrent dans mes bras, folles chevauchées... Je viens de sauter à pieds joints dans l'instant, l'événement est sur le point d'arriver, le temps m'a enlacée, je fais corps avec lui. Peut-être suis-je en train de mourir, et toute ma vie défile à l'envers, à l'endroit, comme ces textes que je repassais dans ma tête avant le lever du rideau, en avant, à reculons, dans un charivari de sons et d'images, puis, tout à coup, dans le silence, un silence insoutenable comme en cet instant.*

La tempête de sable recouvre tout. J'entends maintenant, au loin, un grondement sourd qui me berce, m'attire. Je me laisse peu à peu tirer hors de moi. Mon pied frémit, la danse commence. Il va se produire quelque chose. C'est la peur du Chaperon rouge qui espère le Loup. Place au théâtre !

L'arôme des bois me tourne la tête. Phèdre s'en va rejoindre le Prince, je m'enfonce au fin fond des forêts et les coulisses, une dernière fois, me protègent – j'écarte les branches – mon cheval frémit entre mes jambes – la mer n'est plus loin – j'entends le barattement divin – le trac fait place au désir – il faut que je m'élance.

Je m'appelle Sarah. La petite Sarah qui vient de naître. C'est puissant comme de respirer l'embrun satiné de l'Océan sur lequel je glisse vers vous, le public. Mon père ! La Lumière m'enveloppe, je suis la fille du Soleil et je défie les guerres. Je joue, je suis l'Aiglon, l'Enfant-impérial !

> *« Soldats, il faut finir par un coup de tonnerre !*
> *Il va, tachant de gris l'état-major vermeil.*
> *L'armée est une mer ; il attend le soleil,*
> *Il le voit se lever du haut d'un promontoire*
> *Et, d'un sourire, il met ce soleil dans l'Histoire... »*

Je suis avec lui à Austerlitz. C'est moi, là, dressée sur la plus haute vague, je suis ce gosse qui joue avec l'eau écumeuse et provoque la gigantesque houle qui me renversera peut-être un jour. Je suis née de ce sourire qu'un poète inventa pour moi – un oiseau qui s'envole rejoindre... son père ! L'enfant-Aigle !

— Il faut l'allonger sur le divan de la pièce ronde, dit quelqu'un.

Elle a un délicieux sourire, l'air de leur dire : « Tant pis ! » Tant pis pour eux : elle ne finira pas le film, elle n'ira plus en Amérique, elle ne préparera plus d'autres rôles...

Ils la déposent avec soin sur sa chaise. Elle gémit comme une bête blessée. Les uns s'affolent devant le vide de la jambe manquante comme si, l'ayant mal saisie, ils l'avaient laissée échapper ; d'autres s'inclinent comme devant le palanquin de quelque divinité. Sur son passage, Mr Abrams donne l'ordre d'éteindre les sunlights. Puis ils vont la porter dans son lit avec délicatesse, comme un nouveau-né.

Elle fait un signe. Liseron s'approche. On a approché un fauteuil près du lit à l'intention de Maurice qui s'y est assis sans proférer un mot.

— Ma Liseron, excuse-moi auprès d'Abrams.

Faites silence ! Ne toussez pas ! Comme dans mes salles, je vous devine encore dans l'ombre. Il n'est plus temps de reculer, il n'est pas encore temps d'avancer. Il faut être là, face à vous, dans toute sa nudité. C'est ainsi que je me tiens en pleine lumière. J'entends, malicieuse et émue, le plus léger raclement de gorge, je perçois le moindre geste d'impatience. Cela m'excite, me rend d'autant plus amoureuse de vous – vous savoir à portée de main me trouble –, mais intouchable je reste. La mort comme la rampe protège, mais vient un moment où il faut sortir de la scène, du théâtre, et peut-être alors suffira-t-il de très peu pour que je me laisse aimer ; pour qu'avant de repartir ailleurs, toujours ailleurs, je me repaisse de vous, de vos compliments, de vos bravos, de vos baisers et de vos caresses, pour les porter à Phèdre, Adrienne, Marguerite, pour vous en arracher tant et plus, vous les dérober, apprendre de vos lèvres les voluptés de Lorenzaccio ou les pudeurs de l'Aiglon.

« Comme la Princesse Salomé est belle ce soir ! »

Je vais changer de costume. Ce vieil habit de La Voyante *ne me va pas. Bijoux et parfums me siéent mieux. Ceux de Salomé, précisément, que je m'apprête à porter.*

« Regardez la lune.
La lune a l'air très étrange. On dirait une femme qui sort d'un tombeau. »

Le texte me revient, comme toujours... Le début de la Salomé !

Si vous voulez m'aimer, il ne faut pas vous attendre à ce que je vous parle des réalités ; je suis à la semblance d'Oscar Wilde : je cherche des morts.

> *« Elle ressemble au reflet d'une rose blanche dans un miroir d'argent. »*

Je suis la Princesse qui vient vous visiter ce soir. C'est pour moi que mon ami Oscar écrivit sa pièce. Je cherche un Iokanaan à décapiter. « J'entends dans le palais le battement des ailes de la mort. » « Il n'y a rien au monde d'aussi blanc que ton corps. Laisse-moi toucher ton corps... » – J'aiguise mes dents derrière mes lèvres trop rouges. Je m'avance davantage. Je vais danser comme Salomé et je veux ce soir un amant même s'il a un visage de mort. Ma vie est une fête comme on n'en donne plus. Il y a de la musique, des voix chuchotent à mon oreille qui s'ouvre tel un coquillage – il suffit de sentir votre souffle – des verres brisés à mes pieds, des morts dans le salon d'à côté, des amants dans la chambre du fond, celle du plus profond silence ! – Tout au fond, ourlé, le rideau de velours rouge que vous essayez d'entrebâiller pour venir me posséder. Mon théâtre !

> *« Je baiserai ta bouche, Iokanaan. Je baiserai ta bouche... »*

Faites un instant silence dans vos vies. La mort est comme une représentation. Il faut suspendre l'agitation, ne pas se laisser distraire. Laisser la musique naître au plus secret comme un frisson fragile au creux de l'âme.

Je tressaille au plus léger rictus que je pressens, à la fine ride de moquerie, car l'étang entier tremble sous le choc du moindre caillou dur qui ricoche à sa surface, indifférent au mutisme des profondeurs.

Je n'ai pas encore prononcé la sentence que, déjà, vous m'avez fait votre demande, là, assis dans mon théâtre.

Vous venez de décroiser les jambes, je le sais car vous commencez à m'accompagner, à respirer avec moi. Vous aussi avez maintenant le trac. Car celui du spectateur existe. Il est en vous dont le cœur bat plus vite dès que je suis apparue, ce soir. Salomé vous regarde.

Il ne faut plus se laisser distraire. L'émotion ne se livre qu'aux contemplatifs. Il faut beaucoup d'humilité et de recueillement pour ressentir l'effleurement léger du sanglot.

Voilà pourquoi j'ai toujours gardé mon cercueil non loin de moi. Ce cercueil de bois rose qui fit scandale dans ma jeunesse. Je voulais rappeler à l'ordre mes invités, m'appeler moi-même à faire silence. Il faudrait toujours vivre, me disais-je, comme penché vers le malade qui nous quitte : terriblement attentif, attentionné. Ne plus se laisser entraîner dans les tourbillons d'un monde qui s'engloutit à chaque seconde en borborygmes incompréhensibles dans la bonde commune.

L'émotion !

La vieille dame que l'on vient d'allonger a esquissé un léger signe de la main. Elle veut qu'on lui retire cette vieille robe de *Voyante*. Il est temps pour elle de revêtir un autre vêtement.

Je suis prête, le visage démaquillé. Bientôt je vais endosser mon costume le plus beau. Celui du dernier acte. L'habit de lumière ! Ne plus se souvenir. Suivre la vie qui s'invente encore au moment même où je pense la quitter – toujours créer, ne pas devenir de son vivant gardienne ni figure de son propre musée – être artiste jusqu'au dernier souffle. Ne pas se retourner.

Me voici donc face à ce nouveau personnage. Il faut qu'il soit le plus beau. Sera-ce un homme ? une femme ? Laissons venir ma mort. Une fois de plus je crée un rôle, et peu à peu vais le laisser se présenter à moi, costumée. Me pénétrer.

Déjà il ou elle m'a décoché la flèche : il a choisi mon

corps, mon cerveau pour s'incarner. Je sens autour de mon cou le lacet lumineux. Il m'attire à lui. Je la devine. Je ne sais encore comment il se présente, quel visage je dois me faire, mais à son parfum je sais déjà que c'est un homme que je vais séduire. Je deviens donc esclave sans connaître encore le maître qui va m'enseigner son texte.

Le théâtre allège les drames de la vie ou les cisèle, c'est selon les rôles. Pour ce dernier acte de ma vie, je suis prête à toutes les propositions.

Je commence à respirer comme lui. C'est un souffle au ralenti, geignard, pénible, qu'on dirait arraché au dernier coffre à bijoux. J'écoute, attentive, ce que cette voix cherche à me dire. Il m'a tendu la main. Il faut que je me redresse et me lève pour aller au-devant de lui qui m'attend au bout de cette grande allée sombre : mon obscure mémoire dont je commence à effleurer les frissonnants feuillages. Je retrouve Edmond Rostand, ses traits sous mes doigts fébriles, puis les rochers rugueux de Belle-Isle qui bouillonnent et grondent à mes pieds ; j'effleure d'un baiser la joue distraite de ma mère qui s'éloigne, puis m'envole aussitôt en ballon en compagnie de mon cher Jojotte ; heureusement, deux bras puissants m'arrachent : Victor Hugo m'emporte vers son lit de proscrit... La tête me tourne : jamais je ne pourrai apprendre le texte de ma vie par cœur ni ne pourrai le jouer, mieux vaut en finir et mourir tout de suite. Combien de pages, ce rôle ?

La Mort se tient droite – on dirait un preux du Moyen Âge. Il semble que son costume soit de métal blanc. Je me redresse. Me reviennent les propos de William James au sujet de mon interprétation d'Andromaque : « Elle est l'être humain le plus racé, le plus fougueux que j'aie jamais vu – physiquement, c'est un vrai squelette. »

Cette fois il a raison : je serai bientôt un indubitable squelette, mais il avait ajouté : « Son interprétation d'Andromaque est la plus belle que j'aie jamais vue – comme ciselée à la pointe d'un stylet. »

Peut-être ma mort est-elle cette femme déguisée en homme ? J'ai toujours eu l'idée qu'Andromaque, à la mort d'Hector, a revêtu l'armure étincelante et le casque de son époux pour devenir tout ensemble le père et la mère de son enfant, le symbole de Troie et celui d'un peuple exterminé. Peut-être ma mort a-t-elle pour nom Andromaque ? Je cherche à distinguer quel visage elle a. Sous le heaume impénétrable, est-ce celui d'Hector revenu m'emporter dans une ultime étreinte ?

Elle se repose maintenant, toute de blanc vêtue, démaquillée, les cheveux coiffés. Elle a l'air rajeunie, respire paisiblement. Une jeune fille très pâle... La chambre retient son parfum d'ambre et Maurice n'a pas fait le moindre geste depuis qu'il est revenu s'asseoir à son chevet après qu'on l'eut changée. Lui non plus n'aimait guère ce costume triste de *La Voyante*. Il se souvient de ses mots à elle : « Je vais égayer tout cela avec des manches de dentelle... » Il pose délicatement sa main sur celle de cette femme qui, de nouveau, a le visage de la seule qu'il ait aimée. Elle tressaille, il sent ses doigts se resserrer autour des siens. Elle a imperceptiblement haussé le sourcil comme si l'on doutait d'elle, de ses capacités à faire quelque chose. Il la contemple. Qui, à part lui, a jamais pu poser la main sur elle ? Il sait qu'il a tous les droits, comme lorsqu'il bousculait tout le monde pour sauter dans ses bras, se nicher contre le cou parfumé de la rebelle. Ce parfum de soleil fauve maintenant imprègne les blancs oreillers brodés de la fameuse devise. Je suis son fils – unique comme elle.

— Tu ne sauteras pas, Sarah, je te mets au défi !

Mon cousin est bien plus grand que moi. Je vois le fossé devant nous. Ce fossé me nargue de sa trouée noire. On dirait une large bouche immonde, hérissée de chicots. J'y aperçois des branches cassées, des buissons d'épines, des épieux à demi carbonisés pointés vers moi.

— Tu ne sauteras pas !

Je ne supporte pas qu'on m'interdise quoi que ce soit.

Je vais m'élancer. Défi ? Désir. Qui dira la différence ? Je veux le séduire, l'éblouir, répondre à sa demande. Je m'élance, cours, m'envole... Non ! je ne tomberai pas misérablement, comme le premier venu. Il suffit d'y croire, et l'on marche même sur les eaux. Mère Sophie de mon enfance, priez pour moi ! Il suffit de vouloir. Voilà, le fossé est derrière moi.

— Sarah !

Je m'écrase. Une douleur foudroyante, un bruit sec à mon poignet droit, une formidable claque en travers du visage, et mes deux jambes qui n'en font plus qu'une, douloureuses. Chacun se précipite, mais moi, je ne vois que le visage bouleversé de mon cousin, j'entends encore son cri : Sarah ! *– une voix qui me rejoint au-delà du fossé et dont les accents encore aujourd'hui me réchauffent le cœur.*

De nouveau susciter cela, même s'il faut en mourir ! La vie vient de prendre ses vraies couleurs. Je crie cependant qu'on m'emporte : « Je recommencerai quand même *si on cherche encore à me défier ! Je ferai toute ma vie ce que j'ai envie de faire ! Quand même ! »*

Elle a entrouvert ses yeux, des yeux aussi pâles que le drap vers lequel elle abaisse son regard. Elle égratigne d'un doigt léger la broderie à sa devise. Ses lèvres ébauchent des mots. Le doigt gratte plusieurs fois, comme une voix qui s'acharnerait à bien prononcer, puis elle tourne lentement son visage vers Maurice et ouvre un peu plus les yeux.

Cette soirée du 15 mars commence à gagner l'orchestre, le parterre, les loges de mon théâtre qui peu à peu se remplit de tous ces visages connus, venus pour moi, pour me voir interpréter mon dernier rôle. Le rideau n'est pas encore levé, mais Maurice est là. Mon enfant, comme toujours, est à la place d'honneur.

Appuyé au vieux dossier de velours bleu, Johann a rouvert les yeux et sa lampe. Que représentent au juste un acte de naissance, des parents, un toit, d'autres domiciles successifs pour une tragédienne ? Sarah n'est-elle pas née dans l'aube sanglante d'une Troie antique tandis que la dépouille d'Hector rebondissait, traînée par les sabots haineux des chevaux grecs, sous les yeux agrandis d'Andromaque ? La petite fille vagissante au pied des murs fumants de la cité ne s'appelait-elle pas déjà Sarah ?

Et lui, Johann, à porter ce nom, n'est-il pas déjà ce Iokanaan qui résiste dans l'indescriptible désespoir de son âme et la débandade de ses sens aux baisers de Salomé ? Quelle faute sa mère ou son père lui ont-ils léguée pour qu'il devienne cet historien occupé à retranscrire des dates, des noms, des textes, s'interdisant toute émotion alors qu'il est l'expression vivante de la déchirure humaine ?

« Je ne veux pas te regarder. Je ne te regarderai pas ! Tu es maudite, Salomé, tu es maudite ! » s'écrie le Iokanaan d'Oscar Wilde.

Johann n'a plus envie de poursuivre ses recherches. Plutôt hurler son impuissance d'historien ! Une pensée déraisonnable le saisit. Accomplir un geste insensé. Une fois dans sa vie.

Il n'a qu'un désir : s'allonger, nu, et recevoir les baisers de Sarah la disparue, sans chercher à analyser, à comparer. À faire ce qu'il fait il se sent bourreau, policier ; il a envie de se laisser tromper, de falsifier les dates, de ne parler que de sa bien-aimée, de ne plus s'en tenir aux faits.

« Qui est cette femme qui me regarde ? Je ne veux pas qu'elle me regarde ! »

Je suis Johann, l'historien. Je suis Iokanaan. Je suis Jean-Baptiste, celui qui n'est pas le Sauveur – ni le Révolutionnaire. Ni l'Amant.

Je suis simplement celui qui raconte.

Il repose sa plume un instant. Il s'amuse à penser que Sarah pourrait aussi bien être la fille d'Alexandre Dumas dont elle tiendrait sa chevelure rebelle et frisée, ou celle de Morny dont elle aurait hérité la diplomatie, ou la fille spirituelle de Victor Hugo dont elle revendiquerait la passion pour l'Empereur, Napoléon Bonaparte.

Mais non, ne pas céder à Salomé ! Il renoue avec le sérieux de ses recherches.

Père de Sarah B. – D'autres papiers parlent d'un brillant étudiant en droit du nom de Bernhardt ! Certains descendants de l'oncle de Sarah, Édouard Ker-Bernhardt, qui émigra au Chili, sont pour leur part convaincus que leur ancêtre était en fait le véritable père de la comédienne.

Comme naufragé au milieu de la houle des pages annotées, Johann feuillette les souvenirs de De Max, le célèbre acteur roumain qui joua aux côtés de Sarah dans une multitude de pièces :

« On a à tout moment une ardente envie de l'étrangler. Logiquement, elle devrait avoir été étranglée depuis longtemps. Mais ses victimes ont toujours différé de devenir ses bourreaux, et le différeront toujours parce que, je pense, nous avons cette curiosité, devant l'acte d'un fou ou d'un enfant fou, de savoir s'il arrivera à trouver pire la prochaine fois. Et puis, la petite fille s'appelle Sarah. Alors, qu'est-ce que vous voulez faire ? »

Johann ôte ses lunettes. Tout au loin, cet enfant fou lui envoie des baisers.

Vendredi 16 mars 1923

Je ne dors pas. Le petit jour essaie timidement de me regarder avec son œil d'enfant coupable. Il est bien jeune, me dis-je, et moi bien vieille, mais nous arrivons encore à nous faire la conversation. Me reviennent des vers de mon ami François Coppée, lui qui m'a déjà précédée de l'autre côté :

> *« Je suis un pompier, soit, mais je ne suis pas pompeux. »*

Cela m'amuse encore, toute brisée que je suis au fond de ce lit effrayant. Je ne pourrai plus aimer au milieu de ces draps désormais trop lourds et immobiles. Ils m'ont trop bien bordée, la jeune fille doit rester toute sage, maintenant, même si les poètes lui donnent encore des fourmillements dans le corps :

> *« "Ce que je veux !" claironne un coq à rouge crête.*
> *L'ancien coq enroué répond : "Ce que je peux !" »*

La, la, la – la, la, la..., ma mémoire chantonne. Il n'y a plus qu'elle qui puisse encore se permettre de faire danser les mots :

> *« Je n'ai pas trop vieilli, puisque j'admire encore*
> *Les vers que le soleil des vingt ans fait éclore...*
> *Je bois à la jeunesse ; elle a toujours raison. »*

L'insouciance de Coppée ! Mon premier vrai succès, Le Passant. *J'avais presque vingt-cinq ans. Bientôt c'est moi qui vais être une simple passante. Je cligne des yeux, regarde ma chambre qui tangue quelque peu.*

Suis-je sur un bateau en partance ? Le grand voyage a commencé, et celui-là, je ne suis pas sûre d'en revenir pour le raconter. Le brouillard cerne le navire. Je n'ai qu'à me laisser bercer. Le silence des eaux recouvre le bruit des humains.

C'est comme autrefois, au couvent de Grandchamp, à Versailles, où je dormais, sage petite fille, dans la chambre aux huit lits attenante à l'infirmerie. Seules les enfants faibles ou convalescentes avaient accès à cette pièce plus reposante que les dortoirs.

Je soulève ma tête douloureuse. Et Elle, est-ce qu'Elle me protège, comme jadis ? Mon lit d'alors était placé contre un mur dans lequel on avait creusé une niche de la Sainte Vierge. Une lampe brûlait en permanence à l'avant de cette niche. Pourquoi avais-je précisément bénéficié de cet emplacement ? Pourquoi, dès l'enfance, ai-je compris que j'avais un destin ? À chaque réveil, je dis bonjour à mon destin : c'est comme poser délicatement le pied dans un sable vierge. Au moment précis où j'accomplis ce geste, je sais déjà que je suis en train de débuter une aventure. Est-ce parce que j'ai le sentiment de mettre mes pas dans ceux d'un autre – du dieu ? – cependant que d'autres s'élancent, les malotrus, en faisant voler la poussière n'importe où, effaçant au fur et à mesure leurs propres traces et celles des autres, et finalement tournant en rond. Pour avancer, il faut se rappeler la moindre de ses découvertes. Heureusement, des digues scintillent dans ma nuit intérieure, par où se hasarde ma nef indocile après avoir largué les amarres. Mais je ne me sens plus très vaillante, face à cette traversée. Pour aller où ?

« Papa ! Papa ! Je ne veux pas aller en prison !... C'est une prison, ici, j'en suis sûre et certaine... J'ai peur, j'ai peur !... »

Je serre très fort la main de mon père. De l'autre côté de la grille, une porte vient de s'ouvrir. Pourquoi mon père est-il venu m'enlever de la pension de Mme Fressard qui sentait sain et parlait bon ? Quelle faute ai-je commise pour qu'à chaque fois mon frêle bonheur soit brisé ?

J'étais heureuse, chez ma nourrice, près de l'Océan. J'étais la petite Fleur-de-Lait. J'avais trois ans et m'émerveillais des giroflées sauvages, de leurs pétales pétris de soleil couchant. Mais, un jour, j'ai voulu toucher au feu et ai failli en périr. Après quarante-deux jours de soins au beurre, me voici à Paris dans un jardin, à Neuilly. Aucune cicatrice, juste la peau un peu plus rose. Peut-être la petite Sarah de cinq ans que je suis alors s'amuse-t-elle en paix, malgré les dahlias du jardin qu'elle déteste avec leur allure de balles de laine emmêlée.

Un autre jour, la nourrice s'affole : le père nourricier trépasse. Aucune nouvelle ni des tantes ni de la mère, aucune adresse malgré les jouets, les bonbons, l'argent qui affluent des quatre coins du monde. La pauvre femme épouse alors un concierge, mais me voici dans la sombre loge du n° 65, rue de Provence. J'ai dans les six ans, peut-être plus. Je n'oublierai jamais. J'étouffe : la pièce est froide, grise, laide. Pas de fenêtre. Même à l'aube de ma mort, ce souvenir continue de m'oppresser. Je suffoque ! Je veux m'en aller ! C'est trop noir ! Trop vilain ! Je sanglote, tombe malade.

— Eh bien, Fleur-de-Lait, qu'est-ce que tu as ?

Ma nourrice me prend dans ses bras.

— Je veux voir le plafond de la rue.

— Je te l'ai déjà montré. Viens jouer avec Titine.

Je vais jouer avec Titine, ma voisine. Deux moineaux perdus dans une cour étroite et sale en plein Paris, dont l'un piaille en direction du ciel absent.

— *Great ?* Tu te sens mieux ?

Maurice se penche vers sa mère. Fatigué, il s'est assoupi au beau milieu de la nuit, mais elle vient de se débattre légèrement, déployant ses bras comme pour prendre son envol.

— Mauriçou, tu entends les oiseaux ? Le jour va grandir maintenant, dit-elle dans un chuchotement.

— Tu es réveillée depuis longtemps ? s'enquiert-il, inquiet, coupable d'avoir quitté des yeux sa mère.

— Je rêvais à une petite fille dans une chambre sans fenêtre... et à mon ami Coppée !

« Il n'avait pas dix ans, pâle et chétive Altesse,
Dans le parc de Schönbrunn promenant sa tristesse,
Jeune aiglon se sentant vaguement prisonnier... »

C'est moi ! Je préfère mourir que vivre à l'étroit. Comme l'Aiglon !

La vieille dame referme son regard.
Maurice sent qu'elle cherche de l'air. Il appelle.

Cette cour est mon Schönbrunn. Jamais je n'ai oublié ce sentiment d'abandon, cette sensation horrible que plus rien jamais n'aura lieu. Il faut qu'il se passe quelque chose, à tout prix ! Je serre les poings, je ne sais pas encore prier, mais je sais vouloir. Je veux que quelque chose arrive, à toutes forces. Je me ramasse comme un chat prêt à bondir au milieu de cette terre boueuse de la cour. Je dois m'envoler. Je ne me résignerai jamais. Je regarde Titine qui sautille, indifférente aux cris muets qui me brûlent la gorge. Une énergie sans mesure m'a été donnée. Je n'ai que six ans, qu'importe ! C'est comme ici clouée sur ce lit. Je ne mourrai pas !

— Tante Rosine ! Tante Rosine !

Ma tante est là. Par pure coïncidence. J'ai toujours cru à la magie des circonstances. Ma tante que j'appelle « Senti-Bon ».

— Je n'y comprends rien ! C'est la petite Sarah, la fille de Youle, ma sœur ! Mais pourquoi êtes-vous là ?

Les explications, les pleurs, les rires. Les projets, aussi.

— Je repasserai demain te chercher, dit Senti-Bon.

Moi, je n'ai jamais trop cru à demain. On peut mourir, entre-temps. La preuve ! Non, c'est tout de suite ou jamais...

Mais elles repartent ; ma nourrice ouvre la fenêtre de la loge :

— Pleure plus, Fleur-de-Lait. Dis au revoir à ta jolie tante. Elle reviendra. Tu partiras avec elle...

Moi, je ne vois qu'une trouée noire dans laquelle la robe soyeuse de ma tante jette une dernière lueur. Une nouvelle fois on me laisse, alors je m'élance – m'élance ! Quitte à en mourir – oui, quitte à en mourir : c'est le résumé de ma vie, et je suis en train d'obtenir ce que j'ai provoqué depuis que j'ai, petite, tendu mes mains vers les flammes.

Je tombe à nouveau.

Je suis là dans ce beau lit, j'ai cinq, six ans peut-être, ma mère appelée en toute hâte va arriver, me dorloter. Il paraît que je me suis brisé le bras en deux endroits, et cassé la rotule gauche. J'ai très mal au genou. J'essaie de le tâter. Où est ma jambe ? Où est... Suis-je bête ! Je n'ai plus qu'une jambe. J'ai été amputée il y a bien longtemps maintenant. Huit ans déjà !

Le rire monte. Est-ce que ma jambe morte est au Paradis à m'attendre ? C'est très étrange d'avoir un morceau de son corps parti avant soi. Mais non, j'ai oublié, c'est vrai ! Ils l'ont gardée à Bordeaux dans du formol. Il n'y a qu'à moi que ce genre de chose arrive.

« Tremble, fille digne de moi. »

*Ces vers d'*Athalie *résonnent à mes tympans :*

« Le cruel Dieu des Juifs l'emporte aussi sur toi.
Je te plains de tomber dans ses mains redoutables,
Ma fille... »

La voix de Stella Colas à la pension Fressard où ma mère me conduit dès que je peux remarcher. Je dois avoir dans les sept ans. Je ne sais ni lire ni écrire, mais les mots de Racine me pénètrent de douleur et de joie, comme lorsque mon père me soulève de terre. Il faut que je le caresse comme les flammes qui m'ont attirée hors de ma chaise. Si je m'y brûle, tant pis.

Toute la nuit je redis les mots de feu. Dieu s'appelle Racine et je me promets d'être digne de lui, même si je dois pour cela m'élancer sous les sabots de chevaux furieux.

Clotilde, la sœur cadette de Stella, ma compagne de jeu, m'a raconté que celle-ci s'était jetée sous la voiture de Napoléon III pour obtenir la grâce de leur frère qui avait conspiré contre lui.

« Tremble ! fille digne de moi... »

Combien de fois ai-je ainsi réveillé mes amis en essayant de l'imiter sous mes draps ?

La pension Fressard ! J'y ai appris à lire, à écrire et à écouter Racine.

« Et moi, je lui tendais les mains pour l'embrasser,
Mais je n'ai plus trouvé qu'un horrible mélange
D'os et de chair meurtris... »

Voilà, je suis en train de nouer cette boucle de mort que m'a offerte le poète. Sarah a joué l'un de ses derniers rôles il y a quelques mois à peine. Athalie ! À presque quatre-vingts ans, dressée sur une seule patte, je retrouvais les émotions que m'avait jadis procurées Stella. Qu'importe l'âge ! À force de rêver à ma naissance, je me suis perdue de vue. L'important reste de retrouver ces mots intacts d'Athalie, avec le même trouble, car l'âme comme le corps peut prendre des rides.

Maurice s'inquiète. Sa mère passe un doigt sur ses lèvres desséchées. Il lui faudrait de l'eau, ou du gras contre les gerçures. Il se lève maladroitement, il n'a pas envie de la quitter. Dès qu'il sera sorti, la maisonnée entière va surgir pour s'occuper d'elle, comme jadis, après le spectacle quand tous envahissaient la loge, repoussant l'enfant toujours plus loin. Il se rappelle tout. Il voudrait tant oublier...

— Maman, j'ai trouvé : allons passer quinze jours à Sainte-Adresse, sans personne de la « Petite cour » : rien que toi et moi !

Elle avait accepté. Une seule nuit tous les deux, ils avaient même dîné en tête à tête. Il avait vingt ans et quelque, mais il s'en souvient comme d'hier, surtout en cet instant où elle vient de lui prendre la main sans même lever les paupières. Elle semble s'être laissée retomber dans son lourd sommeil d'enfant fatigué après une journée de fête. Qu'elle est belle avec ses cheveux blancs moussant autour d'elle en forme d'auréole.

Il entend encore sa voix lui murmurer :

— Tu me reproches d'être célèbre ?

— Non, je t'admire, Maman, lui avait-il répondu. Mais la célébrité n'est pas un plat qui se mange en famillc.

— Tu t'exprimes comme un petit-bourgeois !

Il avait quelque peu souffert qu'elle narre ce souvenir à Lysiane, mais en même temps avait été ému qu'elle aussi se souvienne de cette conversation, tant d'années après.

— Je satisfais tes moindres caprices.

— C'est vrai, Maman, mais les autres enfants, eux, ont simplement ce que moi je désire : une vie organisée, banale.

Quel idiot il avait été ! Mais il avait eu si peur de la perdre tout à fait, comme en cet instant.

— Dis-moi, Maman, pourrais-je te poser une question ? Tu ne seras pas fâchée ?

— Demande-moi tout ce que tu veux, mon chéri...

Avec quelle inquiétude elle s'était alors repliée sur elle-même.

— Te marieras-tu un jour ?

Elle avait éclaté d'un rire juvénile et lui avait tendu ses bras magnifiques.

— Que tu trouves mon art un peu absorbant, soit ; mais que tu songes à me marier pour que les gens disent « M. et Mme Sarah Bernhardt », ce qui ne serait guère flatteur pour ton beau-père, ou « Ce soir, je sors avec Papa et Maman », cela me fait de la peine... Tu n'es qu'un petit snob !

Il avait dû la rassurer : elle n'avait pas compris. Il ne voulait la partager avec personne !

— Maman, avait-il murmuré, tout contre elle, ne te fatigue pas ! Si je te demandais cela, c'est que je voulais être assuré que jamais tu ne te marierais... Penses-tu que je pourrais supporter la présence de ce « monsieur », fût-ce vingt-quatre heures ?

— Embrasse-moi, mon bien-aimé, et donne-moi le bras... Allons marcher un peu.

Il l'avait embrassée entre la tempe et sa petite mèche folle, et elle l'avait regardé si intensément qu'il avait eu presque peur de ses yeux émeraude qui l'engloutissaient avec une avidité où désespoir et cruauté formaient un bien curieux mélange. Songeait-elle au Prince, ce père qui l'avait laissée ? Il n'avait osé le lui demander. Ce père qui n'avait pu ou voulu la retenir alors qu'elle portait son enfant, le petit Maurice. En cet instant, à proximité de la mort, il le sait, elle ne peut que ressembler à cette jeune fille qu'elle avait dû être, dans ce lit où elle avait cru aux promesses, aux contes de fées d'un amour juvénile.

Quelle importance ! Il était né de ce voyage où tout est possible entre deux êtres, y compris de donner la vie.

Dans son sommeil, elle tire sa main vers ses lèvres. Il la laisse faire, resserre ses doigts sur la peau gercée.

— *Great !* murmure-t-il.

Mais elle est loin – peut-être avec le Prince ? Est-ce lui qu'elle commence à rejoindre, lui, son père déjà mort depuis plusieurs années ? L'aimait-elle encore ? Pourtant, elle n'avait montré aucune émotion lorsque Arthur Meyer lui avait annoncé son décès.

— Oh, ce pauvre Henri !

Mais le « oh ! » avait légèrement vacillé et elle l'avait regardé furtivement. Lui, son fils, savait combien elle pouvait dissimuler, surtout devant Arthur Meyer avec qui il n'avait jamais vraiment été complice. Sachant que ce dernier, en lui annonçant cette mort, la guettait, elle avait aussitôt joué pour se protéger. Il revoyait encore avec quel soin elle s'était mise à faire tourner ses bagues...

Maurice se penche, l'embrasse délicatement avant d'aller chercher de l'eau ; son visage encore aminci, triangulaire, est d'une beauté irréelle. Finalement, elle n'a aimé que lui, Maurice, sans cesse à le protéger de tout ; à lui seul aussi elle a confié un jour cet unique et irremplaçable amour avec le Prince, pour qu'il sache de quelle grande histoire il était issu.

— À tout à l'heure, *Great*, dit-il avec douceur.

Il se retourne avant de la quitter. Quel mauvais coup prépare-t-elle encore ? Car, finalement, elle s'était quand même mariée, un jour, avec le jeune Damala « M. Sarah Bernhardt » ! Et lui avait de son côté épousé Mlle Jablonowska, sa merveilleuse princesse, elle aussi disparue. Non, il ne supportera pas qu'elle le quitte encore, cette fois-ci.

Je ne puis aller vers la mort avec des lèvres dures comme du carton. J'ai rendez-vous. Quelqu'un va m'embrasser, je le sens. Du cold-cream *sur mon visage !*

Ma mère me tartinait le visage et le cou de cold-cream. *J'entends encore ses recommandations à Mme Fressard :*

— Voici l'ordonnance du médecin. Il y a deux pots de confiture différents. L'enfant est fragile. Ceci, c'est du cold-cream *fait par moi-même. Je désire que la figure, le cou et les mains de ma fille en soient frottés tous les soirs. Je paierai double de blanchissage pour les draps...*

Pauvre Maman qui croyait le monde entier à ses pieds ! Mes draps s'envolaient chaque mois dans le même état que ceux de mes compagnes...

Je me sens de plus en plus cartonneuse...

Pourvu qu'ils ne me mettent pas du beurre...

Curieux comme, en vieillissant, la vie devient un livre qu'on commence à déchiffrer tout à fait.

Fleur-de-Lait s'était brûlé la peau, mais son cœur était innocent...

J'entends du remue-ménage autour de moi. Le matin

commence à entrechoquer ses vaisselles. Je déteste ce branle-bas des réveils. Comme au théâtre avant d'entrer en scène, je hais les bruits réels. J'aime quitter le sommeil sur la pointe des pieds, en silence. Je hais ceux qui viennent alors me parler, me distraire. Je ne veux être ni égayée ni consolée. Je vais mourir, et c'est comme d'entrer en scène. Il y faut aussi du silence. Je n'ai pas besoin d'autre chose. C'est assez passionnant comme ça. Par contre, le moindre dérangement disperse inutilement.

Je ne peux cependant aller à la mort mal fagotée. Qui sait quel public se prépare ? J'ai l'impression d'être à Londres avant une matinée où je jouais Phèdre. *Rien n'était prêt. Les femmes de chambre avaient pris leur temps pour déjeuner, et moi j'étais venue très en avance pour essayer de me tranquilliser. C'est affreux, lorsqu'un grand rôle vous échoit et vous habite, d'être préoccupée d'un tas de bêtises. J'avais dû moi-même épingler ma draperie. Et le trac qui me ressaisit ! J'aimerais que personne ne s'agite à mes côtés. Qu'on me laisse écouter mon propre silence !*

Mourir, ce doit être au moins aussi terrifiant que d'aller jouer Phèdre. *Comment passer du bruit d'une cuiller contre une tasse, ou du rire gras d'une comparse, au face-à-face avec Minos, dieu des enfers. J'ai peur. Je n'y arriverai jamais. Et si, pendant que je meurs, tout commençait à basculer dans le ridicule ? Je risque de perdre mon costume, que mon texte m'échappe – le trou, le blanc... Et Maurice qui vient de me quitter ! Je m'évanouis, ne vois plus rien.*

— Père ! Pourquoi m'as-tu enlevée de la pension de Mme Fressard ?

Une femme se tient devant moi, voilée de noir. Elle me saisit doucement la main, m'entraîne, se penche vers moi, relève son voile, et je reconnais aussitôt ces yeux bleus pleins d'enfance, ce nez retroussé, cette bouche rieuse, ces belles dents et cet air de bonté qui a continué à me protéger toute ma vie :

— Mère Sainte-Sophie !

Je me sens rassurée. J'ai retrouvé l'amie de mes douze ans, le clair sourire capable d'ensoleiller le sombre couvent.

Je me retourne. Papa est en train de me faire signe de la main. Je m'élance vers la grille. Je suis prise par un accès de toux, dehors il se met à pleuvoir à verse sur le parc de Schönbrunn. En Autriche, tout est devenu deuil et grisaille.

« Benedicite, Domine, nos et hæc... »

Johann est allé rechercher dans le vieux missel de sa mère le texte latin pour le recopier dans son cahier « Sarah Bernhardt ». Cette prière rituelle que la plupart des familles, pauvres ou riches, récitaient avant de manger est devenue aujourd'hui presque introuvable dans son latin originel.

Il médite sur l'importance de la règle. N'est-ce pas grâce à ce séjour au couvent que chez la petite Sarah commence à naître la grande tragédienne qu'elle deviendra des années plus tard ?

Il réfléchit au lien entre la tragédie et, accompagnant une certaine idée de Dieu, l'immuable rituel que Mère Sainte-Sophie inculque peu à peu à la sauvageonne.

Apprentissage par l'enfant, amenée là par son père qu'elle ne reverra jamais plus, de la prière, de la réflexion, d'un au-delà qui l'incitera même à vouloir se faire religieuse dans son adolescence !

Sarah a sept ans (ou dix, peut-être). Débarquant dans ce couvent, elle a peur, quête de l'aide auprès de son père :

« Je me jetai vers lui... Il me prit la main et, la porte s'ouvrant, je le suivis doucement... Je claquais des dents... On disait souvent que j'étais une enfant indomptable, qu'il faudrait une main de fer, que j'étais le diable : “Cette enfant finira mal...” »

De l'autre côté de la grille l'attend heureusement Mère Sainte-Sophie qui, pour l'enfant effrayée, va oser devant elle seule relever son voile et lui montrer son visage de femme.

Johann aime à penser que la première haute figure à marquer le destin de Sarah s'avance voilée, telle une énigme. Il songe à Racine, l'enfant solitaire de Port-Royal, qui, dans l'enseignement rigoureux des jansénistes, découvre lui aussi l'intense brûlure du théâtre, alors qu'aux simples mortels le dieu reste caché.

Peut-il encore exister une tragédienne dans un monde qui a banni le Destin ? À cause du commerce, en est-on parvenu à ce qu'Eschyle pressentait : l'incapacité des hommes à porter la tragédie ? Est-ce pour cela qu'il brûle lui-même ses tragédies, face à la vulgarité d'une foule bruyante, incapable de reconnaître le pas silencieux du dieu venu à la rencontre du visiteur ?

Tragédie : de *tragos* (le bouc) et *ôdè* (le chant) : on choisissait un bouc comme victime du sacrifice offert à Bacchus pendant le chant. Qui fait office de bouc émissaire aujourd'hui ? Quel pays est encore susceptible d'écrire la Tragédie ?

« Cet Œdipe qui a deviné l'énigme proposée par le Sphinx sur le sort de l'humanité tout entière est le même infortuné pour lequel sa propre destinée demeure une énigme inexplicable jusqu'à ce qu'elle se dévoile de la manière la plus effroyable, quand tout est perdu sans retour... »

Johann repense à cette phrase qu'il a relevée chez Wilhelm von Schlegel, l'écrivain romantique allemand qui s'intéressa de si près à la tragédie classique.

Il redresse la tête et se met lui aussi à écouter le pas de la danseuse sacrée. C'est elle, Sarah, qui s'avance vers lui, voilée comme Salomé, porteuse d'une énigme qu'il cherche en vain à déchiffrer parmi l'entrelacs de ses notes.

La tragédienne ultime est devenue l'enfant qu'il n'a pas, celle qu'il faut à tout prix empêcher de s'engloutir dans la boue quotidienne répandue et remuée par les mass media, tout à coup semblable à cette fillette latino-américaine entrevue à la télévision et qui sombrait inexorablement, engloutie peu à peu par cette pâte ténébreuse, le visage encore à peine ébauché, symbole de tout un monde en train d'appeler à l'aide, la bouche déjà remplie de terre, de ses yeux rivés sur l'indifférence des hommes.

Alors il lui tend la main, quitte à se laisser entraîner à son tour par cette petite bonne femme aux yeux de fauve.

Certaines choses doivent rester inexplicables, même à l'historien qui reprend sa lecture des *Mémoires* :

« "Ah nous voilà amies", dit-elle à mon père en baissant son voile. »

À partir de cet instant, Mère Sainte-Sophie devient le guide quotidien et spirituel de la fillette.

« Papa me tint un instant serrée contre lui. Et quand je le regardai, il avait les yeux pleins de larmes... Je vais être sage, sage, et vais bien travailler pour repartir dans quatre ans avec toi... »

Mais déjà elle s'éloigne, tenant très fort la forme noire par la main. Elle visite le couvent, découvre un nouveau jardin immense où elle pourra avoir un coin pour elle seule : « Oh, j'aurai mon jardin, mon jardin pour moi seule » – avec pelle, râteau, binette et arrosoir !

Elle commence à grandir, passe devant « une grande et magnifique gravure représentant la conversion de saint Augustin » : « Oh ! que je l'ai regardée souvent, cette gravure ! Sûrement, ce saint Augustin me donnait de grandes émotions et troublait mon cœur d'enfant. »

Déjà elle s'approche du Dieu, tel Eliacin, le petit-fils d'Athalie.

Johann aimerait mettre de l'ordre dans ses notes mais Sarah, la jeune Sarah l'entraîne toujours plus loin :

« Mère Sainte-Sophie me conduisit au réfectoire. On allait dîner... Puis elle revint au milieu du réfectoire. Elle s'arrêta, fit le signe de la croix et dit à haute voix le *Benedicite*... Quand elle quitta le réfectoire, tout le monde salua de nouveau et je me trouvai toute seule... toute seule dans la cage des fauves. »

Comme lui-même se sent seul par cette nuit de travail ! Il contemple sa montagne de fiches, les piles de livres annotés. Il la devine, elfe maigrichon tassé parmi toutes ces fillettes trempant leur pain avec satisfaction dans leur soupe.

« Mademoiselle, il faut manger toute votre soupe... »

Elle écoute le concert des cuillères. Elle n'est pas comme les autres, et le sait. Si donc on refuse de manger sa soupe comme tout le monde, au beau milieu d'un réfectoire bruyant, il n'est que deux solutions : ou se laisser mourir, ou devenir celle qui décide et met en scène :

« Dolorès me passa son assiette et, gentiment, mangea ma soupe. »

Johann se dit qu'il aurait peut-être préféré l'autre solution : se laisser mourir. Il se sent inutile, lâché par la petite rebelle qui vient de tirer la langue à l'inspectrice dès que celle-ci a eu le dos tourné. Lui qui n'a jamais fait de grimaces à personne recopie à longueur de journée, bons ou mauvais, les actes des autres. Pourquoi ? Pour éclairer l'Histoire ? Mais quelle Histoire ? Si celle de l'humanité n'a pas ou plus de sens, à quoi rime son travail ?

Fallait-il que Sarah rencontrât Mère Sainte-Sophie pour devenir Sarah Bernhardt ? Quelques mois après, est-ce une représentation théâtrale à laquelle assiste l'évêque, Mgr Sibour, et dans laquelle joue Sarah pour la première fois, qui va constituer son baptême de scène ? Pourquoi le prélat promet-il à la fillette de revenir la baptiser personnellement dans la foi du Christ ? Sarah doit déjà posséder cette faculté particulière d'attirer l'attention sur elle. Mais pourquoi cet évêque est-il justement assassiné par un fou ?

« Il me semblait que le meurtrier, Verger, m'avait frappée, moi aussi, dans mon amour reconnaissant pour le prélat, dans ma petite gloire qu'il me volait. Je sanglotai. Puis l'orgue accompagnant la prière des morts exaspéra ma douleur. »

Johann repousse son fauteuil. Il se sent perclus de souffrances. À lui aussi manque le doux sourire de Mère Sainte-Sophie pour illuminer son couvent intérieur.

« Mais ce ne fut pas pour toujours que je quittai Mère Sainte-Sophie, je l'emportais avec moi : elle fit longtemps partie de ma vie. Je l'ai aimée pour tout ce qu'elle a éveillé de noble en moi. Je l'aime pour les lettres qu'elle m'a écrites et que je relis souvent. Je l'aime parce qu'il me semble que, tout imparfaite que je sois, je le serais cent fois plus si je n'eusse connu et aimé cette pieuse créature. »

Johann referme les *Mémoires* écrits par la vieille dame. Lui non plus n'a pas à se plaindre : sa mère est auprès de lui, elle dort dans la pièce du fond. Il n'est pas seul. Il se lève, va vérifier si elle n'a besoin de rien et revient finir de recopier son *Benedicite*.

Sur sa table, une autre petite fille à côté de Sarah le nargue. Elle pourrait être franchement laide. Johann la reconnaît d'emblée, car elle attire l'attention autant que le halo de sa lampe.

Rachel, qui s'appelait alors Élisa, avait été recueillie dans la rue par un mathématicien, Choron, amoureux d'opéra. L'enfant chantait dans la rue des chansons grivoises. Un jour, un passant, choqué par les paroles qu'elle prononçait, lui en fit la remarque. Elle rétorqua :

« Si on pouvait me faire d'autres paroles, je les chanterais bien aussi !

— Tenez », dit le passant, et il lui tendit avec un louis d'or quelques feuillets.

Il s'appelait Victor Hugo.

Poète fortuné qui put ainsi toucher la main enfantine de Rachel, et baiser les lèvres de Sarah !

Qui décide de quoi lorsqu'il s'agit de Mozart, de Racine ou même d'une Rachel ? Est-ce parce que la petite Élisa entra elle aussi dans un institut religieux créé par Choron, qu'elle devint l'irremplaçable tragédienne ? Un jour, le savant la surprit, juchée sur une table, drapée dans un vieux rideau et interprétant de sa voix rauque Athalie. Où avait-elle appris ? C'était une école de chant. Personne ne le sut jamais. D'où il s'ensuit que même un mathématicien comme Choron peut se tromper dans ses calculs...

Malgré lui, Johann sent les doigts de Sarah lui effleurer la main, comme jalouse, et se met, en élève appliqué, à recopier le *Benedicite*.

Vendredi 16 mars, fin d'après-midi

— *Great*, tu es bien trop fatiguée pour recevoir Mr Abrams.

— Il faut trouver des solutions afin de terminer le film. Je ne laisserai pas mon travail inachevé. Mon état risque d'empirer. Le spectacle doit continuer ! C'est moi qui choisirai ma remplaçante, ajouta la vieille actrice en adressant un très léger clignement d'œil à son fils.

— Mais, *Great*, il est déjà tard. Tu le verras demain.

— Je veux aujourd'hui ! Je ne laisserai pas après moi quelque chose de mauvais ! Tu te rappelles le film de *La Tosca* ? Heureusement, je l'ai fait détruire. Je veux discuter avec Mr Abrams.

— Bien, nous allons le chercher, lâche Maurice d'une voix lasse.

— Déjà je me sens mieux, mais toi, tu devrais te reposer.

Pauvre Mère Sainte-Sophie ! Combien de fois a-t-elle repris avec douceur mes « je veux ». J'espère qu'elle me pardonnera ce dernier « je veux »-là, car il s'agit bien, cette fois, de mes dernières volontés, et je n'ai aucune envie de mourir comme une vieille ! Heureusement, personne ne verra jamais ce film de La Tosca *! Comme j'ai aimé pourtant la jouer au théâtre ! Quelle année : quatre-vingt-sept ! En novembre, je créais* Tosca, *en décembre, Mauriçou se mariait, et c'est pour cette raison que je m'en souviens si bien.*

Cette fois encore, je refusai de retourner à la Comédie-Française. J'avais plus de quarante ans. J'étais à mi-vie et je ne le savais pas. À quoi cela m'aurait-il servi, d'ailleurs ? L'année d'avant avait été catastrophique, j'avais dû vendre mon merveilleux hôtel de l'avenue de Villiers et prendre celui-ci, qui sera ma dernière demeure sur cette terre. Mais quelle importance... Grâce au théâtre, j'ai appris depuis belle lurette à m'échapper des murs qui ne sont pas en trompe-l'œil, et l'autre monde, celui des poètes, est beaucoup moins périssable que cette demeure délabrée à laquelle je trouve ce soir un air si funèbre...

« Le monde est un théâtre et celui qui manipule les fils, les soutra *– les fils du jeu –, s'appelle* Sutradara. *Dieu, pour vous. L'homme n'a pas accès au divin. Seuls les initiés possèdent la connaissance : les brahmanes. Mais Dieu a donné le moyen à l'homme, à travers le théâtre et la danse, d'accéder au divin.* Sutradara *lève le rideau et apparaît alors le monde de l'invisible. »*

Quel dommage que je n'aie pas réussi à me rendre aux Indes ! J'entends encore mon cher Radjah me parler. Sans doute ai-je quelque peu réinventé ses paroles, mais j'avais l'impression de comprendre exactement ce qu'il m'expliquait. J'ai toujours cru à ces rencontres où la voix transmet mieux qu'aucune traduction la signification des paroles. Qu'importe que l'un parle anglais, l'autre français ou russe ; il y a cet entendement secret qui passe par l'intonation, le geste, le regard. L'émotion est cette clef unique qui permet de se comprendre entre les peuples. Sinon, comment aurais-je pu me faire entendre dans tant de pays ? Dans le théâtre réside peut-être cette langue sacrée qu'évoquait le maharadjah. Mon fou de Richepin me dit naguère que des gens lui confiaient parfois : « Je ne sais pas le français, mais quand elle parle, il me semble que je sens passer l'âme de la France. » C'est pourquoi j'ai toujours essayé d'obtenir que des poètes me traduisent les pièces étran-

gères que je jouais. Non pas mot à mot, mais âme pour âme.

Les nausées commencent à me prendre ; hélas, je crois qu'elles sont plus graves que celles que j'avais sur les bateaux au début de mes traversées. En vue du port, mon navire se balance majestueusement. Je vais monter sur le pont pour assister au soleil couchant qui vient mourir entre mes doigts et dessine leur ombre sur les draps. Je pourrais regarder des heures durant la palpitation de ces dessins, peut-être en souvenir de la lampe allumée en permanence aux pieds de la Sainte Vierge, au couvent, qui laissait errer elle aussi des ombres, et je pensais entrevoir sur la blancheur des murs l'imperceptible frôlement des ailes de l'Ange venu me visiter. Cette présence de l'Ange m'a souvent accompagnée au cours de ma vie et je suis heureuse qu'en cet instant il se tienne non loin, annonciateur de la Lumière.

L'Ange ? Sans doute s'appelle-t-il Raphaël ? C'est le premier rôle que j'aie joué. J'ai conservé le manuscrit jauni, aujourd'hui déchiré, qu'avait rédigé Mère Sainte-Thérèse.

Je n'étais pas distribuée. Je ressens encore cette formidable colère de ne pas en être, mais cela m'a servi de leçon pour toute mon existence. Je tenais à participer ; aussi faisais-je répéter les unes et les autres. Louise Buguet devait interpréter l'ange. Blonde, blanche : un rayon de lune ! J'aidai à fabriquer les écailles du poisson que jouerait César, le chien du couvent. Je travaillai au costume de Louise, ma camarade préférée. J'étais partout, puisque je n'avais aucun rôle. Mais Louise pleurait dès qu'il lui fallait ouvrir la bouche. Je soufflais, l'embrassais, la rassurais. « Oh, elle ne pourra jamais », soupira Mère Sainte-Sophie. Alors je bondis, comme poussée par une main : « Voulez-vous que je répète à sa place ? » Oui, oui ! criat-on, et c'est ainsi que je devins pour une soirée l'Ange Raphaël.

J'ai l'impression que, ce soir, il est revenu et m'at-

tend de l'autre côté du rideau, telle que j'étais peut-être avec ma ceinture bleue et mes deux ailes en papier crépon, tandis qu'un lacet d'or ceignait ma tête. Mon premier public : Monseigneur Sibour !

« Nous devons la baptiser au printemps. Son père revient exprès d'un pays lointain pour la cérémonie. »

Ni l'archevêque ni mon père n'assistèrent à ce baptême. L'un avait été assassiné ; l'autre était mort dans des circonstances aussi mystérieuses que tragiques. Mais il avait eu le temps d'amener sa fille aux portes de ce couvent où elle avait joué l'Ange Raphaël. Ah, s'il m'avait vue ! Quelle fierté ! Si j'ai toujours cherché à porter mon art au plus haut, sans doute est-ce à cause de cet Ange qui avait douze ans et des ailes de papier.

Le soleil s'est couché. Ils vont allumer, j'espère comme au théâtre. Au fond de ce lit, au bout de ma vie, je me demande encore si je ne suis pas en train de jouer le dernier acte de La Dame aux camélias *:*

« Comme je suis changée ! Le Dr Chauffard ! Je l'ai entendu. Il disait que j'étais bien mal. Bien mal ! C'est encore de l'espoir, et si Armand revenait, je serais sauvée... »

Quel Armand ? Je distingue un visage tout près du mien. Le Prince ?

— Maman, vous m'entendez ? Mr Abrams viendra s'entretenir avec vous. Le Dr Chauffard est là.

La malade fait un signe d'acquiescement. Émile allume quelques lampes. Dehors, les gens sont plus nombreux, immobiles devant l'hôtel du boulevard Pereire. Ils parlent bas, lèvent la tête anxieusement vers la fenêtre qui vient de s'éclairer, comme annonçant l'entrée en scène de la tragédienne.

« En ces jours-là, l'Ange Raphaël dit à Tobie le père : "Il est bon de tenir caché le secret d'un roi..." »

Johann a travaillé une partie de la nuit. La fatigue lui cause un léger vertige, mais il entend finir de recopier l'histoire dans la Bible (*Tobiœ*, 12) :

« Et parce que vous étiez agréable à Dieu, il a été nécessaire que la tentation vous éprouvât. Mais, maintenant, le Seigneur m'a envoyé pour vous guérir et pour vous délivrer du démon Sara... »

Johann sursaute. Pourtant, le nom de Sarah est bel et bien écrit : le démon Sara ! Sara, ma tentation, ma folie ! « L'Ange du Seigneur, Raphaël, saisit le démon et l'enchaîna... » Fin de l'histoire.

Johann frissonne. Même un historien peut prendre peur lorsque certaines coïncidences finissent par le rattraper. Il referme la Bible.

Sarah est en face de lui. Le portrait qu'il a posé sur sa table le défie. Sarah dans son rôle d'Izeïl, déesse mystique inspirée par l'histoire de Bouddha.

« Qui veut de mon baiser ? Je m'appelle la Mort. »

Elle le défie. Il n'ose plus se lever du fauteuil élimé. Elle l'entraîne, l'exhorte à s'engloutir avec elle dans les draps. Comment comprendre ce qu'était une nuit avec Sarah ? Comment rendre compte objectivement de son regard lorsqu'elle tombait amoureuse de vous ? Comme en ce moment, se dit-il. Il perd tout contrôle de lui-même, voudrait simplement tout oublier avec elle, succomber comme le Prince et ceux qu'on a évoqués comme ses amants : le tragédien Mounet-Sully, Victor Hugo, Pierre Loti, Jacques Damala (qu'elle épousa),

Lou Tellegen (ce jeune Hollandais de quarante ans de moins qu'elle et qui la suivit jusqu'aux confins de l'Amérique), Robert de Brimond (grand industriel champenois), le marquis de Caux, Gustave Doré, Jean Richepin, Jacques Stern, Félix Duquesnel, et même Robert de Montesquiou (qu'elle appelait « mon frère »), Charles Haas ! et peut-être le duc de Morny qu'évoque Alphonse Daudet. Le duc est mort en 1865 ; Sarah avait vingt et un ans. C'est lui qui décida de son avenir devant ce fameux conseil de famille à l'issue duquel l'adolescente, à peine sortie du couvent de Versailles, se retrouva précipitée dans le milieu galant de sa mère et de sa tante. Le duc ne cessa de veiller sur elle et de la protéger. C'est grâce à lui qu'elle entra au Conservatoire, puis à la Comédie-Française.

Johann remet ses lunettes, reprend ses fiches. Les *Mémoires* de Sarah : le couvent, la mort du père, le retour au foyer maternel, le conseil de famille. Avant même le théâtre.

« J'adorais Maman : mais avec attendrissement et un fervent désir de la quitter, de ne plus la revoir, de la sacrifier à Dieu. Quant aux autres, je ne les voyais pas. J'étais grave et un peu revêche... Il y avait eu, quelque temps auparavant, une prise de voile au couvent, et je ne pensais qu'à cela... »

Johann songe à ce que Sarah déclara à cinquante ans, dans *Le Figaro* du 4 novembre 1893, dans une importante interview :

« C'est à l'Église que je dois d'être entrée au théâtre. »

« Entrée au théâtre » comme on dit « entrée en religion ».

Quel homme aurait pu faire longtemps face à cette « force qui va », ainsi que l'écrit Victor Hugo ?

« J'allais avoir quinze ans. J'étais dans l'attente de la vie... Ce jour de septembre décida de mon avenir. [...] Après déjeuner, il y a conseil de famille. » Sa mère la regarde « longuement de ses yeux mystérieux, les plus beaux que j'aie jamais vus de ma vie », se rappelle-t-elle dans ses *Mémoires*.

Johann imagine l'adolescente en robe bleue : quinze ans ou bientôt dix-huit ans ? Sa sœur Jeanne la déteste. L'autre, Regina, la dernière, est insupportable comme toujours. Toutes trois ont un père différent. Qui pour Jeanne ? Qui pour Regina ? Sarah est l'aînée, celle qui doit devenir adulte la première. Elle arrive au déjeuner, les femmes l'observent, les hommes la jaugent. La voici seule face à ses juges.

« Il y avait comme convives ce jour-là : ma tante Rosine, Mlle de Brabender ma préceptrice, mon parrain Régis Lavollé et le duc de Morny... "Pourquoi avez-vous pleuré ?" me dit le duc de Morny. » La jeune fille ne répond pas. « Le duc m'en imposait un peu. Il était doux et moqueur... »

Le conseil de famille a lieu : « Il y avait déjà le notaire du Havre, Me C..., que je détestais. C'est lui qui représentait mon père mort à Pise... Ma haine d'enfant ne me trompait pas. J'appris plus tard que cet homme avait été l'ennemi acharné de mon père. Il était laid [...]. Il y avait mon oncle Félix Faure, et l'affreux M. Meydieu », vieil ami de la famille, « à l'âme bourgeoise et têtue ».

Heureusement, Mme Guérard, la « dame du dessus », fait son apparition. « Mme Guérard m'aimait tant ! » Toute sa vie Sarah verra des femmes la protéger, comme Mère Sainte-Sophie, Mlle de Brabender, une vieille fille pieuse qui avait vécu à la cour impériale de Russie et qui peaufina son éducation, et puis cette Mme Guérard, la voisine du dessus, que Sarah appellera toujours « Mon P'tit Dame », veuve au cœur généreux qui s'était tout de suite amourachée de la fillette. Plus tard, il y aura Suzanne Seylor, Louise Abbéma, la comtesse de Najac, Jeanne de Gournay, toutes attirées par cet « enfant fou », ainsi que l'écrivait De Max.

Elle l'observe toujours, voluptueuse, le regard fier. Johann n'y lit aucune coquetterie. Les femmes ? Elle les charme aussi, sans nul doute. Sarah est d'abord une enfant qu'on a envie de protéger ! Mais, soudain, la panthère bondit sur sa proie. Toutes sont fascinées par ce que Sarah ose faire et qu'elles ne risqueront jamais. La seconde d'après, la fragilité refait surface... Qui domine Sarah, sinon elle-même ?

Il approche et scrute la photo : l'énigme est là, il faut l'embrasser tout entière. Ces hommes, ces femmes sont restés à ses côtés malgré bien des jalousies, des ruptures, et ceux qui ne s'approchaient plus d'elle mouraient peu à peu d'ennui.

« Sous l'enveloppe fragile de cette femme merveilleuse, écrit plus tard Lou, le jeune amant qui se suicidera à coups de ciseaux, je devinai un volcan en éruption. Mais avec quel raffinement, elle manifestait son sens de l'humour ! Je ne pouvais la quitter des yeux – elle était tout. La Vie elle-même !... À la pensée de ces quatre années les plus glorieuses de ma vie, mes yeux s'emplissent de larmes et mon cœur s'écrie... : je suis seul sans vous ! »

Johann relève la tête avec brusquerie. Il lui semble qu'elle s'est approchée davantage de lui. Toutes ces photos d'elle qu'il a épinglées au mur paraissent se moquer de lui... Il se lève, se sert du café, revient. Sage, la jeune fille tout de noir vêtue a occupé sa place dans son fauteuil. Elle a vingt ans, semble en avoir tantôt quinze, tantôt trente, et lui tend sa main parfumée d'ambre. Plus il sait de choses sur elle, plus il s'égare, s'enfonçant à l'infini dans ces chambres dont elle lui ouvre à chaque fois la porte.

« Oh, Sarah, Sarah ! Sarah la grâce ! Sarah la jeunesse ! Sarah la beauté ! Sarah la divine ! » écrit, envoûté, le poète Pierre Louÿs, âgé de dix-huit ans. « Je suis fou, je suis hors de moi, je ne sais plus ce que je fais, je ne pense plus à rien, j'ai vu Sarah hier soir. Mon Dieu, quelle femme !... Sarah... Ô mon Dieu, quand te reverrai-je ? Je pleure, je tremble, je deviens fou. Sarah, je t'aime ! »

Le garçon vient de la voir dans *La Tosca*, qu'elle crée cette année-là juste avant de marier son fils. Elle a quarante-trois ans.

Johann feint pour s'amuser de la chasser de son fauteuil, mais il entend s'élever son rire, « ce petit éclat de rire aigu » que décrit si bien Reynaldo Hahn. « Ce petit rire surprend toujours quand il éclate ; il est placé très haut et s'enroue vers la fin. »

Non, il ne cédera pas à l'éclat de ces yeux bleu-vert, rieurs et quelque peu cruels. Il en sait trop sur elle, aussi bien sur ses caprices, ses colères, ses roueries. L'historien a accumulé des centaines de fiches. Qu'elle reste, pour l'heure, la sage petite fille qui écoute le conseil de famille décider de son sort. Laide, maigre, ingrate, ainsi que la jugent tous ces gens. Une « morveuse », comme vient de dire M. Meydieu qui fait groupe avec l'affreux notaire, cause des malheurs de son père.

Et l'incroyable se produit :

« Enfin le duc de Morny se leva, écrit Sarah, dans ses *Mémoires*. "Savez-vous ce qu'il faut faire de cette enfant ?... Il faut la mettre au Conservatoire." Et il disparut... et je devinai que cette phrase était le poteau indicateur de ma vie. »

« ... Repose-toi encore, me dit Maman, car ce soir nous te conduisons au Théâtre-Français. »

Johann replie ses papiers. Il faut qu'il dorme, sinon c'est lui qui finira comme Sarah, par vouloir devenir acteur ! Il éteint la lampe, se dirige vers sa chambre de célibataire. Elle est là, allongée sur le lit, toute semblable à la photo qu'il a conservée d'elle dans *Cléopâtre*, tentatrice, le menton appuyé sur ses beaux bras nus cerclés de bracelets, ses cheveux défaits coiffés du serpent, diadème d'une féminité oubliée. Johann s'arrête, troublé. Il se rappelle la vision de Lou Tellegen :

« La porte s'ouvrit et dans l'embrasure apparut une créature céleste ! J'avais tout affronté dans la vie – le danger, la mort, l'horreur, le meurtre, l'amour, le désespoir – mais je dois admettre, bien que les risques courus pendant ma périlleuse existence eussent cuirassé mes émotions, que mon cœur sembla s'arrêter un instant lorsque je vis cette créature immortelle... Mes jambes avaient des muscles d'acier, mais, à cet instant, elles étaient aussi fuyantes que l'eau... »

Johann se dit qu'il n'a rien à redouter. La nuit est le royaume de l'imaginaire. Pour réussir ses examens, il a traversé toutes les guerres depuis les siècles des siècles, pour aujourd'hui les maintenir sagement rangées dans ses fiches. Le visage enfoui sous les draps, il se glisse à ses côtés et, peu à peu, il a l'impression que Sarah murmure à son intention ces mots qu'elle a écrits un jour de désespoir à Jean Richepin :

« Mon adoré, mon idolé, mon affolant maître... Je te demande pardon, oh oui, grand pardon ! Je t'ai donc dit des choses bien mal, bien infâmes, que tu m'écrives de si hurlantes paroles. Je suis tout étourdie dans le flot de tes colères ; tes phrases poignardent mon cœur et se bousculent à qui arrivera la première. Je suis fatiguée de t'avoir tant entendu gronder, et cependant je te suis plus tienne que jamais. Il me te faut. Je ne puis être loin de toi. Surtout maintenant que je sais ton esprit irrité et ton cerveau sans but. Reviens, je t'en supplie, reviens ! Je t'écrirai demain une lettre officielle te disant de revenir vite, vite. Vois, Jean, je n'y puis rien, en vérité : je t'adore. Je suis à toi parce que cela devait être. [...] Je t'eusse aimé il y a dix ans comme je t'aime aujourd'hui. Je suis, je te le jure, mon adoré seigneur, incapable de te trahir. Oui, je sais bien, j'aime tromper, je suis faite de mauvaises pensées et de trahisons. [...] Piétine-moi sous tes orages, brise-moi sous tes colères, mais aime-moi, mon amant adoré, aime-moi pour l'amour de l'amour ! Si fortes que soient mes griffes, elles ne peuvent laisser une trace bien profonde dans ton cœur fait d'amour. Dis-moi que c'est fini, que tu déchireras cette lettre stupide, dis-moi surtout que tu sais bien que je ne te trompe pas, que je ne puis te tromper. Ce serait lâche, infâme, stupidement bête. J'ai jeté un cri de vengeance et tu y as cru ; tu sais cependant que ce n'était qu'un cri de rage et de vraie douleur [...]. Je me soumets à ta volonté, et puis aussi soumets mon orgueil. Tu me puniras en me refusant une seconde tes lèvres à

baiser. Écris-moi une douce lettre, je t'en supplie – je suis si meurtrie par les dernières.

« N'est-ce pas, tu ne fronceras plus tes sourcils, ta bouche n'a plus son cruel sourire. Je baise tout doucement tes pieds de femme et je m'abandonne toute à tes caresses. [...] Je te jure que je me tuerai en tombant. Je baise chacun de tes cheveux, je câline doucement ton corps adoré et mes lèvres demandent à tes lèvres cent mille pardons à me rendre... »

Sur la table de Johann, le cahier abandonné est resté ouvert toute la nuit. Les notes sont éparpillées. Une jeune fille de seize ans, peut-être dix-neuf, vingt ans, les feuillette, une grimace amusée sur les lèvres.

Avant l'arrivée de Sarah Bernhardt, lit-elle, on pouvait presque citer mot pour mot la réflexion que fait Guizot dans sa *Vie de Shakespeare* : « La tragédie classique n'est plus accordée à notre temps. »

Le Conservatoire : l'art qui y est enseigné est d'une très grande qualité. L'importance est accordée à la diction. Personne n'aurait toléré que les mots soient avalés, même pour les artistes d'opérette. Samson, Provost, Beauvallet et Régnier sont les maîtres de l'art de dire.

Samson : a formé Rachel qui l'aima. Est-ce à lui que la jeune fille de dix-neuf ans écrivait : « Si ma représentation a été bonne, c'est à vous que je le dois. Je n'ose vous envoyer mille baisers, je craindrais votre refus » ? Lorsque Sarah entre au Conservatoire, Samson est déjà un vieil homme. Il est né en 1793, l'« Année terrible » – il aurait déclaré un jour qu'il avait eu une enfance sans bonheur : « Ma mère ne m'a jamais donné une caresse. » Cœur généreux, érudit, il oblige ses élèves à lire leur rôle. La lecture doit précéder la diction. A horreur qu'on « boule » un texte. Veut qu'on tire d'une réplique les moindres intentions. Sa devise : « Le geste précède et prépare la parole. »

A formé Rachel, Berton, Arnould Plessys, les sœurs Brohan, Rebecca Félix.

Provost : enseigne la diction pompeuse, soutenue. Il recommande la largeur du geste et de l'inflexion. A formé Mme Allan-Despréaux (créatrice du *Caprice*), Got, Delaunay, Laroche.

Beauvallet : comédien autoritaire, despotique, appartenant à la Comédie-Française. Essaie de maintenir la flamme du romantisme. A formé Worms, Delphine Fix.

Régnier : « J'ai eu toute ma vie l'horreur du convenu, des trucs et de la ficelle », déclare-t-il. A formé Coquelin l'Aîné, Coquelin Cadet, Dinah Félix, Suzanne Reichenberg, Rosalie Rousseil, Bartot, Réjane.

La jeune fille s'attarde sur le dernier cité. C'est lui qui lui a fait travailler *Phèdre* lorsqu'elle le joua pour la première fois au Français. Elle l'entend à nouveau :

« Il ne faut pas avoir peur, mon enfant ! Je vois très bien ce que vous allez faire de ce rôle. Poussez le rôle vers la douleur et non vers la fureur, tout le monde y gagnera, même Racine ! »

Elle revoit l'homme doux, bien élevé, qui lui a enseigné à dire vrai.

Elle commence à bien aimer ce lieu où Johann a rassemblé tout ce qui la concerne. Elle s'assied, pose – geste habituel – son visage dans sa main repliée. Comme c'est amusant de *revenir* ! Elle prend le disque de *La Traviata*. Tout se remet à danser dans sa tête. C'est merveilleux de se servir des objets humains d'aujourd'hui, de pouvoir mêler la musique de Verdi à sa propre vie... Le temps est aboli. Comme elle avait raison de dire, lorsqu'elle était encore de leur monde : « La vie m'a appris depuis que si l'on doit être quelqu'un, ce n'est qu'après la mort que la manifestation s'affirme. »

Le duc de Morny l'a réconfortée, la veille encore. Elle revoit ce jour du concours, un festival d'humiliation, de panique. Elle est laide : tout le monde le lui a dit. Elle est mal habillée dans cette robe dont l'étoffe s'est déchirée. Elle n'a prévu personne pour lui donner la réplique dans sa scène de *L'École des femmes*.

« L'appel de son nom la fit sursauter telle une sardine poursuivie par un gros poisson. » Elle entre, annonce *Les Deux Pigeons*. Elle est seule. En face d'elle, des hommes « grognants, grognards, moqueurs ». Une seule femme au verbe haut : Augustine Brohan.

— Faites la révérence, puis commencez et arrêtez-vous quand le président sonnera.

Sarah se rappelle : le même frisson de honte la parcourt.

« Deux pigeons s'aimaient d'amour tendre
L'un d'eux... »

— On n'est pas à la classe, ici ! En voilà une idée de réciter des fables ! ricane Beauvallet, le tragédien tonitruant de la Comédie-Française.

— Continuez, mon enfant, reprend Provost.

Sa voix est comme sa chevelure d'argent : réconfortante.

— Ce sera toujours moins long qu'une scène, lance Augustine Brohan.

Personne n'entend la jeune fille. Sarah a du mal à avaler sa salive. Elle se rappelle, se rappelle, et c'est comme cette Dame aux camélias jetée en pâture à tous ces marchands dont elle écoute les plaintes en cet instant.

— Plus haut ! Voyons, nous ne sommes pas des ogres ! intervient Samson de sa voix frêle et perçante.

Sarah entend à nouveau le ton de ce professeur, cette distinction acquise, mais empreinte de correction.

— Ah non ! s'écrie la Brohan, comédienne de la Comédie-Française. Si elle recommence, ce sera plus long qu'une scène !

Sarah se rappelle et murmure comme pour elle-même :

« Je trouvais ces gens méchants de rire devant ce pauvre petit être tremblant qui leur était livré pieds et poings liés. Je me sentais un léger mépris pour ce tribunal impitoyable... »

La jeune fille se lève, ouvre en grand la porte-fenêtre qui donne sur le balcon de Johann, et contemple le ciel étoilé.

« J'ai bien souvent pensé depuis à cette épreuve, et je me suis rendue compte que des êtres bons, intelligents, pitoyables, deviennent inférieurs lorsqu'ils sont groupés. Le sentiment de l'irresponsabilité personnelle éveille les mauvais instincts. La crainte du ridicule chasse les bons... »

Elle revient à la table de Johann, paraît réfléchir.

« On pourrait méditer cela longtemps, lâche-t-elle en refermant le cahier de Johann. Il est si distrait qu'il ne s'en apercevra même pas... »

Elle cherche dans la bibliothèque les *Fables* de La Fontaine et ouvre le volume aux *Deux Pigeons*, puis le dépose sur la table.

Elle envoie un baiser au fauteuil, ébouriffe ses cheveux d'un coup de main devant le haut miroir entouré d'or terni, puis s'enfonce de sa belle démarche dans l'infini théâtre où elle se reflète de plus en plus légèrement au fur et à mesure que la musique se meurt au loin.

L'aube monte qui efface çà et là les points d'or des étoiles disparues.

Samedi 17 mars

Mon cœur bat trop fort. C'est la nuit noire. Toutes les lumières viennent de s'éteindre. J'ai peur. Je vais m'évanouir, mais pour rien au monde je ne repasserais ma peur à quelqu'un d'autre. Elle est à moi. J'ai seize ans, le rideau frémit légèrement. De douloureux élancements me ceignent les reins, tout mon corps commence à s'ébranler ; j'ai vingt ans et je vais accoucher. J'ai quatre-vingts ans et je vais mourir. Quelque chose se prépare encore. Le rideau de ma vie se lève. Je suis loin, je m'éloigne, pareille aux éclairs dans le ciel sans étoiles. Je m'ouvre secrètement, une musique éclate, sombre, avec des accords tragiques. Je suis cramponnée aux rebords de velours rouge. Mère Sainte-Sophie, priez pour moi ! Je ruisselle, mon corps tremble, je sens le bras de Dumas derrière moi. Il m'explique Racine. Sa voix d'homme fait curieusement frissonner mon oreille. Mon ventre ne peut retenir un sanglot. Je vais avoir un enfant. Un enfant à moi ! Et j'ai à peine vingt ans ! Ma mort se prépare en coulisses. Je la devine sublimement parée. J'agrandis encore un peu mes yeux cernés de noir. Ce soir je joue mon plus grand rôle, le dernier, et c'est mon enfant qui s'avance vers moi, là-bas, encore petit, si petit.

« Je ne me flatte point d'une gloire insensée
Je sais de vos présents mesurer la grandeur... »

Je n'y vois plus. Les mots sont passés en moi. Je suis devenue le Théâtre dès que le bas du rideau s'est mis à bouger, soulevé par les pas majestueux de la Mort qui se rapproche. Tous les regards se tendent vers elle qui s'avance en scène. Tout à coup je la reconnais. Elle a mon visage. J'ai seize ans, je me tiens sur cette stèle de lumière dans mon costume blanc, superbe suaire drapé. Les tentures se soulèvent et les cieux découvrent leurs frises dentelées. Je me grandis encore pour laisser passer l'enfant béni : qui sauvera de son innocence nos crimes d'adulte ?

« Prince, je me dévoue à ces Dieux immortels
Dont ta vertu t'a fait partager les autels. »

Ce soir on joue Jean Racine et c'est la première fois que je suis au théâtre et c'est comme une messe, assise, collée contre la paroi de la loge avec Maman, Mlle de Brabender et cet ami de la famille, un homme déjà âgé aux cheveux crépus et au faciès de nègre blanc, qui me rassure et me protège de son bras puissant : Alexandre Dumas.

Continuez à me raconter l'histoire ! La Mort est entrée et je ne comprends plus ce qui arrive. L'orage couvre les voix, mon corps craque de toutes parts, l'eau monte à grandes rafales et submerge les vallées et les monts, le torrent m'entraîne, plus jamais je ne reviendrai en arrière, je veux découvrir ce nouveau continent vers lequel, gémissant de plaintes d'amour, m'emporte mon vaisseau. Je tangue, les voiles claquent, le poète me rattrape, il s'accorde avec moi : « Protège en ce moment le reste de ta race », et c'est comme un galop très lent, très ample qui m'emporte, nous chevauchons sans crainte les vagues de plus en plus hautes, de plus en plus salées, ma voix grandit en moi, elle veut s'échapper, déployer ses ailes, les mots la tirent de leurs mains pressantes : je ne peux plus rien refuser au poète. Plus rien ! Je reçois le baiser du dieu, perds à demi connaissance, meurs dans un dernier spasme et c'est mon enfant qui sort à la lumière. Un cri ! Maurice hurle encore dans les ténèbres, je le serre contre moi et pleure des larmes d'enfant. J'ai seize ans, c'est la pre-

mière fois que je suis dans cette loge de face, au Théâtre-Français, cette loge rouge qu'a offerte le duc de Morny à une petite jeune fille qu'il a décidée à devenir actrice. Je pleure à grands sanglots de joie :

— Sarah ! Vas-tu cesser cette comédie ?

— Calmez-vous, Youle ! Morny a tout à fait raison : cette petite fera une merveilleuse actrice.

Là, en bas, tous ont les yeux rivés sur moi. Ils applaudissent et cela me berce. Je veux dormir. Je m'accroche à M. Dumas, je voudrais qu'il me couche, me borde, me parle encore dans le creux de l'oreille. Il dégrafe avec Maman ma robe de fillette et je l'entends murmurer dans mon cou qui frissonne :

— Bonsoir, petite étoile.

Je sens une mèche de cheveux qui m'effleure la joue. Maurice est près de moi – tout près.

— Maman, je t'ai réveillée ?

La vieille dame fait un non léger de la tête.

— Quelle heure est-il ? chuchote-t-elle.

— Plus de deux heures du matin. Tu t'es endormie.

— Je rêvais de toi et de la première fois où je suis allée au théâtre. C'était très beau.

— Quoi donc ? interroge Maurice.

— Les deux. C'est difficile à comprendre, parfois. Vous êtes toute ma vie.

— Je suis là. Il faut que tu te reposes.

— Je sais, mon fils.

La tragédienne agrippe un instant le bras de Maurice.

— Quel jour je suis tombée malade ?

— Avant-hier, Maman.

— Le 15 mars. Je le savais... Le 15 mars, c'était hier... La première de *L'Aiglon*. Quel bonheur ! Tu te souviens ? Le triomphe ! Un journaliste avait écrit : « La pièce ne fera pas dix représentations... »

La vieille dame rit doucement.

— Des centaines de représentations à travers le monde entier. Mon poète... Pourquoi est-il parti avant moi ?

« Qui sait s'il est plus important de conquérir le monde ou d'aimer un moment ?... » récite Sarah en envoyant un baiser de sa main diaphane tandis que l'émotion dépose quelques perles sur son visage.

Maurice la retrouve telle qu'elle était il y a vingt ans. Est-ce *Great* qui se meurt en cet instant ou le duc de Reichstadt est-il revenu replier ses ailes dans ce lit ?

Désespérément, il voudrait croire que sa mère joue encore. Joue à mourir, comme au dernier acte de *L'Aiglon* où le public se levait pour applaudir ce prince blond qui ressemblait tant à son père.

Encore en cette minute, l'homme de presque soixante ans ressent une intense fierté à être le fils unique de la plus grande tragédienne. Il y a longtemps qu'il n'est plus jaloux de ce théâtre qui, enfant, lui dérobait trop souvent cette maman. Si maintenant il pouvait encore la sauver, qui sait ?

« Amants, heureux amants, voulez-vous voyager ?
Que ce soit aux rives prochaines
Soyez-vous l'un à l'autre
un monde toujours beau... »

Après une nuit agitée, Johann s'est rassis pesamment, sa tasse de café à la main. Plus il s'approche d'elle, plus son mystère s'épaissit : il ne se souvient même plus d'avoir posé ce livre sur la table, cette nuit, lorsqu'il s'est arrêté de travailler. Par contre, il semble encore sentir flotter sur son corps le parfum d'ambre qui la caractérisait et que Reynaldo Hahn évoque ainsi :

« Avant le sixième acte de *L'Aiglon*, elle s'appuie sur mon bras pour monter les marches qui conduisent à la scène, et sa main y laisse un parfum d'ambre qui persiste encore. »

Johann respire dans la pièce cette odeur cuivrée ; c'est comme si elle s'était attardée entre ces murs.

Les Deux Pigeons sont ouverts à la bonne page.

Tout en buvant le noir breuvage, il relit les vers du fabuliste tandis que l'aube se met à pâlir :

« Tenez-vous loin de tout, comptez pour rien le reste.
J'ai quelquefois aimé, je n'aurais pas alors
Le Louvre et ses trésors.
Contre le firmament et sa voûte céleste... »

Étrange : il ne se rappelle pas avoir travaillé là-dessus la veille. Pourtant, il abordait la période du Conservatoire et c'est bien ce qu'elle a récité pour y être admise. Il avait dû vouloir recopier la fable.

Le disque de *La Traviata* est posé sur sa chaîne. Sans

doute désirait-il l'écouter quand la fatigue l'a pris et envoyé au lit.

« Vous savez ce que M. Auber, directeur du Conservatoire, me confie lorsque je viens m'inscrire avec ma bonne Mme Guérard ? “Ne prenez pas cet air triste. La vie vaut la peine qu'on y entre sérieusement, mais gaiement !” »

Johann se retourne vivement. Elle est assise, placide, sur son vieux sofa à demi défoncé. Elle n'a plus d'âge, mais son ton est badin, relevé d'une pointe de taquinerie :

« Ce fut ma première leçon. Alors que je sortais du bureau, je fus bousculée par une grosse personne. M'ayant raccompagnée, il me donna cette seconde leçon : “Et surtout, me murmura-t-il à l'oreille, ne vous laissez pas engraisser comme cette grande chanteuse. La graisse est l'ennemie de la femme comme de l'artiste !”

« La troisième leçon, je la reçus sitôt après, quand, descendant l'escalier, je l'entendis accueillir la même chanteuse par ces mots : “Eh bien, la plus idéale des femmes...”

« Je jurai alors de ne jamais ajouter foi aux compliments. Les hommes mentent fort bien... Même vous, l'historien ? »

Johann la dévisage, ahuri. Elle est telle, ce matin, que l'a décrite Mme Dussane, la toute jeune comédienne (nous sommes en 1916, Sarah a été amputée un an auparavant) :

« Je ne l'avais jamais approchée... Je vois au fond d'une profonde bergère un être extraordinaire, mille plis de satin et de dentelle, coiffé d'un ébouriffement roux, des traits sans âge où toutes les rides se parent de tous les fards... Elle est là, si petite, si atteinte, la grande, la radieuse Sarah ! Un petit tas de cendres...

« Et c'est là que je devais, après tant d'autres, connaître son miracle : deux heures durant elle répète, recommence ses couplets, donne le mouvement, fait les coupures, commande du thé, s'enquiert des conditions du voyage, s'emballe, s'émeut, s'amuse, voit tout, entend tout, surprend tout ; pendant deux heures, le petit tas de cendres n'arrête pas de jeter des étincelles ! Je sens bien que c'est ainsi depuis qu'elle est au monde, et il me semble que cela durera éternellement. Sous la décrépitude peinte et franfreluchée de la vieille comédienne, brûle un inextinguible soleil... »

« J'avais passé deux ans de travail acharné : cours de diction, cours de maintien, cours d'armes... Je voulais un premier prix de tragédie... Au souvenir, je frémis encore. C'était un matin comme celui-là, je m'étais réveillée très tôt. Ma mère avait eu l'idée saugrenue de me faire défriser. Une heure et demie de coups de fer ! Je fus brûlée au front – peut-être est-ce à cause de cela que j'ai toujours conservé une frange, par la suite, même si mon horrible ennemie, Marie Colombier, laisse entendre dans ses crapuleux *Mémoires* que j'avais un front étroit et prématurément ridé. Heureusement, elle reconnaît mon inoubliable étrangeté qui, dit-elle, vient de mes yeux très étirés, superbes... Ce qui ne l'empêche pas de me faire mourir à la moitié de mon âge, alcoolique, une bouteille d'absinthe à la main ! »

La vieille dame est à nouveau secouée d'un rire juvénile et frais qui fait pétiller son regard vert-œil-de-chat qu'a su si bien décrire sa meilleure ennemie.

« Bref, le coiffeur ne cessait de répéter à ma mère : "C'est de l'étoupe ! Toutes les filles de Tanger ont des cheveux semblables" – et il rajoutait de la crème grasse pour les coller. Ma tête finit par peser un kilo ! Imaginez les heures qui passent, mon visage rougi d'avoir pleuré... Heureusement, sitôt arrivées, mes camarades m'aident à enlever au plus vite toutes ces saucisses. Je n'étais pas une mauvaise amie et elles essaient de me remonter le moral, car maintenant mes cheveux raides et sales pendent sous le poids de la moelle de bœuf... Une autre se serait enfuie épouvantée, mais je croyais à moi, au théâtre. Je renverse la tête, les décolle de mes mains. Ma bonne Mlle de Brabender, qui s'est cassé la jambe quelque temps auparavant, apparaît avec sa canne-béquille, pressentant la catastrophe. Un vrai champ de bataille ! Le concours a commencé. J'ai tellement pleuré que je parle du nez et rate cette première scène de tragédie. Mais il y a la comédie... suit une demi-heure de pause. Je me sens gagnée par mon instinct batailleur. L'injustice de ce qui m'arrive me révolte. Mlle de Brabender m'offre un peu de porto, une brioche. Je me dis que soit je décrocherai mon premier prix de comédie, soit j'entrerai au couvent. Je veux devenir la première, la plus célèbre, la plus enviée. Et, contre le doute qui commençait à me paralyser, je sors mon Moi combatif et paradoxal qui me dit de tout oser.

« J'étais transfigurée ! Je remportai un succès étourdissant et si je n'obtins pas, comme vous le savez, cher Johann, le premier prix, j'acquis ce jour-là un enseignement précieux pour l'exercice de mon art. Tandis que j'allais m'élancer pour recevoir ce prix auquel je croyais avoir droit, j'entends avec horreur : “Premier Prix à l'unanimité : Mlle Marie Lloyd !” Qui se souvient aujourd'hui de Marie ? Pauvre Marie ! La jeune fille s'élança, svelte, radieuse. Elle me dépassait d'une tête. Sa beauté, son charme avaient eu raison de tout et de toutes... On m'appelle alors pour le second prix. Je n'entends pas. On me pousse, mais moi, je vois des Marie Lloyd partout ! Grandes ! Grandes ! Elles dépassent le plafond, m'étouffent, m'écrasent le cœur !

« Je rentre en coulisses. J'observe Marie : c'est ma meilleure amie. Elle est vêtue d'une belle robe, elle a deux mignonnes petites oreilles, un de ces charmes... Elle est plus femme que nous toutes... Vous savez, à l'époque, j'étais encore plus maigre ! On disait de moi : un visage de vierge dans un corps de balai ! Je décide à cet instant que plus rien ne sera laissé au hasard. À partir de là, je fais un sacré travail sur moi, je vais m'inventer...

« Aux yeux de chacun, Marie avait réalisé l'idéal rêvé par Molière : elle était entrée rieuse et radieuse dans le personnage de Célimène. Je n'ai jamais oublié ce prix Marie Lloyd. Et chaque fois que, par la suite, j'ai osé interpréter un rôle, le personnage s'est présenté à moi tout costumé, coiffé, etc.

« Au lieu de m'éloigner de celle qui triomphe, je l'invite à déjeuner : Marie est seule, orpheline... Je bois l'humiliation jusqu'à la lie, car à peine à la maison, ma sœur Jeanne, qui me déteste, me lance : "Mon parrain a dit en rentrant que t'étais laide comme tout !" Marie a fait une carrière honorable, et moi, ce soir-là, j'ai compris que je devais *créer* Sarah Bernhardt des pieds à la tête, de l'âme à la voix, jusqu'au dernier cheveu !

« Finalement, cette nuit-là se termina dans l'euphorie. Mon caractère j'm'en-fichiste reprit le dessus, et, le matin, une lettre du duc de Morny annonçait que j'étais engagée à la Comédie-Française... Peut-être à cause de mon talent. »

Le soleil s'est caché. La vieille dame n'est plus là. Johann se remet à son travail abandonné de la veille. Il se penche sur la photo de la jeune fille prise par Nadar au lendemain du concours du Conservatoire. Est-elle belle ? Elle n'est certes pas laide et, sur son front encore dégagé, nulle ride ou trace de brûlure ne se discerne. Drapée dans un lourd tissu qui pourrait être un rideau ou le burnous d'un silencieux nomade du désert, elle semble tout droit surgie des plus anciennes pages de la Bible. Peut-être est-elle justement descendue du Sinaï afin de révéler la Parole ? Son sombre regard retient avec pudeur des rêves cachés et la draperie laisse deviner par l'entrebâillement le corps émouvant d'une adolescente.

Johann sait bien qu'elle est morte, mais, curieusement, le soleil à cet instant s'étire brusquement et couvre de poussière d'or le coin usé du sofa. Sans même s'en rendre compte, Johann va s'asseoir à ses côtés.

« Moi, je prends du thé, dit la vieille dame en tendant vers la tasse sa main toute baguée. Même lorsque je voyage, j'emporte mon thé. »

Il se dit qu'elle est certes plus connue à l'étranger qu'en France, et sans doute dans l'éternité qu'ici-bas.

« Que je sois vieille ou jeune, quelque chose n'a jamais changé chez moi : mes cheveux de négresse blonde, comme m'a dit le coiffeur venu soi-disant me peigner, au matin de ma sortie du Conservatoire ! » – et le rire étouffe ses derniers mots.

Un souffle d'air tourne les pages. Une main se pose à nouveau sur son épaule :

« Ce jour-là, j'ai souffert d'un détail : en rentrant, ma sœur Jeanne, qui avait de magnifiques cheveux lisses, s'était fait friser, elle, et était encore plus jolie, alors que moi, défrisée, j'avais encore enlaidi. Les tragédiennes peuvent ressentir un énorme chagrin d'infimes détails, dépourvus de signification pour d'autres... »

Johann se lève pour refermer la fenêtre. Il a froid. Le don de la tragédienne ? Peut-être sont-elles dotées d'un savoir spécial ?... Pourquoi sont-elles devenues si rares, voire aujourd'hui comme une espèce en voie d'extinction ?

Il lui semble que le monde s'engourdit sournoisement. Oh ! comme ces femmes lui manquent : leurs cris, leurs rages, leurs voix blessées, leurs corps embrasés, leurs gestes démesurés qui n'auraient pas tenu dans le cadre étroit d'un petit écran.

La fable se termine :

« Ah ! si mon cœur osait encore s'enflammer... »

Johann s'apprête à refermer le livre.

« ... Ai-je passé le temps d'aimer. »

Il faut qu'il s'habille pour aller donner ses cours. Ce soir, peut-être la retrouvera-t-il ?

Dimanche 18 mars 1923

Je marche dans les rues, hagarde. Moi seule reste lucide. Je boite légèrement à cause de la fatigue. J'ai donné ma démission du Français. Je viens de donner ma démission du Gymnase où je me rendais ridicule à interpréter la Princesse Duchinka, évaporée, folle, rieuse, s'empiffrant et gambillant à n'en plus pouvoir. Avec mon inexpérience de la scène, ma timidité, je m'humilie chaque soir un peu plus à tenir ce rôle de grue dans cette pièce imbécile. J'ai dix-neuf ans et l'impression d'en avoir cent de plus. J'ai aperçu dans une loge le visage de ma mère qui me regardait avec tristesse et sévérité, fixant son enfant qui riait faux et s'agitait en tous sens.

Tout m'abandonne ! Je marche le long des rues et commence à avoir mal à ma jambe. Je boite. Il est temps pour moi d'abandonner ce théâtre et de regagner la maison de Dieu. Finalement, ne voulais-je pas être religieuse ? Non, je ne continuerai pas plus longtemps cette mascarade. M. Meydieu, qui m'a obtenu cet engagement, ne me pardonnera pas d'avoir encore une fois donné ma démission. Le duc de Morny se désintéresse désormais de moi ; c'est lui qui a eu cette idée de me faire devenir actrice, mais c'est comme quand il donne un sucre à ses chevaux, au fond il méprise ces « petits-bourgeois », *les Bernhardt, et ne visite d'ailleurs plus ni mes tantes ni ma mère.*

Il faut avoir dix-neuf ans pour comprendre ma détresse de ce soir. Les adultes oublient si vite leurs rêves d'adolescent, et quant aux enfants, ils évoluent encore dans le clair royaume du désir. Je titube. Tout me semble hostile. Je suis laide, maigre : un pauvre pigeon éclopé qui a voulu voyager. Ah, j'avais bien choisi ma fable pour entrer au Conservatoire ! Avoir travaillé avec tant d'opiniâtreté pour finir par faire une vulgaire idiote dans cette pièce non moins idiote de Labiche et Raymond Deslandes, Un mari qui lance sa femme *! Ce n'est certes pas moi qui serai lancée, et je n'ai pas de mari. Ah si : le mystérieux M. Berendt qui surgit, avec ses poils partout, toujours prêt à m'offrir sa fortune. Il est trop âgé, trop noir, trop velu, trop... Et puis, combien de fois ne me suis-je moquée de lui en lui attachant un bout de tissu noir au menton ; et Jeanne, ma sœur, criait en arrachant le tissu : « Je tiens votre barbe, je tiens... » Mais même cela ne me fait plus rire !*

Le commerce ? M. Meydieu m'a proposé une confiserie, mais, en visitant la boutique, dans le petit entresol, j'ai été prise d'accès de toux. Non, jamais je ne ferai de « commerce ».

Je n'entends pas demander pardon à M. Montigny, le directeur, car les pièces qu'il monte ne seront jamais du Racine. Et j'ai horreur de sa façon de me toiser, de me soupeser, comme s'il m'achetait. C'est un ancien acteur, rond de ventre et d'esprit, mais tellement infatué de lui-même ! Heureusement, je suis émancipée. Je puis décider de ce que je veux ! Même de mourir...

Je marche. J'ai toujours marché lorsque je n'ai plus d'argent. Quand je fréquentais le Conservatoire, j'économisais pour prendre un fiacre tous les deux jours au lieu de prendre l'omnibus tous les jours. Ainsi échappais-je à la promiscuité, même si cela me forçait à aller à pied un jour sur deux. C'est ce qu'on appelle un choix de vie.

J'ai dix-neuf ans, aucun argent et, pour la première fois, ma devise, « Quand même », ne m'ouvre aucune porte. Il y a bien le comte de Kénatry, ce jeune hussard qui me fit de si grands compliments le jour où je fus adressée à la Comédie-Française... Ah, la soirée chez Rossini où je déclamai L'Âme du Purgatoire, *de Casimir Delavigne, en présence de M. de Walewski, de ce cher Camille Doucet, du duc de Morny. C'était la première fois que je me trouvais en décolleté ! Quelle gêne... Ne plus penser à cela ! Je ne puis plus ni avancer ni reculer. Comme je voulais être quelqu'un, ce soir-là ! Quelqu'un qu'un beau hussard aimerait parce qu'elle était Sarah Bernhardt, mais pas par pitié ni désœuvrement. Il fallait me conquérir. Je n'avais pas renoncé aux centaines de milliers de francs de M. Berendt pour solliciter l'aide de n'importe quel blanc-bec.*

Pauvre M. Berendt... « Mademoiselle, balbutiait-il, il faut m'épouser, je vous rendrai la vie si heureuse... Je suis riche... Moi, mademoiselle, je mourrai de chagrin si vous ne voulez pas m'épouser... » Je ne voulais en aucun cas de son argent ni de son honorabilité. Si je lui avais dit oui, c'est parce qu'il me faisait beaucoup de peine. Heureusement, mon goût de la liberté a été le plus fort !... Ma liberté ? Je ne suis rien, j'erre dans les rues, perdue, blessée au cœur. Je n'oserai même pas rentrer au couvent. J'ai l'impression d'avoir tout raté.

« La volatile malheureuse
Qui, maudissant sa curiosité,
Traînant l'aile, et tirant le pié,
Demi-morte et demi-boiteuse... »

Je me répète les vers. Je vais mourir. J'ai dix-neuf ans et je marche en claudiquant, rasant les murs gris. Je ne croise que des visages indifférents. Je suis une personne comme les autres, autrement dit personne...

Cela fait deux jours que l'actrice sommeille, ne garde aucune nourriture. Maurice aimerait qu'elle se batte. Chacun se languit du ton autoritaire de la vieille dame qui, parfois, les mettait hors d'eux-mêmes. À présent elle ouvre à peine les yeux, puis les referme aussitôt.

Lysiane se dit que sa grand-mère est en train de les quitter, qu'elle a déjà cédé à la mort. Maurice ne la quitte presque plus. Il espère encore. Souvent, lorsque sa mère préparait un rôle, survenait toujours un moment où elle se rendait presque absente, sans personnalité, comme s'il fallait qu'elle disparût à elle-même pour mieux se transfigurer. Ainsi Phèdre, Marguerite, Adrienne, Tosca réapparaissaient un soir, sublimes, inaccessibles. En quelle mystérieuse contrée avait-elle été les rechercher ? Et quel formidable personnage va se relever demain de cette couche pour le moment silencieuse ?

Reste l'enfant de huit ans, assis dans la loge de face, voyant arriver cette reine lumineuse coiffée de son diadème d'argent, et que lui seul appelait Maman. Il aimait l'entendre monologuer près du banc :

« Toi qui verses ton sang, toi qui risques tes jours
Pour donner une fleur à la reine d'Espagne,
Qui que tu sois, ami dont l'ombre m'accompagne,
Puisque mon cœur subit une inflexible loi
Sois aimé par ta mère et sois béni par moi !... »

Il était Maurice, son fils chéri, et, dès que les applaudissements crépitaient, il commençait à la rejoindre, fendant la foule des étudiants, des hommes chenus ou ventripotents, des femmes à la toilette encombrante, venus féliciter la Reine de *Ruy Blas*, et il les bousculait pour se jeter dans les bras de celle qui exhalait pour lui ce parfum unique de terre poivrée, ensoleillée, qu'il avait respiré avant même sa naissance.

— Maman, réveille-toi ! Maman !

Peut-être faisait-elle encore un de ces sommes réparateurs dont elle avait pris l'habitude ? Elle pouvait se laisser tomber dans un fauteuil du salon, s'allonger sur un tapis pour s'y endormir en quelques secondes. Il l'entend, malicieuse, lui jeter :

— Je veux d'abord dormir une heure afin d'être très spirituelle...

Il revoit ses gestes : elle entasse trois oreillers, les bat, les change de place, les enfonce, les tire, les chiffonne, se cale, se couche, la tête reposant sur le bras, se couvre de sa zibeline. Cinq minutes après, elle dort...

Maurice rouvre les yeux. Cette fois, elle n'a fait aucun de ces préparatifs. Elle est immobile, si calme... Il perçoit son souffle, et, n'y tenant plus, se met à genoux tout contre elle. Il a huit ans, mais, au lieu d'une prière, il lui balbutie ces mots jamais ressortis de son cœur d'enfant :

« ... Ô reine de douceur !
Vous qu'à tout affligé Jésus donne pour sœur !
Venez, je vous appelle ! –

– Madame, sous vos pieds, dans l'ombre un homme est là
Qui vous aime, perdu dans la nuit qui le voile,
Qui souffre, ver de terre amoureux d'une étoile,
Qui pour vous donnera son âme s'il le faut
Et qui se meurt en bas quand vous brillez en haut... »

Qui m'a murmuré ces vers de Hugo, ce soir ? Ils me parviennent de très loin, dirait-on, au milieu de mon désespoir. Qui se cache sous le visage de Ruy Blas ? Mais je n'entends plus rien. Je me retrouve seule en scène. Mon costume est bien celui de la Reine dans Ruy Blas, *mais pourquoi n'y a-t-il personne dans ce théâtre ?*

Je lève la main, palpe mes cheveux : mon diadème de dentelle est bien à sa place, mais je n'ai aucun partenaire, aucun public. Un vent violent soulève ma robe, agite les perles cousues de ma jupe. Je regarde à l'entour ; les portes des loges claquent, la plupart sont même éventrées. À travers le plafond troué j'aperçois le ciel bleu et rose, mais il est aussi menaçant qu'un ciel d'orage. J'entends comme une multitude de chevaux qui vont me piétiner. Je dois dire mon texte, absolument, si je ne veux pas mourir :

« En même temps qu'un ange, un spectre affreux me suit
Et sans les voir, je sens s'agiter dans ma nuit,

Pour m'amener peut-être à quelque instant suprême
Un homme qui me hait près d'un homme qui m'aime... »

Les cintres s'entrouvrent ; là-bas il se tient, silhouette obscure, dressée au premier balcon. Vient-il enfin me chercher au bout de tant d'années ? À son tour la scène s'entrouvre, je tombe. Je tombe... Pire : je vais mourir. Qu'est-ce que je fais dans ce lit ? Quelqu'un frappe à ma porte. Je me lève, un peu titubante.

— Qui est là ?

— Moi, Dumas. Est-ce toi Sarah ? Ouvre, je veux te parler... Comme te voilà pâle. Tu ne dors pas ?

Soudain Dumas me secoue violemment.

— Vous me faites mal, monsieur Dumas !

— Tant mieux, répond mon ami.

Je commence à être rassurée : mon errance le long des rues va s'arrêter. Je n'avalerai pas ce flacon de laudanum.

— Que fais-tu avec cette fiole ?

— Je voulais me tuer. Si je meurs, j'incarnerai vraiment un rôle, je ne serai plus jamais ridicule. Je pourrai dormir. Même Maman, Jeanne, Regina ne me trouveront plus ridicule...

*— Écoute, Sarah, il est temps de dissiper les malentendus. Quelque chose ne va pas. On se cogne à des ombres, et, moi, j'ai horreur des ombres. Regarde-toi : tu ressembles à un squelette, tu as l'air hallucinée. Comment veux-tu que le public t'*aime *? Il recule ! J'aime le roman, mais avec des personnages qui luttent, qui crient, qui mangent, qui se mettent en colère dans le cliquetis des sabres. Je n'apprécie nullement la névropathie, cette maladie de fainéants qu'arborent certains riches comme un bijou de pacotille.*

— Mais...

Il me plante ses deux larges mains sur les épaules :

— Ne m'interromps pas, petite ! Je suis à moitié responsable : je t'ai encouragée à devenir actrice. Possible que je me sois trompé, possible que je ne me sois pas trompé. Mais tu es sur la mauvaise route. Prends un chemin de traverse...

— Mais pour où ?

— Es-tu doublée, dans ton rôle de princesse russe ? Bon, je m'arrangerai avec Montigny. Je fais mon affaire de ta mère. Tu es émancipée ? Ta mère n'a plus aucun droit ?

— Non.

— Tu pars immédiatement.

— Sans dire au revoir à Maman ?

— Veux-tu rester là éternellement ? Jure-moi que tu n'allais pas faire une bêtise, cette nuit ? Jure-le !

— Non, je ne peux pas jurer. Je voulais vraiment mourir.

— Sarah, laisse-moi t'aider. Tu as confiance en moi ? Plus que tes détracteurs, ton pire ennemi, c'est toi-même.

Il est si rassurant, je m'accroche à lui. J'ai pour la première fois conscience qu'un homme peut s'occuper de moi depuis le départ de mon père.

Nous rions tous deux. Il me fait « chut » *de la main. Maman et mes sœurs dorment non loin.*

J'aimerais qu'il me prenne par la main, qu'il m'enlève.

— Pars ! Va faire un beau voyage.

— Lequel ?

— Celui de l'amour. Pars ! Échappe-toi.

— Je n'ai pas d'argent.

— Nous y pourvoirons. Je ne peux t'emmener chez moi cette nuit... Mais dès demain, envole-toi !

— Et Maman ?

— À quelle heure se réveille-t-elle ?

— Neuf heures.

— Bon, tu fais ta valise. Va dormir chez Mme Guérard. Tu partiras chez mes amis de Bruxelles, les Bruce. Moi, je serai là demain à huit heures quarante-cinq pour prévenir ta mère que la cage est vide. Je lui dirai que Bolfans, directeur du Théâtre du Parc, a voulu te rencontrer. C'est également un ami.

Je tends les bras pour l'embrasser, mais il n'y a plus personne...

— *Great*, enfin ! murmure Lysiane debout derrière son père.

La vieille dame a remué les mains et rouvert les yeux.

— Eh bien, Mauriçou, qu'est-ce que tu fais là à genoux ? Ne t'inquiète pas. Ce n'est pas encore l'heure. Même au théâtre, je me pressais toujours, comme si j'avais eu hâte de m'enfuir. Liseron, je rêvais à ce que je t'ai déjà raconté... Tu sais, quand j'étais jeune, avec Alexandre Dumas : mon faux suicide... Quelle artiste le monde aurait perdue ! s'esclaffe la vieille dame sous son drap parcouru de frémissements. Mais, d'une certaine manière, c'est vrai. Il faut croire, or j'avais douté. J'aurais pu être punie, mais le destin m'a aussitôt envoyé Dumas. Il paraît qu'il a même interrompu un dîner galant, ce soir-là, pour aller visiter la pauvre adolescente que j'étais. Il se demandait si je n'allais pas commettre une bêtise.

— Calme-toi, *Great*, ne te fatigue pas. Je connais l'histoire. Tu me l'as dictée pour tes *Mémoires*. Mais tu m'as précisé que, même sans l'intervention d'Alexandre Dumas, quelque chose t'aurait empêchée d'avaler le poison.

— Ce geste, Lysiane, que j'imaginais si courageux, en cette minute d'exaltation puérile, m'aurait en effet paru trop inesthétique au moment de l'accomplir. Tu sais combien, finalement, je méprise le suicide.

La vieille dame rit un peu plus fort.

— J'aurais aimé voir la tête de ce gros Montigny lorsqu'il a reçu mon mot, le lendemain : « Ayez pitié d'une pauvre petite toquée ! » Mais je m'étais déjà envolée vers Bruxelles, ou ailleurs... Mon Mauriçou, ta maman est toujours restée une pauvre petite toquée...

Et elle lui tend ses mains un peu trop froides.

Johann a perdu. Il n'aperçoit plus Sarah. Tout à l'heure, il l'avait retrouvée assise dans son fauteuil, mais elle arborait un air morne, « l'âme la plus lourde qui ait jamais existé », ainsi qu'elle l'écrivait parfois. Vêtue toute en noir, de la dentelle blanche dépassant de ses manches et du col, plutôt une sorte de plissé d'enfant trop sage, un bouquet de simples fleurs et des franges tout au long de sa robe. Les cheveux ramassés en queue de cheval, elle tenait un livre au bout de sa main droite et avait posé ses pieds menus sur le banc en X. Elle ne portait aucun bijou. S'il n'y avait eu le tabouret, ses pieds n'auraient pu toucher le sol : une fillette. Elle était appuyée sur son coude gauche et planait toujours autour d'elle cette brume comme si, exilée au royaume des humains, elle appelait de tous ses vœux, de toutes ses forces que quelqu'un vienne la délivrer. Or voici qu'il s'était détourné un instant pour essuyer ses lunettes, et elle avait disparu. Entre-temps, quelqu'un l'avait enlevée. Un prince ?

« — Je n'irai pas à ce bal !

« Le monde, non, tu ne le haïssais pas, *Great*, mais il t'intimidait : cinq personnes dans un salon, et tu ressentais une confusion qui donnait à ton visage un si grand charme. »

Johann relit les mémoires de Lysiane. À sa petite-fille la vieille dame s'est confiée. Sans doute parce que, ce soir-là, le cœur de la grand-mère s'est ému un peu plus qu'à l'ordinaire à contempler le fin profil de la jeune fille à qui elle ressemblait alors. Peut-être le parfum des arbres embaumait-il aussi plus son souvenir, lui rappelant certain bal, à Bruxelles, durant lequel une valse exquise troubla pour jamais sa vie...

« Chaude nuit de juin... Onze heures du soir. Le bal est commencé. On recueille par les fenêtres ouvertes le bruit des flonflons de l'orchestre. Le peuple de Bruxelles essaie d'apercevoir les couples entre les arbres du parc. À l'intérieur de l'hôtel particulier, les trois immenses salons des Bruce étincellent sous les lustres. L'orchestre, installé dans une loggia, se fait entendre de toutes les pièces où s'agitent une soixantaine de maîtres d'hôtel. Le grand divertissement de la soirée se résume à la petite phrase gravée au bas de la carte d'invitation : *Le masque est de rigueur.* »

Âgé de soixante ans, Jean Bruce a plu sur-le-champ à Sarah. L'ami de Dumas est un homme intelligent. Ayant renoncé à une carrière diplomatique qui s'annonçait fort brillante, il a conservé ses grandes et ses petites entrées auprès du vieux roi.

Johann continue de lire. Il attend l'apparition de Sarah. Dans quelques instants, elle aura rencontré le Prince :

« La robe d'époque élisabéthaine seyait à Sarah. Elle étoffait la jeune fille, dissimulant ses bras maigres, faisant ressortir la sveltesse de la taille ; le tissu de velours grenat soulignait la délicatesse du teint, la poésie des yeux clairs et profonds. Le mystère du visage à demi dissimulé fait briller les yeux et sourire toutes les bouches... »

La valse attaque, le cœur de Johann se serre. Il devient jaloux pour la première fois.

« ... Plusieurs fois déjà, un jeune homme blond en costume d'Hamlet s'approche de la jeune fille... »

Il ne peut plus lire. La musique assourdit ses tympans et le couple de valseurs s'enfonce dans la nuit, de plus en plus étroitement enlacé, même si le jeune Hamlet, cherchant à embrasser les lèvres, a reçu un soufflet de la jeune reine. Une gifle un peu trop forte, un peu trop passionnée, une gifle qui a tôt fait de se transformer en fou rire, une gifle qui retombe en pluie de baisers sur la main...

« Comme il est séduisant, ce jeune homme en pourpoint noir, avec ses cheveux blonds, sa figure étroite barrée par le loup au-dessus des lèvres au pur dessin retroussées sur des dents luisantes... »

Johann enrage, même si la petite-fille n'a fait que retranscrire là les propos de sa grand-mère – ou peut-être justement à cause de cela !

Johann les suit, presque honteux. Il va les accompagner jusqu'à l'aube.

« Alors Hamlet offre à Élisabeth une belle rose odorante dont la haute tige est préservée par un mouchoir nacré.

— Cette rose, mademoiselle Bernhardt, est comme votre caractère, hérissée de cruelles épines ; aussi ai-je rendu ces pointes inoffensives. Comme je connais votre nom et point votre visage, et que je veux vous revoir, daignez, demain matin, porter cette rose à la promenade afin que je vous retrouve plus vite... Vous devez bien cela au malheureux prince de Danemark... »

La victoria s'est arrêtée. Johann tourne la page :

« Rentrée à l'hôtel, la jeune fille dénoue le mouchoir : dans un coin de la fine batiste, elle découvre une couronne fermée avec, au-dedans, un petit “L” brodé... »

Johann prête l'oreille aux derniers accents de la valse et repense à la lettre de Bruce à son ami Dumas :

« Sarah ne s'est pas montrée depuis huit jours ! Elle voyage, paraît-il... Voilà ce qui arrive quand on lâche une libellule avec un papillon... Il est temps que cette petite s'envole, son métier ne correspond nullement aux sentences ménagères dont l'accable sa mère... J'aime mieux lui voir faire une bêtise que la regarder sommeiller... Je crois, mon cher, que vous êtes exaucé ! Jean Bruce. »

Le couple n'est plus qu'un minuscule point qui tourne et tourne encore, encore... Danse amoureuse, éphémère ? Pour son bonheur, Sarah ne sera plus jamais seule : le 22 décembre 1864 naît Maurice Bernhardt.

Maintenant, il reprend ses notes et ressemble à une mère qui range les affaires de son enfant, espérant encore entendre son rire clair.

Johann se réjouit finalement de son absence. Il veut reprendre les dates : élucider comment la jeune fille a vécu du moment où elle a quitté la Comédie-Française jusqu'à celui où elle triomphe à l'Odéon dans *Ruy Blas*. Il simplifie autant qu'il peut :

Juillet 1862 : sort du Conservatoire. Entre à la Comédie-Française.

15 janvier 1863 : incident avec Mme Nathalie.

6 mars 1863 : paraît encore dans une soirée donnée en l'honneur de Samson : joue Hippolyte dans *L'Étourdi*, puis son engagement est résilié.

Petits rôles au Gymnase.

25 avril 1863 : incident à propos d'*Un mari lance sa femme*. Elle rompt. Part pour Bruxelles sur le conseil d'Alexandre Dumas. Rencontre le prince de Ligne.

1864 : fugue en Espagne. Retour à Paris.

22 décembre 1864 : naissance de Maurice, fils d'Henri, prince de Ligne.

1865 : est engagée comme doublure au théâtre de la Porte-Saint-Martin. Passe un an dans des rôles médiocres. Liaisons brèves, difficultés matérielles, déménagements.

15 août 1866 : joue Aricie, à l'Odéon, aux côtés d'Agar. Est peu remarquée.

Manque de faire résilier son contrat par l'un des directeurs, M. Chilly, qui ne l'aime pas.

Ne se fait pas remarquer, même dans Armande des *Femmes savantes*. Est à deux doigts de se faire jeter dehors par un tragédien, Taillade, parce qu'elle refuse d'embrasser le bas d'un manteau et lui donne une belle paire de gifles en jouant Junie.

C'est dans *Athalie* qu'elle va commencer à remporter un succès personnel. Devant les difficultés survenues durant les répétitions, elle interprète à elle seule le chœur entier à la demande des directeurs.

20 juin 1867 : Athalie.

Ainsi, depuis le 6 mars 1863 où elle a quitté la Comédie-Française, Sarah n'a pas vraiment accompli de grandes choses. Peut-être a-t-elle appris davantage de la vie que de la Comédie-Française ? Elle a son fils avec elle, le petit Maurice qui, jusqu'à sa mort, ne la quittera plus.

Johann aimerait s'attarder auprès de cette jeune fille solitaire qui marche dans les rues de Paris ; qui a, si l'on considère qu'elle est née en 1844, pas tout à fait dix-huit ans à sa sortie du Conservatoire, dix-neuf lors qu'elle quitte la Comédie-Française, et qui, par la suite, erre de ci de là, découvre l'amour, a un enfant à vingt ans. Quelle bienheureuse folie a amené Sarah à avoir précisément un enfant de cet amour-là, si le Prince n'était pas le premier homme de sa vie ? Les deux jeunes gens étaient-ils emportés si loin par leur passion qu'ils n'ont pas vu ce bonheur arriver : Maurice ?

Désormais et jusqu'à sa mort, Sarah n'est plus jamais seule. Dans le nouvel appartement de la rue Auber, elle s'occupe de Maurice, mais a pris aussi chez elle sa sœur Regina qui souhaite vivre avec elle, et l'ancienne belle-mère de sa mère que celle-ci ne peut pas supporter bien qu'elle l'ait fait venir de Hollande : une vieille dame méchante, spectrale, « effroyablement grande, un mètre quatre-vingt-trois », écrit Sarah, et qui, après avoir contracté une variole dans la pension de famille où elle vivait, a été accueillie par Sarah et n'entend plus s'en aller. Il y a également P'tit Dame, une gouvernante, une servante... Qui entretient donc Sarah ?

Johann imagine cette jeune femme qui entre ce soir-là sur la scène de l'Odéon. Ses amis pressentent sans doute en elle un être exceptionnel, mais elle ne sait pas encore qu'elle va devenir Sarah Bernhardt. Depuis sa jeunesse, ne choisit-elle pas elle-même sa destinée ? Qui peut s'enorgueillir de la posséder ? C'est elle qui donne aux hommes envie de la rejoindre ; tous restent peu à peu autour d'elle, et c'est peut-être pour cela qu'aucun ne rompt, qu'ils l'entourent, qu'ils essaient tant bien que mal de la suivre. Sarah : un enfant fou ? Seul De Max avait peut-être entrevu la vérité : comme Mozart ! Elle s'avance seule sur la route parce qu'elle cherche en permanence cette parcelle au-delà qui fait que nous portons le titre d'être humain.

Johann sent qu'il tient les années les plus intéressantes de Sarah. Celles où le dieu du théâtre est en train de s'incarner en elle et où elle bataille avec lui.

Elle aurait pu abandonner le théâtre à dix reprises, s'adonner à une vie de jolie jeune femme entretenue, peut-être même épouser ou rester la maîtresse du prince de Ligne, ou devenir Mme Berendt, mais le théâtre l'a choisie, comme la musique pour Amadeus.

Est-ce que le génie de Sarah ne réside pas précisément dans cette obstination, cette volonté de ne pas céder ?

Lui, Johann, ne fait que recopier des dates ; des faits, il n'a rien à négliger ou dissimuler, il n'a pas été élu et c'est peut-être pour cela qu'elle l'a quitté, tout à l'heure, avec cet air de compassion. Il regarde la photo la représentant telle qu'elle était, assise dans son fauteuil : il comprend ce regard ; il se dit que Dieu, lorsqu'Il est triste, doit avoir le même. Johann ôte ses lunettes et, avec une ironie légère, pleure sur lui-même, puis, ainsi qu'on le lui a enseigné depuis qu'il est petit, se remet sagement au travail, sans regret : il n'a jamais éprouvé aucune passion, hormis peut-être celle de ces tragédiennes dont la vie se rejoue chaque nuit dans ses *Cahiers d'Andromaque* qu'il est en train de rédiger.

> « Quel astre à nos yeux vient de luire ?
> Quel sera quelque jour cet enfant merveilleux ?
> Il brave le faste orgueilleux
> Et ne se laisse point séduire
> À tous ses attraits périlleux. »

Le chœur d'*Athalie* chante au loin comme pour accueillir la jeune actrice.

Ainsi, une seconde fois, Sarah est appelée à remplacer des acteurs défaillants, comme pour l'ange Raphaël. Oui, il s'agit bien du chœur d'*Athalie*. « Des élèves chanteurs devaient faire la partie musicale », écrit-elle. Mais tout va mal ! « Les malheureux chœurs parlés étaient abominables » ; ils n'arrivaient pas à s'accorder avec la musique. Le chef d'orchestre s'époumone, tente de sauver la mélodie de Mendelssohn. « Enfin mon jour de succès se leva... »

Johann note cette phrase. L'un des directeurs, M. Chilly, lance, n'en pouvant plus de fatigue :

« Eh bien, que la petite dise tous les chœurs parlés, ça ira tout seul, avec sa jolie voix ! »

Ainsi, celui qui avait voulu la renvoyer, celui qui ne l'avait gardée que parce que son associé Duquesnel payait une partie de son cachet, celui qui ne cessait de se moquer d'elle, espérant la faire renoncer, vient de lui proposer sans le savoir la chance de sa carrière. Alors que Sarah débutait à l'Odéon dans Silvia, du *Jeu de l'amour et du hasard*, dans une robe blanche à laquelle la couturière avait ajouté au dernier moment des rubans bleus et rouges, il avait même lancé à son codirecteur, Duquesnel :

« Elle n'est pas bonne, votre débutante ; elle dit faux, elle a une mauvaise voix – et quel costume ! On dirait qu'elle va chanter *La Marseillaise* ! »

Il était sorti en fredonnant *« Soldats du drapeau tricolore... »*, mystérieuse destinée : le dieu, ce soir-là, vient d'imposer sa loi.

« Le jour de la première représentation fut pour moi un véritable triomphe. »

L'actrice dut même bisser les chœurs parlés. Sarah Bernhardt était née.

Johann reste sur la défensive. Il commence à se méfier du charme de cette jeune Mlle Bernhardt. Elle ne désarme jamais.

Le soir même, se remémore Johann, Chilly vient lui dire : « Tu es adorable. » Elle ajoute : « Je lui répondis gaminement : "Tu trouves que j'ai engraissé ?" »

Avant d'aller se coucher, Johann sait que l'heure est venue de reprendre toute sa chronologie, et la liste des pièces qu'elle a jouées, mais le grand tournant a déjà eu lieu : l'amour, l'enfant, la gloire ! Tel un dieu omniscient, il décide de souligner à présent les pièces qui vont marquer sa carrière, les dates essentielles de sa vie, tout en sachant que, grâce à elle et à elle seule, il va bientôt découvrir des nuits et des jours qui vont illuminer son travail. Il sait pourquoi elle l'a abandonné, ce soir : le dieu a bien posé le doigt sur elle et la jeune fille doit aller revêtir son nouveau costume.

Alors il se met à étudier mélancoliquement ses tableaux chronologiques.

Nuit du 19 au 20 mars 1923.

> *« Ah, l'injustice de la guerre ! L'infamie de la guerre ! Il ne viendra donc pas, le moment rêvé où il n'y aura plus de guerres possibles ! Où un monarque qui voudrait la guerre serait détrôné et emprisonné comme un malfaiteur... »*

Je crie dans la nuit sanglante. La terreur m'a saisie. J'ai peur ! Je ne veux pas mourir !

Je marche à l'aveugle. Je marmonne dans l'obscurité glaciale. On bombarde Paris. J'entends les détonations. Les Frères de l'École chrétienne réclament des voitures. Je pars avec eux pour ramasser les morts sur le plateau de Châtillon. Qu'est-ce qu'ils ont à recommencer sans cesse à s'entretuer ? J'avance lentement. À chaque pas je heurte des mourants, des morts. Est-ce une réédition de 1871 ? Qu'est-ce que je fais dans cette boue ?

Mon pied trébuche sur un homme ; un éclat d'obus a déshabillé tout le haut du corps ; seuls les deux bras ont conservé les manches déchiquetées. Le sang coule de sa bouche. Je m'approche et lui fais prendre quelques gouttes d'un cordial. Il entrouvre les yeux, me dit merci. Quelqu'un m'aide à le transporter à bord de la voiture. Le pauvre meurt dans un spasme hémorragique qui couvre tous les autres blessés d'un abondant flot de sang noir. Je reste là, hébétée.

Les falots s'éteignent. Je distingue quelques visages dans le jour sournois qui se tord à mes pieds.

Les blessés gisent partout et je sanglote dans cette aube glacée qui assiège Paris aussi durement que les Prussiens.

— Comment t'appelles-tu ?

— Désiré Bloas. Contremaître. Âgé de vingt-sept ans.

Je l'ai reconnu. Le Dr Duchesne lui extrait une balle de la glande salivaire. Son menton n'est qu'un inextricable hachis. La nausée s'enroule autour de ma gorge.

Au loin le bombardement redouble. Mon sang est glacé. Je grelotte et il y a sans cesse plus de blessés ; il me semble que la planète entière est couverte d'hommes à terre. Je lève ma lanterne. Un pauvre enfant, l'oreille et la moitié de la mâchoire emportées. Avec un brin de paille, j'essaie de lui insuffler quelques gouttes d'eau-de-vie. Le ciel tout entier vacille au-dessus de ma tête. Pourquoi ce cauchemar se répète-t-il ? Je cours. Je crie. Le décor s'effondre sans cesse. J'ai déjà vécu cela. J'étais toute jeune. Tout devient noir autour de moi.

La fièvre a encore monté. La grande actrice a passé une très mauvaise nuit. Maurice se trouve avec le Dr Chauffard qui vient de lui annoncer que sa mère est perdue. Les poisons envahissent l'organisme. Elle émet de faibles gémissements et ressemble à une bête fragile prise à quelque piège.

Maurice a dit au revoir au médecin qui promet de repasser dans la soirée. Il revient dans la chambre que le soleil n'est même pas venu visiter en ce vingt mars qui commence. Il ne s'assied pas. Debout au pied du lit, c'est comme s'il assistait, impuissant, à la bataille qui se passe là-bas...

— Défends-toi, Maman, je t'en supplie, murmure-t-il. Tu te souviens, lorsque je provoquais en duel ceux qui te faisaient du mal ? J'ai toujours été à tes côtés...

Maurice aimerait empoigner à nouveau cette lame avec laquelle il pourfendait les calomniateurs : critiques indélicats ou ennemis acharnés de la grande tragédienne. Combien de duels a-t-il engagés ainsi pour empêcher le nom de sa mère – et le sien – d'être terni ? Il n'a jamais pu supporter qu'on touche à sa mère.

Comme une brûlure, un souvenir remonte à son esprit. Ce journal ! Cette coupure du *Cri parisien*. Pourtant, il en avait beaucoup supporté : les caricatures à propos de sa maigreur, les insinuations visant son type sémite, sa « coiffure de négresse », comme ils disaient, mais, cette fois-ci, ce M. Langlois avait osé dévêtir avec cruauté sa mère sur une aquarelle. Il se revoit face à face avec l'homme qui exposait cette vulgaire esquisse. Il l'avait cherché à l'exposition, puis au Café Blanc, boulevard du Montparnasse, où ledit M. Langlois avait coutume d'aller boire son absinthe. Lui, il avait pris un peu de madère en l'attendant. Il n'avait que seize ans et était encore très timide, même s'il avait, de par sa naissance et son éducation, l'allure d'un prince, comme elle aimait à le répéter.

Le caricaturiste était un type banal, l'air d'un petit-bourgeois.

— Monsieur... ce que j'ai à vous dire est personnel.

— Vous ne pensez tout de même pas que je vais me déranger et prendre froid sur le boulevard à seule fin d'obéir à un petit jeune homme ? avait ricané M. Langlois, refusant l'invitation de Maurice à venir s'expliquer dehors.

— Je ne suis pas un petit jeune homme, avait-il repris. Je m'appelle Maurice Bernhardt.

— Connais pas.

— Je suis le fils de Mme Sarah Bernhardt.

— Et alors ?

Poliment, il avait demandé au peintre de retirer la toile, mais l'autre s'était esclaffé grossièrement. Alors Maurice lui avait annoncé qu'il enverrait ses témoins.

— Je ne me bats pas avec des gamins. Voyez-vous ce blanc-bec ! Un duel ! Rien que ça, parce qu'on caricature une excentrique...

Maurice sourit au souvenir du visage dégoulinant de M. Langlois. Le verre d'absinthe avait été vidé d'un seul geste sur la face hébétée du grossier personnage.

Heureusement, un homme âgé l'avait calmé alors qu'il hurlait : « Canaille ! Canaille ! »

— Voyons, mon ami, plus vous ferez de scandale, plus il rejaillira sur votre mère.

Dès qu'il avait eu vingt et un ans, il avait demandé raison au peintre qui avait encore refusé de s'excuser. Aussi, l'année d'après, il avait quitté sa mère, qui faisait sa seconde tournée aux États-Unis, pour régler une bonne fois cette affaire.

Accompagné de ses deux témoins, MM. Schneider et Stevens, il avait blessé à l'épée M. Langlois au flanc droit, au sein gauche et à la main gauche. Le procès-verbal avait conclu que « tout s'était passé suivant les règles de l'honneur ».

Sarah a gémi plus fort. Cette fois, contre qui se battre ? se demande Maurice. L'ennemi est grandiose ! Il ne ternira pas le nom, au contraire ! Il va encore le grandir. La mort apportera à sa mère la gloire définitive.

N'assiste-t-il pas à l'ultime face à face de la tragédienne ? Il ne peut rien faire qu'être spectateur. Personne ne peut jouer à la place de Sarah Bernhardt. Le nom ? Le plus grand qu'il puisse porter.

« Je suis le fils de Sarah Bernhardt... »

Elle a rouvert les yeux. Elle *plafonne*, comme disait Youle, sa mère. Il perçoit la prunelle bleutée, il hésite à parler. Son visage semble auréolé de bonheur. Est-ce pour que sa peau apparaisse plus jeune, ses pommettes plus roses ? La bouche paraît murmurer des vers qu'il n'entend pas.

> « Quand on dort, on ne peut savoir mais on devine
> Et j'entendais un bruit de musique divine... »

La guerre peut bien rôder alentour. Mon théâtre me protège.

« L'inutile ici-bas c'est le plus nécessaire... » Les alexandrins de François Coppée montent à mes lèvres. Je suis Le Passant *des théâtres. Fantôme qui hante le fauteuil usé sur lequel je viens de poser mon jeune corps. Je suis Zanetto qui chante et qui danse, le jeune*

troubadour du poète. Sur scène, là-bas, une belle dame m'attend, si belle que je pourrais, à cause d'elle, mourir d'amour : ma mort est sublimement parée !

Je suis là avec mon pourpoint, mes culottes bouffantes ; tel un enfant, je me suis réfugiée dans le théâtre vide autour duquel les obus éclatent.

J'ai remis mon costume du Passant. *C'était l'année dernière ; maintenant les Prussiens veulent envahir Paris. Je viens d'installer une ambulance à l'Odéon, là même où, un an auparavant, nous triomphions, Agar et moi, dans la pièce de François Coppée.*

Aujourd'hui, les blessés ont remplacé les comédiens. Ils sont amassés dans les loges. Mme Lambquin, l'ancienne duègne, et Mme Guérard essaient de les soigner, et quant à moi je tente de trouver de la nourriture pour eux, mais comme nous sommes une ambulance militaire, la municipalité me refuse des vivres. Au-dehors, de pauvres femmes font la queue des heures et des heures durant sous les fenêtres du théâtre pour un quignon de pain. Paris est assiégé et ce théâtre de l'Odéon devient pour moi la France entière qui résiste.

Je suis là dans mon costume, perchée sur le bras d'un fauteuil, et je contemple, le visage appuyé dans mes mains, la scène vide qui respire et s'alanguit de bougies que j'ai allumées pour relayer le soleil couchant. Par instants, il me semble entendre au loin les applaudissements d'hier qui s'envolent brusquement comme ces oiseaux qui ne voyagent qu'en bande. Je songe à ma Bretagne natale. Je pense à mon enfance. Je voudrais tant être loin de cette guerre. Je respire à nouveau le parfum des giroflées sauvages. J'ai trois, quatre ans ; non loin de Pont-Aven, le goût épicé de l'océan me monte à la tête.

Il fait froid dans cette grande salle désolée. Où est ma mère ? Où, mon Maurice ? Mon petit a six ans maintenant. Pourquoi est-ce que je les ai laissés tous partir ? Ma mère m'a convaincue : « Maurice ne doit pas rester dans la capitale. Les Allemands arrivent. L'empereur Napoléon III vient de remettre son épée au roi de Prusse. La capitulation n'est pas la paix... »

Je les avais accompagnés jusqu'à la gare. Où sont-ils à présent ?

Je tremble, assise solitaire face à la scène. Mais où sont tous ces spectateurs qui applaudissaient à la pièce de Coppée ? J'ai remis mon petit chapeau à plumes du Passant. *Je joue pour ne pas céder, pour les fantômes passés et à venir. Je me dirige vers la scène déserte pour porter encore témoignage des poètes, pour que le théâtre s'anime à nouveau d'une voix humaine. Je m'avance dans mon costume de jeune homme :*

> *« Je suis musicien et j'ai nom Zanetto.*
> *Depuis l'enfance étant d'un naturel nomade*
> *Je voyage. Ma vie est une promenade... »*

Ma voix résonne dans la grande salle vide. Je continue et, peu à peu, mon théâtre entier m'entoure, me réchauffe, m'encourage. Celui-là ne m'a jamais lâchée. Il est mon meilleur compagnon. Je sens sous mes pieds les planches qui craquent joyeusement, de nouveau prêtes à s'enflammer ; l'immense bateau trépigne de reprendre les voyages, et il suffit d'un peu de poésie pour qu'à nouveau toute une humanité s'embarque.

> *« Je suis vraiment celui qui vient on ne sait d'où*
> *Et qui n'a pas de but, le poète, le fou*
> *Avide seulement d'horizon et d'espace. »*

Ils sont tous revenus, ils écoutent. Le théâtre s'ébranle. Des cris, des détonations. La guerre a repris ses horribles trémolos. Le bombardement laboure la parole humaine.

Je hurle plus fort, mais ma voix n'est plus qu'un crachotement au milieu de ce vacarme, et je suffoque et m'étrangle dans mes cris. Le vent s'est levé. Le théâtre a disparu. Des tourbillons de poussière se lovent dans les vieilles draperies, jusque dans mon manteau. J'enjambe des corps, et reconnais ici ou là des amis disparus qui m'appellent. Les balles sifflent. Une horrible douleur m'atteint à la jambe, je tombe, je tombe, des pelletées de terre s'abattent sur mon visage.

Maurice a eu très peur. Sa mère semblait peu à peu perdre pied, secouée de nausées, mais voici qu'elle s'apaise, recouvre son souffle.

Il l'a retrouvée calme et jolie. Ils l'ont lavée, changée, recoiffée. Elle lui murmure :

— Je rêvais à l'Odéon pendant la guerre. Mon Dieu, quand je repense à toute cette époque ! Quelle bêtise, la guerre ! Agar et moi nous avions créé *Le Passant* de Coppée et, d'un seul coup, tout a été balayé. Paris en fièvre ! Des groupes qui hurlent, discutent, savent ! Savent quoi ? La guerre, le siège, la Commune... Et toi, au loin. Quand je pense que Maman vous avait emmenés en Allemagne alors que je vous croyais au Havre... Chez nos ennemis : à Hambourg !

— Et tu es venue nous rechercher, toute seule avec la jeune Soubise ! Vous auriez pu disparaître, vous faire attaquer...

— Mauriçou, je n'aurais pu te laisser une heure de plus loin de moi. La jeune Soubise ! À nous voir toutes deux, on nous aurait prises pour deux gamines. Elle avait de très beaux yeux noirs et une voix d'enfant. Nous avions rempli un sac pour deux. J'avais pris mon revolver, et en avais offert un à Mlle Soubise ! Mais elle le refusa avec horreur, et me montra une énorme paire de ciseaux dans un étui : « Je me tuerai, me répondit-elle doucement. Je me tuerai, si on nous attaque ! » Moi, je saisissais un revolver, bien décidée à tuer pour me défendre ; elle était décidée à se tuer pour se défendre... Et cela a recommencé en 14. Je hais la guerre ! Infamie ! Honte ! Vols et crimes appuyés ! pardonnés ! glorifiés !

La vieille dame a recouvré toute son énergie. Presque malgré lui, Maurice se rassure quelque peu. Combien de fois l'a-t-il entendue vitupérer la guerre ? Il s'est souvent demandé si ce n'est pas elle qui avait inspiré la grande scène de Rostand où l'Aiglon entend les morts gémir de leurs blessures et s'aperçoit de la boucherie qu'a été Wagram.

— « La guerre ! [...] On se battait ! [...] On mourait ! [...] Nous mourûmes ! [...]

On allait.
Nous aussi [...] Puis, après quelque officier noirci [...]
Venait nous dire : “On est vainqueurs !” [...] »

Elle récite d’une voix moqueuse.

— « À nous aussi »,

répond Maurice en reprenant la réplique du soldat ennemi.

Ensemble, sa mère et lui rient doucement. Puis Sarah ajoute :

— Es-tu sorti, aujourd’hui, Maurice ?

— Non. Je préfère rester auprès de toi.

— Ne crains rien. Je ne m’en irai pas sans t’embrasser. Va me chercher une glace à la fraise... Va ! Mon régime n’a plus d’importance...

Il se lève. Elle a un regard d’enfant à qui on ne peut plus rien refuser.

Mercredi 21 mars 1923

Levée avec lenteur, je me suis échappée pour gagner la dernière chambre : la chambre au miroir, celle où personne ne pénètre jamais sauf elle, mon double. Quelqu'un en a la clef, dont je n'ai jamais vu le visage ; il me l'a dérobée tandis que je m'occupais à venir au monde, ma clef d'or.

Je sens que le moment approche où ses mains impalpables vont délicatement la replacer dans la bénarde, cette serrure à deux côtés, afin que je puisse enfin quitter ces lieux étroits et déployer mes ailes que, toute ma vie, je n'ai cessé, grâce aux poètes, d'agrandir.

Aujourd'hui, je me sens libre, telle que je me voulais, adolescente. Si j'avais su à quel point je possédais de force dans mes rêves, j'aurais peut-être réalisé encore davantage de choses. Mais quelle importance... Ce soir, j'ai enfin acquis toute mon envergure et l'envol définitif pourra bientôt avoir lieu.

J'ai quitté mon lit en secret, effleuré d'un baiser les cheveux blonds-blancs de Maurice, mon enfant, qui me veille jalousement.

Même lui, ce fils, doit comprendre qu'il est temps que sa maman prenne son essor, le débarrasse de cette vieille enveloppe parcheminée qui en vient à étouffer ma voix, ce vêtement mensonger qui finit par lui dérober l'expression joyeuse de mon amour.

Je marche, traverse des couloirs, je danse presque. Tous les critiques, même les plus durs, ont loué l'élégance de mes mouvements, de ma démarche. Mon ami

Rostand ne disait-il pas « reine de l'attitude et princesse du geste » ? Ce n'est pas difficile : il me semble que j'obéis à une musique intérieure qui guide mes pas et m'attire vers un ailleurs que je ne cesse de rejoindre, tel un fil qui me tiendrait légère entre ciel et terre. J'ai revêtu ma robe d'intérieur blanche à haut col et longues manches. J'ai toujours aimé que mes vêtements prolongent le mouvement de mon corps tout en le dissimulant. Ainsi, dès l'enfance, j'aimais cacher mes bras, mes épaules, et même ma gorge, puis j'ai porté des traînes plus longues que les autres, ayant dès ma jeunesse horreur de ce fonds de commerce imposé aux jeunes filles : la chair fraîche à l'étalage. Moi, la provocatrice, la scandaleuse, moi qui me suis donnée sans réserve lorsque j'aimais, j'ai rarement exhibé la naissance de mon cou.

Dans l'amour, je veux que l'on découvre mon corps comme une enfant cachée tout au fond d'une austère armoire de bois sombre. Au soir de ma vie, à la veille de ses dernières nuits, je suis reconnaissante envers mes hommes de ne m'avoir jamais trahie : le jeu de mes jambes, la luxuriance de mes seins, le mystère d'autres révélations sont restés leur propriété. C'étaient des hommes d'honneur, de vrais amants. Je pourrais retomber amoureuse de chacun d'eux, aussi de celui qui fut mon mari, mon insupportable Damala au regard bleu d'enfant perdu : Jacques, comme tu te débattais avec tes démons, pris entre la morphine qui te précipitait en enfer et moi que tu haïssais avec désespoir mais que tu aimais posséder pour me casser comme un jouet... Notre première rencontre avait suffi à justifier au fond de moi l'infaillible lien du mariage que je réussis à t'arracher. Peut-être avais-je déjà trouvé en toi ce même appel que je lis parfois encore dans les yeux de Maurice, cet enfant pour qui j'aurais tout sacrifié ? Étrange alchimie de l'amour des mères...

Je marche sans faire de bruit et, pourtant, la musique qui s'élève de mon cœur n'a jamais été aussi forte, aussi poignante. Je sais que je m'avance vers mon dernier rendez-vous, celui qu'on ne peut manquer, qui déjà m'emplit de joie et de frayeur, mais n'est-ce pas toujours ce que provoque l'amour ? Derrière la porte, qui m'attend : le dieu ou la bête ? le salut ou la salissure ? Tout amour révèle le pari originel de l'existence. Heureusement, la musique peu à peu se ralentit, je reprends souffle, j'arrive à la porte interdite.

J'ai toujours été de ces enfants qui se relèvent la nuit en cachette des adultes pour éprouver leur pouvoir d'être seuls et de faire ce qu'ils ont décidé.

C'est un si rare plaisir de s'asseoir, d'aller, de regarder le ciel piqueté de fleurs phosphorescentes, de se verser discrètement à boire – sans proférer aucune parole, tandis que tous dorment, et d'éprouver ainsi sa propre vie jusqu'au bout, dans la moindre de ses particules, sans commentaire de qui que ce soit, délivrée. À cela aussi ressortit l'acte de se laisser mourir : être seule. Toujours je repartais ainsi, solitaire, dans la seconde partie de mes nuits, après l'acte d'amour : l'aube qui s'annonçait devait absolument m'appartenir, ne pas être partagée. Je m'élançais dans un cab ou bien marchais à grandes enjambées dans la rue, peut-être pour vérifier si tous les os de mon âme étaient intacts. À cet instant, comme maintenant, seule la pensée de mon enfant me comblait. C'est que, devant l'entrée de la chambre secrète, cette pensée-là ne vous quitte jamais. C'est comme le rêve d'une éternité lumineuse.

Me voici donc devant la porte qui s'ouvre et je pénètre dans la dernière pièce, la chambre obscure. La musique s'est tue, mais je sens qu'il y a quelqu'un. Je m'assieds devant le miroir et relève la tête. Elle est là, me regarde, et je lui souris. Elle me rend mon sourire pour la première fois.

Elle s'appelle Sarah Bernhardt et, entre nous, la musique reprend, déchirante. Je m'approche d'elle. Elle plisse un peu plus ses yeux bleu-vert, secoue son front têtu couvert de ces cheveux qui s'allument comme autant de flammèches d'or sous l'éclat du candélabre qu'une main inconnue vient de déposer près du miroir.

Je songe qu'elle n'est qu'un théâtre éphémère qui risque de disparaître, de se consumer dans l'indifférence générale. J'avance la main avec timidité, caresse ses traits ; la peau est blanche, les yeux très maquillés se ferment légèrement sous ma caresse ; l'espace d'un instant, je ne vois plus rien, mais je sens deux larmes glisser sur mes joues. Je reconnais la mélodie de Mozart. On dirait qu'elle m'a saisi le poignet et peu à peu m'entraîne vers le miroir. Je me lève et hésite. Comme le disait mon ami Guitry, je suis de toutes les époques : j'ai regardé les pharaons en face, je n'ai pas oublié les baisers de Racine, j'ai caressé Wolfgang Amadeus, je me suis formidablement laissée empoigner par Hugo. Je pressens ceux qui déjà me rejoindront, mais je n'ai plus le temps de les attendre. Quelqu'un d'autre m'a donné rendez-vous, une visiteuse énigmatique. Elle me guette. Mon théâtre, dont j'ai tant rêvé, commence à se réveiller. Je distingue ici l'incarnat de ses lèvres, j'approche ma joue de la sienne, nous sommes maintenant nez à nez, nous rions et culbutons ; nous revoici ensemble, ses pupilles de chat dilatées de plaisir ; je comprends qu'elle dérange l'ordre du monde. Pour cela, on peut dire que c'est une artiste ! C'est sa tâche : inventer continuellement une autre liberté à l'écart de toute mode, de tout conformisme, trouver toujours la petite porte par où s'échapper.

Je m'approche encore plus près, encore, et lui murmure ma question : pourquoi déranges-tu l'ordonnance de la table ?

Elle recule, quelque peu interdite. Comme si l'urgence de la beauté ne passait pas avant toute nécessité ! semble-t-elle me chuchoter. La beauté, répète-t-elle comme dans une complainte, personne ne sait au juste ce que c'est, d'où elle surgit ; personne ne la maîtrise, tandis que la laideur, la vulgarité s'étalent quotidiennement, on ne peut plus faciles à reproduire : il suffit de les laisser se répandre sans intervenir.

Nos deux visages se confondent et je prends peur de ce vertigineux espace qu'elle me révèle dans l'eau de son regard. Peut-être devrais-je aller me recoucher, mais le miroir ouvre sur une immensité telle que je sens déjà le vent frapper mes oreilles. Enfant ou vieillarde, je reste une artiste, quelqu'un qui ne peut aller sagement dormir à l'heure ; alors je passe le bras, puis la jambe entière de l'autre côté, et elle me saisit joyeusement par le cou. Nous marchons côte à côte, il fait frais, mais le brouillard est parfumé, presque sucré. Elle a son regard étiré de fauve, je ne vois que ses yeux qui brûlent.

— Mon regard que je puis adoucir ou durcir à volonté, n'est-ce pas ?

— Rouerie de comédienne ?

Elle m'observe malicieusement et rétorque :

— Non. Je dirais plutôt limpidité de l'âme. Ce sont les autres qui dissimulent dans la vie, mais nous, nous avons trop travaillé les passions de l'âme pour tromper. L'art du théâtre nous a au contraire appris la clarté des sentiments, et ce que nous avons à dire, nous savons le dire et comment le dire.

— Sarah ! Qui me connaît ? Même pas toi...

— Tout le monde a retenu ce nom : Sarah Bernhardt. Le monument ! Du granit, presque ! Des articles, des scandales, mais tu n'appartiens pas à l'ordre du monde.

— Je vois un visage de plus en plus aminci, des yeux plus pâles qu'avant mais qui contemplent avec plus d'acuité, des lèvres toujours refermées sur leur secret, et cette crinière toute blanche à présent...

— Et une jambe en moins, note-t-elle gravement. Tu sais, je ne m'y suis jamais habituée, mais le théâtre est toujours héroïque, même avec deux jambes. Alors, pourquoi en rajouter ? Peu à peu, tous ont pris l'habitude que mon unique jambe fasse partie de mon costume, en quelque sorte. Au début, je plaisantais pour qu'on me laisse en paix, puis tout est peu à peu devenu normal pour les autres. Pour moi jamais, et je suis presque heureuse de mourir à cause d'elle, mon absente, de ne plus me réveiller le matin en voyant cet infâme moignon qui, au surplus, m'a longtemps fait souffrir.

Je marche à côté d'elle dans cette plaine où nulle maison ne se dessine. Où sommes-nous ? Je la regarde me précéder légèrement. Sa démarche est fluide, sa robe claire flotte autour d'elle.

Moi-même je marche facilement désormais, comme si l'air me portait, comme si moi aussi j'avais tout à fait recouvré l'usage de mes deux jambes, et pourtant je n'ai jamais oublié ce jour, l'effroyable réveil, la mutilation atroce, et, par la suite, les plaisanteries des journalistes. Par moments ils abusaient vraiment, sans vergogne, à propos de cette infirmité, mais je me disais qu'il me fallait être très au-dessus de cela, pour bien montrer qu'une artiste n'appartenait pas au lot commun qu'on prend en pitié. Plus ils se moquaient, plus je me tenais droite sur mon unique patte, ou bien j'éclatais de rire et lançais, comme durant ma tournée aux armées : « Je fais la pintade ! Je fais la pintade ! », même si, intérieurement, mon cœur sanglotait d'avoir perdu mon allure de jeune officier.

— Quelle importance ! s'exclame mon double. Tu verras, après la mort, tu recouvreras l'usage de tes deux jambes. L'imagination seule perdure, tandis que le corps pourrit. Aussi prends pitié de ceux qui n'ont jamais rêvé : ce sont des éclopés de l'esprit, pour l'éternité. Et il y en a beaucoup !

Elle s'appuie légèrement sur moi. Nous marchons comme deux sœurs siamoises et, peu à peu, il me semble reconnaître le paysage. Je suis à Wagram, je retrouve les descriptions de Rostand, j'entends le galop des chevaux qui se rapproche, les ordres lancés dans la bataille, et mon sang se met à battre à saccades. J'ai l'impression qu'elle m'insuffle un sang neuf. Je m'écrie :

> *« Tiens, je prends de ton vent, Wagram, dans mon manteau ! »*

Maurice se réveille en sursaut. Sa mère délire, elle hache des mots sans queue ni tête, s'agite en tous sens. Il pose la main sur son visage : brûlant. Il perçoit les paroles qu'elle murmure, les identifie peu à peu :

— Empereur ? Moi ? Demain ?... J'ai vingt ans et je vais régner ! Ah ! mon Dieu, que c'est beau d'avoir vingt ans et... Je ferai, je ferai, je veux faire... je rêve...

Maurice a compris : sa mère est en train de rejouer *L'Aiglon*. Peut-être est-elle à Wagram, peut-être même aperçoit-elle enfin l'Empereur ? Il n'y a plus rien à faire, lui a confié le médecin, et il se tient debout, seul dans la nuit, à monter la garde auprès d'elle, comme un fidèle soldat. Il saisit le verre d'eau, essaie de lui humecter les lèvres, mais elle galope loin, trop loin de lui.

La poussière envahit mes narines. Qu'importe ! Je chevauche la monture la plus rapide. Je fonce vers l'ennemi. Pourquoi l'Empereur lui-même m'a-t-il confié son pur-sang à la robe pâle ? Au loin les tambours résonnent, je reconnais les fifres. Pourquoi suis-je seule ? J'ai laissé l'armée loin derrière, la nuit est claire et mes cheveux se détachent du lacet qui les retenait. Mon costume blanc comme mon cheval trouent l'obscurité d'un éclat diaphane. Je n'entends plus que les rafales du vent, je vais rejoindre quelqu'un qui m'attend là-bas derrière la colline.

— Sarah ! Sarah ! Je t'emmènerai...

— Père ! Père !

Je crie et les sabots répondent du claquement mat de leurs ferrures. Je suis la petite Sarah qui a enfin pu s'échapper. Je vais rejoindre mon père. Enfin voir son visage. Le vent soulève à présent des volutes neigeuses, je n'entends même plus le pas de mon cheval ; je commence à grelotter, peut-être perdue à jamais. Il est là, de dos, au bord du précipice. Je ralentis tandis que mon cœur laisse échapper une goutte, puis deux, puis cinq – est-ce du sang, des larmes ? L'homme commence à se retourner lentement vers moi, je ne distingue pas bien son visage, je saute à terre, je n'ai plus de forces, je me sens défaillir, il me tend les bras, je me relève. Je sens ses deux mains tandis que des hurlements nous entourent et que la musique éclate, victorieuse, tonitruante. Je suis bousculée, piétinée, je crie :

— Père !

Je sens que je tombe – ma jambe, ma jambe ! Je crie :

— Oh ! ma jambe est trop lourde, il faut qu'on me l'arrache.

Et je sais ce que c'est que le sang que je crache ! J'étouffe.

— Maman ! Maman !

Maurice appelle au secours. Lysiane est montée ainsi qu'Émile, le fidèle secrétaire... Ils se tiennent autour du lit, mais voici que la vieille dame laisse retomber sa tête de côté avec une grande douceur, joint avec difficulté les mains et murmure :

« Mais à l'instant où l'Aiglon se résigne
À la mort innocente et ployante du cygne... »

puis ouvre les yeux, les referme, comme aveuglée, doucement recommence et appelle avec une tendresse qui leur étreint à tous le cœur :

— Maurice ! Maurice ! mon fils, mon enfant, tu es là, tu es près de moi... Pardonne-moi. C'est trop long...

Elle découvre peu à peu les autres ; alors, avec une grimace malicieuse, elle désigne d'un mouvement du menton la fenêtre :

— Y a-t-il des journalistes en bas ?

Lysiane acquiesce.

— Depuis quarante-huit heures, les reporters sont assis là, sur le banc du boulevard Pereire. Nuit et jour. Ils ne posent aucune question. Ils attendent.

Great rit doucement ; un son cristallin sort de ses lèvres. Elle semble rassurée. La crise est passée, les critiques attendront bien jusqu'au dernier acte.

Son regard légèrement bleuté les quitte et cherche quelqu'un dans un ailleurs qu'elle seule semble parcourir.

Maurice revient dans la chambre. L'aube commence à noyer la pièce de son eau grisâtre. Une imperceptible nausée erre entre son estomac et sa gorge. Sa fatigue est telle qu'elle l'empêche maintenant de s'endormir.

Il a déjà ressenti jadis la même détresse. Celle-ci est-elle plus lourde à supporter ? Il n'en est pas si sûr. Il se rappelle la nuit précédant l'amputation de sa mère, et les nuits d'après lorsqu'elle a commencé à n'avoir plus qu'une jambe. Sa maman ! Elle qui était la plus belle, toujours, la plus extraordinaire, la plus surprenante, voilà qu'un praticien allait lui scier la peau, les chairs, l'os de la jambe. Il avait vomi malgré lui durant cette veille loin d'elle, à l'écart de tout le monde, y compris sa femme et les enfants. Il avait reçu l'éducation d'un prince ; son père Henri de Ligne avait lui aussi appris dès l'enfance à retenir ses émotions en public. Mais il devait surtout rester digne d'être son fils à elle, Sarah Bernhardt, et avoir pour cela tous les courages.

Il ferme les yeux, revoit la scène à Belle-Isle, lorsqu'elle avait pris l'ultime décision. Elle les avait tous convoqués dans sa chambre. Jamais il n'oublierait.

Sa mère aimait à s'occuper du jardin ; elle avait la passion des fleurs. Maurice se dit qu'il enverra dès la première heure acheter des violettes pour qu'elle les contemple à son réveil.

Il l'observe un long moment : elle a eu raison, comme toujours ! Il se souvient qu'elle aimait à redire les vers de François Coppée dans *Le Passant* qui l'avait rendue célèbre :

« ... Mais, pour être sincère,
L'inutile ici-bas c'est le plus nécessaire »,

et elle laissait son rire clair se heurter aux remontrances de ses amis, inquiets de la voir dépenser autant d'argent. Sa mère qui ne lui avait jamais rien refusé.

Il entend encore les discussions avec Clairin, son vieil ami, qu'elle appelait Jojotte :

« Donnez moins d'argent à votre fils, disait-il, et créez-lui davantage d'obligations. »

« Tu devrais mettre de l'argent de côté pour toi », répétait avec componction Louise Abbéma, celle que Sarah surnommait « le vieux général japonais ».

« Pépettes ! reprenait Jojotte. Gardez vos pépettes, Dame Jolie ! »

Sa mère haussait les épaules et leur répondait d'un geste de la main qui s'envolait dans les airs : « Vous êtes de vieux égoïstes, fichez-moi la paix ! »

Elle lui avait tout offert : des voyages, des chevaux, des cabs, et surtout un amour indéfectible. Il entendait encore sa voix lancer : « Maurice est mon dauphin. Vous êtes des malheureux, incapables d'avoir une descendance et de comprendre que les sacrifices d'une mère sont sa plus grande joie ! »

— Maman ! murmure-t-il en s'asseyant doucement au bord du lit, mais elle n'entend pas, retranchée dans un sommeil qu'on dirait enfantin.

Heureusement, pense-t-il, elle ne lui a jamais sacrifié ni son théâtre ni son goût de la vérité. Une seule fois elle ne lui a pas cédé. Une seule et unique fois. Et ce fut terrible ! Il était resté éloigné d'elle une année entière, mais c'est elle qui avait eu raison. Personne ne faisait céder Sarah si la justice était en cause. Même pas son fils. L'une des premières, elle avait deviné que Dreyfus était innocent, alors que lui-même avait rallié le camp adverse et adhéré à la Ligue de la patrie française que ses deux amis de toujours, François Coppée et Jules Lemaître, avaient déjà rejointe. Il revoit le visage bouleversé de sa mère. Il avait même quitté Paris sans la prévenir, prenant ouvertement parti contre le capitaine, mais elle avait tenu bon...

— Mon amour ! Mon fils !

Elle l'appelle, et les doigts de sa main s'ouvrent légèrement, essayant d'agripper son fils assis un peu trop loin d'elle.

— Qu'y a-t-il, Maman ?

— À quoi pensais-tu ? Ton visage avait l'air si triste.

— C'est du passé. Nous n'allons pas encore nous injurier !

— Je n'en ai plus la force, lâche-t-elle dans un souffle.

— La dernière fois que nous avons parlé de Dreyfus, tu as cassé une assiette et Geoffroy a envoyé sa salade sur le vieux général !

— Et toi, tu as pris ta femme par la main en laissant ta fille perchée sur une chaise haute boire ton verre de vin blanc.

— Pardonne-moi, Maman. Oublie !

Elle l'attire à elle. Il s'accroupit au pied du lit. Elle tourne son visage vers le sien.

— Écoute, mon fils aimé. Elle a comme par miracle reconquis sa force à l'évocation du procès du capitaine. Je t'ai tout pardonné : les dettes, les maîtresses, le jeu, les duels – tout cela qui n'est que la mousse de la vie –, mais on ne peut jouer avec l'innocence d'un homme. Jamais ! Il ne faut jamais, tu m'entends, jamais céder sur la vérité. Si je t'avais cédé, je n'aurais jamais plus pu te regarder en face. Mais j'avais la conviction de son innocence.

— Comment cela ?

— Le théâtre, murmure la malade. Le théâtre ! J'avais eu le privilège – ou la honte – d'assister, le 5 janvier 1895, à sa dégradation. C'était une manifestation mondaine où les personnages en vue étaient présents mais, lorsque j'ai observé l'attitude du Capitaine, j'ai compris qu'il était martyrisé car je ne décelais nulle trace de comédie dans ses protestations d'innocence.

— Mais, Maman, te rends-tu compte : s'il fallait prêter cas au jugement des actrices pour confondre ou innocenter un criminel, où irions-nous ?

— Mon petit, je ne suis pas une actrice. Je suis Sarah Bernhardt, qui a consacré sa vie entière à cet art de la vérité. Même au seuil de la mort, je ne me trompe pas.

— Nous aurions pu ne plus jamais nous réconcilier, murmure Maurice, inquiet.

— Non. J'avais confiance en Dreyfus et j'avais confiance en ton amour. Le reste n'a pas d'importance. Il suffit de ne pas faire de compromissions ni sur la vérité ni sur l'amour. C'est une seule et même chose.

— Mais pourquoi a-t-il fallu que tu ailles en plus voir Zola, que tu montes en première ligne ! Moi, je craignais pour toi. Ils t'ont injuriée, ils ont fermé ton théâtre, ils t'ont traitée de « sale juive »...

— C'est pour cela que je ne t'en voulais pas. Tu es le fils du prince de Ligne et tu voulais me protéger en homme d'honneur. Tu as eu peur pour ta mère. Tu aurais voulu m'épargner... C'est Mirbeau qui m'avait encouragée à aller voir Zola.

— Oui ! Mais tu répétais *Les Mauvais Bergers*. Mirbeau devient passionné, comme fou dès qu'il épouse une cause, et il te poussait, il te conseillait... Je connais ton enthousiasme et lorsqu'il rédigea son manifeste injurieux, j'ai trouvé qu'il fallait intervenir.

— Peut-être est-ce à cause de toi, mon fils, pour te prouver la vérité, que je suis allée ce matin-là trouver Zola, ce bourreau de travail, pour lui expliquer calmement l'affaire, lui qui se tenait si peu au courant de l'actualité.

— Je me souviens encore de ce titre : « Sarah Bernhardt chez Zola ; la grande artiste est avec les juifs contre l'armée ! »

— Et j'ai dû fermer mon théâtre de la Renaissance.

— Alors je t'ai abandonnée. Pardonne-moi...

Maurice la prend contre lui ; il voudrait tant oublier cet épisode !

— Tous les hommes qui m'ont aimée m'ont, à un moment ou à un autre, désertée à cause de ce même amour pour moi. Je leur demandais d'être des Thésée, des Suréna, des Ruy Blas. Quelque part au fond de moi, j'ai été fière que toi aussi, le plus aimant, le plus aimé, tu quittes la place. Toi aussi, il fallait te préserver. Il fallait que nous nous affrontions pour mesurer à quel point tu étais mon fils, non ?

— Nous n'avons cédé ni l'un ni l'autre.

— Oui, mais j'étais du côté de la vérité. Et tu sais pourquoi ?

— Nous n'allons pas recommencer, Maman !

— Pas au seuil de la mort – elle adresse une grimace comique à son fils. Mais, depuis le Conservatoire, bien avant ta naissance, j'ai pratiquement côtoyé tous les hommes politiques : Napoléon III, le duc de Morny, Gambetta, Bourbaki, Trochu ou Paul Rémusat ; j'ai mis des années à admettre que c'étaient des hommes comme les autres, qui pouvaient se tromper et parfois même qui voulaient se tromper. Lorsque la raison d'État se met à inventer, tous les scénarios sont possibles, même les plus abjects. Comme pour Dreyfus !

— Pourtant, Maman, tu n'es jamais devenue cynique ni blasée.

Épuisée maintenant, la tragédienne presse un peu plus les doigts de son fils.

— Je n'avais pas le temps, et j'avais choisi dès le début : le théâtre plus que tout, surtout les grandes héroïnes tragiques. Celles qui refusent la raison d'État, qui disent non ! Quelle leçon, tout au long de ces années : Andromaque, Bérénice, la Samaritaine...

La comédienne s'anime ; elle se relève difficilement de l'oreiller, fébrile.

— Maman ! supplie Maurice, inquiet.

— Mon chéri, bientôt je dormirai sans fin. Ne m'interromps pas ! Il y a longtemps que je t'ai pardonné, pour Dreyfus. Comme à mon cher François Coppée ! Ni les uns ni les autres, vous qui aviez le cœur droit et l'honneur en panache, vous ne pouviez imaginer que des colonel Henry ou des Esterhazy pouvaient se parjurer. Jusqu'à ma mort, je garderai en tête la voix du capitaine lorsqu'il fut dégradé, et je penserai alors au cri de Suréna dans Corneille :

« Plus je les servirai, plus je serai coupable ;
Et s'ils veulent ma mort, elle est inévitable. »

C'est peut-être la seule pièce de Corneille que j'aie aimé jouer. Sans doute parce qu'elle est racinienne en diable. Ou parce que l'héroïne s'appelait Eurydice. Peut-être...

Maurice a de plus en plus de mal à entendre la voix faiblissante de sa mère ; il approche encore son visage du sien.

— Tu sais, mon Mauriçou, c'était un matin comme celui-ci, grisâtre ; tu sais, ces matins où le mensonge s'insinue dans le cœur des hommes... Jamais je n'ai autant souffert ! Pendant un an, te fermer ma porte ! À toi, mon enfant...

— Chut, Maman ! C'est oublié, c'est fini... Tu l'as dit : chut !

— Il le fallait ! Il le fallait ! La vérité est plus grande que tout. La vérité ! *« Régner, c'est l'art de faire marcher les chiens debout et l'homme à quatre pattes... »* La vieille dame reprend sa respiration. Il avait raison, ajoute-t-elle, imperceptiblement secouée d'un faible rire.

— Qui ça ?

— Hugo ! Il m'a tout appris, en politique : il faut toujours être du côté des victimes et des pauvres pour ne pas se tromper, et monter sur les barricades – ce que je ne vais pas tarder à faire, mon fils adoré !

> « Cela est bien vieux, dites-vous ? Précisément ! C'est parce que cela est vieux que cela se meurt... Combien de temps croyez-vous que cette vieillerie puisse encore durer ? »

Maurice appelle, mais en vain : sa mère est repartie en compagnie d'Olympie dans ses visions... Pour lui seul, voici qu'elle joue encore, redisant des textes qui éclaboussent sa mémoire de sang, d'or et de lumière. Il ne peut que l'écouter.

> « Mille ans de bûchers, de gibets, d'échafauds et de batailles... Ayons foi ! Non, ne nous laissons pas abattre. Désespérer, c'est déserter. Regardons l'avenir. Je vais aux barricades. La rue est libre, les pavés sont à tout le monde... »

Elle délire à nouveau et Maurice ne sait plus que faire. Avec douceur, il repose la main de sa mère sur le drap, mais elle rouvre aussitôt les yeux :

> « Ce n'est rien de mourir ; c'est affreux de ne plus vivre... Jean Valjean, la suprême aurore... »

À ce moment, un rayon de soleil vient lécher les persiennes, auréolant le visage de la malade. Elle plisse les yeux et ajoute :

> « Ma dernière barricade ! Je n'ai plus qu'à escalader le soleil et je verrai le monde, n'est-ce pas ? Mon Ange

m'attend... J'espère qu'il me tendra la main pour les derniers mètres, mais j'y arriverai quand même ! »

Pour l'instant, elle se rendort, apaisée.

[illegible]

Johann est rentré, triste, trop de soirs, trop d'amitié, mais il est [illegible] surprise. Sarah [illegible] dans son fauteuil. Il [illegible] l'odeur de l'encaustique [illegible] elle [illegible] encore [illegible] de [illegible] Elle [illegible] la musique de Puccini et les accords tragiques [illegible] dans la pièce.

— Eh bien, qu'est-ce qu'il y a ? Vous avez des yeux de flamme, comme disait le fils de Parmesi !

— Je suis en colère et aussi [illegible] que mes colères qui me [illegible] [illegible] ressemblent à des accès de folie. Je ne suis pas [illegible] une gamine, ni une petite dame [illegible] ni une fille timide comme vous m'avez décrite. Je [illegible] aussi. Écouté ?

— Je suis fatigué, lui dit-il. Fatigué de ces mélanges d'époques, de vous qui revenez constamment me tourner. J'ai en ce moment d'autres soucis, plus importants.

Elle éclate de son rire saccadé. Accoudée à la cheminée, elle le défie. Sa somptueuse chevelure relevée en chignon se reflète dans le miroir. [illegible] Elle est magnifique dans cette longue robe [illegible] son petit visage pâle, troué de deux yeux trop [illegible] lui donne ce [illegible] allure de diva.

Johann, lui, a vieilli. Sa mère est dans une maison de santé. Il y a longtemps, bien longtemps qu'il n'a plus rouvert les Cahiers d'Aldébaran. Le dernier, celui de Sarah Bernhardt, attend, inachevé, mais on ne délaisse pas ainsi la tragédienne ! Voici qu'elle est revenue le chercher, en ce soir d'hiver empreint de colère glaciale

Johann est rentré tard. Trop de cours, trop d'ennuis, mais, à sa grande surprise, voici Sarah de nouveau dans son bureau. Il aurait presque pu feindre de l'avoir oubliée. Ce soir, elle a l'âme de Tosca, même si elle n'en a pas revêtu le costume. Elle a mis la musique de Puccini et les accords tragiques retentissent dans la pièce.

— Eh bien, qu'est-ce qu'il y a ? Vous avez des yeux de flamme, comme disait le fils de Dumas !

— Je suis en colère, et vous n'ignorez pas que mes colères, qui par bonheur me prennent rarement, ressemblent à des accès de folie. Je ne suis pas seulement une gamine, ni une vieille dame malicieuse, ni une jeune fille timide, comme vous m'avez décrite. Je peux tuer aussi. Écoutez !

— Je suis fatigué, lui dit-il. Fatigué de ces mélanges d'époques, de vous qui revenez constamment me hanter. J'ai en ce moment d'autres soucis, plus importants.

Elle éclate de son rire saccadé. Accoudée à la cheminée, elle le défie. Sa somptueuse chevelure relevée en chignon se reflète dans le miroir et l'auréole d'or rouge. Elle est magnifique dans cette longue robe noire où son petit visage pâle, troué de deux yeux trop verts, étirés, lui donne ce soir une allure de diva.

Johann, lui, a vieilli. Sa mère est dans une maison de santé. Il y a longtemps, bien longtemps qu'il n'a plus rouvert les *Cahiers d'Andromaque*. Le dernier, celui de Sarah Bernhardt, attend, inachevé, mais on ne délaisse pas ainsi la tragédienne ! Voici qu'elle est revenue le chercher, en ce soir d'hiver empreint de colère glaciale et de désespoir. Il aurait dû s'en douter lorsque, par distraction, il avait accroché, la semaine dernière, cette reproduction du tableau de Walter Spindler que lui avait offerte une vieille amie. Il avait en fait à peine admiré Sarah. Il classait trop de papiers, lisait trop de thèses, avait trop de tristesse à remâcher pour s'intéresser vraiment à elle.

— Cela fait un certain temps que vous avez oublié de lever les yeux !

Sa voix est moqueuse. Il regarde au-dessus de la cheminée. C'était à prévoir ! Le tableau est vide...

— Je suis toujours sortie du cadre qu'on voulait m'imposer, cher professeur !

Elle se détache de la cheminée et s'accoude d'un geste hautain au fauteuil de velours sombre qui semble lui aussi avoir été volé à la peinture. Il aurait envie de se battre en duel, ce soir. Lui, l'homme trop sérieux, le professeur, l'historien, n'a qu'une pensée depuis qu'il est rentré : tout envoyer promener, et surtout cette tragédienne morte il y a presque un siècle. Pourquoi est-elle revenue ?

— Vous avez arrêté de travailler juste avant ma période de gloire. À partir de *Ruy Blas*, à l'Odéon, je n'ai plus cessé de jouer, et je suis devenue l'Étoile du théâtre. Je ne suis pas restée une jeune actrice toute ma vie !

— Entretenue, de surcroît.

— Entretenue, mais qui a très vite accumulé des « ors », ainsi que je l'ai écrit, et qui a ensuite gagné sa vie et celle de son fils jusqu'à quatre-vingts ans passés... Seule !

Elle a raison. Elle avait certes été recommandée tout au début de sa vie par Morny, Napoléon III ; d'autres l'avaient protégée : Duquesnel, Chilly, les directeurs de l'Odéon ; mais toute sa vie, c'est elle qui avait eu ensuite à charge non seulement sa famille, mais une kyrielle d'amis qui vivaient dans son sillage doré.

— Vous êtes muet, professeur ?

— Je dirais : comme Siriex dans *Fédora*. Si vous

n'étiez pas plus ardente à sauver l'innocent qu'à punir le coupable, vous ne seriez pas ce que vous êtes : une femme ultra-passionnée, très violente... mais très bonne !

— Je ne suis pas toujours très bonne !

— Je sais... Cette nuit, j'ai presque envie de disparaître en redisant les paroles de Charles Narey, l'ami intime du fils de Dumas...

— « Je suis heureux de mourir, car je n'entendrai plus parler de Sarah Bernhardt ni de Ferdinand de Lesseps ! »

Elle hausse les épaules d'un air moqueur avant de s'asseoir ou plutôt de se laisser couler dans le fauteuil.

— Écoutez, cher professeur. C'est plutôt honorifique, d'être mise sur le même pied que le canal de Suez ! D'autre part, si Charles ne nous aimait pas, quel imbécile il ferait ! Il paraît d'ailleurs que ce furent ses dernières paroles. Voilà qui prouve l'étroitesse de son cerveau. *Cristi !* il y a d'autres choses à dire avant de mourir que de repétitionner sur des rancunes. Moi, au moins, durant mon agonie, je récitais *L'Aiglon* ou *Phèdre*, et disais des mots d'amour à mon fils. Vous êtes toujours fâché ?

— Je suis fatigué, je n'arrive plus à fermer l'œil.

— Eh bien, ne dormez pas, la belle affaire ! La vie est toujours plus intelligente que vos grands principes. Vous n'en mourrez pas plus tôt ni plus tard, bien au contraire ! Asseyez-vous. Vous verrez que vous avez des ressources inconnues en vous, mais nous voulons toujours vivre à l'économie ! Comme si Dieu était un avaricieux, un usurier, un banquier, que sais-je ? Mais Dieu est un poète, professeur ! Il n'y a pas de limite à son imagination...

D'un geste rageur, Johann pose le paquet de thèses sur sa table, puis retourne à son fauteuil ; Sarah lui tend une coupe de champagne.

— Il est temps que vous vous occupiez de la femme, autrement dit de moi, susurre-t-elle avec un air de séduction qui ne déride nullement Johann. Vous vous méfiez ?

— Il y a de quoi ! N'oubliez pas que j'écris votre biographie. Je puis nommer tous vos amants !

— Vous écriviez ! Cela fait des mois que les feuilles blanches s'accumulent.

— Comment cela ?

— C'est comme la vie ! Lorsqu'on ne fait rien de ses journées ou de ses nuits – ajoute-t-elle en passant sa langue sur ses lèvres provocantes –, Dieu ajoute à votre cahier une page vide, et je vous promets qu'à la fin il les compare sans pitié aux autres.

— Vous n'aviez rien à redouter, car il n'est pas une seconde dans votre vie où vous vous soyez abstenue de faire quelque chose : une bêtise, un rôle, un mariage, un voyage, un fils...

— Mon fils ! Maurice ! Il suffirait à me sauver aux yeux du Créateur. Mais vous : vous n'avez même pas terminé ma biographie !

— C'est qu'elle est gigantesque ! Vous êtes pire que votre baleine. Tenez, vous alliez bien ensemble : votre vie n'est que du cirque !

— Ne me parlez jamais plus de cette baleine !

— Pourquoi ? Elle vous a même suivie au Paradis !

— Non ! Mais elle m'a survécu. Désormais, mon nom qui, ici et là, n'est pas encore totalement tombé dans l'oubli est presque toujours lié à cette histoire de baleine, quand on ne me voit pas ridiculement juchée sur son dos ! Tout cela pour faire plaisir à une petite fille !

— Comment cela ? se moque Johann en buvant sa coupe d'un trait.

— C'est bien moi : au départ, je souhaite faire plaisir, toujours et encore... Je ne sais pas refuser.

— Allons donc ! Ce sont les autres qui n'osent pas vous dire non.

— Je promets tout avec la ferme intention de remplir ma promesse, et deux heures après j'ai tout oublié. Mais mon premier mouvement est toujours de dire oui. Ce n'est qu'après que je m'arrache les cheveux et, pour faire pardonner mon oubli, j'invente des histoires, j'achète des cadeaux, bref, je me complique la vie !

— Et celle des autres...

— C'est comme ça depuis... toujours ! Et je crois bien qu'il en ira ainsi jusqu'au bout, ai-je écrit dans mes *Mémoires*...

Johann la contemple. Il se ressert en champagne. Voilà Sarah, se dit-il : quelqu'un qui, pour mieux fuir la réalité, vous donne tous les pouvoirs, vous fait même croire que vous êtes devenu unique et tout-puissant. Il commence à comprendre pourquoi tous lui ont cédé, les hommes comme les femmes. Elle est vraie, authentiquement vraie, comme un enfant qui croit toujours que l'adulte va lui décrocher la lune vers laquelle il tend les mains. Et grâce à vous, quelques secondes plus tard, la voici déjà repartie, sa lune entre les bras. Vous gisez sur le pavé, à moitié mort de fatigue, mais heureux, quand elle aperçoit le soleil à quelques cieux de là, et vous, la détresse au cœur, vous abandonnez alors à un autre le soin de la combler.

— Pourquoi reprenez-vous votre air de victime ? lui lance Sarah. C'est celui que je n'aime pas.

— Je pensais à tous ceux qui n'ont pu vous suivre... Je commence à lâcher, moi aussi !

— Vous m'en voulez ?

— Non ! Je m'en veux, à moi ! Car c'est une lutte épuisante que de chercher à vous retrouver. Je songe à cette réplique, dans *Adrienne Lecouvreur*, quand on demande à l'actrice ce qu'elle cherche.

— Elle répond sa vérité. Vous savez, professeur, tout le reste passe, mais la vérité de l'âme, par un curieux secret bien gardé, se transmet de génération en génération. Tel est du reste le devoir ou la mission du théâtre : transmettre la Vérité ! Pour cela, il faut beaucoup travailler. Et j'ai travaillé beaucoup : les gestes, la diction, la réflexion, la poésie. Surtout la poésie ! Le geste est l'expression de la pensée. Chaque être se meut selon ses proportions. Si l'artiste est nul, le geste est stupide... Il est fort probable que sous le sentiment religieux de la fillette que j'étais dormait l'amour de la poésie et du beau. En vieillissant, j'ai appris que le comédien doit être, sinon un savant, un érudit, du moins ce qu'on appelait autrefois un honnête homme, c'est-à-dire qu'il ne saurait être inférieur en connaissances acquises à la moyenne de l'humanité. Comment incarner des sentiments si l'on n'a pas puisé dans les livres (pour le passé) et dans le grand courant de la vie (pour le présent) ? Voyez, professeur, comme nous sommes loin de la baleine ! L'humble baleine...

Johann ne répond pas. Il l'observe, se remémorant les descriptions du jeu précis de Sarah par Reynaldo Hahn : « Qui tenterait de définir les moyens par lesquels cette femme extraordinaire nous bouleverse à ce point ?... » Évoquant comment elle jouait *Phèdre* ou *La Dame aux camélias*, il va jusqu'à écrire à propos de ce jeu : « La science de Sarah ».

— Vous continuez à rêver, professeur ?

— Parlez-moi de la baleine..., murmure Johann.

Entre eux deux, l'obscurité se fait de plus en plus brumeuse en dépit des bougies qu'elle a allumées sur la cheminée, sans doute avant son arrivée.

D'un mouvement vif, elle se juche sur le fauteuil. Où est la Tosca de tout à l'heure ? La musique s'est éteinte. Il n'y a plus que le silence et elle, toute pétillante : un clown ! Il retrouve les mimiques qu'elle avait sans doute dans *Pierrot assassin* ou dans Jacasse, le personnage des *Bouffons* qu'elle créa, dus à la plume de Zamacoïs. Par quel tour de magie a-t-elle ôté ses chaussures et ses bas ? La voici pieds nus, aurorale irrésistible :

Véritable histoire de la baleine !

« C'était à Boston. Au moment où j'allais monter en voiture, une dame s'approcha de moi : "Soyez la bienvenue à Boston, madame !" Je pris tout de suite cette ville en affection. Cependant, j'éprouvai un instant de vraie fureur en voyant sauter sur le marchepied de la voiture qui m'emportait un reporter plus pressé, plus audacieux que les autres. Ça dépassait vraiment tout ce qui est permis. Je repoussai méchamment ce vilain homme, mais Jarrett, mon terrible imprésario, qui avait prévu le coup, le retint par le collet, sans quoi il serait tombé. Et voici ce que le curieux me lâcha : “À quelle heure allez-vous demain voir la baleine ?” Tout en parlant, il s’était assis sur une fesse près de Jarrett qui le tenait toujours par le collet.

« — Mais, monsieur, m’écriai-je, qu’est-ce que c’est que cette histoire de baleine ?

« — Ah madame, c’est admirable ! Elle est énorme ! Elle est dans le bassin. Des hommes sont employés jour et nuit à piler de la glace autour d’elle ! »

Il se rappela combien elle pouvait être comique lorsqu’elle imitait la *Danse des ours* à l’intention de Reynaldo Hahn, en martelant chaque mot, « vêtue d’un costume tailleur blanc, la poitrine et les mains couvertes de pierreries, dansant en se posant sur un pied, puis sur l’autre, les bras pliés et collés au corps », chantant d’un air bonhomme et idiot à souhait, sans doute, comme en ce moment même où elle imitait le cinglé qui venait de sauter à bord de leur voiture.

« “C’est un fou, dis-je tout bas à Jarrett. — Non, madame, je ne suis pas fou, proteste l’autre. Peut-être vaudrait-il mieux y aller dès ce soir, car on craint qu’elle ne meure dans la nuit.” Tout à coup, cramponné au cocher : “Arrêtez, arrêtez !... Henry ! Venez ici !”

« La voiture s’arrête, il saute à bas et, sans façon, pousse dans mon landau un petit homme carré de partout, les yeux cachés sous un épais bonnet de fourrure. Comme ça... »

Sarah attrape un pot décoratif sur la cheminée de Johann et s’en coiffe. « De trois, nous arrivons à cinq à l’hôtel Vendôme. Beaucoup de monde m’attendait. J’avais honte de mon nouveau compagnon. Il parlait fort, riait, toussait, crachait, apostrophait tout le monde, multipliait en mon nom les invitations... »

Sarah imitait Henry à la perfection.

« Pour mon malheur, une toute jeune fille sauta au cou de son père : “Oh, Papa, dit-elle, je vous en prie, allons-y !” »

Sarah s’arrête un instant, puis devient bouleversante d’une seconde à l’autre.

« Est-ce l'accent de cette enfant qui me rappela Maurice, est-ce ce "Papa" prononcé avec tendresse qui m'étreignit le cœur ? À partir de là, je perdis le contrôle de ce que je faisais. Le père en question était un homme d'une courtoisie si empreinte d'élégance qu'elle me rappela... »

Sarah s'assied sur l'accoudoir sans achever sa phrase, et Johann peut observer le fin regard sous lequel menace de rouler une perle à peine retenue par les cils. Jamais il n'a vu visage aussi expressif que celui de la comédienne. À qui pense-t-elle en cet instant ?

« L'aimable gentleman fit signe à sa fille de nous suivre après m'avoir dit de sa belle voix : "Vous plairait-il, madame, que nous soyons demain des vôtres pour aller voir la baleine ?", et, après mon acquiescement, nous montâmes en leur compagnie et en celle de Jarrett et de Mme Guérard dans mon appartement où l'on avait disposé, pour me faire plaisir, des objets précieux, de délicieuses statues, des tableaux dont un superbe Millet que j'eusse bien voulu posséder.

« Mr Max Gordon – tel était le nom du père de la fillette – me raconta alors comment cette pauvre baleine, malencontreusement blessée par l'un des bateaux qui pêchaient la morue au large, avait été ramenée au propriétaire de la flottille, l'horrible Henry Smith. Par quel tour de l'esprit, par quel acharnement cérébral cet homme en était-il arrivé à considérer sa baleine et mon propre nom comme une possible source de fortune ? Jarrett était-il de mèche avec cette affreuse comédie ? Je ne sais... Jamais je ne saurai le fin mot de cet horrible piège... »

Sarah se redressa en ôtant son grotesque couvre-chef qu'elle jeta à terre et qui naturellement s'y brisa en menus morceaux. Son auditeur ne réagit pas, déjà médusé par l'histoire de la baleine.

« Toujours est-il, mon cher Johann, que nous fûmes plus de cinquante, à l'aube du lendemain, à nous retrouver sous une pluie glaciale. Mr Gordon, pour qui j'avais déjà un faible, peut-être, mais je ne vous le dirai pas, avait fait atteler son *mail coach* de quatre chevaux qu'il conduisait lui-même. C'était très, mais vraiment *très* amusant !

« Henry, notre comique, couvert de poils de la tête aux pieds, me prit la main et m'entraîna. Je faillis quinze fois me casser le cou. Les reporters étaient là, et bientôt je me retrouvai sur le dos de la baleine qui, dit-on, respirait encore. La pauvre bête oscillait légèrement, sans doute à cause du clapotis de l'eau, et comme elle était toute recouverte de verglas, je m'étalai par deux fois sur son épine dorsale. J'en ris maintenant, mais j'étais hors de moi ! »

Johann, qui n'imaginait Sarah qu'en déesse intouchable, Cléopâtre ou Phèdre, et qui n'osait plus guère s'en approcher, la trouve, avec cette anecdote, merveilleusement humaine.

« Vous aussi, dit-elle en le menaçant du doigt, vous vous moquez ! À cause de cette baleine, me voilà démythifiée.

— Bien au contraire, cela ne vous rend que plus attachante.

— Heureusement, je tenais par la main la petite Gordon, et c'est elle qui me rassurait de sa voix de moineau. Je craignais de faire souffrir cette pauvre grosse bête que chevauchaient à grand-peine trois personnes, car Henry était naturellement monté à mes côtés. Tout le monde criait que je devais décoller l'un des fanons... de la malheureuse captive. Je cédai, énervée, fatiguée, et remontait sous les applaudissements avec mon triste trophée. Jamais je n'eus autant de honte d'un succès. J'étais fâchée. Je voulais me cacher, mais la petite fille me demanda si gentiment pourquoi je voulais si vite les quitter que ma colère fondit face au sourire de cette enfant.

« "Voulez-vous conduire vous-même ? me demanda le père. — Avec plaisir !" répondis-je, tout aussitôt excitée par ce nouveau défi. Jarrett sauta promptement à terre : "Si vous conduisez, je préfère descendre", grommela-t-il...

« Je me mis à la place de Mr Gordon. Hardiment ! »

Elle se redresse encore plus, comme si elle conduisait le superbe attelage.

« En avant ! » crie-t-elle.

Johann la suivrait jusqu'au bout du monde. Elle est l'Amazone, elle est Andromaque ayant revêtu l'armure d'Hector, Cléopâtre luttant de vitesse avec Antoine.

L'orage éclate soudain, le fauteuil bascule ; elle lance encore en riant :

« Nous n'avions pas fait cent mètres que les chevaux s'engouffrèrent chez un apothicaire du quai, et la voiture monta sur le trottoir. Sans les réflexes et l'énergie de Mr Gordon, nous étions tous tués sur le coup ! »

Johann A. s'est réveillé. Une tempête paraît s'être engouffrée dans son bureau. Le fauteuil est renversé, son pot chinois est cassé. Peu à peu, il recouvre ses esprits. Il s'est endormi à sa table. Sur la pile de thèses, les *Mémoires* de Sarah sont ouverts. Il lit avec amusement la réclame de Henry Smith :

> *VENEZ VOIR*
> *l'énorme cétacé que Sarah Bernhardt*
> *a tué en lui arrachant*
> *des baleines pour ses corsets*
> *confectionnés par Mrs Lily Noë*
> *demeurant à...*

Johann a froid. La nuit qui l'environne, nappe noire tout autour de sa lampe, semblable à la traîne de Sarah, l'entoure de féminité. Il se lève, engourdi, referme la fenêtre, s'attarde à contempler le ciel. Il est trois heures du matin, il songe à elle qui est en train de mourir, peut-être à quelques mètres de lui, dans Paris. Il y a un siècle. S'il s'écoutait, il irait, comme beaucoup à cette époque, jusqu'au boulevard Pereire s'asseoir sur le banc, devant son hôtel particulier, ou rester debout à la veiller sous ses fenêtres.

Il sait bien que tout cela est passé depuis longtemps, mais là, en cet instant, il reçoit comme un appel. Malgré le froid ou à cause de lui, le ciel est clair, exempt de scories, impressionnant comme elle dans son rêve de tout à l'heure. Est-ce à cause de sa mère ? de toutes les mères ? À son tour, Sarah lui manque à tel point qu'il se met à sangloter comme un idiot. Malgré lui, il ne cesse de l'imaginer, sa petite tête d'oiseau affamé tournée de côté sur l'oreiller, ses bras minces reposant de part et d'autre du corps en chemise blanche, les yeux clos. Elle va mourir. Il ne lui reste que peu de jours, et cette nuit, un siècle après, elle a besoin de lui, de son travail, pour ne pas disparaître tout à fait.

Il se retourne, s'adosse à la fenêtre glacée. Il regarde les thèses des étudiants empilées sous le halo de la lampe. Il l'a délaissée depuis trop longtemps. Il s'agenouille, ramasse délicatement les morceaux de la coupe que la tempête a projetée au sol... ou bien elle, tout à l'heure, comme un avertissement ? Il repose les fragments sur la cheminée, allume en son honneur les deux bougies disposées de chaque côté.

Il est temps de vous retrouver, Dame Jolie !

Il est temps qu'elle rouvre ses beaux yeux de lumière d'eau, il est temps qu'elle ne meure pas, qu'il ose la réveiller d'un baiser.

Il se dirige vers le réfrigérateur où sa mère laisse toujours une bouteille de champagne pour les grandes occasions, prend deux coupes. Il remet le fauteuil à sa place et s'y assied, puis se verse à boire. Elle a raison : « Eh bien, ne dormez pas ! La belle affaire ! »

Il réentend le ton de sa voix, tout à l'heure. Il jette son veston à terre, ce qu'il n'a pas fait depuis l'adolescence, ôte sa chemise, cherche son pull troué bleu marine – pourquoi a-t-il renoncé aux voyages, à la mer déchaînée ? –, enfile un vieux pantalon délavé et laisse ses pieds nus reposer sur l'autre fauteuil.

Il s'amuse : combien de thèses pourrait-on rédiger à son sujet ? La réclame de la baleine qui s'affiche encore sous la lampe de sa table serait déjà prétexte à toute une recherche ! Cette monstrueuse baleine que Sarah retrouve ensuite à chacune de ses étapes américaines dans chaque ville, qui sent de plus en plus mauvais, qui est de plus en plus morte, mais que l'infernal Henry Smith entoure d'un concert de tambours et trompettes, cette baleine entourée d'une escouade « de nègres habillés en ménestrels », ainsi qu'elle l'écrit, et cette affiche démesurée la représentant – n'est-ce pas à la fois la naissance et la métaphore de la publicité qui dévore même ce qu'elle est chargée de vanter ? Ce monstre insensible qui grossit de jour en jour et auquel elle doit faire face...

« Je ne voulais sortir des hôtels que les yeux fermés. Dès que j'entendais des *ménestrels*, je bondissais, je verdissais. Ah, je l'aurais tué volontiers, cet exécrable Smith ! Il m'avait même proposé un pourcentage sur les recettes... Il se faisait un argent fou ! »

Sarah fut-elle la toute première à révéler et dénoncer l'ampleur de ce qui allait devenir le phénomène publicitaire ? Finalement, c'est Jarrett, l'imprésario, qui réussit à enrayer ce « perpétuel cauchemar », écrit-elle : « Je soupçonne Jarrett de lui avoir donné quelque violente purgation pour arrêter sa route qu'il avait peut-être lui-même financée ! Il riait trop en chemin, le féroce *gentleman* ! Henry Smith était tombé subitement malade... »

Jarrett ! Johann repense à lui : nul ne sait d'où il venait exactement, comment il est mort. Depuis quand les impresarii américains venaient-ils s'établir en France ? Qui était ce terrible Jarrett « qui avait dompté, écrit Sarah, ma trop sauvage nature par son implacable et cruelle sagesse, et par un appel constant à ma probité » ?

Plus qu'aucun autre homme, il était parvenu à protéger Sarah d'elle-même. Quelle relation existait au juste entre eux deux ? Dans ses écrits, Sarah ne laisse deviner aucune familiarité dans leurs rapports :

« Cet homme était terrible. Doué d'une intelligence supérieure, il avait dû, dès l'enfance, se battre avec la vie, et il avait pris l'humanité en profond mépris. Ayant beaucoup souffert, il n'avait pas pitié de ceux qui souffraient, disant que tout être mâle était armé pour se défendre. Il plaignait les femmes sans les aimer... »

Johann se redresse. Le travail l'attend. Il s'est assez complu à rêver comme un petit garçon. C'est elle, tout à l'heure, qui avait raison : Sarah est aussi une femme, une amoureuse qu'il ne faut point trop abandonner aux autres.

Alors qu'un léger soleil vient colorer le bas des pages noircies, une rose pâle s'entrouvre délicatement sur sa table.

extravagances ?

5 Victor hugo ?

7

l'aiglon Ruy Blas
~~At~~ Natalie ?

3 ?

Les dossiers sont rangés, les livres étiquetés dans la bibliothèque, les fiches sagement classées l'attendent sur la planche disposée sur tréteaux à cet effet. Comme un miroir. Penché au-dessus de ce lac de verre noir, Johann sent que c'est sa propre vie qui est en jeu. Ce n'est plus Sarah qu'il considère, mais lui-même.

Il a donc fallu le terrible Jarrett, l'imprésario, le conseiller de tous les instants, pour assagir cette rebelle par son intransigeance et son honnêteté.

« Je me suis frayé un chemin dans la vie à l'aide de deux armes, la probité et le revolver, confiait-il à sa vedette. En affaires, la probité est l'arme la plus terrible contre les coquins et les rusés : les uns ne la connaissent pas, les autres n'y croient pas ; quant au revolver, c'est une invention admirable pour forcer les drôles à honorer la parole donnée. »

Évidemment, Johann ne saurait user d'un revolver, mais l'historien se doit à son tour d'assujettir Mademoiselle Révolte, sinon tout risque de voler en éclats : les faits, leur chronologie, l'objectivité... Le sujet Sarah Bernhardt, même et surtout après sa mort, ne cesse pas de déranger l'ordre établi de la recherche, des biographes et des expositions.

Johann a donc sorti le dossier Jarrett qui, à lui seul, mériterait un livre. Il relit le portrait qu'en fait Sarah dans ses *Mémoires* :

« Je veux présenter Jarrett à mes lecteurs, car cet homme fut un homme extraordinaire. Il avait alors soixante-cinq à soixante-dix ans. De taille élevée. Le visage du roi Agamemnon, couronné par une chevelure d'argent, la plus belle que j'aie jamais vue sur une tête d'homme. Les yeux étaient d'un bleu si pâle que, lorsque la colère les fulgurait, il semblait aveugle. Quand il était au repos, calme et admirant la nature, son visage était vraiment beau ; mais quand la gaieté animait son esprit, sa lèvre supérieure, découvrant ses dents, se plissait dans un reniflement féroce ; et le rictus semblait se former par l'attirance des oreilles pointues qui se remuaient comme en éveil sur une proie. »

Johann songe à la Bête interprétée par Jean Marais dans le film de Cocteau... Mais non ! ne pas se laisser aller à la poésie ! C'est le piège, avec Sarah. Elle vous entraîne en permanence loin du réel, sans se départir de son bon sens de paysanne ! Avec elle, se dit l'historien, tout semble tangible, à commencer par ses rêves. Pour dormir en train, elle arrange ses coussins comme le raconte Reynaldo Hahn : « Elle prend dans un grand rouleau trois oreillers qu'elle entasse, qu'elle bat, enfonce, tire, chiffonne, puis elle se couche la tête sur son bras [...]. Cinq minutes après, elle dort ; et elle dormira ainsi, calme comme un enfant, pendant deux heures, sans changer de position, sans bouger une seule fois, et sans être incommodée par le bruit de notre conversation. Rien de plus simple ! » Mais, sitôt réveillée, elle se jette dans la vie comme un enfant sur un toboggan, joue *Phèdre*, descend les rapides, et part à la chasse aux crocodiles...

« Cette femme dont la vie a été plus active et plus tumultueuse que celle d'un homme d'État ou d'un conquérant, qui sans cesse donne de sa personne et de son âme sans compter, sans se ménager ni songer au lendemain [...], bravant les obstacles, les hasards, les bizarreries avec la même allégresse héroïque et légère, restant toujours femme au milieu des hommes et des événements, victorieuse de la haine, des critiques, des insultes, du temps, répandant autour d'elle un sortilège vivifiant, sachant consoler, enflammer, à la fois sérieuse et blagueuse, moqueuse et sensible, imaginative parfois jusqu'à l'extravagance, et douée d'un bon sens inébranlable... »

Comment ne pas aimer cette description du musicien qui a accompagné maintes fois la tragédienne dans ses tournées ou en vacances à Belle-Isle ?

Johann songe en contemplant l'eau sombre de la table. Il lui semble s'être embarqué sur une chaloupe au-dessus de ce flot nocturne. Est-ce le Styx, le dernier fleuve qui les mène vers l'autre rive de la vie ? Il aperçoit ses épaules féminines qui dansent d'avant en arrière. Elle rame devant lui, conduisant la barque sonore. Ne s'entraînait-elle pas ainsi tous les jours ? Allons, disait-elle avec un sourire moqueur, embarquons-nous ! « La musique accentue encore la cadence, et les rames frappent l'eau avec une sorte d'ivresse, raconte Reynaldo Hahn. Chaque matin, elle sort de son lit, laisse tomber ses vêtements, et s'exerce à son bateau en serrant les rames si fort qu'elle peut à peine les manier. »

Et c'est comme un vertige : Johann ne peut détacher les yeux de cette nuque droite, délicate, qui se ploie et se relève avec régularité. Qui est-il pour qu'elle l'admette à ce voyage ? Comment ramener cette folle jusqu'à la rive ? Même Freud a succombé à son charme. En 1885, alors qu'il étudiait la neurologie auprès de Jean Martin Charcot, il assista à une représentation de *Théodora*, de Sardou :

« Je ne peux rien dire de bon sur la pièce elle-même... Mais comme cette Sarah joue ! Après les premiers mots de sa voix vibrante et belle, j'ai eu le sentiment que je la connaissais depuis des années. Rien de ce qu'elle aurait pu dire ne m'aurait surpris ; je croyais immédiatement la moindre de ses paroles... Je n'ai jamais vu un personnage plus comique que Sarah dans le deuxième acte, lorsqu'elle apparaît dans une robe simple, et cependant les rires s'arrêtent bientôt car le moindre centimètre de ce personnage vit et vous ensorcelle. Et puis il y a ses flatteries, ses implorations et ses étreintes ; il est incroyable de voir quelles attitudes elle est capable de prendre, et comment chaque membre et chaque articulation jouent avec elle. Un être étrange : il m'est facile d'imaginer qu'elle n'a nullement besoin d'être autre à la ville qu'à la scène. »

N'est-il pas surprenant que celui qui consacra sa vie au secret des êtres ait gardé jusque dans son cabinet même où il recevait ses patients une photographie de l'actrice ?

Faut-il lui obéir ? Faut-il sauter de la barque avant de sombrer corps et âme ?

Les mots de D. H. Lawrence lui reviennent en mémoire :

« Elle est là, incarnation de l'émotion violente que nous partageons avec tout ce qui vit, mais qui est concentré en nous en une chose complexe et une fureur impénétrable. Elle représente les passions primitives de la femme [...]. Prenez garde avant d'aller voir la Bernhardt. Ne le faites que si vous êtes parfaitement sain d'esprit. Ses manières douces et charmeuses, ses petits murmures plaintifs et tristes, ses terribles feulements de panthère, et puis les horribles sons inarticulés, les petits sanglots qui vous déchirent, le désespoir et la mort : c'est beaucoup trop pour une seule soirée. »

Le voyage continue. Johann ne résiste pas. Il repense à ces mots : « Je pourrais l'aimer uniquement pour la simple passion violente de la chose... » Cette phrase de Lawrence lui apparaît d'un coup dans toute son impudeur. Lui aussi veut maintenant Sarah. Elle avait raison, l'autre nuit : il est temps de parler d'amour. Chez Sarah, c'est l'attelage qu'elle conduit, inconsciente, sexe et esprit, avec la même exigence.

Il est ivre, perdu : comment Jarrett a-t-il fait pour ne pas se laisser prendre par elle ? Elle qui a séduit même des hommes bien peu enclins aux amours féminines ?

Le bateau est à présent secoué de vagues toujours plus hautes, mais elle l'entraîne encore et encore : quel âge a-t-elle, ce soir ? Le ciel au-dessus d'eux menace de chavirer. Non, personne n'a pu lui tenir tête, même Pierre Loti qui lui écrivait de ces lettres brûlantes :

« Un rêve irréalisable que j'ai fait souvent, ce serait de vous emmener une fois courir les mers, sur un navire qui serait le mien, avec mes amis pour équipage, mes amis, c'est-à-dire un groupe de forbans choisis entre plusieurs mille, que rien n'effraie ni n'arrête, que ma volonté. Comme vous seriez bien avec nous, et que de choses inconnues nous verrions ensemble ! »

Et Robert de Montesquiou, décrit comme l'« homosexuel flamboyant », raffiné, qu'elle appelait « mon frère », l'« ami de mon cœur », « mon esprit »..., lui aussi succomba !

Johann n'y peut plus rien. Il faut absolument qu'il revienne à terre. Sinon, il ne pourra plus prendre aucune distance.

C'est à ce moment qu'elle se retourne, et il ne voit plus que son sourire. Le sourire de Sarah Bernhardt vous insuffle une irrésistible force de vivre. La beauté du sourire : il ne le découvre qu'à cet instant. Il découvre alors qu'il peut tout, lui, l'historien. Le sourire chez elle ne révèle rien : ni les dents ni la langue. Elle ne desserre jamais les lèvres, du moins sur ses photographies, et donc ne dévoile rien, mais, derrière son sourire, l'appel résonne, qui a pris naissance dans quelque région encore inconnue des simples mortels. Tel est le sourire de la Joconde, tel le sourire de Sarah. Vous vous sentez choisi. Vous êtes aimé pour vous seul. Il vous faut le rejoindre. Il vous faut oser sourire à ce sourire.

Johann pense à la description de la Sarah-Faustin :

« La Faustin avait, près des hommes qui vivaient dans sa société intime, une séduction particulière. Elle possédait un tact de femme artiste qui lui faisait découvrir chez ces hommes un mérite, un charme, une distinction que, très souvent, eux-mêmes, ils ignoraient, et dont ils lui restaient reconnaissants de la découverte, comme s'ils avaient été réellement dotés par elle de ce mérite, de ce charme, de cette distinction. Elle était en effet douée d'une délicate perception qui allait tout de suite à la qualité cachée, à la particularité rare. Et sur sa découverte d'un gentil détail physique ou psychique chez ceux qu'elle aimait, la Faustin s'animait, s'échauffait, s'enthousiasmait [...]. Cet empire de la Faustin sur les hommes, elle le devait à la sincérité, à la franchise de son admiration où l'on ne sentait ni une préméditation, ni une rouerie, ni un calcul, mais qui était l'expression spontanée et toute naturelle d'une sorte d'amour d'amateur pour le charmant, le distingué, le réussi dans l'espèce humaine... »

Tard dans la nuit, Johann relit les pages du livre d'Edmond de Goncourt qu'il a ressorti, et se laisse séduire par cette Faustin dont Sarah a servi de modèle.

« La Faustin était de taille moyenne, et plutôt petite que grande, et tout élégante... C'était une de ces fausses maigres à la gorge pouvant remplir, ainsi que disait le XVIIIe siècle, les deux mains d'un honnête homme... »

Grâce à sa réplique dans la Faustin, Johann peut parcourir le corps de Sarah, ce corps si pudiquement dérobé aux regards publics, « la blancheur mate des brunes quand elles sont blanches, la chaude blancheur exsangue peinte par le Titien..., une bouche douce et ironique restant parfois entrouverte dans un sourire figé de statue... ».

Ainsi n'a-t-il pas été le seul à remarquer ce sourire !

Le portrait de Sarah aux seins nus est-il véridique ? Est-ce bien elle qui se cache derrière l'éventail ?

« La Faustin avait des yeux gris, ou plutôt d'une nuance indéfinissable... » Il retrouve les plus infimes détails, jusqu'à cette « taille... où, au milieu de la tenue la plus distinguée et de l'harmonie des gestes sculpturaux, frémissait toujours un rien de la vie remuante que conservent, même au repos, les reins des danseuses de corde ».

Johann s'arrête, ébloui par la description du frère Goncourt. Parviendra-t-il jamais à une telle justesse dans le portrait ?

« ... Tout cela mêlé d'une ignorance de petite fille, d'une ignorance qu'elle avouait avec une ingénuité si charmante qu'elle donnait envie de l'embrasser. »

Lui aussi sans doute, comme le Lord Annandale du roman, aurait voulu corriger ses fautes d'orthographe, mais « la tragédienne disait sur un petit ton adorablement mutin : “Non, je vais l’envoyer comme cela, c’est plus nature !” Et la femme qui écrivait si mal, qui écrivait comme une femme du siècle passé, s’exprimait divinement, et personne au monde n’avait dans l’accueil un charme pareil au sien... ».

Par quel côté appréhender cette créature qui, « s’il lui prenait envie, comme chez sa sœur, de boire un verre de coco, [...] le buvait dans un verre de Venise, montrant enfin, à toutes les heures du jour et de la nuit, un être divers et multiple... ».

Johann range le livre à sa place et, le dos droit, se remet à sa table, mais une formule d’Edmond de Goncourt continue de lui chanter malicieusement dans la tête : « la donneuse du plaisir amoureux le plus parfait qui existe sur terre... »

Il éteint alors sa lampe et reste à l’attendre, prêt à tout, à ce qu’elle arrive, même, descendant vers lui en se laissant glisser sur le lumineux toboggan du phare de la tour Eiffel.

Vendredi 23 mars 1923

Depuis quelques heures, je descends en chute libre tout au long de ma vie. Les événements sifflent à mes oreilles et je les laisse voler autour de moi. J'éprouve une sensation grisante. Je puis tout risquer si je veux parvenir, comme lorsque j'étais jeune, à sauter toujours plus loin.

Des visages aimés surgissent de part et d'autre avant de s'éclipser. Ils laissent sur mon cœur des touches multicolores, des initiales gravées, des effusions sonores.

J'ai aimé les hommes, ils m'ont aimée. Allongée au fond de cette barque qui fend les rapides de la mémoire, je me laisse bercer par eux. Je sais ! Dès l'adolescence, je les ai vus aussi lâches que le pouvoir, brutaux, imbus d'eux-mêmes, vaniteux comme ces dindons qui se pavanent, méprisables plus qu'aucune femme : car, quoi qu'ils en disent, ils détiennent le droit de décision. Séverine, la compagne de Vallès, la journaliste rebelle que j'estimais, me demanda en 1914 de signer en faveur des droits de la femme. D'abord j'étais occupée avec ma jambe, ou plutôt sans, puisque c'était l'année de mon amputation ! Il y avait la guerre qui pourrissait à nouveau les esprits et les corps. Quelle année terrible ! Elle n'a pas compris mon refus, qui n'en était pas un, mais j'ai toujours préféré les actes aux déclarations. Je suis une artiste, je ne suis pas une femme de loi ; à soixante-dix ans passés, les généralités ne me touchaient plus. Qu'est-ce que je connaissais à la situation des droits des femmes, moi qui m'étais permis toutes les excentri-

cités, qui avais voyagé plus que la plupart des hommes, qui avais eu un fils à dix-neuf ans, ce qui m'avait plus tard rehaussée aux yeux de la société bien-pensante, moi qui avais été royalement entretenue par Charles Haas à mes débuts, puis par bien d'autres, mais qui gagnais ma vie à quatre-vingts ans, et qui, à plus de soixante, avait pris un bel amant de vingt-sept ans, Lou Tellegen. Pauvre Lou ! Qu'ils furent méchants à son endroit ! Trois ans durant il fut à mes côtés. Contempler chaque jour sa beauté suffisait à me combler... L'énigme de la beauté ! Comment pouvais-je, avec ce cœur de pauvre toquée, comme je disais dans ma jeunesse, signer aux côtés de Séverine ? C'était une question de probité.

Je me souviens du début de sa réponse : « Oh, Sarah ! Que vous me rajeunissez ! Moi aussi, vers 1885, pleine de candeur, je m'en remettais à la bienveillance masculine pour améliorer le sort des femmes, et j'écrivais, déclinant une offre de candidature... »

Elle oubliait que, déjà en 1885, il y avait belle lurette que je ne m'en remettais pas à la bienveillance masculine, quand bien même je les aimais, ces drôles d'hommes ! J'avais plus de quarante ans et, depuis l'âge de quinze ans, j'avais appris toutes leurs ficelles. J'ai lutté non pas contre eux – c'est trop absurde : autant lutter contre la vie même, ou alors autant devenir anarchiste comme mon ami Vaillant, ou une sainte, et chercher à mettre le monde cul par-dessus tête –, mais j'ai bataillé par-dessus eux, et aussi grâce à eux qui m'ont initiée à leur façon de voir, à leur lucidité, voire à leur cynisme, à leur art de tromper... C'est ainsi que j'ai peu à peu découvert que je ne voulais pas leur ressembler, même si je les aimais.

Parfois, je les plaignais d'être trop bons acteurs dans une très mauvaise pièce : cette société qu'ils avaient eux-mêmes édifiée, alors que le grand théâtre m'avait enseigné la démesure, la folie, le refus de céder, et jusqu'au meurtre. Je n'étais pas une femme politique, mais j'aurais pu devenir Andromaque pour sauver mon enfant, ou Lorenzaccio pour renverser la tyrannie.

« J'ai cru à la vertu, à la grandeur humaine, comme un martyr croit à son Dieu. Ma jeunesse a été pure comme l'or... J'étais heureux alors. J'étais bon, mais pour mon malheur éternel, j'ai voulu être grand... J'ai plongé, je me suis enfoncé dans cette mer houleuse de la vie... »

Ils écoutent : je n'ai plus cinquante ans, je suis le jeune Lorenzo ; le théâtre de la Renaissance est comble, jusqu'à la moindre petite poche d'air. J'ai tenu à monter cette pièce. Musset n'avait que vingt-trois ans lorsqu'il jeta ce cri qu'avait en partie inspiré sa maîtresse, George Sand. Tous avaient cherché à m'en dissuader, comme pour La Princesse lointaine, *de Rostand, mon précédent spectacle. J'ai recréé* Lorenzaccio *jouant le rôle-titre.*

Je suis ce jeune homme et leur crache mon mépris à la figure. Je me suis fait à mon métier. Le vice a été pour moi un vêtement. Il m'est resté collé à la peau. Je suis vraiment un ruffian. Je m'avance, et cela me monte le long des jambes : je suis en train de devenir double. Parce que j'ai été d'abord cette jeune chatte que décrit Musset, qui veut bien des confitures tout en ne souhaitant pas se salir la patte – mais j'avais alors dix-sept ans –, je puis bien jouer aujourd'hui celui qui pervertit, ce Lorenzo désespéré qui se moque des jeunes filles au cœur pur :

« Jamais je n'ai humé dans une atmosphère enfantine plus exquise odeur de courtisanerie ! »

Je songe à ma famille, à ma mère et à ma tante, demi-mondaines et courtisanes. Je pense à moi sur les genoux de M. de Meydieu, me traitant de « Petit masque » qui fait semblant de ne pas comprendre... Évidemment, je comprenais ! Tous les enfants comprennent ! Je me sentais mal à l'aise auprès de cet homme qui me tenait presque lieu de père ! Il avait l'âme bourgeoise, sournoise et paillarde ; le dos velu de ses mains me révulsait !

Ce sont encore eux, ce soir, que je fustige. J'en veux aux femmes de se laisser faire, de ne pas s'armer d'un poignard, comme le jeune Lorenzo ! Ce soir, je suis au bord du crime. Je deviens dangereuse, et mon sexe est vérolé de tout ce qu'ont fait subir les puissants aux faibles. Je m'avance encore plus près des spectateurs. J'ai vécu cela, mesdames et messieurs, je sais ce que je dis, ce soir !

« Voir dans une enfant de quinze ans la rouée à venir : étudier, ensemencer, infiltrer paternellement le filon mystérieux du vice dans un conseil d'ami... »

Je les convoque tous à la tribune, les bonnes familles, les mères dolentes, les femmes satisfaites. Ils étaient dans le salon de ma mère et elle ne disait rien. Ce soir, je prends ma revanche avec Lorenzaccio et je sens passer dans la salle un frisson. Ils ont peur, tous ces cols durs ! Ils devinent dans ma main la lame acérée prête à se redresser. Je les connais, assis ici et là dans la salle. J'ai été leur maîtresse, leur amant, je me suis pour eux pliée à maints caprices, et parfois le vice m'a presque recouverte de son drap noir ; le corps suspendu au bord de l'abîme, l'âme tout entière secouée de nausées, je m'acharnais pourtant à le frapper encore et encore, comme ce duc de Médicis, désireux de basculer une fois pour toutes... Heureusement, le vice est inintelligent, répétitif, et très vite il me devint fastidieux.

Je m'avance encore et sens tous ces visages dans l'ombre. Je me place d'un prompt mouvement en pleine lumière, fière et mince ; mon costume bleu, comme la nuit veloutée que je porte en moi, chatoie. J'ose tout ! C'est cela, jouer Lorenzo ! Me voici reprise par la folie du vide, je provoque, caresse mon sexe maintenant auréolé, je sens le public se hérisser comme l'échine d'un chat que la frayeur caresse, et cela m'amuse ! Je ne suis ni femme ni homme, je suis un adolescent perverti. Je me paie toutes les audaces ! Je reconnais ici et là des têtes politiques, d'aucunes me sont très chères et d'autres... Là, cette dame qui exhibe outrageusement ses épaules grasses et ferme les yeux de dégoût devant mon geste. J'attends ! Elle rouvre ses lourdes paupières, j'y pénètre et fouaille... Qui êtes-vous, madame, pour me juger ? Qu'avez-vous fait pour l'humanité, si ce n'est porter les bijoux que votre mari vous paie ? J'ai toujours haï la bêtise, l'accommodement de soi-même. Je me mets à genoux, l'implore avant de m'élancer vers le crime : « Madame, si vous avez une fille, sauvez-la ! Réveillez-vous ! Faites quelque chose de vous-même ! de votre masse grasse et fétide ! Devenez donc intelligente ! »

« Ô souillures, souillures de la chair !
Si l'Éternel n'avait pas voulu
Que l'on ne se tue pas soi-même ! Ô Dieu, ô Dieu
Qui épuisant et vicié, insipide, stérile,
Me semble le cours du monde... »

Le public se tasse. Je suis en train de le mater. J'ai mélangé les paroles de Hamlet à celles de Lorenzaccio. Que m'arrive-t-il ? Je me relève d'un saut léger, malicieux. Je leur tourne le dos, mais mon visage se tend à nouveau vers eux dans un mouvement de séduction. Ils croient tout savoir de moi. Ils ont là la Sarah Barnum, toutes les horreurs qu'a racontées sur moi mon ancienne partenaire, la grosse Marie Colombier, l'antisémite ! Je n'ai plus rien à perdre ; je suis ce Lorenzaccio pourri jusqu'à la moelle, tel que Marie me raconte, cette Sarah livrée à toutes les débauches. Alors je donne mon sourire en pourboire. Ce sourire que je réserve aux intimes lorsqu'ils viennent taper à l'entrée de mon palais, au-dehors, et que je leur tends une main compatissante :

« Je ne les méprise point. Je les connais. Je suis persuadée qu'il y en a peu de très méchants, mais beaucoup de lâches et un grand nombre d'indifférents. Moi, Sarah, je me suis contemplée de face, de dos, de profil, de dessous, de dessus et de dedans, je me suis regardée faisant l'amour. Je suis à moi-même mon secret. Je me suis entendue crier, séduire, implorer, pleurer, et lorsque je me couchais, parfois, prête à toutes les humiliations, j'étais là encore, et encore me tenant l'âme hors de la boue, toujours – moi, le théâtre, mon théâtre ! »

Il me semble que la lumière tombant sur moi m'en-

toure d'un halo de plus en plus scintillant. L'air fraîchit, le vent vient réveiller les consciences, mon costume me paraît d'une étoffe de plus en plus sombre. Est-ce le pourpoint de Hamlet que je porte à présent ? La scène oscille comme le pont d'un bateau et s'élève doucement au loin un chant très ancien, quasi religieux. Suis-je sur le pont du navire qui m'emmenait au Danemark où le roi Christian IV m'avait décerné une décoration ornée de diamants et avait mis à ma disposition le yacht royal ? Penchée au bastingage, mes cheveux flottent sur mes épaules, mais j'arbore le costume de Hamlet. Je ne sais plus si j'entends des applaudissements ou l'affectueux clapotis de l'eau contre la coque.

Quelques pétales de roses se mêlent à la dentelle de l'écume. Oui, je me souviens : je jouais Hamlet *à Copenhague. Un jour, je fus invitée à visiter Elseneur. Des milliers de pétales sur la mer ! Et dans le mystérieux déclin du soleil couchant éclatèrent, comme une fanfare étouffée par des baisers, les chants mélodieux. Je lève les yeux. Devant nous se balance, poussé par le vent, un joli bateau aux voiles déployées. Une vingtaine de jeunes gens jettent des brassées de roses. Tout cela est pour moi... Je retrouve la même émotion qu'à bord du yacht royal. En cette fugitive minute où m'est échue toute la beauté de la vie, je me sens tout près de Dieu... Je me souviens et c'est comme au théâtre : lorsque les mots reviennent, ils libèrent les mêmes émotions, comme la dure coquille de la noix renfermant la douceur des cerneaux luminescents.*

Sans le théâtre, je serais devenue une demi-mondaine, une vieille enfant fripée, capricieuse, indifférente aux êtres. Mon art a été mon plus sévère mentor, et j'ai travaillé et retravaillé pour atteindre parfois à un semblant de perfection lorsque mon esprit, mais surtout mon âme, c'est-à-dire ma voix, faisait corps avec les paroles de chair que les poètes, dans leur solitude de visionnaires, avaient tracées bien au-delà du paysage terrestre.

Je sens son bras autour de mes épaules. Une autre fois je suis prête à le suivre :

> *« Si tu veux, faisons un rêve*
> *Montons sur deux palefrois*
> *Tu m'emmènes je t'enlève*
> *L'oiseau chante dans les bois. »*

Il a posé sa main sur mon poignet. Il m'écrit des vers, me redit sa chanson. Peut-être ai-je besoin de lui pour soulever le grand rideau ? N'est-ce pas lui qui jadis m'a ouverte à toute idée généreuse, à toute envolée vers le Nouveau, moi, la petite actrice imbue d'elle-même, à laquelle une éducation bourgeoise et cléricale avait faussé l'esprit ?

Sa voix pleine de noblesse et de charme chuchote à mon oreille ; je la reconnaîtrais même au seuil de l'éternité. Ses yeux rieurs se penchent vers moi.

> *« Je suis ton maître et ta proie*
> *Partons c'est la fin du jour*
> *Mon cheval sera la joie*
> *Ton cheval sera l'amour... »*

Il a serré ses doigts autour de mon poignet fragile. Je suis si maigre, tous se gaussent de ce squelette ambulant à tête de vierge, mais lui baise mon âme qui en devient pourpre, chaude et sensuelle.

Je le suis. La musique accompagne cette Chanson d'Eviradnus *qu'il m'enseigne, caresse après caresse. Je lui réponds à mon tour :*

> *« Viens ! nos doux chevaux mensonges*
> *Frappent du pied tous les deux*
> *Le mien au fond de mes songes*
> *Et le tien au fond des cieux. »*

Il est tout joyeux. Il doit avoir plus de soixante-dix ans. Je suis timide avec lui. Quarante ans nous séparent, et pourtant je chevauche à ses côtés, ma robe frôle sa jambe et mon cœur fait une embardée. Je ne sens plus le sol, c'est comme si nous galopions dans des nuages que la lumière cisèle. Nous avançons comme au ralenti ; j'aperçois ses yeux qui étincellent, son regard de diamant... Voici qu'il se penche vers moi et continue le poème :

« Un bagage est nécessaire
Nous emporterons nos vœux
Nos bonheurs, notre misère
Et la fleur de tes cheveux... »

Il m'embrasse au creux du poignet, m'attire vers lui. Nous glissons à terre, mais c'est comme si nous nous envolions ; je ne sens pas la couche rugueuse et dure du sol. Je suis dans les bras de Victor Hugo. Il ne peut plus rien m'arriver. Je murmure :

— Pardon, pardon, Maître ! J'ai été stupide, encouragée par tous ces blancs-becs, de refuser de me rendre chez vous pour la lecture de Ruy Blas...

Il me dépose un baiser sur le nez. Je suis au-dessus de lui qui me tient à bout de bras comme une enfant, si légère entre ses mains, un fragile paquet d'os. Quelque chose me déchire le corps de la tête aux pieds, sans prévenir, aussi rapide que la zébrure de l'éclair dans le ciel nocturne. J'ai déjà joué cette scène-là. Au bout de deux bras d'homme, rieuse, heureuse, à la limite de tomber... mon père est là, sous moi, qui s'amuse avec la petite fille que je suis. J'ai peut-être six ans, j'ai fermé les yeux, je plane comme un oisillon. Il est l'aigle, j'ai retrouvé sa rassurante odeur. Par instants, je frôle son visage et sa joue délicieusement râpeuse trace sur tout mon corps des frissons d'indiscipline. Mais je suis trop petite pour le retenir : il va repartir vers d'autres batailles... Là, j'ai à peine trois ans. Il s'est assis sur le bord du lit. Il a déposé des bottines rouges sur le drap innocent de mon enfance. Je suis devenue l'Aiglon à nouveau. Mon père ! mon empereur ! Il paraît que c'est de lui que je tiens ce sourire qui fissure les carapaces de l'égoïsme. Je ne serais jamais l'homme, seulement le fils de l'homme – cet Aiglon aux ailes brisées. Je respire cette peau rude et mal rasée avec avidité. Les mots de Hugo se substituent un à un aux vêtements qu'il me retire avec une attention presque maternelle.

« Viens, le soir brunit les chênes
Le moineau rit ; ce moqueur
Entend le doux bruit des chaînes
Que tu m'as mises au cœur »

Délicatement, il me repose au sol, me contemple de son ample regard de mystique. On dirait maintenant qu'il murmure une prière :

« Viens, sois tendre, je suis ivre
Ô les verts taillis mouillés »

Je suis devenue une source à laquelle il boit et je n'ai plus qu'un désir, me couler en lui, devenir la voix que ses lèvres m'enseignent, que sa courte barbe blanche auréole d'une brume scintillante. Je tends les mains vers lui, vers ce visage qui s'agrandit encore au-dessus de moi. Je l'embrasse à mon tour. Puis glisse le long de lui comme une enfant s'accroupit au pied de l'arbre formidable pour se rassasier de sa sève, et, peu à peu, je sens une once de son génie exciter l'éclat de mes yeux, embraser mon sang.

Il me relève, me montre l'effroyable et sublime étendue devant nous, mais je m'adosse à lui et n'ai plus peur, j'accepte d'affronter la nuit cernée de gouffres afin que le démon fulgurant se torde comme un éclair noyé dans la transparence du poème.

Écoute, dit la bouche d'ombre :

« Nous aurons l'aube à nos fronts
Je serai grand et toi riche
Puisque nous nous aimerons. »

Là-bas, le ciel s'éclaircit, mon cheval à la crinière de neige galope vers le soleil. Je ne serai plus jamais la même et les mots de Doña Sol montent à mes lèvres, que la brise disperse aux quatre vents :

« Croire que mon amour eût si peu de mémoire
Que jamais ils pourraient, tous ces hommes sans gloire

Jusqu'à d'autres amours, plus nobles à leur gré
Rapetisser un cœur où son nom est entré. »

Hugo ! Victor Hugo ! J'appelle, me retourne, mais son noir cheval vient de disparaître dans l'épaisse forêt. Je sanglote et mon cœur laisse l'aveu que sa main a écrit franchir mes lèvres :

« Vous aviez déchiré mon cœur, vous le brisez.
Ah ! si vous ne m'aimiez plus... »

*Lentement le rideau se referme sur la fin d'*Hernani*, et les applaudissements m'emportent jusqu'à ma loge fleurie – trop fleurie. Où est-il ?*

— Place, place, s'il vous plaît ! crie un jeune Anglais. Son Altesse le prince de Galles voudrait saluer Mlle Sarah Bernhardt !

Il porte un œillet blanc au revers de son habit. Je cherche des mots de sa langue pour le remercier. Mais soudain le prince lui-même me dit à voix basse :

— Regardez, mademoiselle, il vient...

Les curieux se reculent légèrement dans l'étroit passage laissé par eux ; le poète avance à pas lents. Tout en marchant, il caresse distraitement sa courte barbe et tient les yeux fixés sur moi, là-bas, seule au bout de cette foule.

— Victor Hugo, fait respectueusement le prince de Galles.

Il y a une minute d'un silence impressionnant. Hommes et femmes se haussent pour mieux apercevoir le dieu qui vient à moi. Moi, je ne vois que ses deux yeux qui m'ont inculqué pour toujours la liberté, la voix de la liberté sortie de ce grand front consumé de fièvre, ce front que j'ai aimé à tout jamais, et ses yeux comme des éclairs, disait-on.

« Mon amour, tiens-toi vers moi tourné. Plus près... plus près... »

Le monde a disparu tandis que je redis les dernières paroles de Doña Sol.

D'un ample mouvement, l'aube du 24 mars recouvre de son voile diaphane la mère et le fils dont la chambre laisse deviner la présence comme en filigrane. Les doigts enlacés, combien d'heures leur reste-t-il à partager ? Maurice et Sarah ne se quittent plus. Jamais ils ne se sont autant ressemblés : ils ont l'air de jeunes frère et sœur qui se confient dans la nuit leurs secrets. À l'aube, la famille se heurtera à l'inviolable mutisme des adolescents au visage double. Maurice n'a pas un geste, un cillement d'œil. Le regard fixe, la pupille agrandie, il contemple la larme suspendue au coin de l'iris bleu de Sarah.

Ce diamant entre nuit et jour : l'amour du vieux lion.

Cette fois-là, Maurice avait eu peur. La seule fois. Cette fois-là, il avait été jaloux. Pour la première fois. Jaloux à rester des heures, la nuit, à se tordre d'angoisse, de peur de l'abandon. On disait que sa mère attendait un enfant du titan. De bonnes âmes le renseignaient. Sa mère avait son air égaré de biche forcée. C'était en octobre-novembre 1875. Il allait avoir onze ans, mais avait tout compris. Sa mère voyait souvent le Dr Lambert, le voyage en Angleterre avait été remis, et le « monstre bien-aimé », comme elle appelait Hugo, hantait les jours et les rêves de Maurice. Pourtant, c'est grâce à lui que sa mère avait remporté un véritable triomphe dans *Hernani*, mais l'enfant pressentait le danger. Jamais plus elle n'avait évoqué cet événement devant lui.

Cette larme, au seuil de l'infini, le rend encore méfiant. Il n'ose l'essuyer, attendant que le soleil du jour nouveau la dissipe.

l
tâ
p
tra
de
fo

Douze ! Douze subdivisions ont peu à peu conquis l'espace de la bibliothèque, remplies de dossiers où il tâche d'enserrer la vie de Sarah Bernhardt. Les unes, plus longues que les autres, nécessitent plusieurs étagères du meuble imposant.

Le tableau a repris sa place au-dessus de la cheminée. Mlle Sarah Bernhardt se tient sans protester dans cette somptueuse toilette qu'elle faisait naguère tournoyer avec colère sous le nez de Johann. Cela fait longtemps qu'elle ne sort plus des cadres. Rien même de plus sage que sa tombe au Père-Lachaise, quatrième division : « Sarah Bernhardt, 1844-1923 » est-il sobrement indiqué. Johann a classé soigneusement les photographies. Il a vieilli, s'est durci. Debout au milieu de la pièce, il se tient les mains sur les hanches, mâchoire serrée, comme sur le point de se bagarrer. Mais Sarah n'est plus, elle ne proteste plus, elle le laisse désormais travailler. Il inventorie d'un regard circulaire le « chantier Sarah », vérifie encore une fois les fondations et les murs avant de poser la toiture. Il est temps d'en finir.

Cela valait-il toutes ces années de recherches ? se demande-t-il avec effroi. Elle n'est plus là pour répondre.

L'autre jour, rendant visite à sa mère malade, il a traversé le cimetière du Père-Lachaise et s'est arrêté devant la stèle, peut-être pour y chercher quelque réconfort ou une réponse à une question irrésolue, mais cette tombe grise ne livrait rien. Lui-même n'avait pas acheté de fleurs pour les y déposer.

Qui s'intéressait aujourd'hui à la tragédienne ? Il

avait interrogé autour de lui, comme ça, pour voir... La plupart, des mondains, ressassaient les mêmes sempiternelles histoires : les crocodiles, le cercueil où elle dormait, ses caprices ! Malgré la position sociale élevée de certains, pas un n'avait pu citer une seule pièce, un seul vers de Victor Hugo ou de *Phèdre* pour l'associer à la comédienne. Peu soucieux en vérité de l'art dramatique, balayant d'un rictus condescendant toute cette « belle » époque, comme ils étaient étrangers, malgré leurs responsabilités, à cette image de France qu'elle n'avait cessé de porter aux quatre coins du monde... Quel mépris pour celle qui avait voué sa vie au théâtre français et qui répondit un jour dans une interview :

« J'ai voulu, j'ai voulu ardemment arriver au summum de l'art ; je n'y suis pas encore. Il me reste bien moins à vivre que je n'ai vécu : mais qu'importe ! Chaque pas me rapproche de mon rêve ! Les heures qui ont pris leur envol, emportant ma jeunesse, m'ont laissé ma vaillance et ma gaieté : car mon but est le même, et c'est vers lui que je vais.

« J'ai traversé les océans, emportant mon rêve d'art en moi et le génie de ma nation a triomphé. J'ai planté le verbe français au cœur de la littérature étrangère, et c'est ce dont je suis le plus fière...

« Dites-leur, ami, que jamais la courtoisie française n'a été plus manifeste, puisque, voulant honorer l'art de l'interprétation et élever l'interprète au niveau des autres artistes créateurs, elle a choisi une femme... »

Johann se revoit solitaire dans l'immense cimetière. Des fleurs fraîches ou fanées sur la tombe, de toutes les couleurs comme des faisceaux de drapeaux : bouquets américains, britanniques, chiliens, argentins, australiens... Il lit des signatures, des noms.

Elle était la France, et, fière de l'être, prenait fait et cause pour tous les opprimés, toutes les victimes. Petite-fille de la Révolution française, comme le crie l'Aiglon à son grand-père autrichien, elle s'élève contre la peine de mort. Insultée – « mon pauvre squelette, tu feras bien de ne pas faire voir ton horrible nez juif... » –, elle

Sarah et son fils Maurice.
© Coll. Viollet.

Sarah en blanc.
Ph. Nadar, d.r.

Sarah, dernière photo.

Sarah enfant avec sa mère Youle.

Le fils de l'Aigle.

Sarah chez elle : en robe d'intérieur.
© Coll. Harlingue-Viollet.

En attendant le Prince ?
© Coll. part. d.r.

Cléopâtre.
© Coll. part. d.r.

La gloire ?

Le Passant.

Sarah ! le miroir.
© Coll. part. d.r.

Le Bouffon.

La marotte de Sarah.

Les larmes de Sarah.

Sarah : joue contre joue.

Le voyage.

Un dernier baiser.

« Et la mort à mes yeux dérobant la clarté... »

Un jeune Mozart.

arpente de son unique jambe le Théâtre aux armées, essayant de réconforter les soldats dans l'horrible boucherie de 1914-1918.

Les textes défilent sous ses yeux par cette fin d'après-midi brouillasseuse d'un février résigné.

« Sarah mutilée, malade... Notre génération avait tendance à réagir – écrit Béatrix Dussane – contre cette gloire qui, par sa durée exceptionnelle, était arrivée à une manière d'enflure monstrueuse... Que ne se retire-t-elle ? Les jeunes, à toute époque, ont l'enterrement facile. »

Et puis, devant la jeune comédienne narquoise, « le petit tas de cendres », comme l'écrit Dussane, était devenu en quelques instants « l'inextinguible soleil », ainsi qu'il l'a rêvée un jour !

« Nous voici en route ! raconte-t-elle. Ah, cette gare de l'Est de la guerre, traversée par notre bizarre cortège ; Sarah perdue dans un manteau tigré, sous une grande capeline fleurie, pelotonnée dans sa petite chaise à brancards, et souriant à tous les regards pour qu'on n'ose pas avoir pitié !... Nous descendons à Toul, seul groupe civil du train. La chaise reparaît : elle est peinte de blanc, ornée de rinceaux Louis XV ; elle aussi elle sourit, elle veut paraître un caprice, et non une douloureuse nécessité. Les gens, dans la ville, regardent, tellement curieux, tellement émus aussi qu'ils en oublient d'acclamer ou d'applaudir... »

Un vent glacial a soulevé les pans du pardessus gris de Johann, mais il n'a pas quitté la place. Il figurait autrefois parmi les spectateurs. La vie entière avec elle est devenue son théâtre : lui aussi regarde passer le cortège. Cela tient du cirque, et pourtant cela fait bruire le papier sonore de son âme. « Ceux qui te saluent vont [illegible] » Elle, cette petite dame, la plus grande tragé-[illegible] ionde, dans ce siècle sanglant qui s'éveille, [illegible] démesure de ce qui va advenir : 1914, 1939, [illegible] Elle a piétiné les rouges plaines de Troie, [illegible] us le soleil d'Austerlitz, défié les charges noires de Wagram ; arrimée à la hampe du théâtre de l'Odéon, l'empoignant tel un drapeau, elle a cru arracher l'âme de Paris des mains de l'ennemi prussien en 1870 ; elle a appartenu à toutes les époques héroïques. Les uns la moquent, les autres l'admirent. Elle ne s'en soucie plus : elle est déjà dans l'ailleurs, de l'autre côté, et Johann, là, rouvrant les yeux devant cette tombe, a l'impression d'entendre le cri que cette actrice lança à l'instant où l'on commençait à laisser glisser le cercueil dans le gouffre :

« Les dieux ne meurent pas ! »

Les oiseaux planant au-dessus de la tête de Johann ont repris leurs cris d'agonie, mais les fanfares résonnent encore aux oreilles de l'homme planté devant la tombe de Sarah B. Il est toujours là-bas avec le cortège au marché couvert aménagé sur une place de Commercy, tel que le décrit la jeune Dussane : « Il y a une scène, avec rampe et rideau, mais le réduit où Sarah va être obligée de se tenir n'a d'autre plancher que la terre battue ; on accède à la scène par une véritable échelle de dix marches... Sarah s'acclimate de sa loge provisoire, elle est ravie... »

Johann l'accompagne. Elle a vu tant et tant de loges diverses : des sublimes, des poubelles ; en proie à une chaleur extrême ou d'une humidité effroyable. « Mais quel théâtre ! » écrit-elle d'Amérique du Sud à Ponchon, l'ami-poète de Richepin, le bohème, le révolté dont elle disait : « Il est encore plus fantasque et cabotin que moi, voilà pourquoi je l'aime » – Richepin qui n'avait de sympathie que pour le petit peuple des rues de Paris. Johann la suivrait au bout du monde :

« Des rats qui courent à plaisir, des souris sur les tablettes... », et le long de la côte occidentale, « la fièvre jaune qui menace », « des bêtes immondes et dangereuses » grouillant sur les tables à l'heure des repas et traversant la scène. Les chambres sont infestées moustiques, mais elle, l'impératrice Sarah, se mo inexorablement d'elle-même comme en ce mom

Commercy, en pleine guerre. Que pourrait-elle craindre à quelque quatre-vingts ans ? Les batailles ? Des critiques, des ennemis ? Les amants lui ont déchiré maintes et maintes fois le cœur, comme ce Richepin pour qui elle a failli mourir, il lui manque une jambe, mais, à chaque fois, elle redresse sa tête volontaire, les épaules droites, et elle se greffe les jambes de Cléopâtre, ou bien l'âme de Jeanne d'Arc, et elle repart avec le cœur de Phèdre séduire de nouveau Hippolyte...

Comment étonner encore cette femme ? La séduire ? Johann l'observe, là, dans ce froid de la loge improvisée de Commercy ; elle redit son texte, recroquevillée dans un coin, minuscule. De quoi pourrait-elle avoir peur ? Elle s'accommode de tout, comme l'a écrit Reynaldo Hahn, tout en relevant le moindre détail :

« Quelle horreur ! ça sent le rat mort ! » s'écrie-t-elle en pénétrant dans une loge atroce où la direction a déposé, pour faire bien, un vieux tapis. Mais, la seconde d'après, « elle la déclare parfaite », avant d'appeler Thomas, le perruquier, « d'une voix à faire ressusciter tout un cimetière ».

Où a disparu cette voix ? songe Johann qui n'a pas esquissé un seul geste depuis tout à l'heure. Dans ce trou, sous la terre sépulcrale, « sous la vieille chaise de Louis XV », aurait-elle pu lancer, car, douée d'une immense culture, elle pouvait plaisanter sur maintes choses, érudite sans le laisser paraître.

Johann a de plus en plus froid. Il imagine cette bouche emplie de terre, cette voix bâillonnée qui a interprété tant de vers sublimes. Il lève alors les yeux et contemple les nuages qui voguent et dansent, libres, au-dessus de lui. Peut-être la voix d'or a-t-elle là-haut trouvé un plus vaste théâtre pour prendre son essor ; il l'entend déployer toute sa tessiture, comme ce fameux jour à Commercy ; et il l'attend, comme hier :

« Son tour de paraître arrive enfin. Pendant qu'on l'installe en scène, rideau baissé, un de ses camarades annonce aux trois mille gens entassés là qu'ils vont voir Sarah Bernhardt. Évidemment, ça les étonne, ils croyaient que “ça serait seulement au cinéma”. Et, le cœur battant, nous attendons l’ovation qu’ils vont lui faire... La toile monte, nous découvrant lentement d’abord le feu éclatant de la rampe, puis, dans la pénombre, au premier plan... les blessés dont les pansements blancs accrochent le regard. L’ovation ? Elle tarde... Gars solides et sûrs de la terre de France, ils attendent, ils veulent voir, et les noms illustres ne sont rien.

« Sarah le sent, elle frémit, cette salle lui tient plus au cœur que ne le fit jamais public de grande première. Elle commence... Elle vibre toute, et, sur un rythme qui monte comme la sonnerie de la charge, elle déploie les apostrophes héroïques comme on plante un drapeau sur une position conquise, elle évoque tous les morts glorieux, et les range aux côtés des combattants d’aujourd’hui. Et quand sur son cri final : “Aux armes !”, la musique attaque *La Marseillaise*, les trois mille gars de France sont debout et l’acclament en frémissant...

« Cela continue pendant trois jours : sur une terrasse de château, dans une salle d’hôpital, dans une grange, les hommes juchés sur les poutres... J’avais vu le génie de Sarah, je vis son courage... Un courage d’infirme à qui la volonté tient lieu de tout à chaque heure du jour... Un moment, je me trouvai seule avec elle et je dus l’aider dans sa toilette. Elle allait de sa chaise à la table en s’appuyant sur moi et en sautant à cloche-pied sur son unique jambe septuagénaire... Et elle me disait en riant : “Je fais la pintade... Je fais la pintade...” C’était beau, cette crânerie qui niait le mal, cette victoire de l’esprit sur la matière défaillante, et la pitié se changeait en admiration.

« De toutes les Sarah que j’ai essayé d’évoquer ici, celle qui me semble la plus grande, c’est cette vieille femme de génie qui s’en était venue cahin-caha, dans sa petite chaise et sur sa pauvre jambe, donner un cœur flamboyant et son vaillant sourire aux pauvres gens qui souffraient pour nous. »

Johann a relevé le col de son pardessus. Il commence

à neigeoter, comme disait sa mère... Il connaît bien ce vaillant sourire au milieu de la souffrance... Les tombes paraissent dessinées à l'encre de Chine sous le clair duvet qui s'accroche par endroits à leur corps calciné. Sarah, elle, s'est tue à jamais. Le ciel est de pierre, à présent. Il n'y a plus que des crânes vides. Est-ce à cela que se résument les funérailles de Sarah ? Plus de musique de par le monde. Plus de vieilles femmes au sourire crâne, comme on dit justement. Est-ce contre cela que Victor Hugo avait tracé pour elle cette question sur la boîte vide :

« Squelette, qu'as-tu fait de l'âme ? »

Johann n'avait pas assisté aux obsèques et ne pouvait donc dire, comme une midinette : « Quand on a vu un enterrement comme celui-là, on peut mourir ! »

Johann se retourne. Personne. Où est la foule qui, ce jour-là, s'était massée sur les trottoirs, sur six ou sept rangs d'épaisseur, comme le narre *Le Figaro* ? Tout le long du cortège, du boulevard Pereire jusqu'au cimetière du Père-Lachaise, la circulation a été interrompue depuis huit heures, le matin, pour laisser passer le cortège au pas lent des chevaux caparaçonnés. Un défilé interminable comprenant les noms les plus illustres du théâtre, des lettres et de la politique, grossissant d'heure en heure de milliers de Parisiens recueillis, émus, bouleversés. Pourtant, le gouvernement avait refusé les obsèques nationales à la tragédienne. Mais le peuple de Paris était là, pleurant, parfois à genoux sur le pavé, comme il avait été avec elle aux funérailles nationales de Hugo, s'écartant peu à peu pour laisser seule, en tête, la petite reine de *Ruy Blas* escorter le cercueil. Deux enterrements aussi grandioses l'un que l'autre : pour les retrouvailles de la poésie et du théâtre, « les petits, les sans-grade » s'étaient donné un dernier rendez-vous d'amour.

C'est l'heure de la fermeture. Johann se dit qu'il ne lui reste plus qu'à classer ses papiers, ou plutôt à se mettre à sa thèse. Une thèse que personne ne lira. Sur ses chaussures, un peu de neige durcie est en train de fondre. D'un geste rageur, sur le parquet, il laisse tomber le manteau humide.

Il allume sa lampe ; le halo répand sur la table sombre une eau jaunâtre. Il reste penché un moment au-dessus d'elle, appuyé des deux mains à ses rebords, puis lance un regard vers l'autre bibliothèque, à droite. Un mauvais rictus lui déforme la bouche. Il pense : « Tiens, je commence à ressembler à Jarrett ! » Mais comment a-t-il fait, celui-là, pour résister au charme de Sarah sans la prendre en haine ?

Va-t-il finir par la détester ? Il connaît trop de choses sur elle. Il l'épie depuis si longtemps, peut-être comme son imprésario. Il se redresse, consulte tous les titres tracés par lui. Cela pourrait faire des dizaines de thèses ! *L'argent de Sarah :* les recettes, par exemple, au *Gaity Theatre* où l'actrice joue avec la Comédie-Française. Il prend au hasard : 30 juin 1879, *Ruy Blas* – 13 660 francs... Procès de Sarah contre cette même Comédie-Française : elle doit la bagatelle de 100 000 francs à titre de dommages et intérêts. Comme il est écrit, Mlle Sarah Bernhardt se trouve déchue de tous les droits, privilèges, etc. Une autre page : ici, pour sa première tournée en Amérique, elle commande trente-six costumes : 61 000 francs, soit l'équivalent de quatre recettes à Londres de la Comédie-Française... Raymond Deslandes lui propose, à son retour d'Amérique, de jouer une pièce de Sardou. « Voulez-vous quinze cents francs par représentation ? » Soit pas moins de dix pour cent de la recette totale !

Johann se dit qu'il y a un avant et un après Jarrett. Qui subvient au train de vie de l'actrice lorsqu'elle a vingt, vingt-cinq, trente ans ? Elle a cuisinière, gouvernante, elle entretient sa sœur, sa grand-mère, son fils. L'été, à l'Odéon, alors qu'elle n'est pas encore connue, elle habite un pavillon à Auteuil, villa Montmorency, et conduit elle-même son « petit-duc », « tiré par deux poneys merveilleux ».

Plus tard, elle gagne elle-même un argent colossal grâce à l'Amérique et à Jarrett qui lui aménage des recettes publicitaires, complément substantiel aux gains du théâtre. Jarrett et Sarah : nul besoin de conseillers en communication, ils savent y faire !

« Écoutez, seigneur Ponchinot, écrit-elle de Buenos Aires, écoutez. J'ai, à l'heure présente, ce 17 août, jeudi quatre heures de l'après-midi, deux cent mille francs de côté, intacts. Je rapporterai mon petit million bien complet... »

Mais, au seuil de la vieillesse, elle se voit obligée de gager ses bijoux, ainsi qu'elle le confie à Reynaldo Hahn, alors qu'il s'étonne des nouveaux bracelets qu'elle porte du jour au lendemain :

« Je vais vous dire, chéri, c'est que j'avais beaucoup de bijoux au clou. Et je suis en train de les retirer parce que j'ai gagné de l'argent. Il y en avait pour soixante-quinze mille francs. Moi, je ne vois rien de mal à dire qu'on a des bijoux au clou : on emprunte de l'argent à l'État, qui vous le fait payer très cher. »

Elle est assise par terre, devant la cheminée, précise Hahn, pour « chauffer son petit dos ». Étrange petite fille sans âge...

D'un seul mouvement, Johann se retourne vers sa cheminée. Il s'avoue qu'il espérait bien la retrouver, comme naguère, mais Sarah, désormais, n'apparaît plus au domicile de l'historien.

Il range le dossier à sa place, mais un feuillet en glisse. Ah oui ! C'est une note à propos de sa création de *Lorenzaccio* ; Anatole France y marque son admiration : « Elle a formé de sa propre substance un jeune homme mélancolique, plein de poésie et de vérité, etc. », et au bas de laquelle il a noté que la pièce coûta à Sarah des milliers de francs : goutte d'eau, comparé aux deux millions de francs-or qu'elle allait engloutir durant les six années qu'elle passa à la tête du théâtre de la Renaissance !

Sarah et l'argent... Sûr que l'argent fut pour elle cette sorte de jeu enfantin, un furet qu'elle n'attrapait que pour mieux le repasser, heureuse d'avoir pu le tenir un instant entre ses mains de gosse. L'argent aussitôt réemployé pour un peu plus de beauté, de rire, d'âme – de théâtre...

Johann glisse la note dans le dossier. Il lui semble sentir quelqu'un lui tapoter l'épaule. Est-ce elle qui le rappelle à l'ordre ?

« J'ai beaucoup, beaucoup de succès, mais il faut avouer que je travaille comme un pauvre nègre, et j'ai hâte de quitter la République argentine pour le Chili, parce que j'aurai une traversée de douze jours qui, quoique atrocement mauvaise et dangereuse, me reposera forcément... »

Elle n'a pas tort, mais Johann n'entend plus se laisser séduire. Il est bien comme Jarrett. Jarrett... et Abbey ! Johann regarde cet autre dossier, non loin, où il a inscrit : *M. Abbey*. Le hautain et froid M. Abbey qui ne quitte presque jamais Sarah et organise ses tournées. Sarah appelle Abbey son « imprésario », et Jarrett son « représentant ». Tant et tant de questions sans réponses !

Grâce à Sarah Bernhardt, se répète Johann, la France fut un temps « l'Étoile du monde ». Pour honorer l'actrice, ses appartements dans les hôtels étaient parfois décorés de bustes de Molière, de Racine, de Victor Hugo ; des peintres français étaient exposés. La culture française habillait mieux l'actrice que toute publicité, et lorsque sa venue était annoncée, la France à travers elle était attendue avec des battements de cœur. Grâce au théâtre, celle qui aurait pu n'être qu'une demi-mondaine, sujet d'une pièce légère, devint le mythe vivant de la tragédie, et donc d'une humanité entière. La voilà avec « Soleil de Nuit », le fils de Grand Aigle Blanc, qu'elle rencontre lors de son voyage au fin fond du Canada, chez les Iroquois, et qui veut à tout prix lui présenter sa fille de dix-huit ans ! Pour qu'elle l'épouse ? ricane Johann agacé.

Avant elle, Rachel avait ouvert la route du Nouveau Monde au prix d'injures grossières : « Il faut qu'une actrice du Théâtre-Français soit possédée d'un amour de l'or vraiment sordide pour envisager d'aller jouer devant un peuple de barbares », écrivit un journaliste français.

Malgré lui, Johann ressent une certaine tendresse pour ces deux femmes courageuses, en butte à des préjugés qui, aujourd'hui encore, doivent avant tout au manque de savoir.

« L'histoire oubliera l'artiste et ne verra en elle que la Juive », pouvait-on lire aussi à propos de Rachel. Et *Le Charivari* de surenchérir : « Approchez, Iroquois, Hurons et Mohicans ! Saluez la tragédienne des Visages pâles, et vous, fiers Apaches, respectez le confident de la troupe. Théramène est fort maigre, ne le manquez pas ! » Signé : Taxile Delord...

Ainsi, quarante ans après, Sarah reprenait le flambeau. Johann fait tourner son fauteuil et s'assied de biais, allongeant ses trop longues jambes. Il songe à son père américain – un Barbare, il faut croire ! – venu naguère en France combattre le nazisme. Peut-être est-ce de lui que lui est venu cet attachement à Sarah ? L'Amérique, à l'époque de la tragédienne, était encore très mal comprise par une certaine société française. Tout à coup, il a honte de tous ces cerveaux étriqués qui cherchèrent noise aux Andromaque et aux Sarah au nom de principes fallacieux. Là-bas, en revanche, ces « actrices » étaient acclamées lorsque, à la demande des spectateurs du Nouveau Monde, elles récitaient *La Marseillaise*. Johann cherche des yeux le dossier *La Marseillaise et les tragédiennes*. Avant elles, combien de fois Sarah n'avait-elle pas soulevé les foules en déclamant simplement les couplets révolutionnaires qui avaient coûté la réprobation générale à Rachel sous Napoléon le Petit !

Ce soir, il va s'employer à dompter cette cage aux multiples Sarah. Il ne la laissera plus jouer avec lui, ni se jouer de lui. Il passe en revue les titres noirs sur les dossiers beiges. Des pièces : *Hernani, Phèdre, L'Aventurière* d'Émile Augier (« je détestais la pièce, je trouvais les vers mauvais, mon costume était manqué, j'avais l'air d'une théière anglaise... ») qui amena la tragédienne à démissionner pour la seconde fois de la Comédie-Française, *Les Bouffons*... Des articles de l'époque, surabondants. Ses tournées à l'étranger, par pays, par villes : Amérique du Nord, Amérique du Sud, Australie, Cuba, Russie, Chicago, Saint-Pétersbourg... Puis les noms d'amants, d'amis, d'amies : Charles Haas, Pierre Berton, le comte de Kératry (peut-être l'un de ses premiers chevaliers servants), Paul de Rémusat, O'Connor, Jacques Stern, Ferdinand Foch, le maréchal Canrobert, Dieudonné, Gustave Doré, Charles Garnier, Marcel Proust, Oscar Wilde, des rencontres uniques, Edison ou Mme Lincoln qu'un soir de tempête, durant son voyage en Amérique, Sarah sauva malgré elle de la noyade.

« Très endolorie, un peu confuse, elle me remercia d'une voix si douce, si lointaine que mon cœur se prit à battre d'émotion.

"Vous auriez pu vous tuer, madame...

— Oui, fit-elle dans un soupir plein de regret. N'êtes-vous pas Mme Hessler ?

— Non, madame, je me nomme Sarah Bernhardt."

« Elle recula, droite, le visage blanc, le front baissé.

"Je suis la veuve Lincoln."

Son mari, le président Lincoln, avait été assassiné par le comédien Booth... »

Sous les yeux de Johann, d'autres noms défilent : des politiques, des acteurs, des peintres, des architectes, des scientifiques, des écrivains, des banquiers, des princes, des filles... Yvette Guilbert, des aristocrates, la comtesse de Najac : l'amie, la confidente des vieux jours.

Et puis les habitations, les adresses, les maisons vides ou trop remplies. Les fiches d'état civil au Havre où l'actrice est peut-être née, à Sainte-Adresse où elle se réfugie dès que son cœur est blessé. Johann parcourt les rues familières : 4, rue de Rome ; 37, rue Fortuny... Et puis l'étagère entière consacrée à Belle-Isle, là où l'actrice venait se « démazouter », comme elle écrivait alors : triste ironie ! Comme elle l'avait aimée, cette pointe sauvage où l'on pouvait apercevoir sa mince silhouette de tragédienne se découpant sur l'océan ! Ce coin d'île pour lequel elle avait éprouvé un véritable coup de foudre !

Mais, ce soir, Johann ne se laisse séduire par aucun nom ; sa sensibilité est comme anesthésiée. Il examine tel un expert, note à l'instar d'un huissier venu relever ce qu'on va pouvoir vendre – son visage n'exprime plus aucune admiration de rien.

Se dressent à présent les théâtres : l'Odéon, la Comédie-Française, la Renaissance ou le théâtre Sarah-Bernhardt. Les élèves : Ida Rubinstein, Georges Le Roy côtoient les maîtres Samson, Régnier. Les partenaires : Coquelin, Guitry, De Max, Réjane, Blanche Dufresne, suivent la famille – Jeanne, Regina, la jeune morte aux cheveux trop pâles, trop beaux, trop lisses, et les petites-filles, les nièces ; les secrétaires : le fidèle Pitou... ; les admirateurs : Émile Geoffroy qu'elle avait surnommé « le baron de la peau qui pend » à cause de son air de bouledogue, par opposition à Clairin qu'elle appelait « le baron de la peau qui plaque ».

Moqueuse Sarah ! Féroce Sarah ! Elle est bien de taille à se défendre !

Et voici donc les souffre-douleur parmi ses protecteurs : Arthur Meyer, directeur du *Gaulois*, le cher « Tutur », le crocodile, l'un de ses plus vieux amis, qu'elle appela un jour derrière son dos « Tête de veau » alors qu'il lui demandait d'organiser un dîner, et qui, se retournant, lui lança : « N'oubliez pas le persil ! » ; Meyer, le partenaire aux longs favoris, l'Israélite anti-dreyfusard, mais qui resta jusqu'au bout aux côtés de Sarah, « ne se décidant pas à mourir », comme elle le lui reprochait parfois dans un grand rire...

Johann s'attarde aussi sur Georges Clairin, dit Jojotte, le fidèle, l'ami laïque, ami de Félix Faure et de Jules Ferry, l'un des premiers défenseurs de Dreyfus, célibataire endurci et qui vouait à la comédienne une véritable adoration. Après la mort de son ami peintre Henri Régnault, tué à Buzenval en 1870, Clairin s'installa définitivement à Paris. Bel homme, raffiné, il fut son amant quelques mois, avant de devenir l'Ami. Il avait un an de plus que Sarah. Doué d'une grande humanité, adepte d'idées avancées, « il aimait Sarah à sa manière, écrit Ludovic Bron, avec des brusqueries et des reproches ». Johann se dit qu'il aurait volontiers aimé avoir ce type de rapport avec la tragédienne.

« Ce chevalier servant prenait souvent l'allure de moraliste et aussi de l'âme bourrue qui ne sait pas farder la vérité, ce qui du reste valait à Jojotte d'impériales répliques de Sarah. Mais ces orages sentimentaux étaient de courte durée, car elle aimait beaucoup Georges Clairin, et lui-même avait voué à l'idole une admiration passionnée qu'il cultiva toute sa vie... »

Des médecins, des chirurgiens : le Dr Marot, présent lorsqu'elle s'effondre, le 15 mars 1923, en tournant son dernier film.

Johann ôte ses lunettes après avoir déchiffré le nom de Pozzi. La chemise est abîmée. Celui qu'elle appelait « Docteur Dieu », le beau, le mondain chirurgien Samuel Pozzi pour qui elle éprouva une véritable passion, a toujours intrigué l'historien.

« Ai-je donc besoin, Ami chéri, de vous dire, vous redire cette chose : que nul être ne m'est plus cher que vous ? »

« Ami très aimé..., je vous supplie de me couper la jambe un peu au-dessus du genou... »

Samuel n'eut pas le cran d'opérer lui-même celle qui tenait une si grande place dans son cœur.

Non ! ne pas s'attendrir ! Pas ce soir... Johann consulte d'autres noms, mais le visage de Samuel tend à s'attarder... Samuel qui dit non, qui choisit un de ses élèves, le professeur Denucé, pour procéder à sa place à l'amputation... Samuel Pozzi, assassiné en 1917 par l'un de ses malades, un dément...

Combien de morts tragiques autour de Sarah ? songe-t-il. Cela commence par le père, décédé dans des circonstances obscures à Pise ; Mgr Sibour, l'archevêque de Paris, qui devait la baptiser : poignardé ; ses sœurs mortes : syphilis ? tuberculose ? drogue ? Damala, le mari, sombrant dans la morphine ; Lou Tellegen, le jeune amant de sa vieillesse, malade, drogué, ruiné, qui se poignarde en 1934 avec une paire de ciseaux ; Louis Verneuil, son gendre, l'auteur de *Daniel*, l'ennemi juré de Maurice Rostand, qui met fin à ses jours à l'Hôtel Terminus, en 1938...

Est-ce l'époque ? est-ce du fait de Sarah ? ou ces hommes s'approchent-ils d'elle parce qu'ils recherchent déjà le frôlement de la mort... qu'ils pressentent trouver auprès d'elle ?

Johann devient de plus en plus exigeant. Il l'épingle, l'annote, l'arrête, la questionne pour débusquer le mensonge. Il la traque comme Scarpia dans *La Tosca* :

— Ici, Regina, la jeune sœur, au moment du premier scandale à la Comédie-Française, a prétendument trois ans ; mais ailleurs elle en a six, et tout est à l'avenant avec Sarah !

Il devient son plus fidèle ennemi, à l'instar de Marie Colombier. Les phrases terribles reviennent : celles qu'égrenait Marie dans l'immonde *Sarah Barnum* :

« Elle disait chaque fois, dans l'alanguissement des baisers endormis qui, sous les courtines, saluent l'aube rose : “Tu es le premier qui m'ait faite femme, avant toi j'ignorais l'amour...” »

Menteuse ! menteuse ! grommelle Johann.

« Mais des êtres indélicats débinèrent le truc, poursuit Marie, un soir qu'à souper chez Brébant on blaguait l'actrice : “Elle ? fit un journaliste. Mais ce n'est pas un... (ici un terme médical) qu'elle possède... c'est un durillon !” »

Le mot fit fortune. Car dans sa jeunesse Sarah reste volontiers coucher chez l'un ou l'autre. Par amour, pourquoi pas ? par peur des créanciers ?

Comme historien, Johann s'interroge alors sur les moyens de contraception en usage à l'époque. Il cherche à se représenter la vie quotidienne de toutes ces « Dames aux camélias »... Le pessaire qui suscita peut-être ce mot sordide de « durillon » était alors très utilisé comme méthode. Un rapport du Dr Robert à l'Académie de médecine estime à trois cent mille le nombre de pessaires que livre annuellement le commerce, chiffre au demeurant très au-dessous de la réalité.

À la lecture de *La Faustin* d'Edmond de Goncourt et surtout de *Sarah Barnum*, Johann avait été confondu par la débauche cachée que révélaient ces pages de la fin du XIXe siècle. Or telle était aussi la « belle époque » de Sarah Bernhardt.

Qu'en est-il enfin des femmes, des « amies » évoluant autour de la tragédienne ?

Les mères, d'abord : la première nourrice de Quimperlé, la mère Marie-Sophie, Mme Guérard, dite « P'tit Dame », païenne, et Mlle de Brabender, pieuse et pratiquante.

« Ces deux femmes dont j'adore encore le souvenir s'étaient partagé mon moi et s'accommodaient à merveille de mes défauts et de mes qualités. Je leur dois à toutes deux l'étude et la vision de moi-même. »

La confidente, Suzanne Seylor, perchée sur de trop hautes bottines, qui, à dix-sept ans, avait tout quitté pour suivre la tragédienne ; la comtesse de Najac, sa « petite comtesse chérie », veuve raffinée, très grande dame, délicieuse pour la comédienne ; Jeanne de Gournay enfin qui l'entoura de sa tendresse au soir de sa vie ; et puis l'étrange, l'énigmatique Louise Abbéma, décrite ainsi par Gheusi : « Cette asexuée descendait, assurait-on, de Louis XV par le Parc-aux-Cerfs. » Peintre, sculpteur, femme de lettres, elle connut le succès à dix-huit ans grâce au portrait qu'elle avait fait de la tragédienne, et devint son amie à vie. « Le vieux général japonais », ainsi qu'on la surnommait, séduisit-il Sarah jusqu'au bout ? Certes, « le général » affichait son homosexualité et chacun lui prêtait beaucoup de liaisons avec ses modèles féminins. Louise avait, curieusement, condamné Dreyfus, comme le fils de Sarah... Cela n'empêcha donc pas entre elles deux une réelle amitié.

« À Louise Abbéma, l'amie d'hier, de demain et de l'au-delà ! » écrivit-elle.

« Sarah était certes attirée par les belles femmes, et Louise n'était pas jolie, mais elle désapprouvait "Missy", la fille du duc de Morny, qui fumait et s'habillait comme un homme », raconte sa petite-fille. Saryta, pourtant la nièce de Sarah, affichait le même comportement. Elle se travestissait, mais ne masculinisait que la partie supérieure de son vêtement, son ton, ses allures et le choix de ses bagues. Elle fumait aussi le cigare. « Sarah Bernhardt, témoigne sa petite-fille, essaya maintes fois d'arracher sa nièce chérie à un tel milieu, à de telles habitudes... »

Johann revoit les yeux de Sarah, cette féminité enfantine, cette croyance simple et directe en l'amour qui transparaît dans tous les gestes, les attitudes... Mais, ce soir, il ne se laissera ni troubler ni abuser. Sarah est aussi issue d'un milieu sans foi ni loi où les mères vendent leurs filles, s'il le faut, pour vivre auprès de leurs vieux amants, dans ce XIXe siècle où les hommes riches comme dans Zola regardent les *Nana* agoniser sans guère leur porter secours.

Johann la provoque, il attend une réponse, il la charge à dessein de tous les mensonges pour qu'elle se défende...

Il jette un coup d'œil narquois au dossier *Animaux*. Comment un homme sensé aurait-il pu vivre en compagnie de « Croci-Croça », le caméléon offert par Mr Cross, directeur du zoo de Londres, de Scarpia, le lion, d'Alexis, le grand-duc, quand ce ne sont pas les cinq mille grenouilles débarquées *manu militari* pour repeupler les bassins du manoir de Belle-Isle – sans compter les trois chiens Minuccio, Bull et Fly, le perroquet Biziboozou, et sans oublier Darwin, le singe. Et puis ce pauvre petit chien qui eut le malheur d'aboyer sous le nez d'un crocodile à peine sorti de son paquet déficelé. « Sa tombe ! » murmurait Sarah en montrant le crocodile empaillé accroché au mur, tué par le fidèle

Pitou et à l'intérieur duquel reposait le chien. Un livre entier n'y aurait pas suffi. Ces animaux, presque aussi nombreux que les amants, aussi divers, auraient suffi à jalonner une biographie.

Qu'y avait-il de commun entre Loti, le jeune marin timide, et Charles Haas, l'élégantissime dandy, richissime ? Sa plus mortelle détractrice, Marie Colombier, écrit :

« Quiconque fréquenta chez elle fut conquis. Charmeuse, elle prit chaque être qui l'approcha... Ses ennemis ne furent ses adversaires que d'intermittente façon, se consolant des mauvais tours qu'elle leur jouait en la trouvant plus que jamais exquise du jour où ils avaient senti ses griffes... De ses yeux étranges, elle promenait avec une royale largesse son étrange puissance de séduction... »

Johann se lève. Il se sent si fatigué, ce soir... Il s'arrête pour effleurer du doigt le dossier *Mucha* : l'artiste tchèque quitte Prague pour Paris à l'âge de vingt-sept ans. Après six années de menus travaux, un camarade lui demande de confectionner l'affiche de *Gismonda*. Sarah admire l'esquisse :

« Ah, quelle beauté ! s'exclame-t-elle. Vous ne travaillerez que pour moi, près de moi. Et je vous aime ! »

Et elle lui signe un contrat de cinq ans.

Combien d'artistes furent ainsi effleurés par la main de Sarah ? Follement, celui-là s'est rué à Londres acheter l'affiche de Grandet où Sarah en Jeanne d'Arc, percée de flèches, ressemble à saint Sébastien...

La pièce est vide. Les dossiers aux titres noirs ressemblent à de pâles oiseaux aux yeux clos. L'appartement entier est silencieux, indifférent. Johann se sent effroyablement seul. L'histoire pèse tant que l'air dans la pièce est devenu irrespirable. Où est la petite fille de la photographie ? Où, la vieille dame malicieuse ? Et la jeune fille aux camélias ? Le rire de Tosca ?... Où se sont-elles envolées ? Où, Jeanne d'Arc, androgyne orange et noire ?

Il revient vers sa table ; il choisit le morceau que sa mère aime tant écouter : l'Andante n° 4 de la symphonie de Mahler. Il éteint la lampe, tourne le fauteuil du côté de la fenêtre et se laisse caresser par le phare, là-bas. Il faut qu'elle revienne le visiter. C'est pour elle qu'il a tant travaillé. Il l'a si souvent et si ardemment cherchée, appelée. Jamais il ne l'a chassée. Qu'est-il advenu pour qu'elle le quitte de la sorte ? La souffrance lui étreint le cœur. Bientôt, il sera un vieil homme. Il le sent aux battements lourds de sa poitrine. Sarah est devenue son enfant, sa création, sa raison de vivre, mais plus aucune voix ne lui répond. Pour la toute première fois, il commence à apprendre l'absence, ce que jamais l'histoire ne raconte, ce qui n'est inscrit nulle part, ce qui n'est ni comptabilisé ni noté sur les tablettes du savoir. Plus d'une heure, il reste immobile, remettant parfois le disque d'un geste absent, jusqu'au moment où il se lève, tâtonne, allume l'un des chandeliers au-dessus de la cheminée, puis prend une à une toutes les lettres qui n'ont pas encore été brûlées parmi celles de ses amants. Il se met à les lire à mi-voix, volant ces mots à elle et à eux, se laissant parfois à rêver, osant affronter ce labyrinthe, pour la rejoindre enfin...

Les vers qu'un « inconnu » lui avait envoyés après son incendie avaient déjà commencé de le troubler. Qui était Sarah ?

> « Passant, te voilà sans abri
> La flamme a ravagé ton gîte
> Hier plus léger qu'un colibri...
> Tes bracelets ?... Mais tes bras nus
> Tu paraîtras cent fois plus belle !...
> [...]
> Garde ton charme si puissant !
> Ton parfum de plante sauvage !
> [...]
> Ta perle ?... Mais c'est le jais noir
> Qui sur l'envers du fossé pousse !
> [...]

Comme un voleur, Johann emporta dans sa chambre les lettres d'amour.

À Charles Haas.

Mon Charles adoré, car il n'y a pas à s'en dédire, je t'aime, ne riez pas, cela m'agace... Je sais bien que tu ne m'aimes pas ; mais fais comme si tu m'aimais. Ami, viens me voir à trois heures ; cela me fera tant plaisir.

Et puis, qui sait, j'ai peut-être beaucoup perdu en ne venant pas cette nuit ! ! Tu m'aimes, dis ? Ah, au fait, ça m'est égal.

Donne tes lèvres ?

Viens,

Sarah.

À Charles Haas.

... Revenez le plus tôt possible, Charles ; je voudrais tant vous voir, oh soyez tranquille, je ne vous ennuierai pas longtemps ; ne pensant pas trouver l'idéal que j'avais rêvé enfant, j'ai voulu quand même le posséder ; quand, par hasard, je découvre un être de qualité soit physique, soit morale, qui doit avoir mon idéal, je brave tout pour aller cueillir cette fleur rare et l'ajouter à mon bouquet, comme je ne veux pas mourir avant de l'avoir achevé ; c'est ce qui fait, ami, qu'ayant l'amour pour loi, j'ai la fantaisie pour guide !

C'est ce qui fait aussi que je suis nerveuse et triste : j'espère toujours que je trouverai le complément direct, mais, hélas, il est trop indirect ! Voilà pourquoi,

Charles, je suis allée vers vous, je me suis donnée à vous, voilà pourquoi je vous aime !

... Mes deux mains dans les vôtres. Tout mon moi !...

À Charles Haas.

Tout cela est bien dramatique pour un être léger comme vous. Vous rirez peut-être beaucoup ! Tant mieux ! Moi je pleurerai longtemps !... Adieu, mon cher Charles, j'ai pour vous une indéfinissable tendresse. Je vous adore, vous ne m'aimez pas, vous n'y pouvez rien ! Ni moi. Je vous envoie un souffle plein d'amour.

À Mounet.

Ne fronce pas les sourcils, mon bien-aimé, et ne m'en veuille pas trop. J'ai conduit mon petit garçon pour un mois à Paris, le trouvant ce matin tout fiévreux.

Ce soir, je ne suis guère tranquille et reste auprès de lui pour être à la visite du médecin demain matin. J'espère que cela ne sera rien, rien – mais je suis avant tout maman.

Tu comprends bien ce que je te dis, tu sens que c'est vrai, et qu'il est en ce monde des choses qu'on n'invoque jamais pour couvrir même un caprice – donc, aimer la vie maintenant que j'aime l'amour ou plutôt que je connais l'amour ! T'ai-je dit mon doux amour et mes fièvres d'amour et mes espoirs déçus et mes perpétuelles recherches, suivies du vide, du néant toujours ; et mes larmes de rage et mes cris d'impuissance et mon vrai, mon sincère désespoir qui me conduisait au suicide ?

Si je t'ai dit cela, je te le dis en vérité, mon cher seigneur, car je te dois de ne plus pleurer et d'espérer beaucoup. Je te dois par-dessus tout la connaissance de l'amour, non de celui que j'inspire, mais de celui qui devient mien, de celui que je ressens, je suis si tant heureuse d'aimer enfin et de t'aimer, toi ! Appuie-toi sur mon cœur, réchauffe ma tristesse et mon scepticisme sur ta chaude âme, ouvre-moi ton être et laisse-m'y entrer, que je sois tienne toute, et reçois dans ce baiser fait de souvenirs et d'espérances tout ce que cœur de femme a de bon, de poétique.

Je t'aime, cela est vrai, je t'aime à pleine âme. Je mets mes bras autour de ta tête et mes lèvres sur les tiennes. Je te murmure toutes les paroles d'amour que tu sais.

Ta tienne, Sarah Bernhardt.

À Mounet.

Je ne suis pas bien, mon ami Jean, mais pas bien du tout. Je n'ose te porter ce petit être malade. Je t'envoie donc seulement mon cœur, mon âme, mes baisers d'amour, de tendresse.

Sais-tu, mon doux seigneur, que sans cesse je pense à toi, que je ne rêve qu'à toi, que mon seul et unique désir est de t'appartenir sans que rien te puisse faire froncer le sourcil : être ta maîtresse, ton être, ta tienne ? Sais-tu que tout ce qui évoque ton souvenir me fait bondir le cœur ? Sais-tu enfin que je t'aime ardemment avec toutes les forces de mon âme, tous les regrets et larmes de mon triste passé ?

Je voudrais reprendre ma vie, mes baisers, toutes ces sensations idiotes ; je voudrais que mon esprit fût aussi vierge que l'était mon cœur quand je t'ai aimé. Enfin, sache que je t'aime, cela est vrai, cela est grand comme l'amour. Les lèvres disent bonsoir aux tiennes et puis, écoute ce qu'elles disent encore, ces bavardes !

Sarah.

À Mounet.

Oh ! ne te fâche pas, je t'en prie, Jean, mon bien-aimé Jean. J'ai été bien souffrante toute la journée, il faut absolument que je sois sage – donc, si tu veux être bon, tu viendras m'embrasser, mais tu iras ensuite te coucher chez toi. Voilà mon petit discours fini. Maintenant il faut que je te dise un secret : j'ai le cœur gros de t'avoir fait du chagrin, hier ; je le regrette bien et je t'en aime plus. Je ne serai plus méchante, non, jamais, je te jure – ne riez pas –, je t'aime, je t'aime. Je voudrais bien être à demain soir car je me suis bien soignée.

Je hume tes baisers et te donne tout mon moi,

Sarah Bernhardt.

À Mounet.

Mon bien-aimé Jean,

Je suis tombée à la répétition. J'ai été prise d'une violente quinte de toux, suivie de crachements de sang. MM. Perrin et Feuillet m'ont transportée dans ma voiture et je suis au lit. Je t'en prie, mon amant aimé, je t'en prie, viens me voir. Cela me fera tant plaisir [...]. Je te demande pardon pour toutes mes tracasseries ; [...] il faut me beaucoup pardonner parce que je souffre [...].

Sarah.

À Mounet.

[...] Je n'ai joué Le Passant *qu'à minuit et demi et j'avais fini seulement à une heure et quart ; rentrée chez moi à une heure et demie, je n'aurais pu me rendre chez vous qu'à deux heures passées ; cela m'aurait tuée. Je suis donc rentrée chez moi désolée de ne te pouvoir prévenir et bien certaine que tu m'accusais de cent vilaines choses. C'est mal, fort mal, mon bien-aimé, mais je ne sais t'en vouloir, je t'aime [...]. C'est toi que j'aime dans l'amour et je te veux aimer longtemps puisque toujours est une ironie. Écris-moi un mot qui me donne du courage pour ce soir dans ma loge. Veux-tu ?*

Je me suspends à ton cou, mon amant aimé, jusqu'à ce que mes baisers aient lassé tes lèvres.

Ta bien tienne, Sarah Bernhardt.

À Mounet.

Oh ! ne pleure plus, je t'en prie, Jean, ne pleure pas ! Je ne sais pourquoi, mais tes larmes me suivent, me brûlent – ami, je suis bien malheureuse [...]. Mon doux ami, mon amant adoré, mon cher amour, je reviendrai, attends-moi !

Oui, en fait, pourquoi est-ce que j'hésite ? C'est le bonheur qui me tend les bras et puis, quand tu ne m'aimeras plus, la tombe est si proche, n'est-ce pas ? Et il est si facile de chanter le chant du cygne. Il faudrait donc que, parce que tu as rencontré sur ta route une créature à laquelle tu as donné l'amour, à laquelle tu as révélé le je ne sais quoi qui fait vivre, il faudrait que ta loyale et belle âme souffre mort et martyre. Non, non, mille fois non ! Je viendrai demain, je viendrai même ce soir, mais mon être souffre et mes larmes ont rougi mes yeux alors que les tiens faisaient bondir mon cœur.

... Aime-moi – aime-moi et entends ce cri de douleur, de regret et de passion !

Sarah.

Mounet à Sarah.

Samedi. Le Rouet, minuit.

[...] Que je suis heureux et que je suis fier du mouvement généreux auquel tu as obéi en écrivant ce cher billet que je viens de trouver sur mon bougeoir au moment où je poussai l'exclamation qui m'était devenue habituelle, hélas ! depuis que je ne t'attendais plus : « Mon Dieu ! Mais qu'est-ce que je vais devenir, moi ? »

[...] Si tu savais comme tu as eu raison d'obéir à la voix

de ton cœur et de te laisser aller dans ces deux bras obstinément tendus vers toi ! – Ah, comme mes craintes, mes angoisses, mes larmes sont loin, et comme tout souvenir pénible est effacé par ce présent tout ensoleillé d'avenir ! – Tu crains ma jalousie, me disais-tu cet après-midi, tu as peur que je me souvienne du passé ? – Mais le passé n'existe que lorsqu'il a un retentissement dans le présent – et maintenant, après ce cri sincère et passionné que tu n'as pas pu retenir, qui a débordé de tout ton être et m'est arrivé chaud et lumineux, j'ai confiance, je crois et j'espère ! ! – Oh Sarah, Sarah, ma Sarah ! Que je suis heureux ! – Tu m'aimes, enfin ! C'est vrai ! C'est bien vrai ! – Non ! plus jamais je ne te tourmenterai de mes soupçons, qui seraient maintenant de véritables injures que je désespérais de jamais rencontrer ailleurs que dans mes rêves, cette femme que je croyais chimère de mon imagination malade et à laquelle ton frêle petit corps servait de prison, cette femme qui n'a pas de passé, elle, entends-tu bien ? – je la connais enfin ! Elle existe. Je l'ai vue aujourd'hui un moment, et je la verrai demain, et toujours ! – Ô joie, elle a tes traits, elle est toi ! – Je te vois ! Maintenant, je te sens, je te possède, tu es nous ! !

Puis, ne crains rien, va, tu seras heureuse : je mettrai sur ton front et sur tes bras une aigrette et des dentelles de baisers, puisque tu ne peux pas te passer de luxe, méchante ! ! ! – Chère amoureuse, chère femme, chère maîtresse bien-aimée, aie confiance, toi aussi, et crois, et espère : l'avenir est aux gens de bonne volonté ! – Et nous sommes jeunes et forts, et nous nous aimons ! !

Oh qu'il est heureux, ton Jean.

Mounet à Sarah.

Samedi matin du 26 juillet 1873.

... Oh ! rassure-toi, je ne ferai pas un plaidoyer, je ne récriminerai pas. Ce qui est fait est fait. Je ne prétends pas que tu oublies, mais je veux que tu me pardonnes ce

que tu as souffert par moi, en considération de mon amour, et de ce que j'ai souffert moi-même. Tu dis que je t'ai frappée, ma chère adorée. Je n'en ai aucun souvenir, mais je vois encore les marques noires que mes mains ont laissées sur tes bras, et tes yeux rouges et gonflés par les larmes de la nuit me poursuivent comme un mauvais rêve. J'ai été brutal – et je crains maintenant de l'avoir été sans motif. Je me dis que je pourrais bien avoir été trompé par les apparences et que ta douleur si violente n'était peut-être causée que par l'injustice de mon accusation. Mais je me suis mis sous tes pieds, mais j'ai imploré ton pardon avec toute la voix de mon cœur, et pendant toute cette longue nuit, tu es restée froide et glacée, sourde à mes supplications et à mes larmes. Comment cela est-il possible ? Dis-le-moi ! Si tu étais sincère, quand, il y a deux jours, tu as trouvé des accents pour me convaincre de ton amour, pour me donner cette folle ivresse de bonheur qui m'avait un moment fait croire à la possibilité de l'avenir – comment, pourquoi m'as-tu dit brusquement, hier, que tu ne m'aimais plus depuis un mois ? Depuis un mois ! Qu'est-ce que cela veut dire ? À quel événement de notre vie commune se rapporte cette date ? Je cherche et je ne trouve pas ! – Ah les meurtrissures, les bleus de tes bras seront guéris et oubliés dans quelques heures, ma pauvre bien-aimée, mais comment guérira jamais l'affreuse blessure que m'ont faite tes paroles ? Quand m'as-tu menti ? Est-ce avant, est-ce après ? Et pourquoi ce mensonge ? Moi qui t'aimais tant, moi qui t'aime tant encore et qui t'aime pour toi, tu le sais, tu m'as accusé d'égoïsme et de méchanceté ! Sarah !... Sarah !... Je voulais te dire une foule de choses qui disparaissent maintenant, noyées dans la douleur présente. Je voulais te dire mes projets, mes plans d'avenir... Car j'en avais fait ; et de si beaux !...

... J'ai peur d'avoir été injuste, cette nuit. Pardonne-moi ! C'est ce mot-là, surtout, que je voulais te dire, car je reconnais, oui, je reconnais que j'ai peut-être eu tort, et je tiens à ce que tu le saches... Tu as pleuré seulement parce que je t'accusais au moment même où

tu songeais à réaliser notre rêve commun en me donnant cette dernière preuve d'amour que j'attends depuis si longtemps, et que je t'ai demandée plus encore pour toi que pour moi ? – oh, dis-moi : oui ! Et je te croirai, et plus jamais je ne douterai de toi, et je t'aimerai davantage encore si c'est possible, en raison du martyre involontaire que je t'aurai fait subir [...].

Ne m'en veuille plus, ce ne serait pas juste... Il suffit que tu le saches bien, que je t'aime, et que je serais désolé plus qu'on ne peut le dire si tu continuais à avoir peur de ton bien prosterné et repentant

Jean.

Lettre de rupture avec Mounet.

Dimanche matin 27 juillet 1873.

Oui, Jean, oui tu as été brutal, injuste, et tu as dépassé la mesure.

J'ai senti que ton despotisme tuait à jamais mes rêves d'avenir, car j'en faisais aussi. La confiance renaît avec l'amour et, quelques mensonges que je t'aie faits (mensonges qui prouvaient ma tendresse), tu ne devais m'accuser. J'ai dit la vérité. Jean, depuis un mois je me suis heurtée quantité de fois à cette indomptable jalousie qui te fait marcher sur les lois de la bienséance à tout propos et en quelque endroit que nous soyons.

Tu m'as fait souffrir cette nuit de toutes les angoisses du regret, j'ai pleuré de douleur vraie en voyant s'écrouler sous ta main brutale les rêves caressés par mon cœur, les chers projets d'avenir que je formais.

Lors de mes dernières scènes, il me semblait bien que tu ébranlais fortement mes châteaux, mais ils se trouvaient encore debout, étayés par ma tendresse... c'est fini.

Jean, ils se sont écroulés cette nuit, et les décombres noyés dans mes larmes. Qu'ils dorment, ces chers rêves, je ne les veux point éveiller...

Non, Jean, je ne t'ai pas menti – il y a deux jours, mon cœur retrouvait dans le tien l'écho de la petite douleur que je venais d'éprouver – mon regard rencontrant ton bon regard tout lumineux de larmes, je me suis sentie émue et je t'ai aimé.

Je ne veux pas te faire plus de chagrin qu'il est nécessaire, mais j'ai le cœur bien froissé, vois-tu. Je ne sais si je pourrai guérir – tu as avili ma dignité de femme à chaque instant, alors qu'ayant éloigné de moi les amis qui m'entouraient pour me dévêtir, tu t'es imposé quand même en entrant dans ma loge alors que mes amis attendaient à la porte. Tu leur disais ainsi : mais je la connais, c'est ma maîtresse, je la vois nue ainsi chaque jour. Tu n'as pas compris, mon pauvre Jean, que l'amour se donne, mais ne veut pas qu'on le prenne. J'ai dû subir tes violences sans causer de scandale ; enfin tu m'as torturée avec les armes que je t'avais mises en main : ma tendresse, mon amour pour toi t'ont servi d'étendard.

Ah ! tu m'as bien fait du mal, Jean ; je te le pardonne, puisque tel semble être ton désir. Mais, chez moi, pardon n'est pas oubli. Laisse donc à mon cœur le temps de penser qu'il oublie, et nous verrons après ce que nous pourrons faire des bribes de notre mutuel amour. N'aie pas de chagrin, mon Jean, l'art va de nouveau nous réunir sous peu de jours. Nous laisserons nos cœurs juges de la situation, ne forçons pas notre tendresse. Au revoir, Jean, je t'abandonne ma tête que tu as si lâchement meurtrie. Puissent tes baisers raviver l'amour sur mes lèvres. J'en doute,

Sarah Bernhardt.

Mounet à Sarah.

28 juillet 1873.

Ta lettre m'a tellement décontenancé, ma chère adorée, que je m'étais bien promis de ne plus t'écrire. Cette façon hautaine et glaciale de récapituler les torts que peut m'avoir donnés envers toi mon trop violent amour m'avait rempli le cœur de tristesse... C'est maintenant une cruelle certitude pour moi : tu ne m'aimes plus, si même tu m'as jamais aimé !...

Ce n'est donc pas pour te parler de nous, ma toujours bien chérie, que je t'écris ce mot. Mais devant l'attitude de certains journaux à propos de ton dernier rôle, je ne puis m'empêcher de crier, à travers les océans qui nous séparent : Ne crains rien ! Tu es dans le vrai : marche, et surtout ne te décourage pas ! [...] Tu as fait merveilleusement un véritable tour de force... S'il prend fantaisie aux critiques de te revoir dans ce petit rôle dont tu as fait un abrégé du poème de la femme (je ne ris pas), tu seras bien vengée, va ! car ils seront obligés d'en convenir, sous peine de vivre éternellement brouillés avec leur conscience, ce qui est la pire des choses, surtout pour un critique de théâtre.

Là-dessus, mon cher ange..., je baise le plus platoniquement le bout de tes jolies griffes roses, et je reste bien tien,

Jean.

À Mounet.

Dimanche soir.

... Notre bonheur dépend de notre séparation. Je ne pourrai jamais supporter pareil absolutisme, vous seriez éternellement malheureux.

Donc, que l'amitié nous unisse, vidons la coupe de l'Amour en tendresses amicales... Je n'ai connu l'Amour que par vous et de vous. Je ferme mon cœur au moment où il brûle encore... Que l'art jouisse de son triomphe ! Pour lui, ami, nous resterons amants, voulez-vous ?... Notre pauvre saison fleurie est passée. Les feuilles d'automne déjà sèment la tristesse. Adieu donc à l'amour. Tu as su le faire naître, mais pas le faire mourir – moi je le conserverai.

À vous, Jean,
Douloureusement,

Sarah.

Réponse de Mounet.

Je n'y comprends rien, rien, rien, ami, amant, maîtresse – je n'y comprends rien, sinon que mon cœur n'a jamais battu plus douloureusement.

Depuis deux jours je vous attends avec la même angoisse dans l'âme, avec les mêmes larmes dans les yeux, et j'attendrai ainsi jusqu'à ce que... tu me reviennes ou que je meure.

Ton toujours tien, Jean.

À Mounet.

26 novembre 1873.

Jean,

... Souvent je souffre nerveusement, mais non, non, c'est mon âme qui est atteinte, mon cœur, l'essence de ma vie ; tout est contre moi, tout me crie douleur, lassitude, amertume !... Pardonne-moi, ami, et reçois dans ce baiser mêlé de mes pleurs, triste rosée d'effroyables orages, le plus amoureux des baisers de celle qui aime t'aimer et qui est tienne,

Sarah Bernhardt.

À Mounet.

Jean,

Je ne vous ai pas écrit parce que je suis exténuée de fatigue. J'ai pendant quatre nuits de suite disputé son pauvre petit corps de dix-huit ans[1] *à la mort. Je reste victorieuse ; mais le serai-je longtemps ?*

Mes yeux rougis de larmes s'offrent à vos baisers, et mon amitié embrasse votre amour.

... Bonsoir, Jean.

Dormez et ne vous faites pas de chagrin pour cet être inquiet, maladif et fantasque qui a nom

Sarah Bernhardt.

À Mounet.

10 décembre 1873.

Cette longue et douloureuse agonie est une ironie du sort – cette lutte avec la mort est une injustice.

Ses dix-huit ans crient grâce, elle a obtenu une amnistie ; mais elle sera de courte durée. Je vous envoie, Jean, mon plus douloureux sourire, et mes yeux reçoivent de vos lèvres le baiser amical ; car il faut qu'il en soit ainsi pour votre repos, et notre art.

Je vous aime bien, mais je ne vous aime plus,

Sarah.

À Mounet.

Monsieur Mounet-Sully,

Je n'ai rien compris hier au soir à votre brusque accueil. Mon cher Mounet, je ne sache pas vous avoir rien fait qui justifie cette conduite. Notre dernière entrevue, si j'ai bonne souvenance, vous avait mis au courant de mes dispositions – je vous ai dit, formellement dit que je ne vous aime plus, je vous ai quitté en vous serrant la main et en vous demandant d'accepter en échange de l'amour, l'amitié, de même que je réclamais la vôtre. Que me reprochez-vous ? Pas mon manque de

1. Sa sœur Regina est en train de mourir chez elle et elle s'éloigne de Mounet. Inexorablement.

franchise, je suppose ; j'ai été loyale, je ne vous ai jamais trompé, j'ai été vôtre absolument.

C'est votre faute si vous n'avez pas su garder votre bien. Et puis, voyez-vous, mon cher Jean, je ne suis pas faite pour le bonheur et ce n'est pas ma faute – je vis d'émotions sans cesse renouvelées et j'en vivrai ainsi jusqu'à l'épuisement de ma vie.

Je reste aussi inassouvie le lendemain que la veille, mon cœur demande plus de battements qu'on ne m'en peut donner, mon corps si frêle trouve que l'accomplissement de l'amour lui donne la fatigue et jamais l'amour rêvé.

Je suis en ce moment dans une prostration complète ; ma vie semble s'être arrêtée. Je n'ai ni joies ni douleurs, mais une grande lassitude. Je voudrais vous verser l'oubli de moi, je vous supplie de ne point m'en vouloir. Que voulez-vous, je suis un être incomplet, il ne faut pas m'en vouloir, je suis bonne, au fond, je vous assure, et s'il m'était possible de vous empêcher de souffrir, je le ferais ! ! Mais vous ne voulez que mon amour et vous l'avez tué ! Ah, je vous en supplie, mon cher Jean, donnez-moi la main,

Sarah.

À Mounet.

6 août 1874.

Mon cher Mounet,

Vous serez superbe, ce soir, je vous le jure. Je vous supplie d'éviter ce hoquet dont je vous parlais hier. J'ai passé ma nuit à travailler la scène que vous savez ; je ferai mon possible pour la dire dans le sentiment de terreur. Je vous jure que j'y mets toute ma bonne volonté, tout mon désir de vous être agréable.

Courage et à ce soir !

Votre camarade, Sarah Bernhardt.

Lettre de rupture de Mounet à Sarah.

Dimanche 18 octobre 1874, une heure du matin.

Vous ne viendrez pas, j'en suis bien sûr maintenant, et, somme toute, vous ferez aussi bien...

Oui, c'est vrai, j'ai fait pleurer ma femme [Johann pense à Maria Favart que Mounet avait abandonnée pour Sarah], *qui m'aimait et qui était bonne, belle plus que vous, parce que vous aviez réussi à vous emparer de mon cœur, mais j'ai été franc avec elle, et je l'ai presque forcée à me plaindre, car j'avais conscience des dangers que j'allais courir dans cette folle aventure de mon cerveau...*

Depuis longtemps déjà, je ne croyais plus à votre amour, tant affirmé et si peu prouvé. Ce qui me retenait encore, c'est que je croyais désespérément à l'existence de quelques bons sentiments chez vous... C'est fini. Vous êtes jugée. Vous n'êtes plus dangereuse. Vous m'avez proposé une infamie, ces jours derniers, et je me disais : « Elle ne me propose cela que parce qu'elle est sûre que je n'accepterai pas. Elle ne m'aime plus : c'est un subterfuge pour avoir l'air de faire venir de moi la rupture définitive. » Voilà vraiment ce que je me disais. Je ne serais pas étonné maintenant de m'être trompé encore une fois.

Quand on manque à ce point de toutes les délicatesses, quand on est capable d'écrire (sans le signer, il est vrai) ce que vous avez écrit ce soir, on doit être porté à supposer les mêmes sentiments chez les autres.

Adieu donc, et bien adieu, cette fois, ma pauvre fille. Priez Dieu que l'indifférence me vienne vite, car le mépris est une terrible chose pour ma faible nature.

À Mounet.

Ce n'est guère une lettre d'amour que je vous écris, mon doux ami, mais une lettre de raison ; je sors du cabinet de notre administrateur et il m'a dit le chagrin que nous cause votre entêtement inimaginable... Je t'en supplie au nom de l'art, au nom de l'amour profond que j'ai pour toi, je t'en supplie, dompte-toi un peu !

Essaie ! On parlait de te nommer sociétaire la semaine prochaine, et ceci je te l'affirme, et voilà que par ton caractère d'opposition tu donnes raison aux nombreux ennemis que te suscite ton talent ; j'ai trouvé quelques-uns de tes camarades qui t'aiment et qui m'ont prise à part – comprenant – devinant l'infinie tendresse que tu m'inspires, tous s'accordent à dire que tu les effraies par ton caractère d'opposition et qu'ils craignent la discussion terrible que tu ferais sans aucun doute naître chaque fois qu'il y aurait un comité.

Enfin, mon bien-aimé, je t'en prie, je t'en supplie même, arrête ton esprit à cette idée que seul contre tous, tu n'as pas raison, que diable [...] !

... Veuille seulement te contraindre un peu ; un tout petit peu, je t'en conjure au nom de mon amour...

Mounet à Sarah.

8 novembre 1874.

Ma pauvre Sarah,

... Vous m'avez bien fait souffrir, mais je vous ai tant aimée !...

Je vous pardonne de m'avoir trompé, parce que je vous devine malheureuse. Je ne vous demande qu'une chose, c'est de penser quelquefois que j'ai peut-être été maladroit avec vous, mais que mes efforts tendaient du moins à vous faire meilleure, et à vous rendre digne de vous-même.

Vous ne l'avez pas voulu. Peut-être ne l'avez-vous pas pu... Quoi qu'il en soit, je vous pardonne et je nous plains,

Mounet-Sully.

À Mounet.

Merci de tout mon cœur, Jean, merci pour votre bonne inspiration, et merci pour votre pardon. C'est bon. C'est bien ce que vous avez fait là.

Je vous en garde une infinie reconnaissance,

Sarah Bernhardt.

Pierre Loti, *La Chambre.*

Une grande pièce somptueuse et funèbre : les murs, le plafond, les portes, les fenêtres tendus d'épais satin noir – d'un satin chinois souris et des chimères. Un grand dais des mêmes draperies noires, sous lequel se cachent deux cercueils capitonnés de satin blanc, faits d'un bois odorant et précieux. Un grand lit d'ébène, à colonnes, à longs rideaux noirs ; sur sa large houssine, un dragon chinois brodé en rouge, avec des griffes d'or et des ailes d'or.

Dans un angle, un grand miroir en pied, dans un cadre de velours noir ; perché sur ce cadre, un vampire, un vrai vampire déployant ses ailes velues.

Au milieu de toute cette richesse funèbre, trois personnages tranchent sur le noir puissant du satin, trois personnages qui sont debout devant le miroir, et se regardent en se tenant par la main.

L'un, un squelette – le squelette d'un beau jeune homme mort d'amour –, un squelette qui s'appelle Lazare, dont les os sont blancs et polis comme de l'ivoire, chef-d'œuvre de préparation anatomique qui sait se tenir debout et « prend des poses ».

Au milieu, une jeune femme en longue traîne de satin blanc, une jeune femme délicieusement jolie, avec de grands yeux sombres, une grâce, une distinction, un charme suprêmes, une étrange créature : Sarah Bernhardt.

Troisième personnage fermant le groupe, un jeune homme en costume oriental brodé d'or comme pour une fête de Stamboul : Pierre, ou Loti, ou bien encore Ali-Nyssim, comme l'on voudra.

À nous trois, nous avons dit bien des insanités dans cette chambre de courtisane, unique dans le monde entier...

Pierre Loti à Sarah.

Madame,

Il me semble qu'un changement s'est fait dans ma vie, que j'ai atteint quelque chose d'inespéré et d'impossible depuis que vous m'avez tout à fait admis auprès de vous.

De loin en loin, je vous écrirai des pays où je vais bientôt retourner. Vous me l'avez permis. Je vous parlerai de mon existence si éloignée de la vôtre ; je vous enverrai mes impressions de solitude. Je suis terriblement seul dans la vie.

Je trouverai un plaisir profond et étrange à communiquer ainsi avec vous, moi pauvre marin obscur, « ver de terre amoureux d'une étoile... ». Pardon de vous parodier ainsi.

Quand mes lettres vous ennuieront, vous ne les regarderez pas. Vous les donnerez à Lazare, qui en fera la lecture à sa chauve-souris.

Je suis dans le charme encore de ces quelques moments passés près de vous, et puis aussi je tremble de vous avoir paru absurde – en Turc, surtout... J'aime mieux que vous vous rappeliez Pierre le marin qui, la veille, vous avait peut-être un instant amusée.

Je voudrais ne vous faire jamais ni compliments ni flatteries ; je trouve ces choses ridicules – et puis, vous en recevez tant que ce serait bien banal.

Laissez-moi seulement vous dire, une fois pour toutes, que vous êtes pour moi un idéal placé très haut, quelque chose d'exquis et de délicieux, planant bien au-dessus des autres femmes, que de plus vous avez pour moi l'attrait mystérieux d'une énigme, que certain côté sombre de votre nature m'attire autant peut-être que tous ses côtés charmants...

Pierre.

Pierre Loti, *Le Dîner.*

Lundi soir 24. Après avoir dîné avec Sarah qui joue Cléopâtre *le soir et qui est de plus en plus charmante, exquise, aussi étonnamment jeune qu'il y a vingt ans, nous nous en allons ensemble dans sa voiture au théâtre. Il y a tout Paris à traverser, au moins une demi-heure de course malgré l'allure rapide des chevaux. Dans la voiture élégante, nous sommes à demi couchés l'un près de l'autre, nous sentant rapprochés, non seulement des sens, mais rapprochés d'âme comme jamais. Elle est délicieuse, et fine, et exquise, elle qui sera tout à l'heure la Cléopâtre magnifique, enveloppée d'une longue pelisse de soie gris perle, la tête entourée à la diable de dentelle blanche d'où s'échappent ses cheveux blonds... « Vous savez, dis-je, c'est surtout pour faire après cette course en voiture avec vous que j'ai accepté votre dîner, ce soir, envoyant promener tant d'autres qui m'attendaient. — Et moi, dit-elle, vous croyez que c'est pour autre chose que je vous ai invité ? Sans cela, mon dîner rapide aurait eu tout au plus la valeur d'un apéritif. Je suis sûre que vous allez redîner tout à l'heure avec vos amis. Dites que non, je vous vois rire ! — Eh bien oui, je ris parce que c'est vrai, je vais redîner, je voudrais que le théâtre fût encore très loin, et rester là comme nous sommes pour un long voyage. — Moi aussi. Voulez-vous que je dise de faire un grand détour ? Le public m'attendra. »*

Alors j'appuie sa tête sur mon épaule et elle commence, la charmeuse, de sa voix d'or, une sorte de confession triste et grave de sa vie. Est-ce un rôle encore qu'elle joue ? Je ne le crois pas ; en tout cas, elle le joue délicieusement, et le public n'en a jamais entendu de pareil. À côté de nous, derrière les glaces ternies par la buée des soirs d'hiver, passent très vite des rues et des rues, des lumières, des équipages, des foules ; lancés au travers de tout cela, nous en sommes isolés par la vitesse même et par l'obscurité.

Elle dit, la charmeuse, que sa vie, toujours désolée et vide, fut bien moins folle et moins à tout le monde que ne le content les légendes ; que, depuis dix ans, au fond d'elle-même, à une place à part, dans un recoin de mystère, mon image est toujours restée. Et, en ce moment, je suis ravi de l'écouter et de la croire, et d'appuyer lentement mes lèvres sur les siennes.

Le théâtre. Nous sommes arrivés. Je vais rester dans sa voiture qui me conduira chez la princesse. Elle descend, svelte et charmante, les mouvements incomparables de son corps faisant onduler ses longs vêtements clairs, et, entre la haie de gens postés pour la voir entrer, elle se retourne, me donnant à embrasser sa main avec un adieu de souveraine.

Il y a dix ans, quand j'étais moi-même un de ses admirateurs perdus dans cette haie qui l'attendait pour la voir passer, si on m'avait dit qu'un jour je serais l'élu, amené dans la voiture de la charmeuse, ma tête en aurait tourné. Mais cela, comme le reste, arriva trop tard ; ce n'est plus que la griserie d'un moment, finie dès que le son de sa voix s'est éloigné et que je ne sens plus le contact chaud de sa petite main.

À Richepin.

Jean,

Mes lettres désespérées sont parties là partout où je te croyais. Aucune sans doute n'est arrivée ; celle-ci aura-t-elle le même sort ? Je ne sais. J'écris pourtant et ton ami Ponchon se charge de te les porter. Je te supplie à genoux, brisée par le désespoir le plus violent. Je te supplie de me donner un caillou, une fleur, un mot de toi, de ta main qui courra sur le papier comme la mienne en ce moment brûle le papier.

Je suis folle de douleur. Je ne peux pas croire le silence de la mort autour de moi. Je souffre, Jean, je souffre. Où vas-tu, que fais-tu, et si tu étais blessé, et si – mon Dieu, je n'avais rien fait pour mériter une pareille torture... Si – si j'avais été mauvaise, l'autre jour ? Oh, que je pleure cette mauvaiseté, que je regrette d'avoir dit des choses mauvaises... !

Mais tu ne sais donc pas la souffrance que j'éprouve depuis ton départ ! Je suis d'abord tombée comme une masse en recevant ton mot et je n'ai pas quitté mon lit. Ponchon te dira que seulement lui me calme et me repose, parce que je parle de toi...

Écoute, puisque tu sais si bien te cacher et que nul ne sait où tu es, veux-tu que je revienne te rejoindre ? Que m'importe le théâtre, Maurice, que m'importe tout ! Mais toi, je veux toi. Je ne regarderai pas derrière moi, je serai lâche, je serai infâme, mais je serai à tes pieds, ou alors dis-moi de me tuer, que tu en as assez, que tu ne m'aimes plus, que mon amour te pèse. Alors, sérieusement tu as cru que je pourrais attendre dans le silence, tu as cru que ma passion pourrait se contenter de te savoir absent – mais tu ne m'as donc pas entendue t'aimer ? Mon Jean, ne te révolte pas, ne fronce pas ton sourcil ! Je pleure, voilà tout, je pleure et je deviens vilaine à force de pleurer. Si tu as voulu châtier mon orgueil, dompter ta volonté, me faire bien voir que tu es le maître, c'est fait, je n'en doute plus et je sais bien que ta volonté est supérieure à la mienne puisqu'elle te permet de me faire tant souffrir.

Mais, cependant, si tu ne m'aimes plus, dis-moi : tu me permettras d'aller te regarder ? Je ne te dirai rien, rien. Je baiserai tes lèvres et me tuerai doucement dans un spasme d'amour avec ton couteau d'ivoire, et tu jetteras à la rue mon petit corps d'amante, et personne ne le saura, et puis tu montreras cette lettre et tu pourras dire : « Voyez, elle était folle ! » Mais, vois-tu, Jean, cela vaut mieux car je ne peux plus souffrir davantage. Oh ! c'est trop. J'étouffe !

À Ponchon.

... Jean m'a écrit une lettre si monstrueuse que j'en ai encore la désespérance poignante.

Il m'a accusée d'infamies contre lesquelles je ne puis me défendre. Je suis malade de cette lettre, désorbitée, stupéfiée, outrée... Ah ! que c'est mal, que c'est mal et qu'il a méchamment fait !

Je ne pouvais écrire, je vous le jure, mon cher Ponchon. J'avais les deux bras pris et l'œil en capilotade. Je craignais, en lui faisant écrire, de l'inquiéter outre mesure, et ma jobardise me faisait craindre qu'il n'accourût de suite. Ah, pauvre de moi ! Que cet homme m'aimait peu ! Je l'adore, je l'aime, je pleure, je souffre, mais je suis blessée au fond de l'âme, blessée dans ma grandeur d'amante, blessée dans mon orgueil de femme, blessée dans l'idéal de mon amour. Ah ! que c'est mal, que c'est mal ! Je ne veux plus lui écrire avant qu'il m'ait demandé l'oubli de ses infâmes soupçons... Écrivez-moi, plaignez-moi, je suis malheureuse à me tuer. Si vous saviez, si vous saviez ce qu'il m'a dit ! Et moi qui, en tombant, n'ai eu qu'une pensée : lui ; une crainte : devenir laide et ne plus lui plaire. Ah ! la pauvre abominable nature que Jean !

De quoi donc est-il capable, celui-là qui pense ainsi ?

Je suis triste, Ponchon, triste, ami chéri. Triste et désespérée de l'avenir,

Sarah Bernhardt.

À Pozzi.

Ami très aimé,

Je prends soin d'écrire cette lettre très lisible pour ne pas vous fatiguer à lire mon gribouillage habituel. Je vous supplie, docteur Dieu, de prendre cette lettre en considération. Voici le cas. Il y aura six mois, le sept de ce mois de février, que j'ai la jambe dans le plâtre.

Comme je souffrais un peu plus, je priai le chirurgien Denucé de me couper le plâtre. Cette souffrance venait d'une blessure que le plâtre m'avait faite en entrant dans les chairs. Ceci n'est rien, c'est guéri ; mais je souffre autant après six mois d'immobilisation absolue que je souffrais avant. Donc, écoutez-moi, ami adoré.

Je vous supplie de me couper la jambe un peu au-dessus du genou. Ne vous récriez pas ; j'ai peut-être dix ou quinze ans à vivre. Pourquoi me condamner à souffrir ces quinze ans, pourquoi me condamner à l'inactivité ? Remarquez, je vous prie, qu'avec un appareil en plâtre ou celluloïd, je suis infirme quand même et ne puis pas jouer... Et, horreur, je souffrirai toujours, et mes nuits seront des nuits d'angoisse puisque c'est surtout la nuit que je souffre du genou, du genou, rien que du genou. Avec une jambe de bois bien faite, je puis dire des vers et même faire une tournée de conférences. Enfin, je puis aller et venir sans souffrance aucune. Donc, je viens vous supplier de me couper la jambe ou d'ordonner qu'on me la coupe.

Je ne veux pas rester impotente dans une chaise comme je le suis depuis six mois... Je n'ai pas l'instinct de la conservation et je me bats l'œil de cette jambe. Quelle coure où elle voudra ! Si vous me refusez, je me flanque une balle dans le genou et il faudra bien la couper. Ami, ne croyez pas que je suis nerveuse : non, je suis calme et gaie ; mais je veux vivre ce que j'ai à vivre, ou mourir tout de suite. Vous comprenez, mon Sam chéri, qu'appareil pour appareil, il vaut mieux celui qui me permettra, ma jambe de bois retirée, de prendre un bon bain tous les jours. Ma santé y gagnera cent pour cent. Je ferai une tournée de conférences, je donnerai des leçons, et je serai gaie. Je ne veux pas perdre ma gaieté. On coupe en ce moment des jambes agiles à des pauvres gosses de vingt ans, on coupe des bras faits pour l'étreinte, et vous me refuseriez cela à moi ? Non, ce n'est pas possible. Il faut la couper tout de suite, que je sois libérée dans un mois. Ne m'abandonnez pas en cette douloureuse et dernière étape.

Soyez mon ami dévoué et j'accours à Paris et je vous livre ma jambe à couper.

Je vous embrasse de toute ma tendresse reconnaissante,

Sarah.

À Pozzi.

Comment ma tendresse infinie et ma reconnaissance vieille déjà de tant d'années n'ont pas fleuri dans votre cœur ? Comment j'ai besoin de vous dire et redire cette chose : que nul être ne m'est plus cher que vous ? Ai-je donc besoin, ami chéri, d'ouvrir la boîte des souvenirs qui nous sont communs pour vous faire respirer le parfum de ces fleurs cueillies ensemble dans le jardin de la Vie ?

Non, je ne vous ai pas écrit ! Pourquoi ? Il n'y a pas de pourquoi ! Il n'y a pas de pourquoi ! Je vous aime tendrement, infiniment, je vous aime de toutes les forces vitales et intellectuelles de mon être et rien, rien ne peut altérer ce sentiment plus grand que l'amitié, plus divin que l'amour...

[illegible]

À Rosa.

[illegible] 25 mars 1923 [illegible]

[illegible]

Qu'est-ce que je fais ? [illegible]

[illegible]

Cela fait un temps interminable que le texte suspen- [illegible] le meilleur [illegible]

[illegible] Sarah Bernhardt, je me retrouve là [illegible] accompagnant le texte [illegible] à côté de moi, que j'en

Dimanche 25 mars 1923

« Moi, je me présente à mon tour
N'attendez pas que j'avocasse
Comme un bouffon d'alentour
Votre œil, Seigneur, plus perspicace
Que l'œil de l'aigle ou de l'autour
Sans référence ou paperasse
M'aura vite jugé... Bonjour
Je m'appelle Jacasse ! »

Qu'est-ce que je fais là ? Pourquoi est-ce que je passe cette audition ? Heureusement, le texte m'est revenu. Je me retrouve parmi une foule de figurants, femmes et hommes tous âgés. Pas d'enfants : ils ont été déjà engagés, même les bébés... Je ne sais même plus quelle pièce se monte. Il me semble que j'ai attendu des heures et des heures. Une vie entière, peut-être, à essayer de m'avancer seule sur cette scène dans la lumière qui me transfigure.

Cela fait un temps immesurable que je reste suspendue dans mon blanc – je veux dire dans mon « trou de mémoire ». Je ne sais plus rien. Je ne suis plus rien. Comme si une main me plaquait à mon propre néant. Sans doute ce trac, lorsque je me suis présentée à l'Entrée des Artistes. Au fait, quel est ce théâtre ? Qui en est le directeur ? J'ai tout oublié et pourquoi, moi, la Sarah Bernhardt, je me retrouve là, anonyme, parmi des dizaines de milliers d'acteurs. Je voulais jouer Phèdre, *mais une rangée de femmes ânonnaient le texte si fort, à côté de moi, que j'en mêlais les tirades. Que dire ? Quelqu'un m'a appelée et j'ai lancé sans même m'en rendre compte ce début de Jacasse, le bouffon de Zamacoïs. Cher Miguel, je le revois, tout timide, avec son manuscrit sous le bras, ses yeux bleus affolés, grands ouverts sur cette Sarah Bernhardt, « la Dame de Beauté », comme m'appelaient mes amis. Et lui, voici qu'il me propose une pièce de bouffons avec des bosses dans le dos, des triboulets, des histrions. Il avait l'air d'un gosse, ce fils du grand peintre Eduardo de Zamacoïs, un Basque arrivé de Bilbao, mort alors que le petit n'avait que quatre ans. Est-ce cela qui m'attendrit, ce jour-là ? Est-ce le souvenir des toiles de son père que j'avais vues au Salon, en Amérique, représentant des êtres chétifs et difformes ? Moi qui avais plus de soixante ans, moi qui étais Tosca, la Dame aux camélias, Phèdre, peut-être décidai-je ce jour-là de me venger des moqueries décochées à propos de ma laideur de prime jeunesse ? Peut-être était-ce le souvenir du Quasimodo de mon maître Hugo ? Peut-être tout simplement la beauté du texte, et sa voix simple, enthousiaste ? Je décidai aussitôt de monter la pièce de Miguel et de jouer Jacasse avec sa bosse dans le dos.*

Et voici que, ce soir, c'est le seul texte qui me revient pour séduire l'invisible seigneur sans doute assis dans cette salle obscure ! Je continue, difforme mais confiante, protégée par ma bosse :

« Pour contraindre quelque vautour
À s'éloigner d'une carcasse
Mille corbeaux rangés autour
Dont chacun bruyamment croasse
Sont moins bavards dans un labour
Que moi quand ma langue fricasse
Pointe, jeu de mots, calembour...
Je m'appelle Jacasse ! »

Personne ne dit rien, là-bas ! Personne ne m'interrompt ! Quel est ce spectateur unique qui m'observe ? Je suis là avec mon feutre, ma marotte. Une musique joyeuse s'élève, je danse, tout me devient léger, je m'amuse :

« J'ai sans trompette ni tambour
À chaque peuple à chaque race
Depuis l'Escaut jusqu'à l'Adour
Volé un rire et sa grimace »

Je me rappelle l'Espagne, les corridas. J'entends à nouveau les airs de là-bas. J'avais dix-sept, dix-huit ans. J'étais invitée. Victor-Emmanuel était l'hôte de la reine. Tout me revient : cette fois-là, j'étais seule dans l'arène et je dansais au son de l'orchestre ; j'étais à la fois le taureau et le toréador. J'ai toujours inventé en scène des chorégraphies intérieures. Je ne puis que danser mes mots :

« Plaider le contre et le pour
N'a rien du tout qui m'embarrasse
Je sais cent beaux contes d'amour
Cent récits de force ou d'audace
Je sais comment dans une tour
Un géant par un nain cocasse
Fut transformé topinambour
Je m'appelle Jacasse ! »

Il rit. Je l'entends. Un rire qui secoue. Le Spectateur rit. Mon écharpe blanche vole, je me sens des ailes. Je suis sauvée !

« Et maintenant gens du pourtour
Qui me mangez d'un œil vorace
Vous savez qui je suis ! Bonjour !
Je m'appelle Jacasse ! »

Une rafale d'applaudissements, un vent violent, salé, qui me frappe au visage. Je m'avance pour saluer et voici que toute la salle s'illumine. Il n'y a personne, mais je n'ai jamais vu théâtre aussi beau, aussi grandiose. Les loges se perdent à l'infini, les balcons s'enfoncent au loin, je ne peux même pas apercevoir le Paradis où les spectateurs les plus pauvres se massent toujours pour m'applaudir. Où se termine ce théâtre ? Je me tiens immobile, le visage levé ; je sens une pré-

sence. Alors, tandis qu'une musique céleste s'échappe, les derniers mots de Jacasse montent à mes lèvres :

« ... Pour relever le genre humain courbé
C'est le mot consolant qui du ciel est tombé
Le ciel en colère avait dit : Anathème !
Mais, radouci, permit à l'écho de dire : aime !
Et, pour ce mot qui fit un être d'un damné,
La terre sans rancune au ciel a pardonné ! »

Quelqu'un me tient le poignet, mais je ne le vois plus. Je devine que je viens d'obtenir le rôle. Mais quel rôle ?

Dans les coulisses, un homme assis sur un fauteuil : il a tout vu. Je reconnais aussitôt son visage aux yeux malicieux : Victor Hugo, habillé comme à son habitude. Je le touche. Il est bien réel. Il m'attire à lui. Mais que dit-il là, près de mon oreille ?

« Mon nom, qu'en ferais-tu quand je te l'aurais dit ?
Je veux ici du moins, je veux, en ta présence,
Dans ce seul coin du monde où tout soit innocence,
N'être pour toi qu'un père, un père vénéré,
Quelque chose de saint, d'auguste et de sacré. »

Tiens ! Serais-je la fille de Triboulet ? Il se lève à son tour, m'emporte dans ses bras.

Au-dessus, je découvre le ciel étoilé. Les cloches de Pâques sonnent à toute volée, comme au couvent de Versailles. Je suis bien petite dans ses bras, si légère... J'ai envie de m'endormir. Il me raconte un conte pour enfants ; il a appelé son nain difforme Quasimodo à cause de la Résurrection, me confie-t-il ; c'est le premier dimanche qui suit le jour de Pâques.

— Écoute ce qu'il chante, ajoute-t-il.

Je reconnais les paroles. Mère Sainte-Sophie me les a apprises. Je murmure :

— Quasi modo geniti infantes...

Sa voix traduit :

— Comme des enfants nouveau-nés, enfants spirituels...

Mais pourquoi me porte-t-il ainsi ? Suis-je devenue un enfant spirituel ? Je sens mon corps qui s'affaiblit.

J'ai douze ans, ma robe est blanche. J'aperçois l'autel au loin. C'est le jour de mon baptême, que mon père a tant désiré. Mais pourquoi pleure-t-il ? Que dit-il ?

« Non ! elle n'est pas morte ! Oh Dieu ne voudrait pas,
Car enfin, Il le sait, je n'ai qu'elle ici-bas.
Tout le monde vous hait quand vous êtes difforme,
On vous fuit, de vos maux personne ne s'informe.
Elle m'aime, elle ! »

Où a disparu mon poète ? Le poète de Triboulet, de Quasimodo *?*

Je me réveille, arpente les couloirs. Sur le tableau du régisseur est inscrit mon nom ! J'ai réussi. Peut-être parce que j'ai fait rire le Spectateur ? Je sors du théâtre, m'assieds au bord du trottoir. Je remercie la Providence, Zamacoïs, les bouffons ! Miguel avait raison : nous devons toujours rester des bouffons, c'est le plus beau métier pour l'être humain. Ne pas se prendre au sérieux ! Rire de nous-mêmes, rire ! Rire ! pour que l'âme s'étire et que l'amour agite nos petits pieds au fond de cette vallée de larmes !

Je suis entourée d'un groupe de bohémiens. Je les reconnais : je les ai croisés un jour sur mes routes. Moi aussi, je suis une bohémienne ! J'ai toujours réclamé ma pièce « Gitana » à ce filou de Richepin qui ne me l'a jamais écrite.

L'un d'eux s'agenouille devant moi. Il a des yeux de braise. Il commence à effleurer son instrument, et mon corps frissonne. Il joue. Je l'accompagne, et le sang basque de Miguel coule dans ses paroles. J'ai envie d'aimer. Simplement. N'importe qui. La terre entière.

« L'amour, selon qu'on a l'âme triste ou joyeuse,
C'est le soleil obscur ou l'ombre lumineuse !
C'est la force d'en haut qui fait joindre nos mains
Par-dessus les grands murs des préjugés humains... »

Ils se sont tous joints au musicien. Je me lève. Les femmes commencent à esquisser des pas. Le violoniste chante de cette voix rauque à qui j'ai emprunté cer-

taines tessitures tragiques au théâtre. Je reprends les vers tandis que la danse s'accélère :

« Aimer, c'est rencontrer sur son chemin un être
Qui pour vous, dans l'espace et le temps, devait naître,
Un visage ignoré que l'on a reconnu,
Mystérieusement au rendez-vous venu... »

Nous tournoyons, la rue entière résonne. Je passe de main en main, je vire, je vis, j'ai des baisers frais au creux de mon cou, sur mes jambes le fouet des jupes sanguines. Soudain, quelqu'un me saisit les hanches ; un masque couvre son visage. Il est tout de noir vêtu, comme Hamlet. Je lance les derniers mots des Bouffons *:*

« Qui, lorsqu'on l'a choisi, se moque des armées,
Des grillages de fer et des portes fermées,
Qu'on rejoint en dépit des fortunes, des rangs... »

Je l'ai reconnu, et les derniers mots meurent sur mes lèvres.

Malgré tout ! Malgré tous !... Comprends-tu ?

Henri, prince de Ligne, me ferme les lèvres d'un baiser. J'ai froid.

— Maman !

Maurice redresse sa mère qui vient de glisser des oreillers. Elle s'agite depuis quelques heures, et il a craint le pire. La date du 25 mars est bien inscrite en haut du *Figaro* qu'il vient à peine de lire, les yeux fixés sur la première page :

« Depuis hier, l'état de la grande actrice inspire à son entourage les plus vives inquiétudes. »

Voici le bulletin qu'ont publié dans la soirée les médecins appelés en consultation :

« L'état de santé de Mme Sarah Bernhardt s'est aggravé depuis quelques jours. Le pronostic demeure très réservé. Signé : Pr. Labbé, Drs Marot, Desnos, Obissier, Prévost et Rudinesco. »

À côté du *Figaro, L'Humanité* affiche la même inquiétude :

« Mme Sarah Bernhardt gravement malade... La grande tragédienne est depuis quelques jours alitée. Elle s'affaiblit de plus en plus et le pronostic reste très réservé. Sa lucidité est demeurée complète. »

Le jour est levé depuis longtemps. Du lit monte ce parfum si particulier, sauvage... Maurice pense à ces grands lys qu'elle aimait tellement. Elle ouvre les yeux comme un enfant se réveille. Étonnée ! Elle murmure des mots. Maurice s'approche, mais n'entend pas.

Je repense à cet instant, et ces mots latins chantent à tue-tête dans ma pauvre tête. « Quasimodo... Comme des enfants spirituels... » Victor Hugo m'avait expliqué son choix : les premiers mots du dimanche après Pâques... C'est le jour où les nouveaux baptisés tout habillés de blanc déposent leur robe, dans la Rome ancienne, afin d'entamer une vie nouvelle. Mais moi, je suis le bouffon, la figure humaine du roi, du seigneur. Du dieu, peut-être ? Ainsi donc, je vais mourir ? Je commence à comprendre mon personnage, à l'accepter. Je me fais à son costume, à sa pensée. À celle du poète qui l'a conçu, qui lui a écrit son texte.

À travers un brouillard, je distingue mon fils. L'acte le plus difficile reste à jouer : celui de l'adieu. Il me faut apprendre à ne plus voir mon enfant, et c'est bien autre chose que de quitter Armand, ou n'importe quel amant. Quel dernier et inestimable cadeau lui faire pour qu'il ne souffre pas ? Comme le jouet trop cher que la maman offre avant de partir en voyage, espérant distraire l'enfant de leur séparation ?

Il faut m'envoler, légère, radieuse une dernière fois. Heureuse de quitter cette terre ! Comme à la fin de ces derniers actes de tragédies où le public attendait ma mort pour applaudir, le cœur délivré du drame. Femmes et hommes pouvaient aller dormir apaisés : le bouc avait été sacrifié, la tragédienne avait joué jusqu'au bout, à leur place, leur mort.

Il faut que mon enfant à son tour puisse d[...] cœur en paix. Je me force à revenir sur me[...]

n'avons plus beaucoup de temps pour apprendre à nous quitter.

— Maurice !

Il vient de froisser une feuille avec brusquerie. Il en a assez de tous ces bulletins de santé.

— Les journalistes ? Ils sont toujours là ?

Elle fait un signe, comme si elle réclamait un peu plus d'air. Maurice ouvre la fenêtre et la vieille dame frémit au fond de son lit.

— Les journalistes m'ont assez tourmentée toute ma vie, je peux bien les taquiner un peu en les faisant languir !

Mais le fils, comme jadis, aimerait qu'on le laisse en paix. De rage il lance machinalement la boulette de papier par la fenêtre.

— Mon chéri ! – elle l'appelle et l'enfant se précipite comme hier auprès de celle à qui tout obéit.

Sa bouche a un pli malicieux. Il approche sa tête des lèvres brûlées par le soleil de la mort.

— Mon chéri, tu vas encourir une contravention si tu jettes d'aussi dangereux projectiles par la fenêtre !

Mais lui n'a plus la force de rire. Ce n'est plus du théâtre. Il ne peut plus faire semblant. Il a envie de chasser tout le monde, de hurler sa peine, mais elle ne le laisse pas en repos.

Il faut la coiffer, lui faire sa toilette, changer le lit. Il se réfugie dans le petit salon, et, une fois encore, revoit l'horrible journée de 1914. Elle s'était coiffée, poudrée, coquettement arrangée. Comme aujourd'hui, elle avait convoqué tout son monde : « Asseyez-vous, mes enfants... » Puis elle s'était tournée vers lui, seulement vers lui, son fils : « Maurice, mon chéri, je tiens à te faire part de la situation telle qu'elle doit être envisagée... Ma décision est prise : je ne veux plus souffrir comme je souffre depuis plusieurs années. Choisis donc : ou je me tue, ou je me fais couper la jambe. » Il avait tout tenté. Il implorait, discutait, se mettait en colère. Elle continuait de sourire...

Ah ! ce sourire... Il sentait qu'elle aurait le même, tout à l'heure, lorsqu'elle prononcerait le sacro-saint : « Écoutez, mes enfants... Maurice, mon chéri... »

Ce 22 février 1915 restera à jamais gravé dans la mémoire de Maurice. Il se revoit, arrivé à la clinique de Bordeaux à neuf heures et demie du matin en compagnie de Seylor, Clairin, Geoffroy et la petite Lysiane.

Sa mère était passée devant eux, allongée sur un chariot.

« Allons, mes enfants, avait-elle crié, un peu de courage ! C'est tout de même moins pénible d'être amputée à mon âge qu'à celui de nos petits !... »

Et elle s'était mise à chantonner *La Marseillaise*.

Il ne supportait pas ses mots, ses jeux. Lorsqu'elle était arrivée à la clinique, onze jours auparavant, le Pr. Denucé avait prononcé son discours de bienvenue, entouré d'une haie d'honneur formée par le personnel, mais elle avait interrompu ces compliments, qu'elle trouvait exagérés, puis, voulant faire pardonner ce manque de courtoisie, elle avait lancé :

« Excusez-moi, docteur, ce n'est pas une raison parce que vous allez me couper la jambe pour que je vous coupe la parole ! »

Non, il est injuste ! Elle ne se moquait pas toujours. Elle l'avait appelé un moment dans sa chambre, avant l'opération, le serrant très fort comme pour se rassurer. Peut-être pour la toute première fois, il avait eu l'impression qu'elle avait besoin de lui, qu'il pouvait la protéger. Il entend encore ses mots :

« Mon fils bien-aimé, mon Maurice adoré, au revoir... Va, va, à tout à l'heure ! »

Puis, dès qu'elle s'était réveillée, elle l'avait appelé à grands cris :

« Mon fils ! Mon fils, mon enfant adoré ! »

Et il avait trouvé les paroles pour l'apaiser. Il lui avait dit qu'elle était toujours aussi belle, que son visage n'avait pas changé.

Dehors, il s'était mis à sangloter. Jamais plus sa mère ne marcherait, et puis il ne pouvait oublier les mots qu'il avait entendus depuis le couloir après qu'il l'eut laissée. Elle se confiait à Mlle Coignt, la jeune anesthésiste :

« Ah ! chérie, je souffre ! Je souffre ! C'est bête comme chou, je souffre du pied, de la jambe, du genou que je n'ai plus. Ah ! que je souffre, que je souffre ! »

Tout à l'heure, il ne pourra plus rien faire. Elle va le quitter et il ne le supportera pas.

La même blessure se rouvre. Il est à nouveau ce jeune garçon de quinze ans qui voit le bateau se détacher du quai, et il a envie de se jeter à l'eau pour l'arrêter, pour serrer sa mère très fort contre lui, l'empêcher de partir, l'empêcher ! Et il lui en veut comme jadis, lorsqu'elle est allée en Amérique la première fois ; il avait cru qu'elle renoncerait à cette terrible tournée de l'autre côté de l'Océan ; un moment, elle l'avait pris par la main, échappant à la foule, au terrible Jarrett, aux amis, et ils étaient partis tous deux se cacher dans un bistrot des quais. Lui et elle ! Mais alors, c'est lui qui avait bêtement joué à l'homme, au responsable :

« Il est temps de nous rendre au paquebot », avait-il lancé d'une voix ferme.

Et elle, elle sanglotait, s'accrochait à ses mains, mais il restait droit, pour être digne d'elle, lui, le fils du prince de Ligne.

« Maurice, Maurice, je ne peux pas ! disait-elle entre deux hoquets.

— Allons Maman, appuie-toi sur moi. »

Et ils étaient revenus enlacés, apparemment détendus.

« Vous ne deviez pas, criait Jarrett, l'emmener sans me prévenir. Mme Sarah Bernhardt est ma pensionnaire !

— Possible, mon cher, avait-elle lancé à Jarrett, mais pas encore votre prisonnière ! » – et elle lui avait souri, à lui, Maurice, son fils, pour mieux humilier l'autre qui se croyait des droits sur elle. Comme si quelqu'un avait jamais eu des droits sur elle !

Maurice se lève, marche de long en large. Cette fois encore, il va falloir affronter la cohue, les réflexions. Il se remémore ce journaliste qui avait lancé en ricanant :

« Gare à l'étoile filante ! »

Elle s'était retournée, avait envoyé un baiser à l'imbécile...

Il avait donc fallu la quitter. La sirène trouait le ciel inquiétant : « Maman, je vais devoir descendre à terre. » Sa voix avait tremblé et il lui avait tendu une photographie encadrée : « Je t'ai apporté une photo de moi à cheval sur Nacelle. » Il la revoit poser la photo dans sa cabine, la regarder. Il entend sa voix claire : « Merci, mon amour. Viens m'embrasser ! »

Mais il s'était déjà enfui, en pleurs. Il courait, courait, seul et abandonné, sur la terre ferme, si dure sous ses pieds.

Aujourd'hui, que va-t-il faire ?... Où fuir ?

Avant de remonter la voir, il murmure comme une prière, comme si elle pouvait l'entendre :

— Maman, mon étoile filante, Maman, ne t'en va pas !

Sa fille Lysiane vient d'ouvrir la porte.

— *Great* nous demande !

Alors, avant de quitter le petit salon, il regarde une dernière fois la photo qu'elle a toujours conservée près d'elle. Lui et Nacelle ! Ce cheval qu'elle lui avait offert alors que tout allait si mal.

Un bref sanglot le surprend à l'instant où il se retourne vers Lysiane.

— Papa, qu'y a-t-il ?

— Rien !

Mais Lysiane a remarqué le cadre qu'il tient à la main.

— C'était le jour où Maman quitta la Grande Maison. Elle me dit : « Maurice, tu es le premier à le savoir : j'ai rompu mon engagement à la Comédie-Française. » Tout de suite, j'ai eu peur de la réaction de Perrin. Elle me répondit avec calme : « Eh bien, il va m'attaquer ! Nous nous défendrons. » Moi, j'avais quinze ans, je me suis dit que nous n'aurions plus d'argent. Or elle m'avait promis de m'acheter un cheval. Je lui ai pris la main et je l'ai emmenée. À côté de l'écurie des alezans, il y avait un box peint en blanc, vide ; j'y avais inscrit le nom de « Nacelle ». Alors Maman s'est mise à pleurer. C'était affreux. Elle murmura : « Mon chéri ! » Mais je lui ai dit : « Oh, je ne suis pas pressé, Maman. En fait, il ne faut pas m'acheter ce cheval, maintenant que nous allons avoir des ennuis. — Tu auras ton cheval, Maurice, tu l'auras dans quinze jours ! » Écoute, Liseron : dans les huit jours qui suivirent, beaucoup la condamnèrent, lui tournèrent le dos, mais elle, elle attendait Jarrett. Elle vendit des bijoux, des biens pour acheter des costumes, préparer sa tournée, engager des frais, mais elle confia à Youle que ce qui la tenait debout, c'est qu'elle m'avait promis Nacelle ! « J'ai fait une promesse à l'être que j'aime le plus au monde », disait-elle.

Un sanglot vite réprimé trouble la voix de Maurice.

— Quelques jours plus tard, Jarrett était là, j'avais Nacelle, et Maman s'écriait à Guérard qui lui reprochait cette dépense : « On ne doit jamais décevoir un enfant ; cela leur fait perdre toute confiance en nous. »

Maurice caresse la joue de sa fille et s'engouffre dans l'escalier en lui tendant brusquement la photo encadrée. Il espère qu'il ne décevra pas sa mère ; c'est une enfant, songe-t-il en arrivant devant le seuil de la chambre. « Une enfant terrible », ainsi que l'avait écrit De Max. Ou une étoile filante...

Johann a mis la clef dans la serrure ; aussitôt, un violent parfum envahit ses narines. Personne ne vient plus jamais ici. Il a condamné la chambre du fond. Il vit au plus étroit, attendant sans cesse des nouvelles, mais il sait qu'il ne ramènera plus sa mère chez elle. Même s'il espère encore...

Dès l'entrée, les fleurs carmin, écarlate, vermillon jettent des lueurs étranges. Il enfouit les clefs dans la poche de son imperméable, referme la porte, enivré. Odeurs de fleurs mouillées, herbes fraîchement coupées, jardins d'enfance : qui a osé lui rappeler ces senteurs oubliées ? Il se débarrasse de son vêtement.

— Qui est là ? demande-t-il presque avec colère.

Aucune voix ne répond, mais de son bureau s'échappe une musique qui s'enroule aux pétales de feu, s'embrase au fur et à mesure qu'il se rapproche. Vieille valse qui lui rappelle des images enfuies, la douceur des jupes maternelles effleurant le sol. Son fauteuil est légèrement tourné vers la cheminée, mais nul ne l'attend. Pourtant, quelqu'un a allumé la lampe. Sur le fauteuil, il découvre un dossier ouvert d'où s'échappent des feuillets. Il reconnaît l'écriture penchée de Sarah, vibrante, hâtive :

« Vois-tu, les enfants ne peuvent pas comprendre ce que c'est que le battement de cœur d'une mère : tu m'aimes bien, toi, je le sais, mais ta tendresse n'est rien auprès de ma folie. »

Les lettres à Maurice sont là ; il ne s'en étonne pas. Il les prend :

« Tu aurais trouvé cela très beau, mon grand fou,

mais tu aurais eu un grand battement de cœur en pensant que cinq minutes de retard, et nous étions engloutis... »

Il pense à elle avec ferveur. Et si elle était morte à l'époque ?... Est-ce qu'elle aimait vraiment son fils lorsqu'elle ordonnait au mécanicien de Cincinnati de lancer le train qui traverse la baie de Saint-Louis à toute vitesse au milieu des pluies torrentielles ? Le pont de bateaux risquait de se disloquer sous la poussée furieuse des eaux ! Jarrett, lui, hésitait :

« Le chauffeur est là : il pense qu'il peut encore passer : mais il vient de se marier, et il veut bien tenter le passage à condition que vous lui remettiez deux mille cinq cents dollars qu'il va tout de suite envoyer à Mobile, où demeurent sa femme et son père. »

Et voici qu'elle entraîne chacun dans sa folie dont la réussite ne fait à ses yeux aucun doute.

« Il était brave, ajoute-t-elle, et avait foi dans mon étoile. »

Son étoile ! Johann la déteste. Combien d'êtres a-t-elle ainsi entraînés dans des trains lancés à tombeau ouvert autour du monde ?

« J'eus seulement, au moment de partir, la vision de la responsabilité que je prenais, car je risquais la vie de trente-deux personnes, sans leur consentement. Mais il était trop tard, le train était lancé... »

Elle a quand même songé à son fils, à lui, au tout dernier moment :

« Je crus que la minute suprême était venue. Et, chose abominable, je ne pensais pas une seconde à ceux qui étaient pleins de confiance et de vie, et que je sacrifiais. Je ne pensais qu'à une jeune tête chérie qui allait pleurer... »

Maurice ! Comme il a dû sangloter en recevant de telles nouvelles, des jours et des jours plus tard.

« Ma dernière minute n'était pas inscrite pour ce jour-là dans le Livre du Destin... »

Ah, Sarah ! Sarah ! Johann l'étranglerait volontiers. Quelques lignes plus loin, elle avoue qu'elle a eu d'affreux cauchemars, les nuits suivantes ! Eh bien, tant pis pour elle si l'hôtel qui l'avait accueillie à l'arrivée à La Nouvelle-Orléans était à demi noyé, sale, rempli de grosses blattes qui crépitaient dès que les acteurs allumaient les bougies et leur tombaient sur les épaules, s'empêtrant dans leurs cheveux.

Pauvre Maurice ! Pouvait-il dormir tranquille à Paris à l'évocation des serpents d'eau qui filaient dans les rues inondées, la tête seule émergeant, le corps ondulant, même si sa maman les comparait à de longs saphirs étoilés ? Et fallait-il ricaner de ce pauvre Ibé, le coiffeur devenu presque fou de terreur parce que son matelas, installé comme à son habitude dans le théâtre, se soulevait à demi sous la poussée de ces horribles bêtes qui se mouvaient de droite et de gauche ? Quels cauchemars l'adolescent, puis le jeune homme avait dû parfois assumer ? Mais il était l'enfant de Sarah Bernhardt...

Johann ressent de la tendresse pour ce fils, même s'il lui est arrivé à lui aussi de se moquer de cet homme si attentif à sa mère, si attaché jusqu'au bout à elle.

« Maurice me semble exactement le fils qu'on aurait rêvé à Sarah ; et qu'il fût même un peu le gigolo de sa mère ne peut déplaire qu'aux imbéciles et aux bourgeois. Il fut toujours brave et chevaleresque quand il s'est agi de la défendre. »

Johann relit le texte du fils de Rostand. Est-ce pour qu'il comprenne qu'elle a, ce soir, ressorti le dossier ? Car c'est bien elle qui l'a déposé sur son fauteuil. C'est elle aussi qui a laissé ces fleurs embaumer l'appartement afin qu'il n'oublie pas la singularité de l'enfance, qu'il ne laisse pas le plateau des caricatures pencher vers le grotesque ; sur l'autre, il y a cette tendresse d'une mère inquiète, aimante, qui ne vit que pour son fils et par lui, qui peut à peine jouer si elle le sait malade.

Johann a maintenant plutôt envie de la prendre dans ses bras, de la protéger, de la rassurer. Est-ce pour lui marquer son affection qu'elle lui laisse retentir cette valse poignante, en harmonie avec les rêves tendres de toutes ces mères qui se taisent mais voient, se blessent secrètement aux chagrins de leurs enfants et partent en avance pour mourir, tels des guerriers, afin de leur faire croire qu'ils ne risquent plus rien.

Johann n'a plus envie de quitter son fauteuil. Il lui semble saisir tant de mots tus, de regards lumineux ! Ainsi, elle était aussi une femme comme les autres. Et toujours un moment vient où elles choisissent, elles, les mères, de vous délester de leur frêle personne et de leur écrasant amour.

Derrière la gloire, la solitude est encore plus dérisoire sitôt que l'enfant ne dort plus dans la chambre à côté.

Johann tient la photo de Sarah dans son rôle de Jeanne Doré. Elle ressemble à une collégienne, avec sa robe au col Claudine, ses yeux d'éternelle fiancée, mais, au-dessus de ses traits diaphanes, elle élève le voile terrible et sombre des mères prophétiques. Elle a soixante-dix ans, son visage est celui d'Ophélie, même si elle peut jouer Athalie.

Johann entend un craquement dans le couloir. Est-ce elle qui est revenue, à l'instar de cette Jeanne Doré, entendre la confession déchirante de ce fils au sujet d'une autre, de la maîtresse qui a fait de lui un criminel ? Et Jeanne ne le détrompe pas ! Et Sarah ne prononce aucun son dans cette ultime scène, comme ce soir ! Toutes deux entremêlées durant cent représentations vont écouter des mots d'amour qui ne leur seront plus jamais destinés. Johann ne se retourne pas. Il connaît la pièce de Tristan Bernard qu'elle créa le 15 décembre 1913, tandis que son jeune amant Lou Tellegen venait de la quitter pour rester aux États-Unis.

Johann lui murmure alors à son tour des mots secrets – de ces aveux que seule une mère peut entendre sans protester. Peut-être est-il lui aussi condamné à mort, comme le fils de Jeanne Doré ?

Il sent qu'elle est à portée de voix, mais ne cherche pas à la distinguer. Il ne veut pas davantage écouter le son de sa voix, car elle est aussi elle-même dans le silence.

Tassé dans le fauteuil, le dossier sur les genoux, pour la première fois Johann est à deux doigts de se livrer tout entier. Même si elle ne lui répond rien, l'historien progresse peu à peu dans les allées odorantes au long desquelles il la suit, tel un fils jaloux et d'autant plus attentif. Les lettres, à son tour, c'est lui qui les redit comme pour s'assurer qu'elle va revenir ; il est devenu ce fils trop aimé.

« Mon pauvre adoré fils, tu as vraiment lourde besogne en ce moment et depuis mon départ. Nous faisons tous les deux preuve de ténacité, de volonté et de courage, et je t'aime plus encore et je t'embrasse, mon Maurice, et te serre sur mon cœur. Ma pensée ne te quitte jamais. Je vis avec toi, quoique si loin de toi... »

Johann a fermé les yeux. Il retrouve les odeurs des promenades anciennes. Ne vient-il pas de voir la claire jupe maternelle disparaître derrière les épais buissons... ?

Tout s'éclaircit. Blancheur des images disparues !

« Depuis trois jours il neige, il neige ; les pays que nous traversons, magnifiques et pittoresques, sont ensevelis sous la neige. C'est superbe, aveuglant, triste et poétique ! »

Cette lettre est de 1911. Sarah a alors près de soixante-dix ans, et pourtant Johann ne parvient pas à la rejoindre. Elle se promène si vite, la vieille dame !

« Nous continuons notre triomphale tournée. La vie me serait un charme si je t'avais avec moi ; mais ta pensée vient sans cesse aiguillonner mon cœur et me donner de ces soupirs profonds qui ressemblent à des sanglots. Je ne puis cependant dire que je suis triste. Oh non, tu connais ma nature. Je m'amuse de tout, mais si tu étais là, ce serait le Paradis... »

Maman ! C'est elle qui marche devant, elle qui est pourtant sa propre mémoire !

« À Washington, il y a vingt-quatre ans, tu fus pris d'une crise de tristesse folle, nous venions de passer cinq mois dans le soleil et nous tombions de cette lumière dorée dans la blanche lueur très crue, très triste de la neige... »

Si elle vient à disparaître, qui saura lui conter son enfance ? Il n'y aura plus que le néant, et les fleurs auront disparu de son bureau, du couloir, de la chambre du fond... Il lui faut rouvrir les yeux. À cause de Sarah, le sublime éclaire le réel, et c'est elle qui a raison de grimper sur des baleines, de lancer des trains à des allures vertigineuses, de tout recommencer, toujours, avec passion. Elle fait le pari insensé avec la même détermination que Pascal. Elle croit ! En elle-même, en l'être humain, à ce qu'elle fait, et que cela vaut la peine de prendre tous les risques !

« Être ou ne pas être ! » Elle ne cesse de poser et reposer la question. Et si cela passe par l'inutile, l'excessif, le superflu, qu'importe ! La vie aussi se joue avec génie : il suffit de consulter le nuancier infiniment varié des ailes des papillons.

Johann marche de long en large dans son bureau qui, pour la première fois, lui apparaît étriqué. Il a besoin d'espace, comme si elle lui avait communiqué une énergie qu'il ne se soupçonnait pas. Il ouvre grand la fenêtre et le même parfum violent, hugolien, monte jusqu'au balcon. Il est comme un homme malade au fond de sa cabine, qui décide brusquement de se rendre sur le pont du navire et d'affronter la tempête, quitte à y laisser la vie ! Tout abasourdi, il se découvre alors en pleine santé.

Elle est là à ses côtés, accoudée au bastingage du balcon. Il aperçoit les cheveux rebelles qu'éclaire juste à cet instant le phare de la tour Eiffel qui les balaie de son œil unique.

— Sans que vous le sachiez, je me suis souvent tenue là pendant que vous travailliez à votre thèse, mais vous n'ouvriez pas encore la fenêtre, à cette époque. J'aime ce regard, là-bas, qui troue le ciel par intermittence, comme un père surveille sans fléchir ses enfants. Pauvre tour Eiffel ! Elle aussi, Verlaine l'a traitée de « squelette de beffroi » !

Johann l'entend ricaner doucement.

— Et Huysmans qui l'avait comparée à une « horrible volière », ajoute-t-elle en lui faisant soudain face.

Elle est en costume de voyage et doit avoir dans les trente-cinq ans. Elle arbore un visage radieux, d'une insolence brutale. Un moment, appuyée sur les coudes, elle renverse la tête en arrière et la cascade de ses cheveux croule sur ses épaules ; les lèvres entrouvertes, elle semble réclamer un baiser, mais à l'instant où Johann se pose la question, elle redresse le front et le regarde, fière :

— Vous commencez à comprendre qui je suis ! Est-ce que vous avez bien examiné les caricatures à mon propos ? Certaines m'ont fait rire, d'autres m'ont causé une souffrance atroce, parce qu'il y a toujours du vrai dans le trait ; et puis, peu à peu, je me suis dit que si je voulais devenir une artiste, il fallait qu'intérieurement je sois ma plus terrible caricaturiste. Parfois, je m'imaginais en scène vue par l'œil de tel ou tel dessinateur : André Gill, De Luque ou Sem, Cappiello, Frain ou Bib... C'était devenu mon rire intérieur, le pire, le démoniaque : difficile d'entrer en scène pour jouer *Phèdre* lorsque vous venez de vous représenter en vieux balai épinglé par De Luque !

— Comment avez-vous fait ?

— Le travail ! Un énorme travail qui vous rassure, mais aussi vous donne des armes : celles de savoir, face à l'ennemi, à certains critiques, parfois, que vous avez été honnête dans le combat. Et puis, une seule chose – mais cette décision-là n'appartient qu'à soi-même : croire ! Et d'abord en soi-même ! Lorsque vous sortez des coulisses en pleine lumière, il faut assumer ! Tout : les injures, les sifflets, et bien sûr aussi la gloire ! Il faut prendre tout le paquet. Cela s'apprend, n'est-ce pas ? Et puis, la caricature est un merveilleux agent de publicité...

Sarah penche la tête d'un air moqueur en lui dédiant une grimace de clown. C'est vrai qu'elle adorait, elle aussi, faire des farces et ne jamais se prendre au sérieux.

— Dès qu'une célébrité apparaît, elle est « chargée », comme on dit, mais, pour que les crayons continuent à la croquer, il lui faut vraiment accéder à une rare notoriété : celle du mythe vivant dont on peut rire encore, parce que mort, ou on vous embaume, ou on vous oublie, ce qui est en définitive la même chose.

Elle a prononcé les derniers mots avec une légère mélancolie et se tourne vers le ciel.

— Un jour, dit-elle de dos, un journaliste a écrit qu'il faudrait élever un monument où serait marqué : « À Sarah Bernhardt, la Caricature reconnaissante ! » – et il l'entend rire doucement, presque tendrement.

Il se rappelle que les rues et les carrefours, de son vivant, s'emplissaient parfois des cris des camelots annonçant les cartonnages enfantins : *Sarah Bernhardt enlevée en ballon*, ou *Le ballon dégonflé de Sarah Bernhardt*, ou *Sarah Bernhardt dans son cercueil*, sans parler des fameuses *Aventures et mésaventures de Séraphiska sur terre, sur mer et dans le ventre des bêtes féroces*, par Robida ! Un journal en Amérique avait offert en son honneur un concours de caricatures ; et elle fut même l'inspiratrice du Salon de l'Incohérence !

— Je n'ai jamais oublié les conseils de mon amie Madeleine Brohan lorsque, à la Comédie-Française, les hostilités grandissaient, que tout ce bas petit monde vipérin grouillait sous mes fleurs et mes lauriers. « Ma pauvre chérie, tu ne peux rien y faire, me dit-elle, en me prenant la tête de ses mains et en me regardant dans les yeux. Tu es originale sans le vouloir, tu as une effroyable crinière rebelle et frisée par la nature, ta sveltesse est exagérée, tu possèdes dans ton gosier une harpe naturelle : tout cela fait de toi un être à part, ce qui est un crime de lèse-banalité. Voilà pour ton physique. Tu ne peux cacher ta pensée, tu es incapable de courber l'échine, tu n'acceptes aucune compromission, tu ne te soumets à aucune hypocrisie : ce qui est un crime de lèse-société. Voilà pour ton moral. Comment veux-tu, dans ces conditions, ne pas éveiller la jalousie et exciter les rancunes ? Si tu désespères de ces attaques, tu es perdue, car tu seras sans forces pour lutter. En ce cas, je te conseille de brosser tes cheveux, de les enduire d'huile, enfin de les rendre aussi plats que ceux du

Corse, et encore, non : car lui, Napoléon, les avait si plats que c'en était original ! » Nous eûmes le même rire, elle, la sociétaire qui possédait une exquise distinction et qui jouait à merveille la comtesse du *Mariage*, et moi, l'enfant indisciplinée du Théâtre-Français... Puis, comme fatiguée, elle s'assit et poursuivit : « Je te conseille aussi de te faire quelques trous dans la voix. Alors, tu ne gêneras personne. Mais si tu veux rester toi, ma chérie, prépare-toi à monter sur un petit piédestal construit de calomnies, de potins, d'injustices, d'adulations, de flatteries, de mensonges et de vérité. Seulement, quand tu seras dessus, tiens-toi bien et cimente-le par ton talent, ton travail et ta bonté. » Ce mot de bonté, je le reçus comme un coup de fouet. Je n'avais jamais pensé à la bonté, mais la grande sociétaire m'expliqua : « Tous les méchants qui, sans le vouloir, ont apporté les premiers matériaux de l'édifice enverront des coups de pied dedans pour le démolir. Mais, si tu le veux, ils seront impuissants, et c'est ce que je te souhaite, car, mon enfant, tu as la soif de la gloire ! » Et elle conclut en fermant son beau regard : « Moi, je n'aime que l'ombre et le repos... »

Sarah se retourne vers Johann.

— Je l'ai contemplée avec envie. Elle était si belle que j'enviai ce bonheur dédaigneux de toutes choses. Hélas, elle me révéla que le théâtre l'ennuyait, que son mariage n'avait été que laideur, que l'amour lui avait broyé le cœur ; la maternité n'était qu'une somme de chagrins, et, pour conclure ce sombre tableau, elle me confia que ses jambes enflées ne la portaient plus. J'étais glacée d'horreur, et l'amour de vivre me reprit, plus violent que jamais. À partir de ce jour, je décidai de mourir en plein combat pour ne pas m'éteindre ainsi dans les regrets d'une vie manquée.

— Et quelque temps après, vous donniez votre démission à l'Administrateur sous le fallacieux prétexte du manque de répétitions !

— J'étais ridicule dans ce rôle, et les vers de *L'Aventurière* d'Émile Augier étaient mauvais. Je le lui ai dit.

Je le savais, et il valait mieux obéir à mon art qu'à l'Administrateur.

— Et puis, il y avait Jarrett qui vous avait promis « des ors » ?

Sarah hausse les épaules, soudain mystérieuse et hautaine :

— Monsieur l'historien, à vous de conclure ! Ai-je donné ma démission sans rien derrière moi, ou avais-je déjà en main le contrat de Jarrett ?

— Pourquoi repartir au Havre ? Quelqu'un vous y attendait ?

— Un amour, qui sait ? murmure-t-elle, à peine audible.

— Plus fort que le théâtre ?

Elle se détourne, l'air irrité, mais Johann insiste :

— Vous n'avez qu'à lire le roman d'Edmond de Goncourt. Tout le monde vous a critiquée, et vous avez été condamnée à payer la somme énorme de cent mille francs. Les journalistes vous couvraient d'injures. Vitu, Sarcey, Lapommeray : « Assez parlé de Mlle Sarah Bernhardt ! Qu'elle aille porter aux étrangers sa voix monocorde et ses fantaisies macabres », etc.

— Un mois après, ils étaient pourtant tous là pour assister aux galas indépendants que je donnais à Londres ! Sarcey écrivit même : « Je ne crois pas que jamais au théâtre l'émotion ait été plus poignante. Ce sont là, dans l'art dramatique, des minutes exceptionnelles où les artistes sont transportés hors d'eux-mêmes, au-dessus d'eux-mêmes... »

— Il vous a alors confié que les portes de la Comédie-Française étaient toutes prêtes à se rouvrir pour vous, n'est-ce pas ? Et vous lui avez répondu : « Ne parlons plus de cela ! N'en parlons pas. » Pourquoi ?

Johann n'ignore pas que le célèbre journaliste du *Figaro* avait été un temps l'amant de la tragédienne.

— Lorsque vous laissez un oiseau déployer ses ailes dans le ciel, croyez-vous que, rentré dans la cage, il ne mourra pas d'ennui ? J'avais compris cela.

— Et il y avait les « ors » de Jarrett ? répète Johann, moqueur.

— Je ne dirais pas exactement cela. Je dirais plutôt : et puis il y avait Jarrett ! C'est tout. Lui avait compris quel drôle d'oiseau j'étais ! Allez, n'essayez pas de vouloir toujours tout contrôler, monsieur l'historien. Si vous saviez parfois ce qui a déclenché telle ou telle grande décision d'État, vous changeriez de métier ! ajoute-t-elle en lui tendant les mains avec une séduction à laquelle il ne peut résister. Écoutez, enchaîne-t-elle, il était temps que je parte ! Chaque fois, ce fut quand l'heure était venue. Je suis entrée à la Comédie-Française pour la seconde fois le 1er octobre 1872, grâce à mon triomphe dans la scène de *Ruy Blas* ; j'ai redonné ma démission le 18 avril 1880. Que retenir de toutes ces années ? J'ai joué *Phèdre* et, à la limite, cela devrait me suffire. Il y a eu aussi *Andromaque*, la reprise d'*Hernani* avec Mounet, un *Othello* dans l'admirable traduction de Jean Aicard... Nous ne l'avons joué qu'une seule fois, à cause de Mounet qui roulait des yeux si féroces, au dernier acte, que le rire a gagné toute la salle, et nous avons dû arrêter ! Quelle soirée !

À ce souvenir, Sarah est reprise par l'un de ces fous rires qui la faisaient se plier d'avant en arrière.

— Je ne suis pas sérieuse... pardonnez-moi ! J'oubliais Alcmène, dans *Amphitryon*. C'est curieux, j'ai très peu joué Molière, et pourtant ! C'est cette même Alcmène qui, au soir de mon adolescence, m'avait tant fait sangloter, au grand scandale de ma mère !

Johann se rappelle les *Mémoires* de Gustave Kahn à propos de Sarah dans ce rôle : « Je me souviens de l'avoir vue vivifier ce qui était alors pour moi un texte de collège. La comédie de Molière se colorait, grâce à Sarah Bernhardt, de poésie. Elle faisait penser à Euripide. Elle ajoutait au texte une fraîcheur, un hiératisme, un hellénisme qui n'y sont pas... »

— À qui pensiez-vous, dit-elle en lui lâchant brusquement les mains.

— À votre côté hellène ! Comme si du sang d'Homère coulait dans vos veines.

Il l'observe qui se découpe sur le ciel étoilé. Peut-être est-ce la souveraineté des épaules, la noblesse du cou, le port de tsarine, mais, chez Sarah, toutes ses attitudes dessinent un être à part, difficile à tutoyer. Un être étrange, comme disait Freud : ni petite, ni grande, ni laide, ni belle ; vous imposant sa présence comme la vie quand elle invente sans désemparer autre chose...

— Pourquoi ai-je fait de la sculpture, aimé des hommes, descendu les chutes du Niagara ? Je vous dirai, comme je l'ai déclaré à Perrin : « J'ai une envie folle de voir *autre chose*, de respirer un autre air, de contempler des ciels moins bas que le nôtre, des arbres plus grands, autre chose, enfin ! Je me crée des tâches pour me retenir à la chaîne : sans quoi, je sens que mon désir de savoir et de voir l'emporterait, et je ferais des bêtises ! C'est cela, être artiste : ne pas rester tapie, à l'affût, telle une grosse araignée, à l'image de la vieille Nathalie...

— Que vous avez d'ailleurs royalement giflée lors de la cérémonie donnée pour commémorer l'anniversaire de Molière, alors que vous n'étiez encore qu'une débutante...

Sarah se redresse avec vivacité : au souvenir de Nathalie, elle retrouve toute sa véhémence, prête à attaquer derechef :

— Écoutez ! ma sœur Regina était alors une gosse de sept ans tout au plus, je ne sais plus exactement. Elle regardait les préparatifs de la cérémonie, les actrices, les costumes, avec ces drôles de frimousses qu'ont les enfants lorsqu'ils sont complètement mangés par ce qu'ils voient. Elle avait dû s'avancer d'un peu plus près, ne s'apercevant pas qu'au lieu du tapis elle était maintenant posée tel un oiseau sur la traîne de cette grosse limace de Nathalie. Vous n'avez pas connu ma sœur Regina ! Ma sœur n'a jamais ri. Toute petite, elle détestait la société, le monde. Une étrange enfant, avec une voix gutturale qui lançait, à peine née, des propos crus, aussi brutaux que ses coups de pied.

Johann sait que la trouble adolescente finalement recueillie par Sarah est morte vers l'âge de dix-sept ans, peut-être dix-huit – plus jeune encore si l'on se fie à certaines biographies.

— Elle était aussi sauvage qu'effrontée. Des cheveux d'argent, un teint nacré, des yeux bleus trop grands qui lui dévoraient le visage, auréolés de cils drus et fournis. Elle pouvait rester des heures sans desserrer les dents. Je n'ai pas su la protéger.

Johann se souvient d'une sombre histoire de viol ou de débauche précoce sur cette fillette devenue tuberculeuse et prostituée, à moitié vendue avec l'assentiment de la mère comme pour Sarah. Edmond de Goncourt parle de la « putinerie » de la mère que sa sœur accueillit un jour, perdue, sur le coup de cinq heures du matin.

— Un pauvre oiseau qui est venu mourir chez moi. Jamais je n'oublierai ces nuits de la rue de Rome... Elle m'avait écrit, n'ayant plus nulle part où aller. Je lui ai laissé mon grand lit de bambou qui prenait toute la place, et je n'avais d'autre choix que de dormir dans mon cercueil pour laisser tranquille la malade. Quelle importance ! Évidemment, les cancans ont été très vite, vêtus de leurs ailes de canard, prenant leur envol dans toutes les directions. Marie Colombier a affirmé qu'il s'agissait du cadeau de quelque Roméo nécrophile qui aurait aimé y faire l'amour ! Nous étions tous morbides, à cette époque : relisez Baudelaire, Oscar Wilde !... Mais moi, j'ai veillé ma sœur jour et nuit, sauf lorsque je courais au théâtre pour jouer avec Mounet. Je croisais dans les couloirs la grosse Nathalie, de plus en plus vulgaire, de plus en plus satisfaite. Elle avait vu mourir Rachel, avec qui d'ailleurs elle s'était mal comportée ; elle avait dénoncé Agar lorsque celle-ci s'était dévouée durant la Commune pour protéger les comédiens français ; elle avait poussé ma petite sœur avec violence, lui ouvrant le front ; causé mon renvoi la première fois... Je ne pouvais lui pardonner. Aujourd'hui encore, je suis fière de ne pas lui avoir présenté d'excuses. C'est elle qui aurait dû s'incliner devant Regina qui n'avait pas remarqué qu'elle marchait sur la traîne de cette matrone, tant elle était éblouie par le Théâtre-Français. C'est à cause d'eux que j'ai donné ma démission une seconde fois : les Nathalie, les Émile Augier, dont elle était la maîtresse et dont il fallait que je joue la mauvaise pièce, les Perrin que j'aimais bien mais trop faibles pour tenir le gouvernail de cette Comédie-Française que le monde entier nous enviait. Il y aurait fallu un Jarrett ! C'est d'ailleurs pourquoi je vous disais tout à l'heure : il y avait Jarrett, et je l'ai suivi !

Johann l'observe. Il se rappelle la photographie qu'il vient juste de remarquer avant de passer sur le balcon. Elle se trouvait dans le dossier *« Maurice »*. Sarah y tient dans les bras sa petite-fille Simone. Elle semble avoir la trentaine, alors qu'elle en a sûrement vingt de plus. Elles sont toutes deux joue contre joue. Étrange femme qui sait montrer tous les caprices, toutes les coquetteries, et dans le même temps se battre pour protéger un enfant, quitte à tout perdre...

— « Ce n'est pas un enterrement, c'est une première... dernière ! » s'est écrié un chroniqueur aux obsèques de Regina, parce que je pleurais à ruisseaux sous mon voile de crêpe, et que le Tout-Paris était là. C'était ma petite sœur ! C'était une partie de mon enfance ! Ma famille ! Et ils se moquaient encore et encore de mon émotion. Le public se figure – douce erreur ! – que le bruit fait autour des artistes célèbres est provoqué par ces derniers en connaissance de cause, et dans son énervement de revoir sans cesse le même nom revenir à tout propos, il déclare l'artiste attaqué ou choyé « amateur de réclame ». Hélas, on est *victime* de la réclame !

— Vous avez comparé, dans vos mémoires, la célébrité à une pieuvre qui ramasse tout de ses bras visqueux : louanges, calomnies, potins, etc., et les recrache dans un vomissement de fiel noir. Et vous concluez qu'il est dangereux d'avoir la gloire trop jeune.

— On ne sait pas se défendre !

— Mais vous, vous avez résisté ! À cause de quoi, de qui ?

Sarah ne répond pas. Elle détourne son regard de

chat. La tigresse de tout à l'heure s'est muée en femme blessée. A-t-elle murmuré le prénom ou l'a-t-il inventé ?

— Maurice, répond-elle simplement. Mon fils...

Est-ce pour cela qu'elle lui a laissé ce dossier à reconsulter ? Elle a toujours fait front à tout dès l'âge de dix-neuf ans, dès qu'elle a eu son enfant avec elle : n'est-ce pas la leçon d'Andromaque sur les remparts de Troie ? N'est-ce pas ce qui la relie à toutes les mères face à leurs bourreaux ? Mais oui ! C'est ce même visage que devait arborer la captive en tenant serrée contre sa joue la joue d'Astyanax, son fils. Ici, sur ce balcon, à ses côtés, c'est toute la plaine antique qui se déploie à leurs pieds. L'humanité captive, l'humanité arrogante... Quelle différence pour celles qui protègent l'enfance ? Les femmes ont alors tous les courages, comme celui de sa mère, tout à l'heure, qui, tandis qu'il lui disait « À demain », s'appliquait simplement à lui sourire pour écarter la souffrance à venir... Johann avance la main vers le visage de Sarah, mais elle a disparu. Seules quelques larmes nacrent sa paume. Il scrute le ciel : peut-être est-elle partie se promener au-dessus de sa tête dans son joli ballon... ? Il lui semble qu'elle vient de lui murmurer, comme à Maurice lorsqu'il était fâché qu'elle se fût embarquée sans lui dans la nacelle : « Mon amour, quand je commets une soi-disant folie, je préfère me priver de ta présence ! »

« Alors, tu m'as menti ! » murmure Johann à l'étoile qu'il aperçoit tout au fond du ciel.

« Je ne te mentirai plus, mon amour », avait juré Sarah à l'enfant blessé par ce voyage dissimulé en ballon, et c'est alors qu'elle lui avait promis le joli poney. Johann comprend brusquement pourquoi Maurice appela son poney « Nacelle », et l'importance qu'avait eue à ses yeux le geste de lui donner la photo de Nacelle et de lui au moment où elle s'embarquait pour l'Amérique...

Que de secrets chuchotés, de promesses et de câlins entre Sarah et Maurice ! Ceux que nul n'a le droit d'entendre : ni les maris, ni les amants, ni les tyrans ! Joue contre joue, une femme et un enfant enfin seuls au monde.

« Je n'ai plus assez d'années à vivre pour me priver de toi. Je te vois clairement, et tu sembles tangible. Je n'ai jamais éprouvé cette manifestation avant, mon fils chéri... Tout mon être près de toi... »

Johann s'est réveillé. Il a laissé ouverte la fenêtre donnant sur le parc et la pluie, clandestine, picore le velours du fauteuil. Sur ses genoux, les lettres de Sarah réunies entre ses mains.

« Adoré fils, je te tiens dans mes bras comme lorsque tu étais petit. Je te serre sur mon cœur, je baise ta tête adorée... »

Il referme le dossier. Demain matin, il retournera à l'hôpital. Reverra-t-il le sourire ?

Lundi 26 mars 1923

Le moment approche. Je le sens à l'affolement qui me gagne. Mon trac n'a jamais été aussi insurmontable. J'ai la terreur en moi.

J'ai essayé de penser à tout, comme avant chaque « première ». Ils ont coupé le téléphone pour qu'aucun bruit de la vie ne vienne troubler le glissement de ma barque sur l'eau ; car c'est cela, entrer en scène : établir le silence. Commencer par apaiser le monde. Il y a l'accord qui s'élève, terriblement juste, et l'archet de l'étrave ne peut vaciller sur le flot infini.

« N'allons point plus avant... »

Je me répète les premiers mots de Phèdre pour les apprivoiser, je les mâchonne, mais ils s'échappent dans des piaillements d'oiseau affamé. Je repasse dans ma tête chaque détail. Toutes les malles ont été vérifiées comme avant chaque tournée, mais il me semble que j'ai oublié justement, cette fois, les objets les plus importants.

À ma demande, ils ont préparé mon cercueil en bois de rose, dont j'ai fait l'acquisition il y a presque trente ans : il est en état de m'emporter. Je veux glisser sur les flots de la mort sans déranger en rien la beauté de la représentation. Ils vont me coucher avec une grande douceur dans ma dernière parure. J'aime ce cercueil qui m'enveloppe comme l'antique manteau de velours rose que Sacha Guitry me rapporta de Venise et que je ne porterai sans doute jamais plus. Venise ! C'est là-

bas que j'ai décidé d'épouser Jacques, lors de cette tournée en Italie. Jacques et ses yeux où le désespoir et la passion mêlés jetaient d'étranges lueurs. Jacques caressant, Jacques se blottissant comme un enfant perdu contre mon flanc, Jacques apaisé, Jacques démoniaque que j'essayai de sauver malgré lui. Jacques que j'ai aimé dès notre première rencontre, au scandale de tous. On ne choisit pas son amour, tout comme on ne choisit pas sa mort.

« Ses yeux projetaient des flammes comme si elles provenaient de l'enfer même ! » écrit Brian Stoker à qui j'avais présenté Jacques au Royal Lyceum de Londres ; il a confié plus tard à mon ami Henry Irving qu'il s'était inspiré du regard de Jacques pour son Dracula *: « Je n'ai pu m'empêcher de penser que cet homme était déjà mort. Il parlait et marchait comme dans un rêve. » Peut-être est-ce cela qui m'avait séduite ? Je me sentais souveraine, j'étais adulée, au plus fort de ma gloire, j'ai eu l'orgueil de penser que je pourrais l'arracher à l'enfer même. Je ne regrette rien. J'ai essayé jusqu'au bout, et mon mariage était un pari insensé que j'ai assumé.*

14 avril 1882 à Londres : j'offrais le mariage à un jeune Grec qui déjà me trompait, infidèle et tendre, incapable d'être un mari, de dix ans mon cadet, officier discrédité, don Juan ruiné, indifférent à ma célébrité parce qu'indifférent à tout, et d'abord à la vie même. Moi, je voulais le sauver, j'espérais l'entraîner avec mon cœur qui battait pour deux ! Il était la Beauté que je voulais posséder et préserver, mais plus je l'aimais, plus il s'éloignait, et je songeais à ces noires gondoles de l'amour qui disparaissent dans les canaux tortueux de la brume, le soir. Mais je m'obstinai : ce mariage qu'Henri, prince de Ligne, avait refusé à la jeune crédule que j'avais été, à la mère de son fils, je l'accordai follement, gratuitement à cet homme précocement usé par la morphine, à son âme dépeuplée. Les moqueries de la société me laissaient aussi indifférente qu'elles avaient troublé le cœur du Prince.

Jacques et ses petites actrices, qui me regarde

méchamment et les embrasse devant moi pour me faire du mal, puisqu'il ne peut me faire du bien ! Jacques qui joue des sommes énormes, comme mon fils ; Jacques qui me reproche d'avoir quitté, à cause de moi, ses origines aristocratiques ; Jacques qui me bat, qui se pique à travers l'étoffe de ses vêtements, Jacques nu, fou, pitoyable ; Jacques qui joue Armand *à mes côtés. Jacques qui ne veut plus jouer ; qui, dans son uniforme à cape rouge, s'engage dans les spahis en Algérie ; Jacques qui revient encore plus atteint, plus diaphane, plus enfantin ; Jacques qui me dépouille jour après jour de ma force, de mon argent, de ma dignité ; Jacques qui m'insulte au premier rang de l'orchestre pendant que je joue ; qui se moque de moi en compagnie de ma sœur Jeanne, elle qui me le présenta d'ailleurs la première fois. Deux drogués... Tous deux que je n'ai pu sauver...*

Tout redéfile si vite, à présent. Le retour d'Amérique, les escaliers gravis quatre à quatre, rue Boissy-d'Anglas. Jacques est là, mourant. Des affaires traînent à terre. Il me regarde – je marche sur les seringues de Pravaz, les ampoules de morphine, et lui, il sourit. Il sourit ! Que veut dire ce sourire qui me remonte ce soir à la gorge ? Jacques ! Je revois son corps criblé de coups d'aiguille, ses abcès... La beauté disparue ! Jacques que je sauve une ultime fois avec le médecin ! Jacques qui meurt dans mes bras ! Je ne suis plus que la veuve Damala et sa tombe, là-bas, en Grèce, se couvre de mes fleurs et de mes pleurs. Jacques pour le meilleur et pour le pire. Jacques qui peut-être me tirera à son tour par la main au moment du Jugement afin de me sauver, qui sait ? Liens indissolubles du mariage... Jacques, les grandes portes de la Mort ne sont-elles pas ciselées par l'amour ? Peut-être m'attends-tu, ayant recouvré toute ta beauté, de l'autre côté, en compagnie du Prince, le père de mon enfant ?

J'ai besoin de tout le monde, comme au spectacle. Je n'ai plus de haine, et la moindre figuration m'est aussi essentielle que le Deus ex machina *de la dernière scène.*

Pourquoi s'agitent-ils tous autour de moi, et me

déconcentrent ? Je voudrais éteindre les bruits comme la lumière du jour, jeter ma cape vénitienne sur tout cela, ne plus entendre que l'ample respiration de l'eau qui monte en moi, qui monte... Acqua alta. *La ville entière s'enfonce sous mes pas.*

J'ai un peu froid, et mon P'tit Dame n'est pas là pour me protéger, son giron me manque en cet instant. Aucune femme n'a autant aimé « la petite Bohémienne », ainsi que m'appelait ma tante Faure, si froide et poseuse ! Mon P'tit Dame, elle, me serrait fort dans ses bras épais, et sa bonté arrondissait mon âme qui aurait pu, sans elle, devenir acérée comme une lame. En cette dernière heure, je pleure au souvenir de ces femmes qui ont cru en la maigre et sauvage fillette que j'étais. Mère Sainte-Sophie, mon P'tit Dame, Mlle de Brabender, priez pour moi ! J'ai tant besoin de votre tendresse, de votre confiance ! C'est vous qui m'avez donné une claire vision de moi-même. Mère Sainte-Sophie, courtaude, rieuse, mais dont l'âme unique et rayonnante transfigurait ce corps épais. P'tit Dame, toujours prête à m'accueillir, les mains pleines de mousse savonneuse, lavant les robes claires de ses enfants et me plaquant des blancs baisers sonores sur les joues ; P'tit Dame quittant tout pour me suivre au bout du monde pendant presque quarante ans. Et puis Mlle de Brabender, aussi sage que P'tit Dame était rebelle. Mademoiselle avait vécu à la cour impériale de Russie et m'avait éduquée. Mademoiselle, sur son lit de mort, avec sa formidable moustache et une barbe d'un bon centimètre. Le masque d'un homme, mais les sœurs qui avaient vêtu la pauvre dépouille m'avaient confirmé que ce corps était bien celui d'une femme. Elle avait des petites mains si raffinées. Femme, homme, là, en ce peu d'heures qui me restent, tout s'estompe comme le contour des objets qui m'entourent :

« Les femmes m'ont aimé comme on aime un enfant... »

Maurice humecte légèrement les lèvres de sa mère. Hier elle l'a regardé une dernière fois. Sans souffrance, sans angoisse, sans regrets, ses yeux pâles emplis déjà d'une autre clarté. Délivrée.

Elle portait un tel bonheur en elle, lorsqu'elle lui a souri une ultime fois, qu'il n'a même pas eu le courage de la supplier de rester à terre.

Ils étaient tous là autour d'elle : Marcelle, sa deuxième femme, et ses deux filles, Simone et Liseron ; dans le boudoir d'à côté se tenaient Mme Grau, Louise, Mme Normand, Madeleine Porée, les Perronnet et ses deux petits-gendres. Au pied de l'immeuble, la foule avait encore épaissi. Lui, son fils, se sentait seul et inutile. Il ne pouvait même plus exiger d'elle un cheval ou un baiser pour qu'elle s'intéresse à lui. Il devait la laisser s'en aller, ne plus la retenir, ouvrir grand ses bras pour que son envol ne soit en rien déséquilibré. C'est le dernier cadeau qu'elle lui faisait. Une femme libre, indomptée. Une fois de plus, c'était elle la plus forte. En cette fin d'après-midi, il ne tenait plus sur ses jambes et il était en train de s'assoupir dans le fauteuil que ses filles lui avaient approché, discernant à grand-peine les mots qu'elle murmurait. Il reconnaissait les derniers vers de *L'Aiglon*, et son fin visage se confondait de plus en plus avec celui du Prince aux cheveux de lune.

« Les femmes m'ont aimé comme on aime un enfant... »

Mon fils m'a humecté les lèvres, mais je ne puis plus lui parler. Où suis-je ? qui suis-je ? Mon corps est pesant, par instants, comme s'il retombait à terre.

– Comme mon agonie est longue...

Est-ce que j'ai parlé tout haut ? y a-t-il quelqu'un pour m'entendre ? suis-je déjà en scène ?

« Des femmes me berçaient... Oui, j'avais trois berceuses
Qui chantaient des chansons vieilles et merveilleuses.
Oh ! les bonnes chansons de Madame Marchand
Qui donc, pour m'endormir, me bercera d'un chant ? »

Il faut que je me lève, maintenant. Il est en train de mourir, et moi, son fils, je ne suis pas près de lui. J'ai tellement joué cette scène. Mon père, là-bas couché dans sa petite chambre de Longwood et qui dicte son testament. Il faut que je me lève pour le rejoindre...

« Je recommande à mon fils de ne jamais oublier qu'il est né prince français, et de ne jamais être un instrument entre les mains qui oppriment les peuples de l'Europe.

« Je lègue à mon fils les boîtes, ordres et autres objets..., livres, linges qui ont servi à mon corps... »

... Comme je me sens pesante ! Il faut m'arracher à ce lit ; il ne peut pas mourir sans moi.

L'Empereur a voulu changer de chambre. « Il n'y a pas assez d'air », *dit-il. Montholon presse une éponge contre ses lèvres, et moi je ne suis pas là près de lui. Moi, son enfant.*

« Les femmes m'ont aimé comme on aime un enfant... »

C'est pourquoi je ne pouvais les aimer comme on aime des amants. Moi, j'ai aimé chacun comme on aime un enfant. Où sont-ils, à présent, pour m'enlever dans leurs bras forts ? Richepin et son rire tonitruant. Mounet et ses colères de tigre blessé ! Mounet qui brise les glaces du fiacre et défonce le devant du sapin comme jadis. Gustave Doré... Pourquoi ne m'emportes-tu pas comme autrefois dans nos courses folles, enivrés d'embruns ?

Je les ai tous aimés. Une nuit ! Une vie ! Quelle différence ? Comme un enfant admiratif et qui croit à ce qu'on lui dit, confiant. Je les appelle. À cette minute, j'ai besoin qu'ils sellent leurs chevaux et m'escortent. Il faut que je le rejoigne, lui, afin qu'il ne meure pas seul...

« Il était un p'tit homme
Tout habillé de gris... »

Pourquoi parlent-ils autour de moi ? Cela me distrait avant d'entrer en scène. Je reconnais la voix inquiète de Louise. Mes merveilleuses femmes ! Mon vieux général japonais, peintre jusqu'au bout des ongles. Louise, ainsi je te quitte la première. Tu n'auras pu m'empêcher de mourir, comme tu n'as pu arrêter mon mariage, et c'est pourquoi nous nous aimons. Les êtres qui m'entourent m'ont heureusement toujours laissé faire mes bêtises toute seule. Comme je les ai laissés libres de me suivre, de m'aimer, de me haïr, de me quitter – de ne plus me perdre.

« Mais il faut en mourant... oui, que je me souvienne,
Qu'on baptise à Paris mieux qu'on n'enterre à Vienne. »

Il faut que je m'échappe de cette prison. Personne ne pourra plus longtemps me retenir. Je suis en train de recouvrer toutes mes forces. J'irai la tête haute au peloton d'exécution. Je repense à mon ami Vaillant. Il me semble qu'il tend la main pour me relever. Il me donnait souvent des plans pour mon théâtre, alors qu'il était trop pauvre pour se payer le luxe des arts... Ah, la pauvreté ! Vaillant a été exécuté. Que fait-il là, au pied de mon lit ?

Ils sont quatre ! Les quatre exécutions auxquelles j'aie assisté. Je condamne ces crimes de lèse-humanité ! Je le leur crie ! Vaillant, mon ami l'anarchiste. Tu étais un homme énergique et doux, aux idées très avancées, mais pas beaucoup plus avancées que ceux qui, depuis, ont accédé au pouvoir. Je t'entends encore me dire au soir de Lorenzaccio *: « Ah ! ce Florentin était un anarchiste, comme moi ; mais il a tué le tyran, et non la tyrannie ! Ce n'est pas ainsi que je procéderai... » Pauvre Vaillant ! Pourquoi es-tu là devant moi ? Je hurle, maintenant. Il porte sa tête, comme le* Iokonaan *d'Oscar Wilde. Non, je ne suis pas Salomé ! Non, ce n'est pas moi, la responsable ! Je me redresse. Devant moi, à perte de vue, les prisonniers que j'ai visités en Amérique : que font-ils tous à m'attendre ? Et, aux côtés de Vaillant, ce jeune étudiant en médecine de vingt-trois ans, exécuté place de la Roquette ? Il avait trop travaillé, avait le cerveau dérangé, et il avait tué une vieille femme. Il fallait le soigner, non le tuer.*

Je me lève. C'est l'heure de passer mon costume.

Mon costume blanc ! Que fait mon habilleuse ? Les quatre exécutés me soutiennent. Je suis dans ma chemise de nuit d'enfant. J'ai les pieds nus, mais ils m'emportent et je ris. Je danse, portée par leurs bras, comme lorsque mon père me faisait sauter les flaques d'eau. Je vole, je danse, je m'élance. Et, à chaque saut, les prisonniers poussent un han ! de bonheur, et c'est toute une humanité qui m'accompagne. Père ! Attends-moi, j'arrive ! J'ai lu et relu tes paroles :

« Que mon fils fasse éclore tout ce que j'ai semé. J'ai sauvé la Révolution qui périssait. S'il voulait par pure imitation et sans nécessité absolue recommencer mes guerres, il ne serait qu'un singe. On ne fait de grandes choses en France qu'en s'appuyant sur les masses. Mon fils doit être l'homme des idées nouvelles... »

Ils m'ont déposée à terre. Devant moi, son cheval m'attend, sa robe est si lustrée dans le soleil couchant... Je me retourne une ultime fois vers ce monde que j'ai parcouru, tous peuples confondus : cette Terre que mes poètes ont lavée des péchés. Vers moi s'avance mon demi-frère, le Peau-Rouge Joe Bernhardt. Je n'ai jamais su s'il disait la vérité ou s'il avait inventé toute cette histoire :

« Plusieurs fois, j'essayai de copier et de suivre les pas de danse que le maître de ballet montrait à Sarah. Ma sœur avait dix ans à cette époque... »

Mensonge ou vérité ? Je n'ai finalement prêté attention qu'aux déclarations d'amour. Et si Joe veut être mon demi-frère, qu'il le soit ! Au moment où la salle entière s'éteint, je ne me soucie plus de rien d'autre que du poète que je vais servir.

Quelqu'un dit : « Il faudra lui remettre sa grand-croix de la Légion d'honneur. » Cela m'émeut. Au moment d'entrer en scène, un détail vous happe le bras, comme pour vous rassurer. Aussi au moment de mourir, sans doute ?

Avant de sombrer dans un sommeil opaque, Maurice a entendu également. Ainsi, elle va mourir ! Bientôt, ils l'habilleront. Bientôt, ils lui remettront cette grand-croix qu'elle avait tant attendue, comme si Napoléon en personne ne l'avait inventée que pour elle. Il entend soudain sa voix : il se retourne. Elle est là-bas, toute costumée de blanc, prince diaphane qui se détache sur la scène de son théâtre. Le Théâtre Sarah-Bernhardt. Pourquoi est-elle là, puisqu'elle est en train de mourir ? Donc, ce n'était pas vrai ? Tout cela n'était qu'un cauchemar ? Il a dû s'assoupir un moment, assis là dans sa loge. Sa mère est bien vivante ! Elle est vivante comme toujours lorsqu'elle joue, transfigurée, unique. Elle est *le* théâtre. Elle, sa maman à lui seul, à personne d'autre, qui, lorsqu'elle joue, lui appartient davantage encore que dans la vie de tous les jours. Les fanfares de la *Marche consulaire* éclatent, sa mère est ce jeune homme blond, là-bas, son jumeau, son double à lui, fils du prince de Ligne. C'est à lui qu'elle ressemble en cet instant.

Henri de Ligne, un peu plus vieux que sa mère dont l'ancêtre Charles-Joseph, prince de Ligne, était le grand feld-maréchal. Elle avait parfois évoqué à son fils la demeure somptueuse, rue de la Toison-d'Or, à Bruxelles. Son père réapparaissait de temps à autre mais la blessure avait été trop vive pour la comédienne et elle ne cédait jamais. Il l'avait compris en l'écoutant interpréter Adrienne Lecouvreur qui crie son amour pour Maurice de Saxe qui, jamais, ne l'épousera.

« Non, madame. Je n'oublie rien, lançait-elle à la dame, venue l'humilier. Je parle à la duchesse de Bouillon, première noblesse de la cour de France, qui vient violer le domicile d'une comédienne... mais l'être le plus noble de nous deux, c'est moi, Adrienne Lecouvreur, fille de l'humble chapelier ! La plus respectable, c'est moi, l'amante, car je reste fidèle à la foi jurée !... Je ne suis pas sa femme, je ne suis pas le devoir, je suis l'amour ! »

Elle élevait seule son fils et le théâtre valait tous les royaumes de ce monde. Comme Adrienne, elle marchait les yeux ouverts dans un éternel rêve. Maurice, son enfant, sans le vouloir, l'avait un jour délivrée de l'humiliation passée.

Son père lui avait proposé son nom et sa fortune mais lui son fils avait refusé à son tour.

Ils se revoient tous les deux dans cette Gare du Nord, côte à côte. Le Prince repartait à Bruxelles, un peu plus fatigué, un peu plus cynique, un peu plus seul. Maurice avait pitié de lui ; il aurait préféré ne jamais avoir de ses nouvelles, pouvoir continuer à ignorer la fragilité humaine de son père. La gare était encombrée, ils étaient en retard, et son père allait manquer le train.

Il s'énerva, perdant pour la première fois ce flegme de l'homme à qui tout obéit, lorsque le contrôleur refusa de le laisser passer devant les autres voyageurs. Le calme distant avait fait place à une colère serrée.

« Je suis le Prince de Ligne », mais le Français restait têtu. Alors Maurice, sans y penser, pour aider son père, lança :

« Je suis le fils de Sarah Bernhardt. » Aussitôt le contrôleur les laissa passer et les gens s'écartèrent sans aucune autre formalité.

À ce souvenir, il songe au visage secret de sa mère lorsqu'elle lui avait raconté. Il y avait de la joie mais curieusement aussi de la douleur. Elle n'aimait pas humilier les hommes qu'elle avait aimés.

— Et puis, avait-elle ajouté l'air pensif, à quoi bon ! Même Napoléon, ils n'ont jamais pu l'accepter dans leurs familles et elle était déjà repartie vers un autre rêve. Elle est face à tous, mais il n'a pas peur ; elle est plus grande que n'importe quel empereur.

Il était déjà là le soir où, pleine de défi, elle s'est avancée seule, à la Comédie-Française, à la Cérémonie, en dépit des menaces. Il se rappelle les termes des lettres anonymes : « Mon pauvre squelette, tu feras bien de ne pas faire voir ton horrible nez juif à la Cérémonie. Je crains pour lui qu'il ne serve de cible... » Il y en avait d'autres encore plus grossières... Elle s'est avancée comme en ce moment, seule ; elle est restée droite, comme en ce moment, à regarder de ses yeux de chat.

Et voici qu'elle élève ses deux bras, comme autrefois, dans un élan de tendresse, et la salle fait un bruit d'oiseaux qui s'envolent, puis c'est comme l'océan qui se met à chanter, et lui, l'enfant, se redresse, car par-delà cette foule il n'y a plus qu'eux deux, sa Maman et lui qui, depuis sa naissance, sait qu'elle ne joue que pour lui. Elle le lui a murmuré un soir tandis qu'il s'endormait dans un coin de la loge parfumée de fleurs fraîches, un jardin comme aucun autre enfant n'en aura jamais...

Voilà. Le silence s'est fait. Sa voix qui est fluide comme de l'eau, dit-on, s'élève :

« Eh bien moi, sans pouvoir, sans titre, sans royaume,
Moi qui ne suis rien qu'un souvenir dans un fantôme !
Moi qui n'ai même plus le petit morceau
De la moire si rouge, hélas, dans mon berceau !
Moi, malade, exilé, prisonnier, je ne peux
Galoper sur le front des régiments pompeux
En jetant aux héros des astres ! Mais j'espère,
J'imagine... il me semble enfin que, fils d'un père
Auquel un firmament a passé par les mains,
Je dois, malgré tant d'ombre et tant de lendemains,
Avoir au bout des doigts un peu d'étoile encore... »

Je suis sur un cheval, pieds nus, et je galope ! Ma chemise d'enfant claque contre mes jambes nues. Il n'y a plus que la grande plaine des nuages sur lesquels le soleil se couche. Je bois le vent, le ciel... Il est bon de mourir lorsqu'on a tant vécu, car le savoir de la vieillesse rend à chaque détail sa plénitude. J'ai arrêté mon cheval pour mieux contempler la beauté. Et c'est comme un rôle que j'aurais beaucoup travaillé, nourri, joué. Plus les représentations avancent, plus il s'agrandit. Alors je descends de cheval, et là, contre la crinière blanche, je salue une dernière fois cette terre devenue trop étroite pour moi qui cherchais un plus vaste théâtre. Moi, l'enfant aux pieds nus.

« Et la mort à mes yeux dérobant la clarté... »

Enfin je comprends ce vers. Il y a parfois cette sorte d'illumination lorsqu'on répète avec acharnement : tel vers se détache, cristallin, il entre en vous, vous éclaire.

À cet instant précis, on sait comment le dire ! Comme un savant qui a trouvé la solution, ainsi je titube devant la splendeur de l'évidence.

Je sens sa présence. La Mort se tient à mes côtés comme ce cheval silencieux. Elle l'a sellé et l'a chargé de toute ma vie qu'elle vient de me dérober. Heureusement que j'y ai mis tant de trésors : mes amours, mes folies, mes doutes, ma foi d'enfant intacte, la puissance de mon père, et cette émotion du théâtre, ma pierre la plus précieuse, clef de tous mes coffrets. C'est donc cela qui me sera rendu dans le jour resplendissant qui va se lever. Il fallait passer par l'épaisseur des coulisses. Bientôt, la salle va se retrouver plongée dans l'obscurité, et mon cœur, comme à chaque fois, retiendra toutes mes émotions, se gorgera de toute cette vie, pareil à un poing refermé, avant d'exploser dans toutes les directions, du paradis à l'orchestre...

Déjà je ne respire plus, comme à chaque fois. Je me prépare, à l'image de cet oiseau aux ailes trop grandes qui s'arrête, paralysé mais vibrant de tout son corps, avant de s'élancer. Comme l'enfant que j'étais, pieds nus, glacée dans la nuit noire, à la porte de la chambre de mon père d'où s'échappait le surprenant rayon lumineux, humant déjà son odeur. La scène est devenue cette chambre noire d'où va surgir l'épreuve ultime. Il ne reste plus qu'un mince espace avant que mon esquif se détache. Aurai-je le courage ? Serai-je à la hauteur du rôle ? Ai-je assez travaillé ? Vais-je comprendre autre chose, à la dernière seconde, comme lorsque je jouais Phèdre *pour la énième fois et qu'au lieu d'entrer avec lenteur à l'Acte V, je découvris, à peine hors de la coulisse, qu'il fallait au contraire marcher vite et parler fort, ayant la révélation que* Phèdre *était comme un lambeau entre deux tortures, qu'elle devait se hâter d'avouer toutes ses fautes avant de mourir.*

Trop tard ! Les coups frappent le plancher et c'est un orage qui ébranle le théâtre, puis la musique s'élève, il n'est plus temps de faire marche arrière, le rideau frissonne, je prie que le dieu ce soir vienne encore me visiter, je fais mon signe de croix. J'ai reçu tout à l'heure l'extrême-onction... Mais qu'est-ce que je raconte ? Je ne vais pas mourir ! L'eau monte jusqu'à mes oreilles aux accents d'une musique que je n'ai encore jamais entendue, la chambre s'éclaire, mon pied nu avance, la joie transfigure mon visage, je me sens très belle, le rideau entier s'envole vers les cintres. Alors je ramasse toute ma vie comme ça, à la sauve-qui-peut – dans cette chemise d'enfant bien trop longue pour moi : quel drôle de costume ! –, avant d'enjamber le vide étroit séparant la terre de l'eau. Comme toujours, je cherche quelqu'un sur qui m'appuyer...

Une main heureusement se tend, chaude, rassurante. Le grand jeune homme se penche vers moi. Mon fils ! Un instant, son visage à contre-jour passe dans le rayon du projecteur. Mon enfant est venu comme toujours au bon moment, à l'ultime instant. Il me tient ferme, m'enlève. Dieu, qu'il est beau ! Mon pied touche les planches de l'embarcation sur laquelle la mer jette des miroitements d'ambre. Je me retourne légèrement vers mon fils afin de le regarder encore une fraction de seconde, d'emporter son image comme un talisman dans le grand voyage. Alors il me sourit, il me sourit encore et encore cependant que j'entre dans la lumière éblouissante du théâtre. J'avance, portant en moi son sourire pour l'offrir à ceux, là-bas, dans l'ombre qui m'attendent. J'avance, je n'éprouve aucune peur, je m'avance vers vous, je grandis dans la lumière, et la musique monte encore d'un cran, alors je laisse mon costume traîner derrière moi telle une voile, et tandis que ma nef aborde les clairs rivages, j'ouvre les mains et laisse voler à tire-d'aile ma vie, toute ma vie vers vous !

Puis, l'espace d'un instant, la sombre embarcation s'arrête, je tends vers vous les bras, je les élève, et ce sont deux ailes formidables qui se mettent à battre, à battre, à... Avez-vous jamais connu le silence des purs azurs ? Je suis libre !

Maurice est heureux. Sa mère n'est pas en train de mourir. Elle joue et il la regarde. Ce dernier acte de

L'Aiglon, il le connaît par cœur. Il devine toutes ses expressions, quoique parfois sa mère invente de but en blanc quelque chose de nouveau qui perturbe ses partenaires. Elle a près de quatre-vingts ans. Pourtant, la fine tête qui émerge de la haute chemise de nuit du Prince est celle d'un adolescent qui aurait dans les yeux la foi et le sérieux d'un enfant de sept ans. Elle lui a confié que dans son rôle elle l'avait pris, lui, son fils, comme modèle, et que, parfois, pendant qu'elle jouait, elle devenait vraiment « fou de douleur » de ne pas pouvoir rejoindre son père l'Empereur.

« Bien ! Pendant que je meurs, lisez à haute voix... »

Combien de fois, pour l'aider, lui a-t-il lu le récit du baptême de *L'Aiglon*. Lui aussi le récite par cœur et pourrait remplacer auprès de sa mère le général Hartmann :

« Vers sept heures.
Les chasseurs de la Garde apparaissent, formant
La tête du cortège... »

Il entend les cloches – le glas qui commence à ébranler le théâtre. Les salves de canons secouent le fauteuil, lui causent un violent mal de tête.

« Les grands aigles ; les grands officiers de l'Empire... »

Elle écoute, le visage exsangue.

« Lisez toujours, Monsieur. Soulevez-moi, ma mère... »

De quel ton elle a prononcé ce vers ! C'est toute son enfance abandonnée qui hausse sa voix claire. Elle semble une gosse émerveillée que l'on s'occupe d'elle. La grand-croix barre la chemise blanche de sa large blessure rouge. Cette Légion d'honneur, comme elle est heureuse de la revêtir pour jouer le dernier acte de *L'Aiglon* ! Quelle lutte il a fallu mener pour qu'à soixante-dix ans, enfin, elle puisse dans la vie arborer cette distinction suprême à laquelle elle rendait hommage depuis si longtemps en jouant *L'Aiglon* et en portant depuis plus de trente ans la France à travers le monde entier.

Il est fier d'elle. Il la revoit écrire cette lettre à Raymond Poincaré, le dos droit. Elle la lui avait fait lire :

« Monsieur le Ministre, je vous en prie, ne m'abandonnez pas. La lutte poursuivie contre moi est odieuse pour ceux qui la font, mais infamante pour moi si je ne suis pas triomphante... Je n'ai jamais commis d'acte blâmable. Ma personnalité est trop en vue pour que je n'aille pas jusqu'au bout... Je sais bien que je suis une haine politique. Ce n'est pas pour être décorée que je crie, c'est pour ne pas être déshonorée... »

Puis elle s'était tournée vers lui, son fils. Elle avait la main qui tremblait un peu lorsqu'elle lui avait confié, moqueuse :

— Tu sais ce que l'Empereur sur son lit de mort a recommandé : « La nation française est la plus facile à gouverner quand on ne la prend pas à rebours : mais aussi il faut toujours parler à ses sens, sinon son esprit inquiet la ronge, elle fermente et s'emporte... Le peuple français a deux passions également puissantes qui paraissent opposées et qui cependant dérivent du même sentiment, c'est l'amour de l'égalité et l'amour des distinctions. On pardonne au mérite, on ne pardonne pas à l'intrigue. La Légion d'honneur a été un immense levier pour la vertu, le talent et le courage ; mal employée, ce serait une peste... »

Maurice songe à tout ce qu'elle lui a dit tandis que *L'Aiglon*, là-bas, sur scène, est en train d'agoniser. Finalement il est fier qu'elle ait été faite chevalier de la Légion d'honneur.

« ... J'entends moins bien. Plus haut ! »

À chaque fois l'émotion l'étreint, à ce passage. Elle lui a confié qu'à ce moment-là, elle avait toujours la sensation d'être dans une cathédrale, en chemise de nuit enfantine, et que les deux grands battants s'ouvraient avec lenteur ; elle commençait à apercevoir en contre-jour quelqu'un dont elle ne discernait pas le visage mais en qui elle croyait reconnaître son père.

— Tu sais, mon Mauriçou, je suis une pauvre toquée. Je me dis avant d'entrer en scène que j'ai hérité de son sourire. Peu de gens le savent, mais j'ai beaucoup lu pour jouer son fils ! Son sourire, paraît-il, était caressant et beau. J'aime cette part secrète de Napoléon ! Une petite fille a écrit que lorsqu'elle a croisé l'Empereur à Longwood, elle a d'abord eu peur de l'Ogre. Il était d'une pâleur mortelle, puis, « sitôt qu'il parla, son sourire enchanteur et la douceur de ses manières dissipèrent mes craintes »...

... Pourquoi repense-t-il à tout cela, ce soir ? Il attend les derniers mots :

> *« Le* Te Deum *emplit le vaste sanctuaire*
> *Et le soir même, dans la France tout entière,*
> *Avec la même pompe, le même élan... »*

Morte ! Qu'est-ce qu'ils disent ? Sur sa main, un bel oiseau blanc vient de se poser, éclairé par le soleil couchant. Que fait-il là, réfugié ? Il lisse ses ailes un instant, le considère de son œil étrange. Est-ce que certains oiseaux ont les yeux bleus ? Il pose sa petite tête contre sa paume. Alors Maurice, à regret, ouvre la main pour qu'il puisse repartir, libre. L'oiseau tressaille puis s'envole, s'envole. Et c'est aussi poignant que lorsque sa mère vient saluer une dernière fois.

— Papa ! Papa !

Sa fille Simone le secoue. Que se passe-t-il ? Où est-il ?

Il se redresse d'un bond. Il a compris. Lysiane lève les yeux vers lui. Elle a encore la main posée sur le cœur de sa grand-mère. Un cœur devenu silencieux. Il s'avance. Comme le chemin est long vers le lit où elle repose, ses cheveux blancs étalés autour de son mince visage de chat égyptien ! Il marche, marche pour la rejoindre. Sa seconde fille le soutient. Il titube pour la première fois de sa vie, lui, le fils qu'elle a élevé pour qu'il ait l'allure d'un prince, lui dont elle rêvait qu'il fît ses études à Harvard, lui sur lequel elle s'appuyait à la fin de cette vie qu'elle vient de leur dérober, lui à qui elle a appris à ne jamais fléchir ni s'abaisser. Voici qu'il s'effondre dans ses bras qu'elle ne peut plus refermer, et le soleil une dernière fois réunit leurs deux têtes confondues. Lui qui n'a jamais pleuré devant elle, voici qu'il sanglote contre ce corps encore chaud, et c'est comme la mer qui les emportait jadis tous deux en voyage tandis que tous les autres restaient à quai, comme maintenant. Il n'y a plus que sa mère et lui, comme autrefois : personne n'ose les déranger lorsque Sarah Bernhardt tient son fils enlacé.

Très loin sur cette terre, quelqu'un a ouvert la fenêtre. Quelqu'un parle très bas du costume blanc de *L'Aiglon* dont il va falloir la revêtir. Émile se préoccupe de la Légion d'honneur. Loin, très loin, il perçoit le timbre rouillé, pitoyable, du Dr Marot dire, sans doute penché vers les femmes et les hommes assemblés au-dehors :

— Messieurs... Mme Sarah Bernhardt est morte.

Il y a des cris, des pas affolés : les journalistes. Il y a des sanglots, mais loin, très loin, car Maurice ne prête plus attention au bruit des humains. Il entend sa voix, sa voix d'or. Elle lui parle encore au creux de l'oreille. Elle lui confie mille secrets qu'il est seul à percevoir au fond des cinq oreillers où ils se sont tous deux réfugiés. Des oreillers marqués à sa devise : *Quand même...*

Et l'enfant sourit du sourire de Sarah.

Les Douze Chambres du Palais imaginaire

Pour ce dernier rendez-vous avec elle, il n'a pas voulu être accompagné : il a laissé tous les livres, les documents, refermé les dossiers, il n'a pris aucune photo d'elle avec lui. Et il est parti.

Il a abandonné le *Cahier de feu* de Sarah Bernhardt où il avait glissé quelques portraits d'elle, une première brassée de textes. Il ne savait même pas où elle était née ! Il ne rendra jamais cette thèse sur la tragédienne. Toutes ses notes enfermées là-bas, il n'y a plus jeté un seul coup d'œil. Ces faits consignés dans ce qu'il avait appelé les *Cahiers d'Andromaque* sont restés sous la poussière qui s'accumule à Paris. Il n'a rien emporté.

Ainsi il a tout quitté pour se retrouver debout dans ce frêle esquif qui se balance, attentif au seul bruit que fait l'eau contre la coque. Cela sonne comme un glas.

Il ne répond plus à personne. Il est entré dans le silence. Dans son silence à elle.

Une nuit, le téléphone a retenti tandis qu'il dormait, épuisé par ses veilles. Sa mère était morte.

Il n'avait pensé à rien, respiré aucun parfum. Il était resté hébété devant la fenêtre ouverte. Seul Maurice, le fils de Sarah, aurait pu comprendre cette douleur qui anesthésiait tous ses sens.

C'est ainsi que lui, l'historien, a décidé ce voyage imprévu. Il désirait se gorger de beauté pour mieux la retrouver non comme un homme ivre, mais avec une lucidité passionnée. À cet instant, il se sentait la patience des jaloux, la méticulosité déraisonnable des amants qui ne veulent pas perdre le moindre geste de l'objet de leur flamme. De fait, seule celle-ci sécrétait l'obsessionnelle précision qu'il fallait à l'historien pour retrouver la tragédienne. Il était littéralement devenu fou ! Fou d'amour pour elle !

Il s'était levé tôt pour garantir la solitude nécessaire à leur rencontre. Rien ne saurait distraire d'un coup de foudre ! Le *traghetto* un peu comme une gondole s'était mis en route avant même que l'aube ne soulève son voile gris. Il comprenait tous ces hommes qui, le long du convoi funèbre, avaient appelé « Sarah ! Sarah ! ». Il se sentait le frère de cet inconnu qui, dans un élan, avait tendu à De Max une médaille en prononçant hâtivement ces mots où les larmes se mêlaient :

« Puis-je, monsieur, vous confier un objet précieux ? C'est le plus précieux que je possède : il s'agit de la médaille du duc de Reichstadt, qui est en ma possession. Je vous la confie pour qu'au cimetière vous vouliez bien la déposer sur la tombe de l'Aiglon... »

Maintenant il est seul à la rejoindre là où elle lui a donné rendez-vous. Tous se sont dispersés : les badauds, les amis, les ennemis, la famille, les contemporains ! Les discours se sont tus ; il n'y a plus sur l'eau qui respire qu'un fils qui vient se rappeler la douleur de l'enfance orpheline. Il commence à apercevoir au loin les grands cyprès du cimetière Saint-Michel qui penchent légèrement la tête comme elle lorsqu'elle s'avançait sur scène. Ce n'est pas son cimetière ? Elle aussi, comme ses papiers, est restée à Paris ? Quelle importance ? La poésie renaît là où elle veut, parfois sur les terres les moins fertiles.

Il regarde le tableau, n'omet aucun détail. Grâce à elle, il a commencé à apprendre à voir. Ce qu'il n'avait jamais trouvé dans la sécheresse de ses notes, voici qu'il en perçoit la riche épaisseur grâce à l'émotion qui, en cet instant, se met à l'habiter devant la splendeur de

Venise encore ensommeillée dont il s'éloigne petit à petit.

Derrière lui, par bonheur, l'homme qui le conduit ne prononce pas une parole. C'est à peine s'il a entrevu son visage. Le temps est menaçant ; mais il n'aurait pas aimé retrouver Sarah par un beau soleil d'après-midi. Et c'est comme s'il l'emportait, lui, vers sa dernière destination. Le cercueil n'est pas sur le bateau, mais il sent la présence de la dépouille aimée. Il s'assied, et c'est tout son corps qui s'abat entre ses bras. Cette femme voilée qu'il tient, gisante, il se devait de la conduire là où elle lui avait demandé. Il lui redit les mots d'amour qu'elle a elle-même écrits au dernier acte d'*Adrienne Lecouvreur*. À elle qui ne peut plus les prononcer ici-bas :

« Oui, je te l'ai dit. Mais il faut que je te quitte. Mon bonheur était trop grand, trop parfait. Il n'est pas de ce monde... Ah, mourir ! se sentir mourir ! La vie m'échappe ! Je ne suis plus maîtresse de mon cerveau. Il me semble que ma mémoire... Un vers ?... Dites-moi un vers :

"Tous les jours se levaient clairs et sereins pour eux..."

« Ma voix me semble lointaine... lointaine ! Mes mains, dépouillées de leur enveloppe. Là, là, j'avais de la chair au bout des doigts... »

Johann essaie de la réchauffer comme une enfant. Il a pris les deux petits pieds nus entre ses mains et les garde contre lui. Au loin l'orage, tel un cerbère, gronde au-dessus du cimetière, mais la coque continue à frapper l'eau sombre avec un son plus caverneux que tout à l'heure.

Johann n'a pas peur. C'est une autre sensation, car une sorte de plénitude se mêle au tremblement de son corps. Cela doit s'appeler le trac, se dit-il, heureux d'éprouver cette sensation nouvelle pour lui.

Elle repose de plus en plus lourde en travers de son

corps d'homme. C'est alors qu'il se remémore les chambres...

D'abord celle du berceau d'or. L'enfant qui n'a jamais révélé le nom de son père... Mais peut-être le savait-elle mieux que tous ?

« Le berceau dont Paris m'a fait don
Mon splendide berceau dessiné par Prudhon,
J'ai dormi dans sa barque aux balustres de nacre... »

Puis la chambre d'adolescente, celle d'où le jeune oiseau prend son envol, cette Comédie-Française dorée comme une cage à laquelle elle se heurtait, impatiente de ses dix-neuf ans, de toute cette vie à découvrir.

Celle du premier amour, la chambre du Prince où la Belle reçoit le baiser.

Il revoit les courses à travers les couloirs sous les bombes, la chambre enfouie sous la guerre, celle où elle essaie devant le miroir le petit diadème de Victor Hugo.

Et la cinquième chambre aux tentures de sang, son retour à la Comédie-Française. Phèdre, blessée d'amour, souveraine, et qui s'échappe encore du labyrinthe : l'enfant farceuse s'envole en ballon au-dessus de Paris, malgré son contrat, au-dessus d'un administrateur qui ne peut que suivre le conseil du comte de Montesquiou qu'il vient de croiser : « Tenez ! Regardez dans le ciel... Voilà votre étoile qui file ! »

Mais qui a jamais prétendu retenir Sarah ?

C'est elle qui choisit de se poser un moment entre deux bras avant de s'envoler vers d'autres cieux. Comme, en ce moment-là, c'est elle qui dort contre le cœur de celui qu'elle a commencé d'aimer. Car Sarah est fidèle. Ce sont les hommes qui, à ses côtés, ne tiennent plus le coup et disparaissent au petit matin...

Il passe alors à la sixième chambre, celle de la folie, celle des seringues de Damala, une pièce aux murs nus, car elle a tout vendu. Celle de l'abandon. Lui, Johann, se tient à ses côtés : il ira avec elle jusqu'à l'extrême porte.

Là, au-dessus d'eux, des oiseaux rieurs tournoient. Ils

sont dans la septième chambre, celle du meurtre, et Tosca relève la tête, et Sarah triomphe dans le monde entier, et Maurice se marie. Il aime se souvenir d'elle qui s'avance, altière, dans l'allée centrale de la nef de Saint-Honoré-d'Eylau, vêtue de cette cape de velours gris sur une robe de faille rose pâle, son visage en partie caché par le col de marabout autour de son cou. Elle est si heureuse : elle a su élever son fils sans le garder pour elle seule !

Le vent se lève avec brutalité, l'embarcation roule et les jette l'un contre l'autre. Johann la serre plus fort contre lui. La huitième chambre accueille leurs baisers salés à Belle-Isle, leurs rires et leurs jeux du soir, les cris des petites-filles, les amis et les joyeux dîners de coquillages. Et son fils auprès d'elle qu'elle regarde avec cet air étonné qu'elle a toujours de le retrouver si beau !

Johann se retourne. Là-bas, Venise s'enfonce dans la brume, et la mer, semble-t-il, devient plus bruyante. La neuvième chambre est vide. C'est à peine si Sarah y passe parfois. Elle voyage de plus en plus et lorsqu'elle est là, elle dort souvent dans son théâtre à elle. Alors il la rejoint, mais elle monte, redescend, met en scène, répète, dîne, essaie des costumes. Parfois il la retrouve endormie sous un pendrillon de soleil couchant.

Il ne reste que trois chambres à visiter et Johann a cessé de réchauffer le corps qui glisse vers le plancher humide. Il ferme les yeux en pénétrant dans la chambre trop blanche de la clinique Saint-Augustin, à Bordeaux.

L'avant-dernière chambre accueille à New York celle qui désormais ne marche plus. Bientôt, elle va utiliser les ailes qu'elle s'est elle-même confectionnées. Dans quelques instants, le *traghetto* accostera au *Cimitero San Michele*.

L'eau tourbillonne autour d'eux ; il a une pensée pour la dernière chambre entourée d'océan. La chambre de Longwood où un homme seul agonise sans son fils. C'est là qu'elle s'était rendue, toute habillée de blanc, pour embrasser ce père inconnu de tous, sauf de la petite fille qui avait promis d'être sage pour partir en voyage avec lui.

Johann se penche, la ramasse tandis que la barque se prépare à accoster. Le jour ne s'est pas encore tout à fait dévoilé, mais la tempête se prépare. L'historien est heureux que la tragédienne ne soit pas morte en scène, ainsi que l'espérait le critique Souvarine : « Oui, je souhaite à la belle artiste de mourir dans *Phèdre* ! » Mais Sarah est au-delà de ce genre de comédie. Ce serait trop facile !

Tandis que la proue de la barque vient heurter le quai, Johann la retient un instant contre lui et découvre le visage caché. C'est un visage humain, à sa ressemblance, et c'est pourquoi elle est morte simplement comme une vieille dame, dans son lit, après dix jours d'agonie.

Il l'embrasse délicatement sur le front tandis qu'il lui semble entendre les derniers mots que la tragédienne prononçait dans *Adrienne Lecouvreur* :

« J'emporte tout mon amour... et mon art ! Dieu soit juge ! »

Dépliée entre ses bras, elle ressemble à une jeune mariée alors qu'il pénètre dans le cimetière vénitien, mais le ciel s'embrase, la foudre les illumine. Tandis qu'elle déploie ses ailes qui flamboient, il aperçoit une dernière fois le palais aux vastes chambres. Il le reconnaît. Il l'a découvert hier, depuis son hôtel. Nul n'y habitait plus ; ses fenêtres brisées s'embrasaient dans le ciel illuminé. Chaque détail lui apparaît avec la netteté de ses propres notes d'historien. Il devine : il est entré dans le Royaume de la Tragédie, et puisqu'elle a disparu, il se retourne et découvre, ébloui, à travers la trouée qu'il vient de franchir, toute l'étendue des eaux offerte à la vie.

Ce cimetière n'est pas destiné à ceux qu'on enterre, mais à ceux qui embarquent pour d'autres voyages car là, dans le soleil, un majestueux oiseau retient son vol pour le saluer une dernière fois, l'invitant aux Voyages Imaginaires.

Malgré les larmes qui l'aveuglent, il sourit de ce sourire qu'elle lui a appris, il dit adieu à l'immortel « cygne de feu », qui portait le simple nom humain de Sarah Bernhardt.

La tête repliée de côté, Johann semble assoupi sur sa table de verre. Sur son visage reste imprimée une grimace de douleur. Près de lui, un téléphone posé sur une liasse de papier blanc. Cinq cahiers de diverses couleurs sont empilés non loin. Sur le dos du dernier, d'un rouge vénitien, *Cahier Sarah Bernhardt* est inscrit en lettres d'or. Au-dessous, à moitié recouvert, le *Cahier Rachel* apparaît légèrement décalé. La blancheur du *Cahier Andromaque* se reflète dans la glace sombre du bureau.

Le visage du jeune homme vient de se décrisper peu à peu et son souffle paraît apaisé. Au bout de ses doigts, il tient encore la photo d'un tout jeune homme en costume qui pourrait ressembler au divin Mozart. Au bas du cliché, on a écrit : « Sarah Bernhardt dans le rôle du duc de Richelieu. » Elle doit avoir seize ans, sa silhouette est aussi maigre que celle d'un adolescent affamé.

De sa petite écriture, l'historien a noté : « Comme beaucoup d'élèves du Conservatoire, la jeune élève paraît dans des spectacles destinés à former de jeunes comédiens. Ainsi elle joue au Théâtre de la Tour d'Auvergne le jeune roi Édouard et les dernières années de Richelieu. » Il a ajouté : « 1859 ? »

À sa droite, un grand feuillet où l'on peut reconnaître la graphie oblique de Sarah Bernhardt. En haut, Johann a indiqué : « Retrouvé après sa mort parmi ses papiers. »

Une jeune fille toute frêle s'approche, pose sa main aux doigts effilés sur le front de l'homme, s'empare du feuillet et le lit à voix feutrée après s'être assise sur l'accoudoir du fauteuil. Elle ressemble curieusement au jeune Mozart de la photo :

« Je vois bien que nous autres comédiens, nous sommes des amateurs. C'est pour cela que nos cama-

rades, messieurs les comédiens de la Vie, nous jugent sévèrement. Ils ont grand tort.

« La lutte pour nous recommence chaque jour ; chaque jour il faut triompher. On croit généralement, dans le public, que les comédiens lâchent leurs rôles après dix ou quinze représentations. Je les vis absolument... Je n'ai jamais joué Phèdre *sans m'émouvoir ou cracher le sang... Si je ne pleure pas, j'ai une crise nerveuse beaucoup plus désagréable pour ceux qui m'entourent. L'entracte est un peu plus long, et le public m'en garde rancune. Ce n'est pourtant pas ma faute. Mes grands camarades, les comédiens de la Vie, ont cru que ce n'est pas du grand art : "pour bien traduire, il ne faut rien sentir"... Nous sommes plusieurs de cette école vibrante, nous vivons nos héros, nous pleurons, nous rions, nous souffrons, nous aimons avec eux.*

« Notre vraie vie, c'est là-bas, dans le foyer incandescent de toutes les passions vécues et rêvées. C'est la bataille de chaque jour. C'est le battement de cœur perpétuel, le travail de tête incessant, le regret de n'être jamais parfait, l'espérance de le devenir ; c'est l'orgueil de l'exaltation. C'est la névrose, aussi, quand nous retombons dans la vraie comédie, celle de la Vie. Nous sommes des hurluberlus. Nous faisons parfois des bêtises, et nos grands camarades de la Vie ne sont pas indulgents : ils nous traitent alors de cabotins. »

Extraits du Cahier Sarah Bernhardt

Jules Renard a écrit : « Ceux qui n'aiment pas Victor Hugo me sont ennuyeux à lire, même quand ils n'en parlent pas. » J'adore cette réflexion, et j'éprouve ce sentiment à l'égard de certains jeunes comédiens qui se demandent avec une angoisse imbécile « ce qui se passerait » si Sarah Bernhardt revenait aujourd'hui ! Ils croient que Sarah Bernhardt était une actrice de son *époque. Comme ils sont bêtes ! Ils ne devinent donc pas que, si elle revenait, elle serait de* leur *époque.*

Sacha Guitry

Acte de baptême de Sarah Bernhardt

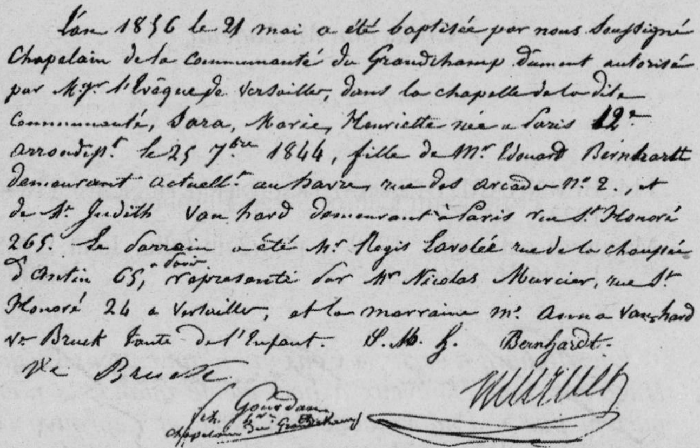

L'an 1856 le 21 mai a été baptisée par nous soussigné Chapelain de la Communauté de Grandchamp dûment autorisé par Mgr l'Evêque de Versailles, dans la chapelle de la dite Communauté, Sara, Marie, Henriette née à Paris 12e arrondisst le 25 7bre 1844, fille de Mr Edouard Bernhardt demeurant actuellt au Havre, rue des Arcades N° 2., et de Mlle Judith Van hard demeurant à Paris rue St Honoré 265. Le Parrain a été Mr Régis Lavolée rue de la Chaussée d'Antin 65, a été représenté par Mr Nicolas Mercier, rue St Honoré 24 à Versailles, et la marraine Mlle Anna Van hard Vve Bruck tante de l'Enfant. S. M. H. Bernhardt.

Vve Bruck

Gourdan ptre chapelain de Grandchamp

Registre paroissial de la cathédrale Saint-Louis à Versailles.

Un conte de fée signé Sarah Bernhardt

Collection M. Ladeuil

114. BERNHARDT (SARAH) TRAGÉDIENNE FRANÇAISE (1844-1923).
Manuscrit aut. signé. 1879. 1 p. 1/2 in-folio. Joint L.A.S. 1 p. in-16. 2 pièces. 6.800 F

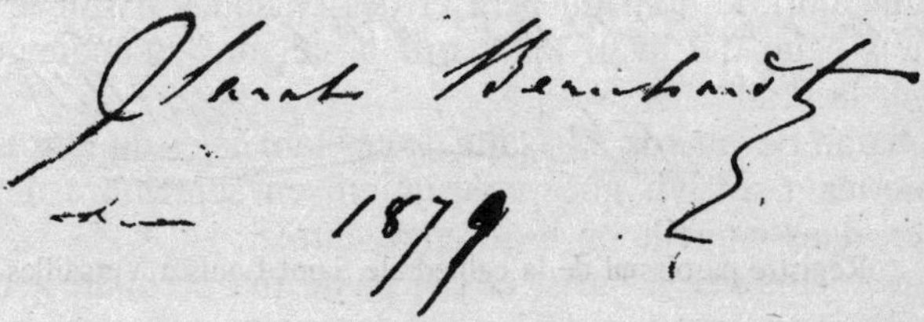

Très jolie conte écrit par Sarah Bernhardt. Une lettre d'accompagnement d'elle même indique : « ... voici mon petit péché... je l'ai recopié moi-même avec une plume d'oie... » le conte commence ainsi :
« ... Toutes les fées étaient réunis autour du berceau d'un enfant. Le père et la mère écoutaient émus les souhaits de chacune d'elle – Enfant tu seras beau grand bien fait ; tu porteras des couronnes d'or ! Tu seras un héros ! La foule t'acclamera ; tes admirateurs en délire traîneront ton char. Tu feras rire, pleurer, trembler et tressaillir les peuples. Les poètes égrèneront leurs perles à tes pieds, les musiciens accorderont leur lyre pour chanter tes louanges. Tu seras aimé par cent héroïnes... Les poisons, les poignards seront impuissants contre toi... La mère était tombée à genoux rendant grâce aux fées ! Mais la porte s'ouvrit brusquement et la fée des gloires éternelles apparut... Voici quel est mon souhait. Il, rira, il pleurera, il aimera mais par la volonté d'un autre. Ceux là même qui l'auront acclamé lui refuseront cruellement les signes distinctifs donnés aux citoyens d'élite. Il sera un interprète jamais un créateur. Le peuple dont il sera l'idole le brisera dans sa pleine gloire et l'enchaînera, tout frémissant des bravos de la veille, au char de son nouveau héros... il mourra dans la tristesse et dans l'oubli ne laissant rien, rien de lui ! Que sera-t-il donc s'écria le père terrifié ? Il sera comédien !
Alors la fée de la mort se leva lentement. Enfant je te vengerai dit-elle. Après ta mort on écrasera l'artiste naissant du poids de ton souvenir ! »

Sarah Bernhardt

Son pavillon à Sainte-Adresse

On se souvient qu'au mois de juillet dernier, le *New York Herald* voulut, s'appuyant sur des renseignements qui lui étaient adressés de Portland (Oregon), prétendre que Sarah Bernhardt était née en Amérique. Le journal citait alors le nom du père et des épisodes parmi lesquels celui qui avait fait partir la célèbre comédienne pour la France.

Sarah Bernhardt, à la suite de ces fantaisies du journal américain, écrivit une protestation, en septembre dernier, dans laquelle on lisait entre autres :

« Je suis née à Paris, et j'ai passé ma première jeunesse chez mon grand-père à Amsterdam ; j'ai reçu ma première éducation dans un couvent catholique près de Versailles, et je n'ai jamais mis les pieds en Amérique avant mon premier engagement avec M. Abbey. »

De son côté, l'*Intermédiaire des chercheurs* affirme avoir découvert l'acte de naissance de Mme Sarah Bernhardt (née Rosine Bernhardt), nous fixant définitivement sur sa véritable nationalité.

D'après cet acte, Mme Rosine Bernhardt est d'origine étrangère, mais elle est née à Paris, rue de l'École-de-Médecine, n° 5, le 2 octobre 1844 ; elle est fille de la dame Julie Bernhardt, modiste, âgée de vingt-trois ans, native de Berlin, et domiciliée rue de la Michodière, n° 22, et de père non dénommé. C'est sur la production de cet acte que Mme Sarah Bernhardt fut admise au Conservatoire de musique, par décision du Comité du 29 novembre 1859, et qu'elle fut placée dans la classe de déclamation de M. Provost.

À la suite de ces renseignements, qui ne peuvent plus laisser de doute sur le lieu de naissance de Sarah Bernhardt, nous rappellerons qu'à l'époque où est née la célèbre comédienne, sa mère, Julie Bernhardt, habitait Le Havre, dans la maison qui portait alors le numéro 47 de la rue Saint-Honoré (aujourd'hui rue Frédéric-Sauvage), en face de la halle aux poissons.

Dans cette maison, la mère de Sarah Bernhardt mit au monde le même jour, le 22 avril 1843, deux filles, Rosalie et Julie Bernhardt, qui décédèrent un mois après à l'hospice de notre ville. Deux menuisiers du Havre servirent de témoins pour l'acte de naissance, ainsi que l'a constaté notre concitoyen, M. Alphonse Martin, sur les registres de l'état civil.

La sœur de la mère de Sarah Bernhardt habitait aussi Le Havre et donna le jour à une fille, Henriette Bernhardt, le 27 mai 1843.

Enfin Sarah Bernhardt eut un oncle, nommé Félix, qui, en 1841, joua les jeunes premiers sur notre Grand-Théâtre.

Le père inconnu sur les registres de l'état civil était un officier ministériel du Havre, mort en 1860, mais qui avait eu soin de faire en faveur de sa fille Sarah des dispositions testamentaires, dont on pourrait retrouver les traces dans les minutes d'un notariat de Montivilliers.

Voilà donc ce qui est bien établi définitivement. Sarah Bernhardt est née à Paris, mais elle est originaire du Havre, où habitaient son père, sa mère et sa tante.

D'ailleurs, Sarah Bernhardt aime Le Havre, où elle s'était fait construire à Sainte-Adresse, en 1879, la magnifique villa que des revers de fortune l'ont forcée de revendre en 1885.

Nous donnons ci-contre un dessin extérieur de la villa Sarah Bernhardt, dessin dû à un de nos concitoyens, M. Maubert.

On assure que l'éminente actrice va entrer à la Comédie-Française ; toutefois, les négociations ne sont pas encore terminées.

Ch. V.

Almanach illustré du courrier du Havre, 1892 (p. 48-50).

Sarah et les journalistes

Collection M. Ladeuil

10. BERNHARDT (Sarah). 1844-1923. – L.A.S. à L. Naudeau. 1890. 7 pp. in-12 à son chiffre « *Quand même* », enveloppe. 2.800 F

LA DIVA ET LES JOURNALISTES.

« Ce que je pense des reporters mondains ? ? Il y a deux types de reporters. Le premier est un journaliste sans grand talent qui fait une besogne ennuyeuse pour lui ; mais intéressante pour le public s'il lui apprend quelque chose de nouveau sur un savant, un artiste ou une célébrité quelconque. Celui-là peut rester honnête homme en disant ce qu'il a vu ou cru voir, ce qu'il a entendu ou cru entendre, et l'argent qu'il gagne en grattant un peu de tout pour en tirer une étincelle ou y découvrir une fissure est de l'argent bien gagné.

L'autre ! véritable boursier *du journalisme, n'interroge que les valets échassés, les mécontents et les envieux, il ne dépasse jamais l'antichambre et ne trempe sa plume que dans les eaux sales de la maison. Celui là commet toutes les lâchetés, vole les objets à portée de sa main, extorque une signature pour une vente de charité, et écrit en dessus (bon pour deux mille frs) puis la porte chez le banquier ou le caissier du signataire et se fait payer. Celui là est la bête immonde, oui le bousier qu'il faut écraser sans pitié dans l'ordure ou il se vautre. Sur dix reporters il y en a deux comme le premier. Voilà ce que je pense Monsieur ».*

Souvenir d'un comédien

Sarah par De Max

y a mieux que les poètes,
de Max. Il y a Sarah...

Les comédiens l'appellent Madame Sarah. Ceux qui la connaissent disent Sarah. Ceux qui ne la connaissent pas disent aussi Sarah.

Je dis Sarah. Est-ce que je la connais ? Est-ce que je ne la connais pas ?

Je l'ai tant et si absolument admirée que je pourrais ne pas la connaître, mais je crois que je la connais. D'elle me sont venus mes joies d'acteur, mes enthousiasmes d'acteur, et aussi mes colères, mes rages, mes pires déceptions ; je l'ai connue et, comme quelques-uns, je peux dire :

— Sarah ? Oui, je « les » ai connues.

Qui ?

Il y a deux Sarah – au moins. Il y a celle qu'on voit de la salle. Et il y a celle qu'on voit des coulisses. Le malheur est que, des coulisses, on voit quelquefois la même que dans la salle, la plus belle. C'est un malheur, parce que, ces jours-là, on n'est plus maître de soi ; on arrive avec de la haine, de la fureur, on veut se venger d'elle, et puis on devient spectateur en jouant et, quand le rideau se ferme, on lui baise les mains, avec des larmes.

Mais ce n'est peut-être pas le pire des malheurs que baiser les mains de Sarah en pleurant ; et si l'on se souvient plus tard de Sarah qui n'est pas la grande Sarah, on se souvient encore mieux de Sarah qui est la grande Sarah, et on oublie l'une pour l'autre.

Non. On n'oublie pas. Mais on aime mieux l'une que l'autre.

Je n'ose pas parler d'elle. Il semble qu'on ait tout dit et pourtant il y a tant à dire sur elle. On a écrit des volumes pour la promener dans les étoiles ; on écrirait encore des volumes et des volumes sans achever de conter cette légende insensée qui est son art et sa vie.

Ces volumes, je ne les écrirai pas. Je ne révélerai sans doute rien d'elle, et les quelques récits où je me souviens avec colère, avec ironie, avec enthousiasme, n'ajouteront pas la moindre dorure à sa gloire, qui vaut mieux d'ailleurs que la dorure.

Sa gloire sera d'être Sarah, d'être un nom, on ne saura plus qu'elle était ce qu'il vaudrait mieux qu'elle ne fût pas, on ne saura plus toutes les petites histoires qu'elle s'est trop amusée à entretenir, à prodiguer, à créer ; on saura qu'elle était l'actrice Sarah, et sans doute aucun nom de théâtre n'égalera jamais le sien. Peut-être quelqu'un saura-t-il dire exactement, avec la grandeur simple qu'il faut, la vraie histoire qu'elle a vécue entre cour et jardin ; ses amis diront « Sarah » et ne penseront pas à ses wagons, à ses malles, à ses cravaches, ni même à sa croix. Ils diront « Sarah ». Ils penseront peut-être à Sardou, peut-être à Rostand. Je crois qu'ils penseront à Racine, – aussi.

Sarah, c'est l'actrice Sarah. Ce qui se passe derrière la toile, c'est pour les acteurs. Ils peuvent voir, ils peuvent être déçus. Ça n'a aucune espèce d'importance, puisque leurs pires déceptions ne les ont menés qu'à tant d'extase et d'éblouissement.

Au fait si, trop souvent et malencontreusement, on a fait de cette actrice une idole, ce n'est pas tout à fait de sa faute. Elle a créé tant de beauté, elle a eu tant de talent, elle a eu tant de génie, que la mesure n'est plus possible à l'admiration. Princesse, reine, déesse, elle a été la grande admirée des foules et tous ces mots mur-

murés, dits, criés sur ses pas comme des hymnes ou des prières, l'ont transformée peu à peu en idole. Je dois dire qu'elle s'est prêtée à ce rôle avec la meilleure grâce du monde.

Avant de l'avoir approchée, je la voyais comme la voyaient toutes les parties du monde. Et en somme je crois bien que je la vois encore pareillement.

Non, mieux.

Quand je quittai les pauvretés odéoniennes de mes débuts pour jouer à la Renaissance avec Sarah, je crus entrer dans un rêve. De fait, j'entrai dans un rêve. Je n'avais jamais vu Sarah d'aussi près, elle n'avait jamais été aussi admirable, et elle me faisait très vite une place importante près d'elle.

Ivresse ! Ivresse !

Je me dégrisai bientôt. J'ai passé ma vie à me dégriser près d'elle, mais après chaque stupeur elle m'emportait de nouveau dans la folie de sa folie et de ses splendeurs.

Spectateur, j'avais connu Sarah.

Acteur, je connus l'actrice Sarah. Je connus aussi à son théâtre une petite fille, qui s'appelait, par hasard, Sarah. Ai-je détesté, ai-je aimé cette insupportable petite fille ? Je ne sais plus. C'est si loin. J'ai vieilli. Pas elle. C'est toujours une petite fille, une insupportable petite fille, qui a des caprices, des cris, des crises. Ah ! les crises de cette petite fille ! Une invention dans ses diableries de chaque minute. On a, à tout moment, une envie ardente de l'étrangler. Logiquement, elle devrait avoir été étranglée depuis longtemps. Mais ses victimes ont toujours différé de devenir ses bourreaux et le différeront toujours, parce que, je pense, nous avons cette curiosité, devant l'acte d'un fou ou d'un enfant, ou d'un enfant fou, de savoir s'il arrivera à trouver pire la prochaine fois. Et puis la petite fille s'appelle Sarah. Alors, qu'est-ce que vous voulez faire ?

Louis Delluc, *Chez De Max*, L'Édition, 1918.

Rencontres

avec Pierre Loti

Il existait toutefois une exception notable à l'attrait qu'exerçait sur lui la simplicité, car il n'y avait rien de simple chez Sarah Bernhardt, avec laquelle il était maintenant dans des termes familiers. Il note qu'il est allé au Théâtre-Français pour la voir jouer Doña Sol une fois de plus, qu'il a pris un fauteuil d'orchestre au premier rang et qu'il portait encore la tenue bleu et blanc des marins. La grande actrice lui fit signe par-dessus la rampe, tandis que le public tendait le cou pour voir le matelot qui avait obtenu cette marque de faveur. À cette époque, Sarah Bernhardt était à l'apogée de sa carrière. Le théâtre, la sculpture, la peinture, des intérêts multiples, des amants et un public passionné, Victor Hugo en tête – telle était sa vie. Mais elle trouvait aussi du temps pour le jeune admirateur obscur. Il lui écrivait, parlant des heures d'extase passées à ses pieds, « quelque chose d'inespéré et impossible, depuis que vous m'avez tout à fait admis auprès de vous... ». Dans une autre lettre, il lui dit : « Ce côté sombre de votre nature m'attire autant, peut-être, que tous ses côtés charmants. » Les brouillons de ses lettres montrent qu'il connaissait déjà bien l'étrange chambre tendue de noir : si, dit-il, elle ne lit pas ses lettres, qu'elle les donne à Lazare (le célèbre squelette) qui les lira au vampire. Ces objets peu aimables faisaient partie du décor, ainsi qu'un cercueil capitonné de satin blanc où l'actrice se reposait parfois. [...]

Sur une page volante ajoutée au journal, où il notait d'autres détails, le mot *dites* devient *connues*, ce qui ne fut pas imprimé dans le *Journal intime* plus discret publié par son fils après la mort de Loti. Mais j'imagine que c'était plus près de la vérité. Ont-ils été amants ?

Brièvement, peut-être. Ç'aurait été dans leur caractère à tous deux de couronner ainsi leur rencontre. À travers une longue série de querelles et de réconciliations, Sarah et son Julien le Fou se comprenaient parfaitement. Leur goût du fantastique s'accordait, comme leurs appétits sensuels. La description qu'avait faite Loti de son ami Yves avait intrigué Sarah ; il fit donc pour elle un dessin de son Adonis breton, nu – une statue en bronze de perfection masculine, chose qu'ils pouvaient apprécier l'un et l'autre avec un œil de connaisseur.

Tandis que la famille, à Rochefort, rayonnait de joie à l'idée que le livre de leur Julien avait été accepté pour la publication, sa mère éprouvait une certaine inquiétude quand on mentionnait le nom de Sarah Bernhardt. Loti avait écrit pour demander à ses chères vieilles d'apporter de légères transformations à l'un de ses costumes turcs. Sa mère répondit que c'était fait. Elle ajouta : « Est-ce pour faire une visite à Sarah Bernhardt ?... Ô mon chéri, ne fais pas des folies pour cette femme ! »

Mais lorsque, quelques années plus tard, l'actrice arriva à Rochefort pour jouer dans le ravissant théâtre bleu et or du XVIIIe siècle qui met une note d'élégance raffinée dans la petite ville, elle rendit visite à Loti dans sa vieille maison : « Juin 1888... Nous passons dans la chambre turque où je la fais asseoir sur le divan du fond ; puis je m'éloigne pour mieux regarder combien elle est jolie et comme elle fait bien dans ce milieu avec sa robe blanche et son manteau rouge... » Ils dînèrent en tête à tête, mais Mme Viaud les rejoignit pour le café. Elle portait, pour l'occasion, sa plus belle robe de satin noir et les deux femmes prirent plaisir à la rencontre. Mme Viaud déclara que la divine Sarah était « tout à fait comme il faut – si honnête et si jeune ! ».

Journal inédit, 1890. Collection Loti-Viaud.

Afin de créer...

par Zamacoïs

Bohémos alla faire un tour dans quelques cabinets de directeur de théâtre, d'où il revint de plus en plus défraîchi du point de vue papeterie.

Me voici avec *Bohémos* sur les bras. Je n'ai pas d'autres ressources que de le donner à lire à des amis. Théâtre du coin du feu, diffusion de la solitude... Un jour, pourtant, un de ces spectateurs de fauteuil de foyer traduit le plaisir qu'il dit avoir pris à cette lecture par cette suggestion : « Pourquoi ne portez-vous pas ça à Sarah Bernhardt ? »

L'idée de porter « ça » à l'interprète des œuvres brillantes signées Shakespeare, Dumas fils, Sardou, Richepin, d'Annunzio, Edmond Rostand, Paul Hervieu, n'avait jamais effleuré l'esprit de l'auteur *Tout nouveau, tout Biot*. Sarah Bernhardt ! Je l'imaginais dans le privé une sorte de princesse très lointaine à laquelle les auteurs ne parlaient que prosternés, et dont elle jouait les ouvrages, toujours importants, à la suite sans doute d'on ne savait quelle intervention des dieux, des Muses, ou de hautes autorités gouvernementales. En admettant même que j'eusse l'audace d'affronter la stupéfaction de la grande comédienne-directrice, que pourrait-elle bien faire de ce morceau de texte dramatique dans son immense théâtre ?

Une secrète influence eut brusquement raison de sa timidité et des raisonnements logiques. Un soir, vers six heures, porteur du cahier défraîchi, je sonne, la gorge tout de même un peu serrée, au 56, boulevard Pereire, proche de la place Wagram. Le timbre résonne violemment avec une brusquerie impérative s'accordant mal avec mon désir de discrétion. Derrière la porte cochère, un couloir voûté et au bout, à droite, au haut de quelques marches, une seconde porte, à un battant. Autre sonnette, aigrelette et intime. La porte s'ouvre, qui donne dans un vestibule. Un homme sans âge tend vers moi une physionomie chargée d'affairement et de préoccupations. Je saurai un jour qu'il s'appelle Émile ; il est l'homme de confiance de la maison ; ses fonctions sont multiples ; l'une d'elles, celle qu'il exerce en ce moment, est particulièrement délicate : c'est lui qui, ouverte la seconde porte, assume la responsabilité d'identifier les curieux et les indiscrets, légion dans un pareil lieu, et puis les fournisseurs attendus, les créanciers et les tapeurs redoutés, et aussi les familiers, les amis, les auteurs. Visiblement il s'efforce de tempérer d'un semblant de correction une nervosité dont j'ignore encore le motif :

— Vous désirez ?... C'est pourquoi ?

— Je voudrais voir Mme Sarah Bernhardt.

— Elle-même ?... Rapport à quoi ?

— Je viens lui soumettre une pièce de théâtre.

Un sentiment d'immense pitié noie sur le visage du cerbère l'expression de méfiance hostile :

— Lui soumettre une pièce ?... En ce moment ?... Mais, mon pauvre monsieur, nous partons en tournée tout à l'heure ! En tournée, vous saisissez ?... Tout à l'heure !... On finit d'emballer en vitesse avant l'arrivée des camions de la gare...

De toute évidence c'est la vérité, car un désordre indescriptible règne dans ce vestibule ; des femmes se croisent dans l'escalier, portant des paquets, des cartons à chapeaux, descendant à deux des paniers d'osier, ou des caisses.

Émile n'ose pas prendre sur lui de m'évincer, car les gaffes ne se résolvent pas ici en douces observations indulgentes... Emportant mon nom à tout hasard, il grimpe l'escalier pendant que j'assiste à un remue-ménage qui procède de la saisie bousculée, du déménagement précipité pendant une inondation ou un incendie, ou encore du pillage d'un immeuble avant la fuite.

C'est une autre tête qui se penche presque aussitôt

sur la rampe ; celle d'un second serviteur dont, plus tard également, j'apprendrai qu'il répond au nom de chansonnette comique de Pitou. Celui-là, petit, au visage ingrat, c'est l'homme à tout faire, surtout des pires corvées, manière de souffre-douleur, sur qui s'abat à tout propos la mauvaise humeur, justifiée ou capricieuse, de « Madame Sarah ».

— Madame Sarah va vous voir... Voulez-vous monter ?

« Ce n'est pas possible, pensai-je, elle doit croire que je suis l'employé des wagons-lits ! »

La chambre du premier étage dans laquelle je pénètre est encombrée de malles ouvertes ou fermées... Sur tous les sièges, les meubles, des toilettes, des chapeaux, des étoffes...

Un éblouissement... Pour moi tout seul, Sarah Bernhardt, l'universelle Sarah, « reine de l'attitude et princesse des gestes », fait une entrée soudaine, glissée, aérienne, entrée si réussie qu'on est tenté de s'étonner que personne n'applaudisse... De l'apparition blanche et vaporeuse sort une voix musicale qui, comme chacun sait, insiste sur les dentales :

— Bonjour, monsieur... Vous êtes le fils du peintre Zamacoïs ?... Vous écrivez ?... C'est une pièce ?... Qu'est-ce que c'est ?

— Oh ! un acte en vers... Une fantaisie...

— Gaie ?

— Je crois... j'espère...

— Asseyez-vous sur cette chaise, et lisez-moi un peu... Je suis bousculée, je pars en tournée... Lisez quand même le commencement...

Ce disant, la forme vaporeuse referme d'un coup sec le couvercle d'une malle, et s'assoit dessus, sans façon.

Seul un auteur sentira que ce qui m'arrivait là représentait à la fois un miracle et une catastrophe. Miracle le fait que semblable personnalité me retînt en un pareil instant, et s'intéressât à mon minuscule ouvrage dans les pires conditions. Ce n'est qu'entouré de silence et de calme qu'un auteur peut espérer faire valoir dans leur plénitude les intentions subtiles de son texte... Beaucoup d'entre eux gardent l'abominable souvenir de lectures expédiées dans des cabinets directoriaux ouverts à tous vents, avec intrusions de garçons de bureau porteurs de plis téléphoniques suivis, au milieu de la situation scénique la plus délicate, du décrochage après le rituel « Vous permettez ?... ».

Mais que faire ?... Je lis courageusement, avec, à la cantonade, le tapage du personnel courant dans le couloir, et avec la menace du « Madame, ce sont les hommes du chemin de fer !... ».

— Passez quelques pages et lisez plus loin...

L'ordre de Sarah n'admet pas d'hésitation... Mais alors le plan de ma pièce ? Le déroulement minutieusement étudié des épisodes ?... J'ai presque envie de faire un coup d'éclat et de m'en aller... Je me retiens, et j'attaque plus loin, masquant ma navrance intérieure d'un entrain de cabotin dont je ne me serais pas cru capable en de telles circonstances.

— C'est amusant !... interrompt, en plein milieu d'une tirade dont j'espérais un gros effort final, la *Dame de la Beauté*, comme l'appelaient ses amis... Laissez-moi le manuscrit, je le lirai, et vous écrirai... Au revoir, mon cher poète...

Elle prononce « poâte », parce qu'elle donne toujours le maximum de sonorité aux mots-vedettes qu'elle rencontre.

Me revoici sur le boulevard Pereire. La nuit est venue. Qui sait si, dans le même instant, le Destin n'allume pas dans le ciel une étoile ?... Une petite... Une toute petite... Celle qui brille là-haut dans la vague direction du dôme de Saint-Augustin et qui est peut-être la mienne ?

Trois jours plus tard, je recevais une dépêche dont voici la teneur ahurissante : *« Votre pièce me plaît ; la jouerai en même temps qu'*Andromaque. *Affections. Sarah Bernhardt. »*

Simplement.

J'allais « faire l'affiche » avec Racine ! J'allais être

joué par une des trois ou quatre plus illustres comédiennes dont les annales du théâtre ont conservé le souvenir... Car c'était entendu, elle serait, en travesti, Bohémos, le jeune poète athénien déluré, espiègle, l'amoureux de Léonida.

De ce que Sarah Bernhardt n'a incarné que des héroïnes mêlées à des événements tragiques, *La Dame aux camélias, Phèdre, La Tosca, Fédora, Théodora, La Sorcière, L'Aiglon, Hamlet, La Beffa*, il ne faudrait pas croire qu'elle n'aimait pas la gaieté et la fantaisie. La gaieté était au contraire le fond de son caractère, et dans l'intimité des siens et de ses commensaux, elle la poussait jusqu'à la farce, jusqu'aux cocasseries outrancières verbales ou mimées. Elle égrenait persiflages, saillies saugrenues, narquoises, souvent « roses », dont elle s'amusait d'une façon enfantine. Ne l'ai-je pas vue un jour (exemple entre tant d'autres), alors que nous l'attendions dans la salle à manger avant de nous mettre à table, ne l'ai-je pas vue apparaître tout à coup à la porte étonnamment attifée en vieille mendiante courbée, la voix chevrotante, méconnaissable, sollicitant humblement sa place au festin des heureux de ce monde ? Elle était ravie de nous avoir, au premier abord, donné le change. Réalisé l'effet escompté, elle jeta ses hardes dans la figure de Pitou, l'homme à tout recevoir et à tout encaisser, retrouva séance tenante sa prestigieuse majesté, s'assit dans la cathèdre gothique entre ses deux petites filles, et présida le repas avec la grâce enjouée dont elle était coutumière.

Sa grandeur l'attachait au rivage des drames importants, en dehors desquels il n'est pas de salut pour une comédienne faisant carrière dans le domaine de la considération intellectuelle. La critique olympienne des snobs et des pédants méprise la fantaisie, même réussie ; elle lui accorde seulement le pâle sourire indulgent de la condescendance. Par contre, elle se penche avec un intérêt de principe empressé sur toute œuvre qui revêt les apparences d'une prétention supérieure, même obscure et « rasante », ou *parce que* rasante et obscure.

Qui causait familièrement avec Sarah Bernhardt devinait vite son regret de n'avoir pu donner libre cours devant le public à son goût pour le théâtre gai, de bon aloi, capable de divertir les « honnêtes gens ». Comment expliquer autrement le choix, parmi tant d'œuvres ambitieuses, du petit acte signé d'un nom inconnu ?

Donc Sarah interpréta elle-même Bohémos, et ce fut à l'occasion de la mise au point scénique que je commençai d'être mis journellement en contact avec son autoritarisme d'enfant gâté, son intransigeance de femme encensée à l'égal d'une divinité, ses habitudes, ses manies, ses comportements d'artiste-directrice intimidante dans le secret des coulisses. À l'époque où elle s'apprêtait à incarner le tout jeune homme de ma pièce, elle touchait à la soixantaine, et personne n'allait y penser tant sa sveltesse, la perfection de son maquillage, la grâce de ses gestes, aussi persistantes que la musicalité de sa voix, donnaient le change. Tout cela faisait partie de ce que l'on pourrait appeler le « phénomène Sarah ». L'envoûtement que subissait le spectateur comprenait l'illusion, sinon de la vraie jeunesse, du moins d'un âge imprécis, neutre en quelque sorte, autorisant grandement de sa part toutes les audaces, tous les prolongements, sans précision de possibilité de conquêtes amoureuses, sans précision de quantièmes chiffrés.

L'artiste offrait un profil très légèrement moutonnier que le temps avait affirmé. Le nez, un peu long et busqué, était finement modelé. Dans l'état normal des choses, les yeux bleu-gris révélaient à travers le demi-abaissement des paupières aux longs cils une indicible expression de douceur ou de tendresse caressante. Un sentiment d'irritation, d'angoisse, de crainte y allumait, aussi bien à la ville qu'à la scène, une flamme de défi, de menace, de haine, ou bien d'épouvante expressive.

Une chevelure blond-roux, facilement ébouriffée, encadrait, casquait ou auréolait le masque attendri ou tragique. Des postiches et des parures, toujours ingénieusement choisis, adaptaient l'ensemble à la représentation féminine ou garçonnière – je pense à Hamlet, à l'Aiglon, à Zanetto, à Jacasse.

Je ne crois pas que Sarah ait jamais frôlé le mauvais goût ou le ridicule. Ses premiers essais semblaient parfois indécis, tâtonnants, mais toujours, elle arrivait à un résultat satisfaisant, qui illustra cette constatation. Le jour où pour la première fois on répéta en costumes avec le décor, j'attendais dans la pénombre de la salle du théâtre, en compagnie de trois ou quatre intimes de la maison, l'apparition sur le plateau éclairé de l'artiste qui jusqu'alors n'avait répété qu'en tenue de ville. LA voici... Sous la lumière crue des herses elle s'avance désinvolte dans sa courte tunique grecque plissée, un grand chapeau de paille plat sur le dos, figurant à ravir le petit poète athénien à la mode montmartroise du moment... Un seul détail, mais d'une terrible importance, me fait frissonner, et, en même temps que moi, le petit groupe d'amis de la comédienne qui sont ses ordinaires conseillers affectueux ! Le perruquier a affublé mon Bohémos d'une perruque drue, mal faite, d'un noir d'ébène qui durcit ses traits, attriste sa physionomie et, pour tout dire, lui sied affreusement mal !... C'est une consternation unanime, prudemment chuchotante : on sait qu'il ne va pas être facile de révéler à l'artiste susceptible, habituée à des compliments prosternés, que le postiche qu'elle s'est laissé imposer, distraitement peut-être, constitue un risque catastrophique. Qui va prendre l'initiative de l'observation indispensable ? De quelle manière la formuler, cette observation, qui ne paraisse désobligeante ni irrespectueuse ?... Il faut oser pourtant, car, dans une aventure théâtrale où tout est superposition d'équilibres dangereux, le désastre tient à un rien... Il ne tient, dans la circonstance, qu'à un cheveu.

Dans le répertoire des périphrases, dans la réserve des précautions verbales, lesquelles choisir ? Il s'agit pour les familiers présents de faire comprendre à leur chère et ombrageuse amie que la perruque lui va mal à force de lui aller bien... Ou quelque chose d'approchant... Un peu plus, on tirerait à la courte paille pour savoir qui... qui... sera mangé... Ulmann, administrateur et ami de longue date, se dévoue : il dit doucement que la perruque noire est très bien, très bien, mais qu'elle a le tort de n'être pas blonde, parce que si elle était blonde, elle serait parfaite, quoique la noire ne soit pas mal...

Il y a longtemps que Sarah a compris... Qu'elle a compris que la perruque noire n'est pas tolérable... Mais son amour-propre ne peut pas envisager une capitulation soudaine... Elle oppose des arguments sur un ton tranchant, déclare brusquement que l'on perd son temps pour rien du tout, et ordonne de commencer la répétition.

Le lendemain, les familiers de la pénombre attendent son apparition avec un brin d'inquiétude... Mais voilà que Bohémos surgit de l'abri d'un portant, embelli d'une ravissante perruque blonde réussie, seyante, qui en fait à distance le gamin de l'histoire... Des « Très bien !... Parfait !... Excellent ! » jaillissent de la salle, mais Sarah coupe court à nos manifestations en entamant le texte... Elle ne veut pas avoir l'air d'avouer que ç'a été autrement, c'est-à-dire mal. Nous éviterons ultérieurement toute allusion à l'incident, car elle serait capable de nous soutenir qu'elle avait eu assez de mal à imposer cette substitution heureuse à la chevelure que notre entêtement avait imposée.

Si je cite quelques extraits de mon petit ouvrage, c'est que l'on y découvre, à pas mal de lustres de distance, l'entrée en piste de bousculantes tendances nouvelles de l'esprit dont quelques-unes ont, depuis, frisé, peut-être atteint, une sorte de tératologie de l'intelligence.

Avant de jouer la pièce à Paris, Sarah, engagée au grand théâtre de Monte-Carlo, y donna la première représentation. Ce déplacement me valut de déjeuner avec elle, un beau jour d'avril, chez le prince de Monaco, celui des recherches océanographiques, simple et accueillant.

Joué par Sarah Bernhardt et invité chez un prince régnant ! Il faut avouer que c'était pour un dramaturge débutant, frais déserteur de la peinture, une entrée en jeu ahurissante, bien faite pour susciter l'aparté des gens comblés : « Pourvu que ça dure ! »

L'intimité avec Albert Ier de Monaco resta en route, mais avec mon interprète elle devait durer jusqu'à la fin de sa vie. Je n'ai, pour montrer le goût de Sarah pour ma petite pièce, qu'à découper dans une lettre que j'ai quelques lignes édifiantes. Elle est tracée, cette lettre, de la main même de mon interprète sur le papier bien connu de ses amis, encadré de gris, et portant, sous un masque accompagné d'un poignard et d'une marotte se croisant, son chiffre que barre la devise : *Quand même.*

Mon bien charmant auteur, je voudrais que vous ne donniez à personne, personne, le droit de jouer en France ou à l'étranger mon Bohémos. *Je vais le jouer beaucoup en tournée et je ne veux pas qu'on l'abîme. Donc, soyez gentil. Venez me voir ou écrivez-moi que je suis seule interprète de votre petit chef-d'œuvre.*

Sic, écrivent ceux qui ont peur d'être taxés d'exagération.

Que n'a-t-on pas raconté ou écrit sur Sarah ? De quoi remplir une bibliothèque. C'est un énorme brassage d'anecdotes, de potins, de scandales, d'inventions, généralement à tendances péjoratives ; le cercueil capitonné de satin blanc, fanfaronnade macabre et puérile ; les démêlés orageux avec son ennemie Marie Colombier ; le mariage avec le beau Damala ; la passion pour Richepin, son partenaire par amour dans *Nana-Sahib* ; les tournées dans les Amériques jalonnées d'ovations délirantes et de catastrophes de chemin de fer sensationnelles. Tout cela, et tant d'autres choses, qu'avaient précédé la légende de la phtisie et le thème rebattu de l'extrême maigreur.

Les médecins, affirmait-on, avaient condamné Sarah jeune fille à une fin prématurée de poitrinaire. Diagnostic particulier bien propre à faire du tort à la valeur des diagnostics en général, elle allait supporter victorieusement les pires désordres et les plus invraisemblables fatigues. Car il lui a permis, ce coffre, de faire mourir à sa place pendant plus d'un demi-siècle, par le fer, le feu ou le poison, les héroïnes de cent drames romantiques, y compris la Dame aux camélias...

Cette adolescente condamnée devait mourir à soixante-dix-neuf ans, et après une existence à exténuer précocement un athlète.

Quand, à propos de *Bohémos*, j'entrai en relations avec la tragédienne, la légende de la maigreur s'était depuis longtemps dissoute devant l'évidence d'un léger épaississement.

L'interprète parfaite d'Hamlet et de l'Aiglon devait conserver presque jusqu'à la fin, sinon le galbe de roseau de ses trente ans, du moins de quoi faire encore illusion agréablement sous le pourpoint noir de l'un, sous l'uniforme blanc de l'autre et, pour ma joie, sous le justaucorps bigarré d'un bouffon.

Pinceaux et stylos, Librairie Arthème Fayard, 1948.

La caricature

Départ, par H. Scott et G. Clairin.
(La Vie moderne, 1880.)

Sarah reine de la réclame.

— Mademoiselle, à votre service! Usez-en! Goûtez de ce champagne! Buvez de mon wiskey! Fumez-moi ce cigare! Essayez de mon cirage! Voyez cette brosse à dents. (*Puck*, de New-York.)

Hymen-vapeur, par André Gill.

Ama la bien aujourd'hui, car peut-être
Ni vous ni d'autr's a n'amara demain.
(Sur l'air connu : *Petits oiseaux*, ...

Sarah élégiaque, par Forain.
(Figaro-Revue, 1885.)

ÉLÉGIE.

Quittez cet air penché! Laissez gémir les ondes!
Laissez pleurer le pauvre, adorable Sarah!
Les blessures du cœur sont rarement profondes,
Et vous avez un fils, comme Théodora.

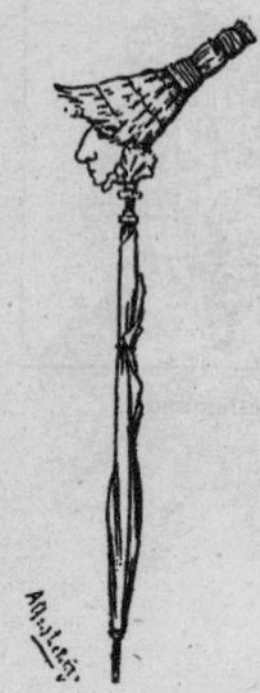

Parapluie-canne de Sarah.

Sarah général.
(*La Vie parisienne*, 188

Sarah aéronaute, croquis de G. Clairin.
(*Dans les nuages, impressions d'une chaise.*)

Sarah écuyère. (Caricature italienne.)

Sahah balai, par Luque.
(*Le Monde parisien.*)

Sarah réclame.

Coupé Sarah. (Caricature allemande.)

Retour, par Guillaume.
(*Le Gaulois*, 1893.)

Revue encyclopédique, 15 décembre 1893.

J'accuse...

Lettre à Zola

Laissez-moi vous dire, Cher Grand Maître, l'émotion indicible que m'a fait éprouver votre cri de Justice. Je ne suis qu'une femme et je ne puis rien dire moi ; mais je suis angoissée, je suis hantée, et votre belle page d'hier a été pour ma réelle souffrance un réel soulagement. Je voulais écrire déjà à Scheurer-Kestner [alors vice-président du Sénat] pour le remercier au nom de l'humanité ; mais sachant que tout est crime en ce moment pour cet homme admirable je me suis dit que si une artiste, que dis-je, une *actrice* était surprise en dévotion de son acte si courageux, on se servirait de cette découverte pour l'accabler.

À vous que j'aime depuis si longtemps, je dis merci, merci de toutes les forces de mon intention douloureuse, qui me crie il y a crime, il y a crime !

Merci Émile Zola, merci Maître aimé. Merci, merci au nom de l'éternelle justice.

Sarah Bernhardt

Lettre citée dans A. Gold et R. Fizdale, *Sarah Bernhardt* : Sarah Bernhardt à Émile Zola, Ms. fr. 24511 (ff. 168-169), Bibliothèque nationale.

Les visites d'un petit garçon à « l'illustre tragédienne »

Souvenirs du fils de Réjane et de Paul Porel

J'ai dit quelle longue amitié unissait Sarah Bernhardt à mon père (Paul Porel).

Ils étaient nés la même année, en 1843. Ils avaient fait ensemble l'apprentissage de l'acteur, au Conservatoire. Ils en étaient sortis, au concours de juillet 1862, avec le même second prix.

J'avais, d'elle, une toute petite photo qu'elle lui avait donnée, à cette époque. Une phrase très tendre pouvait laisser entendre qu'il y avait eu, alors, autre chose entre eux qu'une simple camaraderie. Mon père ne m'a jamais rien dit, bien entendu, mais je savais regarder.

« Comme Montaigne qui dit aimer Paris jusque dans ses verrues, j'aimais à rechercher et à regarder, alors, ce qui s'y passait de dramatique à de curieux. J'ai suivi la fin du siège et une partie de la Commune avec un intérêt passionné. J'ai dit que, blessé au pied, j'étais en traitement à l'ambulance de *l'Odéon*. Un soir de la fin de février, comme les obus tombaient dans le Luxembourg autour de la fontaine Médicis, je dis à Mme Lambquin et à Marie Colombier qui aidaient Sarah Bernhardt :

« — Nous ferions mieux d'installer nos lits de l'autre côté du théâtre. Nous aurions l'épaisseur du monument entre les projectiles et nous. Mon idée fut approuvée ; on déménagea.

« À peine étions-nous couchés en haut du double escalier du péristyle, devant la statue de Corneille, qu'un bruit formidable éclate. L'obus que j'avais pensé éviter, crevant un coin de la toiture, nous couvrait, sans aucun mal heureusement, de débris de bois et de plâtre. Rapidement, nous descendons dans les caves du théâtre, de belles caves voûtées et solides, et nous y passons plusieurs nuits à l'abri. Oh, j'ai habité mon *Odéon* dans tous ses coins. Mais Sarah juge plus prudent de nous faire émigrer, et nous nous installons, rue Taitbout, dans une maison appartenant au banquier Stern. »

Camarades de classe, camarades de guerre, ils avaient, entre eux, des souvenirs qui fortifient l'amitié.

La guerre finie, la révolution enfin calmée et mon père revenu à Paris après un long séjour chez George Sand, à Nohant, Sarah et lui vont se retrouver, côte à côte, à *l'Odéon*, redevenu théâtre, et prêt à rouvrir ses portes. C'est dans *Jean-Marie* d'André Theuriet, et dans *Fais ce que dois*, épisode dramatique de François Coppée, grand ami de mon père.

« Le 23 novembre 1871, on risque une comédie, une pièce solide, en quatre actes de MM. Édouard Foussier et Charles Edmond, qui réussit. On a fait venir en représentation Geffroy, sociétaire retiré de la *Comédie-Française*, et Mlle Adèle Page. Avec eux, Sarah Bernhardt, Pierre Berton et Porel se partagent les applaudissements. On fait un mois de belles recettes, le public reprend le chemin du théâtre. Le 6 janvier, *Mademoiselle Aïssé*, de Louis Bouilhet, affronte la rampe. Pierre Berton, en tirant trop violemment son épée, arracha sa perruque. Une tirade glorifiant la révolution populaire soulève des protestations, même des sifflets. Flaubert, qui avait dirigé la répétition, n'avait pas voulu couper ce morceau dont Duquesnel, le directeur, lui avait signalé le danger. Je jouais et je dansais un menuet dans cette jolie pièce incomplète où Sarah fut délicieuse.

« Enfin, le 19 février, reprise de *Ruy Blas* joué par La Fontaine, Geffroy, Mélingue, Mmes Sarah Bernhardt, Broisat et Lambquin, qui finit avec succès la saison. »

Comme on le voit, à cette époque, comprise entre la guerre de 1870 et 1880, les deux élèves du Conservatoire ne se quittaient guère.

Il faut se rendre compte de ce qu'elle était devenue, de ce que représentait Sarah Bernhardt, vers 1900. Plus qu'une impératrice, une espèce de divinité. Je crois qu'au point de vue de sa situation dans le monde, Victor

Hugo est le seul qu'on puisse lui comparer. Tellement illustre que les rapports avec les autres humains deviennent difficiles, et qu'il doit s'ensuivre une sorte de solitude sacrée mais désolée.

Personne ne devait le sentir plus qu'elle car elle était douée d'un étonnant bon sens, d'un don d'observation qui, sous des dehors distraits, lui soufflait sur les gens des remarques d'une drôlerie irrésistible.

Pour le petit garçon que j'étais alors, elles étaient impressionnantes ces visites à l'illustre tragédienne, un soir de première. Elle envoyait toujours à mon père une loge d'amphithéâtre, avec un petit mot de gentil tutoiement. Mon père n'emmenait que moi. On eût dit qu'il eût voulu garder pour nous deux seuls le privilège de l'entendre. Je l'ai vue, ainsi, dans vingt pièces, assis sur le devant de cette grande loge, mon père derrière moi, silencieux, suivant le drame d'Hugo, de Sardou, de Rostand, soufflant un peu, admirant, me faisant par instants, tout bas, une remarque. À l'entracte, je me retournais, je voyais son visage éclairé par les traces de l'émotion.

— Viens, allons la voir, disait-il.

Et nous allions en toute hâte vers sa vieille amie.

Ce n'était pas si simple de parvenir jusqu'à elle ! Le théâtre était grand. Nous courions presque, en traversant le plateau. J'entendais les « Bonjour » paternels, derrière moi, à des amis ou à d'anciens employés de son *Odéon*. On franchissait, ensuite, plusieurs petits salons. On passait devant Uhlmann, l'administrateur. J'apercevais, de loin, l'élégante silhouette de Maurice Bernhardt qui dirigeait alors le théâtre de sa mère. Je le trouvais très beau, mais distant, inapprochable, fermé. Il était déjà un homme près de la quarantaine. On le disait fils du prince de Ligne.

On passait devant quelques admiratrices souriantes qui prenaient là une permanente faction : Mme de Najac, Louise Abbéma. Papa donnait la main au peintre Clairin, « Jojo », le grand ami de Sarah.

Enfin, là-bas, dans le fond de sa loge, assise, souriante, se reposant un peu, l'extraordinaire créature. Très vite – c'était une personne d'une grande rapidité – elle avait vu mon père :

— Ah, te voilà, mon Paul ! Et tu as amené le petit. Ça c'est bien. Elle savait très bien que le petit était là chaque fois, qu'il était inséparable de son vieil ami Porel.

Alors la même cérémonie se renouvelait, une fois de plus. Mon père, dans un immense sourire rose, avait envoyé à Sarah un baiser de la main, il se penchait vers moi, et puis, me poussant du genou, il ajoutait, avec une légère ostentation de théâtre, qui parfois me gênait :

— Allez, mon fils, vas-y !

Là-bas, dans les lumières mille fois reflétées par les glaces, vingt impératrices, vingt reines, vingt divinités – Sarah enfin – les bras ouverts et tendus, la tête légèrement inclinée, un sourire d'éternité sur son visage, Sarah, dans son geste célèbre, m'attendait.

J'y allais comme dans une espèce de sprint vers la gloire. Je tombais dans ses bras. Je ne voyais plus ses yeux. Ma joue s'accrochait à la robe byzantine. Je plongeais dans la forte odeur de tous les fards de l'époque. Et, un instant, j'entendais rouler dans mon oreille le doux murmure de sa diction fameuse. Je ne comprenais pas, mais déjà elle m'avait légèrement redressé, me tenait aux épaules, me fusillait de son sourire interminable.

— Comment va ta maman ?

Il ne faut pas oublier que Sarah adorait son fils – si beau – et qu'en serrant sur son cœur le fils d'une autre, c'était un peu le sien qu'elle retrouvait dans ses bras.

Et puis, cette autre était Réjane, et elle avait pour ma mère, mieux que de l'amitié, une vraie tendresse. Il y avait aussi Paul-Désiré, l'ami de toujours. J'ai profité de ces trois avantages, et toute ma vie, la chère, l'admirable femme, m'a montré une indulgente bienveillance.

Enfin, il y avait chez Sarah une grande loyauté envers certaines familles d'artistes. Elle adorait Lucien Guitry : elle adora Sacha. Elle aimait infiniment ma mère et mon père : fidèle à elle-même, elle fut très bonne pour moi.

Je rentrais aux Champs-Élysées, vidé, fourbu de ces expéditions au *théâtre Sarah Bernhardt*.

Je regardais mon père se déshabiller – nous partagions la même chambre, comme deux frères. Ses mouvements étaient plus vifs. Il chantonnait de vieux airs. Il pensait au passé, c'est certain.

Il allait, parfois, dîner chez elle, en tête à tête. Elle lui lisait des pièces qu'elle écrivait. Comment en avait-elle le temps ! Comme je m'en étonnais, il me dit : « Elle a le même don que Napoléon, elle peut dormir dcbout, accoudée à une cheminée, cinq, dix minutes. Elle se refait ainsi continuellement. »

Ses rapports avec ma mère méritent d'être signalés. Il est rare, dit-on, de voir deux actrices fameuses qui, le rideau tombé, ne se déchirent pas.

À mon sens, le plus grand mérite en revient à Sarah. Quoi de plus pénible, en effet, pour une aînée à l'apogée de sa gloire, que de voir grandir le prestige d'une femme, de douze ans votre cadette ?

Car enfin, qu'est-ce qui frappait le plus quand on voyait jouer Sarah, Réjane sinon cette manière qu'avait l'une ou l'autre de s'en aller à sa guise, sur un chemin choisi par elle-même ?

Les êtres qui ignorent l'envie sont seuls capables d'avoir cette démarche. Les grands artistes vont droit devant eux. Sarah Bernhardt, Réjane avaient dépassé le stade de la compétition. Elles allaient droit devant elles.

Quelques années plus tard, peu de temps avant sa mort, elle me fit dire par un ami de lui amener ma femme dont on lui avait vanté la beauté. Nous fûmes donc boulevard Pereire. J'étais ému de me retrouver devant elle. Elle sentait bien, l'étonnante Pythie, que le fils de ses deux amis disparus et une jeune et jolie femme, c'était du bon public. Elle eut la bonté de nous recevoir seuls. Heureusement, car voici ce qui se passa. Sarah nous attendait, assise sur une sorte de trône. Souriante, infirme, magnifique. Je m'approchai respectueusement pour lui présenter Anne-Marie. Celle-ci la regarda. Et je ne pus rien dire car ma femme éclata en sanglots.

Sarah était ravie. Elle avait bouleversé son public sans dire un mot. Rien qu'en apparaissant. Quand tout fut calmé et qu'elle nous eut donné vingt témoignages de sa drôlerie et de son exquise gentillesse, je lui demandai à brûle-pourpoint :

— Mais enfin, madame, dites-moi ce que vous aimiez tant en ma mère ?

— C'est facile, mon petit. Je vais te le dire : Réjane était simple et, pourtant, elle n'était comme personne. Voilà.

On ne pouvait mieux dire, chère madame Sarah.

Jacques Porel, *Souvenirs*,
t. I (1895-1920), Plon, 1951.

Sarah et les prisonniers

SARAH BERNHARDT
CHEZ LES PRISONNIERS CALIFORNIENS

San-Francisco, 22 février 1913.

Les Californiens sont enclins à l'indulgence. La beauté des sites de leur pays, la douceur du climat, les jardins fleuris qui poétisent leurs demeures, tout aide à développer chez eux « l'humaine tendresse », comme disait Montaigne. Ils ont construit pour enfermer ceux qui désobéissent aux lois une prison où règne le plus grand libéralisme. On cherche en cet asile confortable à faire oublier aux condamnés leurs rancunes contre la société et on les entraîne à marcher correctement dans le droit chemin en attendant la libération ou le pardon. En un mot, ils sont traités comme des hommes atteints d'une maladie mentale passagère qu'il importe de guérir, plutôt que comme des individus à tout jamais incorrigibles. La prison de Saint-Quentin n'est point une geôle, mais un établissement de relèvement social. Mieux que toute autre institution, elle montre cet optimisme magnifique des gens du Far-West qui ne doutent jamais du progrès ou de la renaissance morale, même dans les cas en apparence désespérés.

Pour la fête de Washington, ce 22 février, les autorités californiennes avaient demandé à Sarah Bernhardt, en tournée à San-Francisco juste à ce moment-là, de vouloir bien jouer devant les pensionnaires de Saint-Quentin. Toujours généreuse, notre grande tragédienne avait accepté, et elle avait eu l'amabilité de m'inviter à cette excursion pittoresque. J'avais accepté, comme on pense, avec empressement, car le spectacle promettait d'être infiniment curieux. Sarah Bernhardt jouant exclusivement pour deux mille détenus et une douzaine de condamnés à mort, voilà une manifestation qui valait la peine d'être vue!

⁂

Nous voilà donc partis en automobile, et, après avoir traversé la baie sur le *ferry-boat* de Sansalito, nous filons à toute vitesse vers le nord dans la direction de Saint-Quentin, laissant derrière nous le majestueux Tamalpaïs dans les ombres violettes. La prison est située à vingt kilomètres environ de San-Francisco, sur un cap qu'entourent des collines aux ondulations harmonieuses. Tout le long de la route se succèdent de tendres paysages dans lesquels on distingue des villas aux couleurs gaies, de sveltes *bungalows*, des auberges aux enseignes alléchantes, où les Californiens se rendent en promenade les jours de fête.

Après de nombreux détours dans la vallée, nous apercevons la maison d'arrêt. On dirait un vaste château fort gardé par une série de kiosques surélevés, dans lesquels sont placés des gardiens prêts à fusiller les fugitifs. Dès que l'on pénètre sur les terrains du pénitencier, cette impression sévère s'adoucit, car le château fort est entouré de paisibles jardins potagers, de *tennis-courts*, de parterres multicolores et de vertes pelouses. Les premiers prisonniers que nous rencontrons, rasés de frais, décemment habillés dans leur uniforme de laine blanche à larges raies noires, ont un air de prospérité qui empêche qu'on ne s'apitoie par trop sur leur sort.

La Marseillaise retentit. C'est la fanfare des « convicts » qui salue l'arrivée de Sarah Bernhardt. La musique adoucit les mœurs, et les détenus, pour oublier les rigueurs de la captivité, ont leur orchestre comprenant une trentaine d'instrumentistes. Tous les arts, d'ailleurs, sont représentés à Saint-Quentin...

Dans la cour intérieure, une scène a été improvisée. Le rideau a été taillé dans une bâche. Devant

»

le théâtre, un espace est réservé aux membres de la fanfare. Deux mille prisonniers attendent fiévreusement l'apparition de notre grande artiste. Il y a là des gens de toutes les nationalités, des Chinois, des Japonais, des mulâtres, des nègres. Les femmes (on en compte une quarantaine dans la prison) ont été aussi admises. Les gardiens – munis de la canne et du revolver réglementaires – encadrent les diverses sections qui ont été amenées dans un ordre précis. On a placé les condamnés à mort au premier rang, et je m'installe au milieu d'eux pour juger de leurs impressions. Un hydro-aéroplane, qui nous a suivis depuis San Francisco, voltige au-dessus de nos têtes. Mais la foule des prisonniers ne prend pas beaucoup d'intérêt à ses évolutions. Dans le recueillement, elle attend la venue de Sarah sur le tréteau de fortune sur lequel il semble que la Magie surgira tout à l'heure. On a distribué aux spectateurs une analyse, rédigée en anglais, de la pièce choisie : *Une nuit de Noël sous la Terreur*, de MM. Maurice Bernhardt et Henri Cain, que vont jouer, aux côtés de la grande artiste, MM. Lou Tellegen, Deneubourg, Favières, Terestri, Mlles Seylor et Boulanger.

***

Quand soudain, le rideau se lève, une formidable acclamation retentit. Sarah, en Marion, la vivandière, incarne si bien la générosité et la vaillance françaises ! Un groupe de détenus français (la « colonie » française de Saint-Quentin !) crie à pleins poumons : « Vive la France ! Vive la France ! » Un de mes voisins, un Belge qui a tué sa femme et l'amant de sa femme, pleure à chaudes larmes, et, tout à coup, il se met à rire nerveusement et il recommence à pleurer. L'autre est un Grec qui assassina deux policemen, et il demeure hébété...

Chaque scène se termine, au milieu de frénétiques bravos et de sifflements stridents (aux États-Unis, en effet, le sifflet, contrairement à notre coutume, marque l'approbation suraiguë des spectateurs). Les répliques finales des acteurs sont échangées dans un enthousiasme extraordinaire. Le spectacle achevé, un prisonnier s'avance sur la scène et remet à Sarah Bernhardt une mélodie qui lui est dédiée par ses camarades, intitulée : *Par-delà le sommet des collines*. Il lui offre en même temps un bouquet de violettes et prononce, en français, l'allocution suivante, qui vaut d'être reproduite textuellement :

À Madame Sarah Bernhardt,
à San Quentin, Californie.

Madame,

Dans cette vie la plupart de nous sont, à l'extérieur aussi bien qu'à l'intérieur des murs d'une prison, prisonniers, prisonniers au moins de notre entourage. À de rares intervalles seulement nous est-il donné d'être absolument libres. Pour ceux qui sont enfermés entre des murs menaçants, derrière des grilles de fer formidables, ces intervalles sont, actuellement et à jamais dans l'avenir, vraisemblablement bien éloignés. Mais, aujourd'hui, pour une petite heure, ces murs de pierre se sont évanouis. Pour une heure, grâce à votre merveilleuse personnalité et votre art enchanteur, nous avons été, en âme et en esprit, dans une liberté parfaite, captifs seulement de ce génie remarquable et de cette ardeur incomparable qui, à juste titre, vous ont gagné le nom de « divine ». Pour une petite heure nous avons été libres, et sans contrainte en communion universelle avec l'esprit d'une grandeur humaine, qui, après tout, est la vraie base de nos croyances à l'immortalité. Cette grandeur n'a pas été établie pour complètement et à jamais disparaître. Ce moment de liberté n'est pas, non plus, une illusion temporaire ; le souvenir sera vivant, la mémoire le rappellera souvent, et son inspiration servira à nous libérer des fardeaux et des angoisses du jour. Soyez-en persuadée, Madame, cette représentation particulière sera longtemps rappelée par tous ceux qui ont eu le privilège d'y assister – par l'humble aussi bien que par le plus élevé. La femme, l'actrice, la pièce, toutes ont fait vibrer les cordes de nos cœurs. À la plupart de nous n'a jamais été accordée la distinction de vous voir ni de goûter les délices de votre art incomparable. Éloignés, nous vous avons regardée comme la radieuse étoile de l'art dramatique, couronnée des lauriers d'un succès impérial, à la grâce et au génie de laquelle les continents se sont volontiers rendus sujets. Les idéals que nous avions conçus ont été en cette heure plus que confirmés. Nous vous présentons nos remerciements reconnaissants pour les gloires et les splendeurs de l'art dont votre gracieuse faveur nous a fait jouir, ainsi que pour la bienveillance et la générosité qui vous ont induite à donner un plaisir si vif aux infortunés proscrits et victimes des sorts changeants de la vie.

Nous apprécions aussi profondément votre choix de la pièce, non seulement à cause de sa beauté intrinsèque et de l'art qu'elle renferme, mais aussi parce qu'elle exalte, par ses élans puissants, une humanité, et la solidarité des âmes, qui ne connaissent aucunes bornes, ni de parti, de factions, ou de politique. De plus, nous vous remercions particulièrement que vous ayez jugé à propos de nous présenter une œuvre du génie de votre fils. En ce choix, nous voyons non seulement votre témoignage de l'amour et des pensées d'une mère, mais aussi en toute probabilité, la réflexion dans votre cœur que nous aussi avons des mères qui nous chérissent, à qui notre amour se porte, et dans les cœurs desquelles nous avons été une espérance et un orgueil. Nous souhaitons, et pour vous et pour lui, beaucoup d'années de joie et contentement mutuels.

Nous prions aussi, Madame, par votre intermédiaire, d'exprimer à vos artistes et à votre gérance notre chaleureuse appréciation de leur bonté et de leur talent. Et quand, dans l'avenir, vos pensées se porteront vers ce pays du soleil couchant, pour nous aujourd'hui si brillant par votre bonne volonté, nous espérons que ces quelques paroles d'admiration sincère et de reconnaissance serviront à vous rappeler cette heure, peut-être de toutes en votre vaste expérience la plus étrange et la plus frappante – une heure dans un entourage sévère et même repoussant, oublié par nous pour le moment grâce à votre personnalité –, une heure dans laquelle vous avez rendu cette multitude de malheureux, plus heureux, adouci les lignes de leurs vies et rendu leurs cœurs plus légers, par votre présence dans notre milieu aujourd'hui.

De la part de

TOUS LES PRISONNIERS

San Quentin, Californie, ce 22 février 1913.

Ce discours est l'œuvre d'Abraham Ruef – un fils d'Alsacien – qui parle très couramment notre langue et qui ne manque pas de littérature, comme on voit, malgré les nombreux anglicismes dont il use. Ruef est célèbre sur toute la côte du Pacifique. Il fut un temps où le maire Schmidt « socialisait » à sa manière les finances de San Francisco avec l'aide de Ruef, « boss » tout-puissant. Condamné pour concussion, ce dernier est interné à Saint-Quentin pour une douzaine d'années encore, à moins qu'on ne lui rende la liberté sur parole, système appliqué en faveur des repentis. Ruef est le personnage le plus en vedette de la prison. Dans la « salle » se trouvaient aussi les fameux frères Mac Namara, qui firent sauter à la dynamite l'hôtel du *Los Angeles Times*, voici deux ans, et causèrent la mort de vingt-deux linotypistes. Ce fut l'un des épisodes les plus cruels de cette guerre acharnée que se livrent aux États-Unis syndicalistes et anti-syndicalistes.

L'orateur qui avait lu le compliment de circonstance, après lui en avoir remis le texte, soigneusement calligraphié par lui-même, demande à Sarah Bernhardt de lui baiser la main. Elle acquiesça gentiment, et une indescriptible ovation la remercia de ce geste. Sur cet incident se termina cette peu banale manifestation.

*
**

Ayant regagné son auto, la grande tragédienne, heureuse d'avoir apporté de la joie à ce monde bizarre de prisonniers, me confia que c'était là une des aventures les plus étonnantes de sa vie de comédienne :

— J'ai éprouvé une sensation inouïe, me dit-elle, en voyant fixés sur moi avec un éclat étrange ces milliers d'yeux dont beaucoup ne verront plus la lumière de la liberté et dont certains seront avant peu obscurcis par la mort. Si vous saviez comme c'est bon d'avoir pu donner un peu d'illusion à ces gens pendant quelques instants ! Il faudra que je note cela dans mes Mémoires...

La relation que Sarah Bernhardt écrira elle-même de son voyage à Saint-Quentin sera sans aucun doute l'un des chapitres les plus émouvants de son autobiographie. Elle la complète à ses moments perdus, et il faut souhaiter qu'elle la livre bientôt au public pour qu'on y lise le récit de cette journée si originale du 22 février passée parmi les prisonniers californiens de Saint-Quentin.

François de Tessan.

L'Illustration, 15 mars 1913. © Keystone, *L'Illustration*.

Sarah à l'occasion de sa nomination dans l'ordre de la Légion d'honneur

Hommage des Poètes

L'Hommage des Poètes à Mme Sarah Bernhardt

Les Annales ont publié dans tous ses détails le compte rendu de la fête donnée en l'honneur de Mme Sarah Bernhardt à l'occasion de sa nomination dans la Légion d'honneur. Nous ne voulons pas revenir sur cette manifestation infiniment émouvante et dont tous les journaux ont bien voulu dire le succès.

Mais il nous semble que le beau programme illustré de tant de noms amis doit figurer dans cette collection du *Journal de l'Université des Annales*, ne serait-ce qu'à titre de gratitude pour les poètes qui ont écrit avec le meilleur de leur cœur et de leur esprit des chefs-d'œuvre, et pour les artistes qui les ont interprétés avec un talent admirable.

On sait aussi le succès qui fut fait à M. Reynaldo Hahn pour la musique de scène noble, charmante, délicate, qu'il composa tout exprès pour la fête de Sarah Bernhardt, et qui contribua à créer autour de l'artiste cette atmosphère d'art qui enchanta ses nombreux admirateurs et amis. Ce fut plus qu'une fête de circonstance, ce fut l'admirable journée, où l'amitié, l'éloquence, la poésie et la musique firent des miracles autour d'une artiste universellement admirée et aimée.

HOMMAGE DES POÈTES A SARAH BERNHARDT

A l'occasion de sa nomination dans l'Ordre de la Légion d'Honneur

Sous la haute présidence de **M. RENÉ VIVIANI,** **Ministre de l'Instruction Publique et des Beaux-Arts**

HOMMAGES DES POÈTES

J'ai vu votre Triomphe. . . . FERNAND GREGH
par M. de Max

Elle . . . . . EDMOND HARAUCOURT
par M. Mounet-Sully

Prélude. . . . . REYNALDO HAHN

Le Prodigieux Roman . . . . HENRI CAIN
par M. Leitner

Les Héros à Sarah. . . . . DANIEL LESUEUR
par M. Albert Lambert

LES HÉROS ET LES HEROÏNES INCARNÉS PAR SARAH

Le Passant. . . . . . AUGUSTE DORCHAIN
par Mme Segond-Weber
La Sérénade du *Passant*, de MASSENET sera chantée dans la coulisse
par Mme Auguez-de Montalant

Aricie. . . . . JULES BOIS
par Mlle Constance Maille

Rêverie . . . . . REYNALDO HAHN
(Solo de Flûte : M. Blanquart)

La Reine de "Ruy Blas". . EDMOND ROSTAND
par Mlle Piérat

Cléopâtre . . . . ÉMILE MOREAU
par Mlle Madeleine Roch

Prélude . . . . . REYNALDO HAHN

* * *

LES TROIS HAMLET

Hamlet, de Shakespeare.
SAINT-GEORGES DE BOUHÉLIER
par M. Albert Lambert

Pavane Florentine. . REYNALDO HAHN

Lorenzaccio, de Musset. LUCIE DELARUE-MARDRUS
par l'Auteur

L'Aiglon . . . . EDMOND ROSTAND
par M. de Max

* * *

Le Cabestaing de "La Légende du Cœur". JEAN AICARD
par M. Paul Mounet

Jeanne d'Arc . . . . . GEORGES TROUILLOT
par Mlle Madeleine Roch

Hommage de la Théroigne de Méricourt de Paul Hervieu. . . . LOUIS PAYEN
par Mlle Delvair

La Reine au Jardin . REYNALDO HAHN

Souvenir de la Marie-Antoinette d'Henri Lavedan et G. Lenotre. ALBERT ACREMANT
par Mlle Cécile Sorel

Le Salut de Jacasse . . . . MIGUEL ZAMACOÏS
par Mlle Marie Leconte

Salut d'un rimeur de fortune à une paradoxale marchande de journaux . . . . TRISTAN BERNARD
par M. Raymond Bernard

L'Oasis . . . . . REYNALDO HAHN

La Samaritaine. . . . JANE CATULLE-MENDÈS
par Mlle Géniat

La Princesse Lointaine . . . EDMOND ROSTAND
par Mme Moreno

* * *

Sonnet dialogué. . . . . . EDMOND ROSTAND

RÉPONSE DE Mme SARAH BERNHARDT

* * *

Défilé Joyeux . . . REYNALDO HAHN

Nous publions, de plus, le texte intégral des trois discours qui furent prononcés : ceux de M. René Viviani, de M. Jean Richepin et de Mme Sarah Bernhardt.

DISCOURS DE M. RENÉ VIVIANI

Ministre de l'Instruction Publique et des Beaux-Arts

Mesdames, messieurs,

Le décret qui portait nomination de Mme Sarah Bernhardt dans l'ordre de la Légion d'honneur contenait naturellement, pour la justification de sa légalité, la signature de M. le président de la République et la mienne. Je dois dire que si ces deux signatures se sont trouvées aisément réunies, c'est parce qu'une ancienne préméditation présidait depuis longtemps à leur rencontre. En effet, au mois de décembre dernier, exactement au cours d'un banquet où nous fêtions ensemble le cinquantenaire de l'Ecole des Beaux-Arts, comme j'étais assis auprès de M. le président de la République, je m'ouvris à lui de l'ardent désir qui m'animait de présenter à la Grande Chancellerie une candidature aimée. Non seulement M. le président de la République a encouragé mon initiative, mais il s'y est associé, et je l'ai entendu parler de vous, un jour, devant moi, madame, et se faire, avec une émotion contenue, l'incomparable avocat de votre noble cause.

Je n'accomplis donc qu'un acte de justice en me retournant, dès mes premières paroles, vers le chef de l'Etat qui, ne pouvant assister à cette fête, s'y est si gracieusement associé *(Applaudissements.)*, en me retournant vers lui, pour lui apporter nos remerciements émus, nos saluts respectueux, pour m'incliner aussi devant le grand homme de lettres dont toute la vie atteste qu'il n'est pas vrai que la politique soit une maîtresse jalouse capable de détourner nos cœurs et nos esprits du culte de la beauté. *(Applaudissements.)*

Et maintenant, madame, voulez-vous me permettre de vous dire que si j'ai éprouvé

412

une grande fierté, si je bénis la fortune heureuse qui m'a permis, en attachant mon nom au vôtre, presque en me cachant derrière vous, de détourner à mon profit un peu de votre gloire, tout de même vous m'avez donné un cruel embarras?

Un ministre ne remplit pas sa tâche tout entière lorsqu'il transmet à la Grande Chancellerie le dossier d'un candidat. Il faut encore qu'il y inscrive les titres dont ce candidat sera paré et par lesquels il sera défendu au jour de l'épreuve. Or, combien de lignes aurais-je dû inscrire dans les colonnes du *Journal Officiel* si j'avais voulu rappeler, dans leur noblesse et dans leur ampleur, tous les services que vous avez rendus à l'art et, à travers l'art, à la France! *(Applaudissements.)*

Voulez-vous m'autoriser, madame, à dépouiller publiquement votre dossier et à faire connaître, sous une forme très laconique, les deux seuls titres que j'ai invoqués pour vous? Voici, puisque, paraît-il, vous deviez être présentée, comment vous avez été présentée :

« Mme Sarah Bernhardt: infirmière des ambulances militaires pendant la guerre de 1870. » *(Vifs applaudissements.)*

« Mme Sarah Bernhardt: a répandu la langue française dans le monde entier. » *(Vifs applaudissements.)*

Si j'ai fait, madame, se rejoindre ces deux faits dissemblables, si j'ai renoué, pour ainsi dire, deux moments de votre vie, c'est parce qu'il m'a plu de montrer, à la lueur d'une glorieuse synthèse, que le génie trouve presque toujours sa source dans la bonté.

Ainsi, à l'heure où se levait votre jeunesse inspirée, déjà saluée par cette gloire qui vous fut toujours une compagne fidèle, un jour vous vous êtes écartée des fictions du théâtre, vous vous êtes rapprochée de la réalité, vous vous êtes penchée sur les vaincus, vous avez pleuré sur leur misère, vous avez saigné de leurs blessures! Et puis, le grand devoir accompli, comme toutes les Françaises, comme tous les Français, le front haut, vous avez repris votre route vers le labeur. C'est alors que vous avez émerveillé cette capitale universelle du goût. C'est alors que vous avez entrepris à travers la France, à travers le monde, ces pèlerinages artistiques dont chacun fut pour vous un triomphe, dont chacun fut un succès et un profit moral pour notre pays. Vous avez répandu dans le monde entier la langue française, c'est-à-dire que vous avez fait resplendir ce pur joyau qui, depuis des siècles, est façonné par des ouvriers immortels, c'est-à-dire que vous en avez fait briller devant l'étranger toutes les facettes étincelantes. Vous avez répandu dans le monde entier la langue française, c'est-à-dire qu'à travers elle vous avez fait aimer les nobles idées dont elle est le symbole, tandis que de votre voix inimitable vous faisiez retentir la musique qui est cachée dans chacun de ses mots. *(Applaudissements.)*

Il y a longtemps, madame, qu'un jour, en vous entendant, j'ai pu, sous l'action de votre voix, vérifier la vanité de la formule au nom de laquelle on proclame que la musique commence où la parole finit. La musique commence où la parole finit! Certes, je ne suis pas ici pour m'élever contre la musique. Ce ne serait ni le jour, ni le lieu. Je risquerais de provoquer un mouvement de grève dans une partie du Conservatoire. Et puis je ne peux pas oublier que parmi les quatre théâtres subventionnés qui sont remis à ma garde, il en est deux qui le sont au titre lyrique. D'ailleurs, il ne m'en coûte pas de payer ma dette de gratitude à la musique, celle que contractent tous les hommes qui, au terme d'une rude journée de labeur, trouvent, dans les joies dont la musique dispose, l'émerveillement de l'esprit et quelquefois le repos du cœur. Mais quelle délicieuse et quelle ardente musique, vous le savez, madame, mieux que moi, jaillit de notre langue lorsque les images et les rimes ont été frappées par de grands poètes et par de grands écrivains! N'est-ce pas le bruit d'une armure froissée dans la bataille qui résonne, — je vous en demande pardon: même vis-à-vis de vous, je revendique la liberté de mes opinions, — qui résonne dans certaines... tragédies de Corneille? *(Applaudissements.)*

Et cette même langue, lorsque parle votre Racine, n'est-elle pas une musique ineffable, traductrice nuancée de tous les sentiments qui soulèvent le cœur humain? Avec Rousseau, le plus grand poète de la prose, se sont incorporées à la langue française toutes les symphonies triomphales de la nature. Et, au début du dix-neuvième siècle, lorsque se fut apaisé le grand tumulte militaire qui, pendant vingt-cinq ans, avait tout recouvert du bruit de ses fanfares, à quelle musique est-ce que nos pères ont prêté l'oreille? Ecoutez : c'est la clameur du vent et le murmure des flots rythmés avec Chateaubriand; c'est le chant plaintif qui s'élève des bords du lac où rêve Lamartine; c'est la même langue qui, avec Victor Hugo, retentit comme le tonnerre après nous avoir éblouis comme la foudre. *(Applaudissements.)* Ah! vous applaudissez! Ce n'est pas moi qu'il faut applaudir, c'est cette langue admirable, langue de la poésie et du droit, de la science et des lettres, de la philosophie et de la diplomatie, langue capable d'ajouter à la parure de la chimère en même temps qu'à la précision de la réalité. *(Applaudissements.)* Tout ce qu'elle roule en elle depuis cinq siècles, tout ce qu'elle entraîne avec elle comme un grand fleuve sonore et éclatant, qui respecterait ses digues, toutes ces richesses anciennes, toutes ces richesses qui se renouvellent, tout cela devant des foules extasiées et terrifiées, vous l'avez jeté, madame, de votre voix mélodieuse et grave, courroucée ou attendrie, tragique ou câline, éclatante ou contenue, vous qui fûtes la plus farouche des Phèdre, la plus douloureuse des Hermione, la plus tendre des Bérénice; vous qui, en même temps que vous étiez la plus passionnée des amantes d'Hernani, avez dessiné devant nos yeux la pure, la fine, la mélancolique silhouette de Maria de Neubourg, au même instant où, par amour pour Hamlet, sans doute, vous vous apprêtiez à faire resplendir sur le front tragique de Lorenzaccio le sublime conflit de la pensée et de l'action. *(Applaudissements.)*

Comme une souveraine qui se promène dans ses Etats, vous vous êtes promenée à travers le monde. Si le monde vous admire, ce n'est pas uniquement parce qu'il frissonne aux accents de votre voix. Vous avez représenté les plus grands personnages de la littérature et de l'histoire, je veux dire, madame, que vous les avez haussés jusqu'à vous. Et c'est cette action continue, c'est cette émotion qui provient à la fois du mouvement et de l'immobilité, ce sont ces yeux qui rayonnent ou qui s'éteignent, ce sont ces lèvres qui frémissent ou qui blêmissent, ce sont ces silences tragiques où, lorsque la parole s'arrête, votre grande âme, comme un instrument que rien ne peut briser, continue à palpiter, c'est par tout cela, madame, que vous nous avez tous conquis. *(Vifs applaudissements.)*

D'ailleurs, c'est le fait unique du génie de rassembler dans des sentiments identiques ceux que la vie sépare, et les pauvres et les riches, et les êtres dotés d'une haute culture et ceux qui en sont déshérités, mais qui trouvent dans les traditions de notre race l'amour, le culte et le goût de la beauté.

Vous avez conquis l'élite et vous avez conquis la foule. Vous avez conquis l'élite quelquefois sceptique, je puis le dire, quoiqu'elle ait ici de nombreux et de gracieux représentants, l'élite rebelle quelquefois à l'émotion et que j'accuserais volontiers de laisser s'atténuer, sous le poids d'une haute culture, les facultés admiratives de l'être. Et vous avez conquis la foule, cette foule qui, tous les soirs, madame, vous regarde avec des larmes dans les yeux; cette foule pour laquelle une fiction de théâtre est la récompense d'une semaine de labeur; cette foule qui, loyalement, toujours, se donne tout entière; cette foule qui n'est pas là, ce soir, dans cette salle où s'entre-croisent les feux de la lumière, de la jeunesse et de la beauté, mais dont la pensée vous accompagne et qui, parce qu'elle a reçu de vous des émotions à la fois douces et puissantes, vous garde, vous le savez bien, un éternel et un reconnaissant souvenir.

J'ai fini, madame. Je salue en vous l'art immortel et souverain, celui dont vous servez la grandeur depuis tant d'années par un labeur obstiné qui a multiplié les dons de votre noble nature. Je le salue aussi, cet art, ici, dans son centre ordinaire, dans cette salle coquette, trop petite pour rassembler tous vos admirateurs, sur le seuil de laquelle tout à l'heure nous fûmes reçus avec une affabilité touchante, et par M. Adolphe Brisson, et par la femme d'élite qui, une fois de plus, en organisant cette fête splendide, a montré que les grandes pensées viennent du cœur. *(Vifs applaudissements.)* Je salue à travers vous les poètes et les écrivains, les auteurs, les artistes glorieux qui forment autour de vous un cortège fraternel assez rapproché de vous pour que vous sentiez venir la chaleur de leur affection, assez éloigné aussi pour que, comme il convient, vous apparaissiez en pleine lumière, isolée sur votre piédestal en cette journée à la fois exquise et mémorable, en cette journée, madame, qui n'appartient qu'à vous. *(Longs applaudissements.)*

DISCOURS DE M. JEAN RICHEPIN

de l'Académie française

Monsieur le ministre,

Je suis, à la fois, extrêmement ému, troublé, plein de fierté et plein de joie, en essayant de remplir la tâche qui n'est plus une tâche, mais qui est devenue véritablement une volupté par les émotions que vous venez de me faire ressentir. Je viens simplement vous dire merci, au nom d'abord de mes frères, les poètes, qui vont tout à l'heure mettre aux pieds de Mme Sarah Bernhardt leurs hommages comme s'ils les offraient à notre Muse vivante. *(Applaudissements.)*

414

Je vous dirai merci en même temps au nom des artistes qui vont interpréter ces hommages devant la reine de leur art, et, en même temps, au nom de l'Université des *Annales*, où cette reine du théâtre vient de se révéler l'impératrice de la conférence. *(Vifs applaudissements.)*

Je vous remercierai aussi et surtout au nom de toutes ses admiratrices, de tous ses admirateurs, non seulement présents dans cette salle, mais répandus dans Paris, dans la France, dans le monde entier. *(Applaudissements.)*

Je vous remercierai encore, monsieur le ministre, non seulement du beau geste que vous avez fait, du noble et généreux geste auquel a voulu s'associer M. le président de la République, d'avoir enfin, à toutes les fleurs qui forment le bouquet de la gloire de Sarah Bernhardt, ajouté la seule petite fleur qui lui manquait, à laquelle elle tenait par-dessus tout, cette fleur où on voit le rouge de toutes les passions qu'elle a fait saigner en jouant nos grands auteurs s'unir à la lumière étincelante, éblouissante de l'étoile de son pays. *(Vifs applaudissements.)*

Vous me permettrez, en quelques mots très brefs, de vous remercier particulièrement de quelque chose qui vaut presque plus que votre geste: c'est du commentaire dont vous venez de le souligner, c'est de cet admirable discours où nous autres, tous, ici, les artistes, les orateurs, les poètes, nous avons pu prendre une leçon de celui qui est vraiment le grand-maître de l'Université française. *(Vifs applaudissements.)* Car si nous savions déjà la plupart des raisons que vous avez données, il en est une qu'aucun de nous n'avait su trouver. Oui, il est vrai que Sarah Bernhardt, par la seule vertu de sa voix, a répandu notre influence, notre action, notre gloire. Je l'avais remarqué plusieurs fois, en passant dans des pays où j'arrivais sur ses traces glorieuses, après elle... Je voyais des gens qui m'en parlaient avec enthousiasme, en me disant :

— Je ne sais pas le français; mais, quand elle parle, il me semble que je sens passer l'âme de la France! *(Applaudissements.)*

C'est précisément cela que vous avez dit: Sarah Bernhardt colporte dans l'univers, non pas uniquement l'idée, la pensée, le cerveau de la France, mais la musique de notre langue, cette musique que souvent on lui conteste. On compare la langue française à d'autres langues plus rudes ou plus sonores, qui ont des consonnes plus accentuées, plus violentes, ou des voyelles plus chantantes, plus musicales. Non! la nôtre, sur les lèvres de la grande artiste, a toutes ces voyelles, elle a toutes ces consonnes, et elle a en plus la douceur, la finesse, la fluidité de notre ciel. La musique de notre langue est pareille au ciel de France, et la seule voix qui l'ait partout répandue, c'est la voix de Sarah Bernhardt. J'arrêterai là ce remerciement qui ne veut pas être un discours, qui, d'ailleurs, ne le pourrait pas et n'essaiera pas de l'être après vous, monsieur le ministre. J'arrêterai ce remerciement en laissant la place et la parole à mes frères les poètes, à nos autres frères les artistes. C'est la seule voix qu'il faille entendre ici après la vôtre, la seule voix capable d'honorer une femme qui est à la fois un être de génie et de cœur, un être de légende et de rêve. Que de poètes rêveront sur elle, écriront des drames, des vers, des odes sur elle! Ce sont eux qui doivent la célébrer, puisqu'elle a été l'incarnation de ce qu'il y a de plus doux au monde: le doux parler de notre douce France. *(Longs applaudissements.)*

REMERCIEMENTS DE Mme SARAH BERNHARDT

Il me faudrait votre éloquence, monsieur le ministre, pour répondre aux belles et nobles paroles que vous m'avez adressées. Ne l'ayant pas, cette éloquence, j'ouvre tout grand mon cœur pour y puiser les belles fleurs de reconnaissance, de joie, de tendresse et de doux orgueil.

De ces fleurs, je fais un bouquet que je vous offre avec une profonde émotion, monsieur le ministre.

Se tournant vers Mme Raymond Poincaré, qui avait tenu à assister à cette fête, Mme Sarah Bernhardt ajoute :

De ces fleurs, je fais une gerbe que je dépose à vos pieds, madame, vous qui avez honoré et embelli cette fête par le charme de votre présence.

Avec ces fleurs, je tresse des guirlandes que j'accroche à vos lyres, ô mes chers poètes, vous qui m'assurez l'immortalité par les beautés de votre verbe. A vous, Reynaldo, cette fleur de mon cœur, vibrante encore de l'harmonie de vos accords; et mes mains tendues vers vous, mes chers camarades, et toi, mon public aimant et fidèle, mes mains tendues vous offrent dans leurs paumes tous les battements de mon cœur débordant d'une reconnaissance infinie. A vous, madame Brisson, merci! merci! merci!

356

HOMMAGE DES POÈTES A Mme SARAH BERNHARDT

Une fête extrêmement brillante et touchante fut donnée à l'Université des *Annales* en l'honneur de Mme Sarah Bernhardt, le vendredi 27 février 1914, sous la haute présidence de M. René Viviani.

Mme Sarah Bernhardt. *(Phot. Bert.)*

Les poètes Edmond Rostand, Jules Lemaître, Jean Aicard, Edmond Haraucourt, Auguste Dorchain, Fernand Gregh, Miguel Zamacoïs, Henri Cain, Louis Payen; Mmes Daniel Lesueur, Lucie Delarue-Mardrus, Jane Catulle-Mendès et d'autres encore, vinrent rendre hommage à Sarah, et M. Viviani prononça, en son honneur, un discours admirable, que nous publierons dans notre prochain numéro.

M. Jean Richepin répondit avec l'éloquence que l'on devine.

A l'heure où nous mettons ces pages sous presse, il nous est impossible de donner un véritable compte rendu. Nous nous contentons de publier deux des poésies très applaudies et de promettre toutes les autres et le récit complet de la fête dans le numéro suivant.

LE CABESTAING DE LA LÉGENDE DU CŒUR

Moi, je suis Cabestaing, symbole des poètes,
Qui fus livré vivant aux bêtes [loups,
Par des humains cent fois plus cruels que des
Et dont le cœur, — ce fut le forfait d'un ja-
[loux, —
Parmi les venaisons, sur une affreuse table,
Fut présenté, cœur lamentable,
A celle que j'aimais, d'un amour tendre et pur.

Et vous avez, un soir, madame, dans Orange,
Evoqué mon histoire étrange,
Au pied du noir, antique et fatidique Mur;
Et vous fûtes, corps et âme, l'image même
Du blanc chevalier-troubadour,
Tout héroïsme et tout amour, [aime...
Qui sait mourir, avec orgueil, pour ce qu'il
Et je disais, par votre voix d'or, ces deux vers:

« Ecoutez mes chansons, dames et damoiselles :
Si vous mangez mon cœur, il vous viendra des
[ailes! »

O madame! qui donc, mieux que vous, à travers
Tous les pays de l'univers,
A fait vivre l'esprit et l'âme de la race, [grâce?
L'art de la noble France, et sa force, et sa
Le Paris rieur, sceptique et moqueur, [cœur,
Respecte en vous l'art grave, et s'en nourrit le
Car vous êtes l'artiste infiniment humaine
Qui verse de vrais pleurs douloureux sur la scène,
Et qui donne, sans fin mourant et revivant,
En pâture son cœur à l'univers fervent;
Et, sur vos lèvres, les paroles les plus belles
Sont plus belles encore et deviennent sans prix,
Et les rythmes divins, les rimes immortelles,
Chantés par votre voix, soulèvent les esprits
Qui sentent tout à coup, divinement surpris,
Que, pour vous suivre au ciel du grand Art, ils
Des ailes, des ailes, des ailes! [ont pris

JEAN AICARD,
de l'Académie française.

*

LE PRODIGIEUX ROMAN

« Reine de l'Attitude et princesse du Geste. »
Les ailes de ta voix palpitent vers les cieux,
Et toi seule, tu peux, sans paraître immodeste,
Accueillir la ferveur de tous nos mots pieux.

Tu passes parmi nous en y cueillant des âmes,
L'artiste a du génie... et tu sais rester femme...
Aussi, chacun de nous te dédie en son cœur
Quelque tendresse insoupçonnée,
Et ton souvenir est la fleur
Qui garde sa fraîcheur au livre des années!

La grandeur de ton art est le pur talisman
Qui t'a permis de vivre un fabuleux roman,
Où, près des grandes héroïnes
Du vieux Corneille et de Racine,
De Shakespeare et Victor Hugo,
Se dressent dans leurs pourpoints d'ombre
Les visions pâles et sombres
D'Hamlet ou de Lorenzaccio...
Et, plus loin, près du puits de la Samaritaine,
Dans son manteau gemmé passe Théodora,
Tandis que Zanetto raconte à Gismonda
Que l'Aiglon a surpris la Princesse Lointaine
Rougissant d'avoir vu le beau prince Charmant
Eveiller, d'un baiser, la Belle au Bois Dormant.

Et si, plus tard, les dieux veulent connaître en-
Les poètes élus que ton art consacra, [core
Il suffira qu'un nom (ton nom, que l'on adore)
Sonne comme un appel..., et soudain l'on verra
Ces semeurs d'idéal et du rythme sonore
Se dresser, palpitants, pour acclamer Sarah!

HENRI CAIN.

Journal de l'Université des Annales, 15 mars 1914.

Dernière image d'un journaliste américain
Mme Sarah Bernardt tourne un film chez elle

Mme SARAH BERNHARDT TOURNE UN FILM CHEZ ELLE

Un journaliste américain a pu assister à quelques séances de travail en se faisant embaucher comme ouvrier électricien.

La grande tragédienne joue un rôle de voyante paralysée vivant dans une mansarde en compagnie d'un chimpanzé.

On tourne actuellement un film chez Mme Sarah Bernhardt, et on le fait dans le plus grand secret, pour lui éviter les fatigues de l'interview et des visites inutiles. Tous ceux qui participent à la prise, y compris les mécaniciens, se sont engagés par contrat à observer le plus rigoureux silence à ce sujet. C'est donc un secret bien gardé, mais l'illustre tragédienne ne peut

»

Dernière image d'un journaliste américain, suite...

s'isoler du monde sans éveiller la curiosité professionnelle des journalistes dont le métier est précisément d'être curieux et indiscret.

Des confrères américains remarquèrent à la porte de son hôtel du boulevard Pereire les camions fournissant la lumière électrique avec les câbles qui étaient une suffisante indication. L'un d'eux se mit sur cette piste. On tenta de l'en éloigner en lui parlant d'une simple opération de nettoyage par le vide. Il voulut connaître le metteur en scène, son compatriote, mais il perdit son temps. Après trois semaines de travaux d'approche, il avait un plan assez romanesque pour intéresser ses lecteurs, assez simple pour réussir. M. F. K. Abbott se contenta de revêtir une combinaison bleue d'électricien et il se présenta en disant qu'il faisait partie de l'équipe. Devant le chef de celle-ci, il demanda du travail et se fit embaucher à raison de 20 francs par séance. Il n'était pas sans émotion. C'est que, d'une part, il a la plus grande admiration pour Mme Sarah Bernhardt, et que, de l'autre, il ne possède en matière d'électricité que des notions insuffisantes pour faire figure d'électricien. Par bonheur, on se borna à le charger du maniement d'un petit projecteur et on ne jugea pas utile de lier cet « extra » par le secret professionnel.

Dès qu'il fut un peu à l'aise dans la place, il put constater que la plus grande pièce appelée « le conservatoire » avait été aménagée en studio, non sans avoir été sensiblement modifiée. Une fenêtre est devenue une porte, une fausse fenêtre donne sur un décor représentant Montmartre avec le Sacré-Cœur.

— Je me suis mêlé au groupe des électriciens avant le travail, nous dit cet ingénieux confrère. Nous avions tous le chapeau sur la tête et la cigarette à la bouche. Au moment où l'on annonça : « Madame vient », les cigarettes disparurent et les chapeaux furent enlevés. Le silence remplaça le bruit des conversations et ce fut une minute impressionnante. Ce que l'on respectait le plus, c'est l'exemple de travail que donne encore un être qui a derrière lui toute une vie de gloire et de labeur quotidien. Leon Abrams, qui est son propre metteur en scène, a composé pour elle un scénario qui la présente telle qu'elle est. Elle joue un rôle de voyante paralysée, vivant dans une mansarde, et elle n'a qu'une seule compagne, qui est en même temps sa servante : Jacqueline. Jacqueline sur le dossier de son fauteuil et elle est aussi preste que sa maîtresse est prisonnière de son mal. D'un bond, elle descend, ouvre la porte ou la fenêtre, et d'un bond elle se réinstalle sur le sommet du siège, car Jacqueline est un chimpanzé. Le maître de cet intelligent animal se tient en dehors du champ et se fait obéir rien qu'avec la parole, mais il arrive qu'il faut tourner la même scène cinq ou six fois avant d'être sûr du résultat. Jamais Mme Sarah Bernhardt ne se plaint. Lorsque sa secrétaire, Mme Normand, dit : « Vous ne croyez pas qu'elle est un peu fatiguée ? » Elle intervient pour que la séance continue : « Mais non, je suis si contente de travailler ! »

« Dès qu'elle ne tourne plus, on lui met des lunettes bleues pour reposer les yeux qui subissent la dure épreuve de la lumière. Elle s'intéresse à toutes choses autour d'elle et s'émerveille par exemple de l'accent du metteur en scène qui n'est en France que depuis deux mois.

« Les deux serviteurs qui la transportent sur sa chaise sont parmi les dévouements qui l'entourent. L'un d'eux, Arthur, est à son service depuis plus d'un demi-siècle. Pour qu'elle entre dans le studio, on retire la barre de la fausse fenêtre et elle arrive toute prête, maquillée. Elle est vêtue d'une robe de chambre bleue, aux longues manches de dentelle qui recouvrent ses mains jusqu'aux doigts.

« J'ai eu souvent peur de me trahir par un mouvement maladroit, mais je braquais sur elle le projecteur de telle façon que je pouvais la voir sans qu'elle me remarquât. Ce que les lecteurs américains comprendront, c'est le courage étonnant de la plus grande tragédienne de notre époque. »

Excelsior, 20 mars 1923.

Jouer pour Elle

Lettre de Sacha Guitry au directeur de COMOEDIA 29 mars 1923

Paris fait aujourd'hui à Sarah Bernhardt de grandioses funérailles.

Sollicité par COMOEDIA de donner son avis sur la meilleure façon d'honorer en ce jour la mémoire de Sarah Bernhardt, M. Sacha Guitry a eu cette touchante pensée de proposer à tous les directeurs, à tous les artistes des théâtres de Paris de jouer ce soir uniquement en l'honneur de celle que nous pleurons. COMOEDIA s'associe de tout cœur au vœu de M. Sacha Guitry et tient comme un grand honneur et un devoir de collaborer à la réalisation d'un si noble dessein. Voici la lettre que M. Sacha Guitry a adressée à notre directeur :

Mon cher directeur,

Dans tous les théâtres de Paris, nous avons tous eu hier soir la même pensée : faire relâche le jour des obsèques de Mme Sarah Bernhardt.

Mais en pensant à Elle davantage, en nous souvenant de sa devise, l'idée suivante m'est venue.

Ne vaut-il pas mieux jouer pour Elle que de ne pas jouer pour Elle ?

Il est tout naturel que nous fassions notre métier – son métier – et il est tout naturel que ce soir nous le fassions pour Elle.

Que les Théâtres de Paris offrent ce soir à la ville de Paris la statue de Sarah Bernhardt.

Pour qu'elle soit très belle, pour qu'elle soit d'un marbre impérissable, que chaque acteur, que chaque auteur, que chaque directeur donnent une part de son cachet, de ses droits, de son bénéfice, et, en une heure, la chose peut être faite.

Vôtre, Sacha Guitry

P.-S. : Pour les artistes ne jouant pas en ces moments, les caisses de COMOEDIA et de l'union des artistes (1, rue Rossini) sont ouvertes. Les régisseurs de tous les théâtres de Paris verseront à l'union les sommes reçues par eux.

La première liste des soucis leur paraîtra demain dans COMOEDIA.

Comoedia, 29 mars 1923, Gabriel Alphand (directeur).

L'ART DE LA DICTION

31 janvier 1914. Répétée le 4 février.

LES HÉROÏNES DE RACINE

Conférence de Mme Sarah BERNHARDT

Avec le concours de MM. Jousé et Decœur

Il vous souvient, mesdames, mesdemoiselles, messieurs, que nous avons laissé notre jeune amie joyeuse et triomphante de son succès du *Passant*.

Je vais vous lire toute la petite odyssée

Sarah Bernhardt.

(*Phot. Nadar.*)

d'une représentation du *Passant* à la Cour de Napoléon III. Cette représentation aux Tuileries est gravée dans mon cerveau; et, quoiqu'il y ait maintenant quarante-cinq ans de cela, je puis la revivre minute par minute.

Il fut convenu avec Duquesnel et l'envoyé de la Cour que nous irions d'abord aux Tuileries, Agar et moi, pour voir l'emplacement où nous devions jouer, afin de le faire aménager selon les besoins de notre pièce.

M. le comte de Laferrière devait me conduire près de l'empereur, lequel devait me présenter à l'impératrice Eugénie.

Agar devait être présentée par la princesse Mathilde, pour laquelle elle posait une tête de Minerve.

M. de Laferrière vint me chercher à neuf heures du matin, dans une voiture de la Cour, où je pris place avec Mme Guérard.

M. de Laferrière était un aimable homme, aux manières un peu compassées. Comme nous tournions la rue Royale, dans un moment d'arrêt, le général Fleury s'approcha de nous. Je le connaissais, car il m'avait été présenté par le duc de Morny. Il s'informa et, sur le récit que lui fit le comte de Laferrière, il nous quitta, me criant :

— Bonne chance!

A ce moment même, un homme qui passait répondit :

— Bonne chance, peut-être, mais pas pour longtemps, tas de propres à rien!

Arrivés au château des Tuileries, nous descendîmes tous les trois. On m'introduisit dans un petit salon jaune du rez-de-chaussée.

— Je vais prévenir Sa Majesté, dit M. de Laferrière en nous quittant.

Seule avec Mme Guérard, je voulus répéter mes trois révérences :

— Mon petit' dame, dis-moi si c'est bien?

Et je saluai en murmurant :

— Sire... Sire...

Je recommençai plusieurs fois : « Sire », plongeant dans ma robe, les yeux baissés, quand j'entendis un léger rire étouffé.

Je me redressai, furieuse contre Mme Guérard, mais je la vis comme moi courbée en demi-cercle.

Je me retournai vivement : derrière moi, l'empereur, tapant doucement dans ses mains, riait discrètement, mais riait bien tout de même.

J'étais rouge, confuse...

Depuis quand était-il là?... J'avais plongé je ne sais combien de fois, rectifiant mon salut, disant :

— Ça, c'est trop bas tout de même; ça..., c'est bien... N'est-ce pas, Guérard?

Mon Dieu! mon Dieu! avait-il entendu tout cela?

Et comme, malgré mon émoi, j'esquissais ma révérence :

— Inutile, me dit l'empereur en souriant, cela ne sera jamais plus joli que tout à l'heure. Réservez-les pour l'impératrice, qui vous attend. *(Rires. Applaudissements.)*

Ah! ce « tout à l'heure »! Je me demandais quand c'était..., « tout à l'heure »!

Je ne pouvais interroger Guérard, qui marchait loin derrière, avec M. de Laferrière.

L'empereur marchait près de moi, me parlant de mille choses auxquelles je ne répondais que distraite, à cause du... « tout à l'heure ».

Il me plaisait bien plus ainsi, de près, que sur ses portraits. Il avait de si jolis yeux mi-clos qui regardaient au travers de très longs cils.

Son sourire était triste et un peu narquois. Son visage était pâle et sa voix éteinte et prenante.

Nous arrivâmes chez l'impératrice.

Elle était assise dans un grand fauteuil. Une robe grise emprisonnait son corps, qui semblait être moulé par l'étoffe.

Je la trouvai très jolie, plus jolie aussi que sur ses portraits.

Je fis mes trois saluts sous l'œil rieur de l'empereur.

L'impératrice parla. Le charme s'évanouit.

Cette voix rauque et dure, sortant de cette blondeur, me fit l'effet d'un choc reçu.

A partir de ce moment, je me sentis mal à l'aise près d'elle, malgré sa bonne grâce et sa bienveillance.

Quand Agar fut arrivée et présentée, l'impératrice nous fit conduire dans le grand salon, où devait avoir lieu la représentation. Les mesures furent prises pour l'estrade. Puis, il fallait l'escalier sur lequel Agar posait en courtisane découragée qui maudit l'amour vénal et souhaite l'amour idéal.

C'était toute une affaire, cet escalier! Il fallait dissimuler la naissance des trois marches qui figuraient le monumental escalier d'un palais florentin.

Je demandai des arbustes, des plantes fleuries, et je disposai le tout, le long des trois marches.

Le prince impérial, qui était arrivé et qui avait alors treize ans, m'aida à ranger les plantes. Il riait comme un fou, alors que Mlle Agar montait sur les marches pour essayer l'effet.

Il était délicieux, ce jeune prince, avec ses yeux magnifiques aux lourdes paupières semblables à celles de sa mère, et aux longs cils fournis et drus.

Il était spirituel comme l'empereur; cet empereur qu'on avait surnommé « Louis l'imbécile » et qui avait certainement l'esprit le plus fin, le plus subtil, et, en même temps, le plus généreux et le plus libéral.

Nous arrangeâmes tout pour le mieux. Et il fut décidé que nous reviendrions deux jours

Le prince impérial vers sa treizième année.

après, pour une répétition devant Leurs Majestés.

Avec quelle grâce le prince impérial demanda d'assister à cette répétition, — ce qui, du reste, lui fut accordé.

L'impératrice nous dit : « Au revoir! » d'une façon charmante, mais avec une bien vilaine voix, et elle ordonna aux deux dames qui l'accompagnaient de nous faire servir des biscuits et du vin d'Espagne, et de nous faire visiter le palais, si tel était notre désir.

Moi, je n'y tenais guère, mais Mme Guérard et Agar semblaient si ravies de cette offre, que je me prêtai à leur fantaisie.

Et je l'ai toujours regretté, car rien n'était plus laid que les appartements particuliers, sauf le cabinet de travail de l'empereur et les escaliers.

Je m'ennuyais terriblement pendant cette

688

visite; quelques tableaux vraiment beaux me consolèrent un peu.

Et je restai quelque temps en contemplation devant le portrait de Winterhalter, représentant l'impératrice Eugénie.

Elle était bien ainsi. Et ce portrait — qui,

L'Impératrice Eugénie, d'après WINTERHALTER.

grâce à Dieu, ne parlait pas — expliquait et justifiait la fortune inespérée de la souveraine.

La répétition eut lieu sans incidents.

Le jeune prince s'ingénia à nous prouver sa joie reconnaissante, car nous nous étions mises en costumes pour lui, puisqu'il ne devait pas assister à la soirée.

Il dessina mon costume et se promit de le faire copier pour un bal déguisé qui devait être donné pour l'enfant impérial.

La représentation eut lieu en l'honneur de la reine de Hollande, accompagnée du prince d'Orange, qu'on appelait ordinairement, à Paris, « le prince Citron ».

Ce soir-là, il y eut un petit incident tout à fait amusant:

L'impératrice avait les pieds étonnamment petits, et, les voulant encore plus petits, les emprisonnait dans des souliers trop étroits.

Elle était merveilleusement belle, ce soir-là, l'impératrice Eugénie! Ses épaules émergeaient, fines et tombantes, d'une robe de satin bleu pâle brodée d'argent. Ses jolis cheveux soutenaient un petit diadème de turquoises et de diamants. Ses deux petits pieds reposaient sur un coussin de brocart argenté. Pendant toute la durée de la pièce de Coppée, mes yeux étaient fréquemment attirés vers le coussin d'argent. Je voyais s'agiter les deux petits pieds.

Enfin, je vis un des souliers qui, lentement, lentement, poussait son petit frère; et je vis très clairement le talon de l'impératrice quitter sa prison, le pied n'étant plus chaussé que par le bout.

Je m'inquiétai fort, et non sans raison, de la façon dont il rentrerait, — car, en ce cas, le pied se gonfle et ne peut réintégrer le soulier trop étroit.

La pièce finie, nous fûmes rappelées deux fois. Et, comme c'était l'impératrice qui donnait le signal des applaudissements, je pensai qu'elle retardait le moment de se lever, car je voyais son joli pied endolori essayer vainement de rentrer dans le soulier.

Le léger rideau se referma sur nous, à la fin du *Passant*. J'intéressai Agar au drame du coussin; et toutes deux nous suivîmes, par la fente du rideau, les diverses phases.

L'empereur se leva et tout le monde l'imita. Il offrit son bras à la reine de Hollande; mais son regard s'arrêta sur l'impératrice, encore assise; son visage s'éclaira de ce sourire que j'avais déjà vu.

Il dit un mot au général Fleury, et, aussitôt, les généraux et officiers d'ordonnance qui étaient placés derrière les souverains firent un rempart entre la foule et l'impératrice.

L'empereur et la reine passèrent sans avoir l'air de voir l'inquiétude anxieuse de Sa Majesté; et le prince d'Orange, mettant un genou à terre, aida la belle souveraine à chausser la mule de Cendrillon.

L'empereur vint nous rejoindre dans le petit salon qui nous était réservé; et il nous complimenta avec une bonne grâce délicieuse.

— Je vais bientôt jouer Camille dans *Horace*, de Corneille, dit Agar. Je serais bien heureuse si Votre Majesté daignait honorer cette représentation par sa présence.

— C'est bien, répondit le souverain: j'irai vous voir, quoique je préfère Racine.

Je l'aurais embrassé pour cette bonne pa-

Racine pour toujours, suite...

role ; car, moi aussi, je préfère Racine. (Vifs applaudissements.)

On m'a souvent demandé pourquoi je ne jouais jamais du Corneille.

La raison en est très simple : Corneille, à mon avis, ne sait pas faire parler la femme.

J'ai étudié toutes ses héroïnes : pas une, sauf Psyché, pas une ne m'apparaît – à moi, du moins – vraiment femme. Toutes ont des battements de cœur dans la tête ; leur amour est toujours subtil, compliqué et ergoteur.

Vingt fois, j'ai accepté de jouer Chimène, l'héroïne du *Cid* ; et vingt fois j'y ai renoncé, au grand désespoir de M. Perrin, alors administrateur de la Comédie-Française, et malgré le chagrin de mon très ami et camarade Mounet-Sully.

Mais je ne pouvais pas interpréter un caractère que je jugeais aussi faux, aussi versatile, aussi peu humain.

Du reste, je trouve Corneille souvent surhumain, mais jamais humain. [...]

J'ai étudié – non au Conservatoire, j'étais trop jeune et trop faible de voix pour cette étude –, mais j'ai étudié, depuis, Camille. J'ai même promis à Perrin, alors administrateur de la Comédie-Française, de le jouer, et, plus je l'étudiais, plus je haïssais cette Camille.

Un de nos plus grands poètes : Catulle Mendès, était passionné pour Corneille. Il prit à tâche de me faire revenir sur mon aversion pour ses héroïnes ; et il s'y employa avec cette grâce pleine de fougue, cette science d'élocution – que je voudrais avoir en ce moment –, cette science profonde de nos classiques ; mais il n'obtint aucun résultat. [...]

Est-ce mon amour profond pour les femmes de Racine ? Rien ne me fatiguait plus que l'étude des caractères-femmes de Corneille. Je m'arrêtais sans cesse et restais des heures à chercher le pourquoi des revirements de ces cœurs. Et je finis par me convaincre que ces cœurs n'existaient pas.

Les héroïnes de Corneille ne sont que des cerveaux dissemblables de ceux des hommes par l'hésitation de leurs sentiments, par leurs brusques changements dans la manifestation de leur amour.

Ah ! que je me sentais loin des femmes de Racine, qui, tout en ayant des sentiments héroïques, restent femmes !

Racine et Corneille traitèrent tous deux le même sujet : *Bérénice*.

Écoutez la Bérénice de Racine.

Épuisée par la lutte, elle répond à Titus :

Eh bien ! régnez, cruel, contentez votre gloire.
Je ne dispute plus. J'attendais, pour vous croire,
Que cette même bouche, après mille serments,
D'un amour qui devait unir tous nos moments,
Cette bouche, à mes yeux s'avouant infidèle,
M'ordonnât elle-même une absence éternelle.
Moi-même j'ai voulu vous entendre en ce lieu.
Je n'écoute plus rien, et pour jamais adieu.
Pour jamais ! Ah ! Seigneur, songez-vous en vous-même
Combien ce mot cruel est affreux quand on aime ?
Dans un mois, dans un an, comment souffrirons-nous,
Seigneur, que tant de mers me séparent de vous,
Que le jour recommence et que le jour finisse
Sans que jamais Titus puisse voir Bérénice,
Sans que de tout le jour je puisse voir Titus ?

Quelle grâce ! quelle douleur ! Et quels mots pour l'exprimer ! *(Vifs applaudissements.)*

Combien cette Bérénice est femme ! Elle essaie de dissimuler sous les reproches. Elle veut cacher sa douleur ; mais le mot *adieu* déchire son cœur ; elle ne peut plus.

Comment, mon Dieu..., comment pourra-t-il se faire, désormais,

Que le jour recommence et que le jour finisse
Sans que jamais Titus puisse voir Bérénice...

Ah ! les femmes de Racine ! Elles sont la femme de tous les siècles, depuis la naissance du monde jusqu'à maintenant. Elles sont celles qui viendront demain, qui naîtront toujours. Elles sont la femme dans la plus pure et la plus large acception du mot, parce qu'elles sont la grâce, l'amour et la douleur. *(Vifs applaudissements.)*

Une autre comparaison me frappe ; comparez la douleur de Camille à la douleur d'Andromaque : elle aussi reproche à Pyrrhus la mort de l'être aimé ; mais avec quelle mesure ! [...]

(Mme Sarah Bernhardt dit ces vers du grand Corneille – qu'elle n'aime pas – avec un si magnifique emportement, que toute la salle l'acclame.)

C'est de la fureur, ce n'est pas de l'amour ; pas un rappel de l'être aimé.

Elle s'écrie, c'est vrai :

— Ô mon cher Curiace !...

Mais ce n'est mis là que pour rimer avec *audace*. Ces quatre mots n'ont aucun lien avec les derniers vers qui précèdent, ni avec ceux qui suivent.

Mais voici Racine.

M. Decœur veut bien interpréter Pyrrhus. [...]

(Longs applaudissements.)

Ah ! que ce :

Je ne l'ai point encore embrassé d'aujourd'hui

est maternel !

Et quand, emportée par sa douleur, elle rend Pyrrhus responsable de ses malheurs, avec quelle adresse féminine elle le flatte pour effacer le mauvais effet !

Faut-il qu'un si grand cœur montre tant de faiblesse !...

Et, pour appuyer tout ce qu'elle lui demande de faire pour elle et son fils, elle termine en disant :

Seigneur, voilà des soins dignes du fils d'Achille.

Et, enfin, à bout d'arguments, sa désespérance lui inspire sa plus belle arme :

> Hélas ! il mourra donc ! Il n'a pour sa défense,
> Que les pleurs de sa mère et que son innocence ;
> ....
> Je prolongeais pour lui ma vie et ma misère ;
> Mais enfin, sur ses pas, j'irai revoir son père...

Et Pyrrhus est vaincu, car il préfère tout à la perte de cette femme aimée. *(Longs applaudissements.)*

Et Phèdre, cette autre héroïne de Racine : la plus touchante, la plus douloureuse victime de l'amour !

Oh ! elle ne cherche pas à ergoter ! Aussitôt qu'elle voit Hippolyte, elle saisit la main de sa nourrice, et, la portant vers son cœur, elle murmure, presque pâmée d'émotion :

> Le voici : vers mon cœur tout mon sang se retire.
> J'oublie, en le voyant, ce que je viens lui dire.
> ....

Quelle phrase simple ! Il semble que c'est une créature d'aujourd'hui qui parle :

— Le voici... Sens comme mon cœur bat fort...

Une femme du peuple s'écrierait :

— Ah ! mon Dieu, le voici : mon sang n'a fait qu'un tour... *(Applaudissements.)*

Et la déclaration de Phèdre, quel chef-d'œuvre !

Elle vient implorer pour son fils. *(Applaudissements.)*

Elle sait Hippolyte loyal ; elle réclame son appui ; et, dans les onze vers qui suivent, il y a tout, absolument tout ! Elle demande appui pour son fils, en annonçant sa mort prochaine, ce qui facilitera la tâche à Hippolyte.

Elle excite son courage par ce vers :

> Déjà mille ennemis attaquent son enfance...

Et elle lui exprime sa crainte d'avoir fermé à la pitié ce cœur généreux par ses procédés contre lui.

Et combien humaine est sa défense !

> Dans le fond de mon cœur vous ne pouviez pas lire.
> ....

Ceci, c'est le commencement de l'aveu ; mais elle ne dira pas son secret ; elle ne veut pas le dire.

Il va lui échapper dans son cri de révolte contre les dieux :

> Ah ! seigneur ! que le ciel, j'ose ici l'attester,
> De cette loi commune a voulu m'excepter !
> Qu'un soin bien différent me trouble et me dévore !

....

Elle a dépassé sa volonté, elle vient de se trahir. Un homme plus expérimenté aurait compris son cri de désespérance ; mais il lui fournit, sans le vouloir, les arguments qui la conduiront insensiblement à l'aveu.

Et, peu à peu, hypnotisée par la réalité présente de son rêve qui hante depuis des mois toutes les heures de sa vie, elle perd la notion des lieux et des êtres ; elle parle en somnambule et répète tout haut ce qu'elle murmure dans ses angoissantes insomnies.

La honte d'Hippolyte la réveille, et, alors, elle balbutie des mots.

Honteuse à son tour, désemparée, meurtrie, elle crie la vérité et réclame la mort de la main même de celui qu'elle offense en l'adorant.

Et tout cela, c'est l'amour, c'est la douleur, c'est la vie avec sa tare éternelle. *(Longs applaudissements.)* [...]

Nous allons essayer, M. Joubé et moi, de vous transporter à Trézène. Voulez-vous nous y suivre ?

Je vous dis la scène entière pour bien vous convaincre que Phèdre est bien plus essentiellement femme que Chimène et que Camille.

> Mais un secret remords agite mes esprits :
> Je crains d'avoir fermé votre oreille à ses cris.
> Je tremble que sur lui votre juste colère
> Ne poursuive bientôt une odieuse mère. [...]

(Mme Sarah Bernhardt, dans cette scène, se montre d'un pathétique sublime. On l'applaudit, on l'acclame frénétiquement.)

Ne trouvez-vous pas que :

Voilà mon cœur : c'est là que ta main doit frapper !

est une trouvaille merveilleuse ? Ne trouvez-vous pas que ce cri est la manifestation la plus féminine de la douleur humaine, que ce soit l'amante, la mère ou l'épouse qui le crie ?

Je n'ai jamais vu Rachel ; mais il paraît qu'elle a laissé un souvenir ineffaçable à ceux qui l'ont entendue. Quand j'aurai disparu, je voudrais que même chose soit dite sur moi. Mais voilà !... Il n'y aura personne pour venir me le dire.

Je dis cela... Mais est-ce qu'on sait, après tout ?... *(Longs applaudissements. L'admirable, la géniale Sarah est rappelée. On lui jette des fleurs. On lui fait une longue ovation.)*

SARAH BERNHARDT

Les pièces

Liste établie
par Ernest PRONIER
dans son Sarah Bernhardt

Liste complète des rôles interprétés par Sarah Bernhardt et des pièces représentées sous ses différentes directions

Théâtre de la Tour d'Auvergne

Les Enfants d'Édouard (Édouard V). Casimir Delavigne. 1861.
Les Premières Armes de Richelieu (Richelieu). Bayard et Dumanoir. 1861.

Comédie-Française

Iphigénie. Racine. 11 août 1862.
Valérie. Scribe. 24 août 1862.
Les Femmes savantes (Henriette). Molière. 12 septembre 1862.
L'Étourdi (Hippolyte). Molière. 6 mars 1863.

Gymnase

La Maison sans enfants (Mme de Rives). Dumanoir. Fin mars 1863.
Le Père de ma débutante (Anita). Théaulon et Bayars. 25 juin 1863.
Le Démon du jeu (Amélie de Villefontaine). Théodore Barrière. Juillet 1863.
Un soufflet n'est jamais perdu (Jeanette). Bayard.
L'Étourneau (Anita). Bayard et Laya.
Le Premier Pas (Clémence). Labiche et Delacour.
Un mari qui lance sa femme. (Duchinka). Labiche et Raymond Deslandes. 25 avril 1864.

Porte Saint-Martin

La Biche au Bois (Princesse Désirée). Coignard. 8 décembre 1865.

Odéon

Le Jeu de l'amour et du hasard (Silvia). Marivaux. 15 août 1866.
Phèdre (Aricie). Racine. Même date.
Les Femmes savantes (Armande). Molière. 14 janvier 1867. Débuts officiels.
Aux arrêts (Amélie). De Boissières. 18 février 1867.
Britannicus (Albine, puis Junie). Racine. Avril 1867.
Le Malade imaginaire (Angélique). Molière.
Le Legs (Hortense). Marivaux.
Athalie (Zacharie). Racine. 20 juin 1867.
Le Marquis de Villemeur (Baronne d'Arglade). George Sand. 10 juillet 1867.
François le Champi (Mariette). George Sand. 11 août 1867.
Le Testament de César Girodot (Hortense). Adolphe Belot et Villetard. Janvier 1868.
Kean (Anna Damby). Alexandre Dumas père. 18 février 1868.
Le Roi Lear (Cordélia). Shakespeare. 6 avril 1868.
La Loterie du mariage (Laure Dufour). Jules Barbier. 12 mai 1868.
Le Drame de la rue de la Paix (Julia Vidal). Adolphe Belot. 6 novembre 1868.
Le Passant (Zanetto). Coppée. 14 janvier 1869.
Le Bâtard (Jeanne). Alfred Touroude. 18 septembre 1869.
L'Affranchi (Bérénice). La Tour de Saint Ybars. Hugo. 19 janvier 1870.
L'Autre (Hélène de Mérangis). George Sand. 25 février 1870.
Jean-Marie (Thérèse). A. Theuriet. 11 octobre 1871.

Fais ce que dois (Marthe). Coppée. 21 octobre 1871.
La Baronne (Geneviève). E. Foussier. 23 novembre 1871.
Mademoiselle Aïssé. Louis Bouilhet. 6 janvier 1872.
Ruy Blas (Doña Maria de Neubourg). Hugo. 19 février 1872.

Comédie-Française

Mademoiselle de Belle-Isle (Gabrielle). Dumas père. 6 novembre 1872.
Britannicus (Junie). Racine. 14 décembre 1872.
Le Mariage de Figaro (Chérubin). Beaumarchais. 30 janvier 1873.
Mademoiselle de la Seguière (Hélène). Jules Sandeau. Février 1873.
Dalila (Léonora Falconieri). Feuillet. 28 mars 1873.
L'Absent (Mistress Douglas). Un acte. Eugène Manuel. 4 juin 1873.
Chez l'avocat (Marthe). Un acte. Paul Ferrier. 22 juillet 1873.
Phèdre (Aricie). Racine. 17 septembre 1873.
Le Péril dans la demeure (Caroline de la Roseraie). Octave Feuillet. 13 janvier 1873.
Le Sphinx (Berthe de Savigny). Octave Feuillet. 23 mars 1874.
La Belle Paule (Henri de Ligniville). Louis Decayrouse. Un acte. 12 mai 1874.
Zaïre. Voltaire. 6 août 1874.
Phèdre (Phèdre). Racine. 21 décembre 1874.
La Fille de Roland (Berthe). 15 février 1875.
Gabrielle. Émile Augier. 27 avril 1875.
L'Étrangère (Mistress Clarkson). Dumas fils. 14 février 1876.
La Nuit de mai (La Muse). A. de Musset. 1er avril 1876.
Rome vaincue (Posthumia). Alexandre Parodi. 27 septembre 1876.
Hernani (Doña Sol). Victor Hugo. 21 novembre 1877.

Othello (Desdémone). Cinquième acte. Shakespeare. 27 février 1878.
Amphitryon (Alcmène). Molière. 2 avril 1878.
Mithridate (Monime). Racine. 7 février 1879.
Ruy Blas (Doña Maria de Neubourg). Victor Hugo. 4 avril 1879.
L'Aventurière (Doña Clorinde). Émile Augier. 17 avril 1880.

Représentations à Londres
Du 24 mai au 27 juin 1880

Adrienne Lecouvreur. Scribe et Legouvé. 24 mai 1880.
Froufrou (Gilberte). Mailhac et Halévy. Juin 1881.
Les Enfants d'Édouard. Delavigne. Juin 1880.

Tournées d'Amérique du Nord et d'Europe
Octobre 1880 à mai 1882

La Dame aux camélias. Dumas fils. Booth Theater. New York. Novembre 1880.
Le Sphinx (Blanche de Chelles). Feuillet.
La Princesse Georges. Dumas fils. Boston. 4 avril 1881.
Les Faux Ménages (Esther). Pailleron. Lyon. 16 février 1882.
La Dame aux Camélias. Une représentation au Théâtre de la Gaîté. 26 mai 1882.
Fédora. Victorien Sardou. Au Vaudeville. 12 décembre 1882.
Pierrot assassin. Pantomime de Jean Richepin. Au Trocadéro. 28 avril 1883.
Valérie. Scribe. En tournée, printemps 1883.

Porte Saint-Martin

Froufrou (Gilberte). Mailhac et Halévy. 17 septembre 1883.

Nana Sahib (Djemma). Richepin. 20 décembre 1883.
La Dame aux camélias. Dumas fils. 26 janvier 1884.
Macbeth. Shakespeare (trad. Richepin). 21 mai 1884.
Théodora. Sardou. 26 décembre 1884.
Marion Delorme. Victor Hugo. 30 décembre 1885.
Hamlet (Ophélie). Shakespeare. 27 février 1886.
Fédora. Sardou. (Reprise.) 29 mars 1886.

Tournée en Amérique du Nord et du Sud
(13 mois)

Le Maître de Forges (Claire de Beaulieu). Georges Ohnet. Première à Buenos Aires. Juin 1886.
La Tosca. Sardou. 24 novembre 1887.
Francillon (Francine de Riverolles). Dumas fils. En tournée.
L'Aveu (Comtesse Marthe de Rocca). Sarah Bernhardt. Un acte. En tournée.
Thérèse Raquin. Zola.
Lena (Lena Despard). Pierre Berton. Aux Variétés. 18 avril 1889.
La Dame aux camélias. Dumas fils. *Ibid.* 16 mai 1889.
Jeanne d'Arc. Jules Barbier. Porte Saint-Martin. 3 janvier 1890.
La Passion. Haraucourt. Lecture au Cirque d'Hiver. 5 avril 1890.
Cléopâtre. Sardou. 23 octobre 1890.

Tournée mondiale
(Janvier 1891 à septembre 1893)
Amérique du Nord, Australie, Europe
et Amérique du Sud

Pauline Blanchard. Albert Darmont et Humblot. Sydney. 25 juillet 1891.
La Dame de Chalant. Giacosa. Cincinnati. 16 octobre 1891.

Léah. Albert Darmont (d'après Mosenthal et John Daly). Boston, 8 janvier 1892.

On ne badine pas avec l'amour (Camille). Musset. New York, avril 1892.

Théâtre de la Renaissance

Direction de Mme Sarah Bernhardt, de novembre 1893 à janvier 1899.

Les Rois (Princesse Wilhelmine). Jules Lemaître. 6 novembre 1893.

I Zeyl. Armand Silvestre et Eugène Morand. 24 janvier 1894. (Avec L. Guitry, de Max, Marie Grandet.)

Fédora (reprise). Victorien Sardou. 3 avril 1894. (Avec L. Guitry.)

La Femme de Claude (Césarine). A. Dumas fils. 17 septembre 1894. (Avec Guitry, Deval, Montigny, de Max.)

Gismonda. Victorien Sardou. 31 octobre 1894. (Avec les artistes cités plus haut.)

Amphitryon (Alcmène). Molière. (Avec les Coquelin, Guitry, Deval.) 6 février 1895.

Magda. Sudermann. 13 février 1895.

* *Le Médecin malgré lui*. Molière. (Les Coquelin.) 5 avril 1895.

Jean-Marie (Thérèse), reprise. A. Theuriet.

La Princesse lointaine (Mélissinde). E. Rostand. (Avec Guitry, de Max, Jean Coquelin.) 5 avril 1895.

* *Amants*. Maurice Donnay (Jeanne Granier et Lucien Guitry). 5 novembre 1895.

* *La Figurante*. François de Curel (Guitry, Antoine, Maria Legault, Jane Thomsen). 6 mars 1896.

* *La Meute*. Abel Hermant (Guitry). Lina Munte. 10 avril 1896.

La Dame aux camélias. A. Dumas fils. 30 septembre 1896.

* *La Meute*. Abel Hermant (Guitry). Lina Munte. 10 avril 1896.

La Dame aux camélias. A. Dumas fils. 30 septembre 1896.
Lorenzaccio. Adapté de Musset par Armand d'Artois. 3 décembre 1896.
Spiritisme (Simone d'Aubenas). Sardou. 3 février 1897.
La Tosca (reprise). Avec Deval. 3 mars 1897.
* *Snob*. Gustave Guiches (Jeanne Granier). 5 avril 1897.
La Samaritaine. Edmond Rostand. (Avec Léon Brémont dans Jésus.) 14 avril 1897.

Représentations de la Duse

* *Service secret*. Decourcelle. (Avec Lucien Guitry.) 1er octobre 1897.
Les Mauvais Bergers (Madeleine). Octabe Mirbeau. 12 décembre 1897.
La Ville morte (Anne). Gabriel d'Annunzio. (Avec Blanche Dufrêne, Brémont, Deval.) 21 janvier 1898.
L'Affranchie. Maurice Donnay. (Lucien Guitry et Ross Bruck.) 16 février 1898.
* *Médée*. Catulle Mendès. 28 octobre 1898.

Théâtre Sarah Bernhardt

Direction de Mme Sarah Bernhardt, de janvier 1899 à mars 1923

1899

La Tosca (reprise). Sardou. 23 janvier.
Dalila. Feuillet. 8 mars.
La Samaritaine. Rostand. 25 mars.
La Dame aux camélias. 9 avril.
Phèdre.
Hamlet. Shakespeare (traduction E. Morand et Marcel Schwob). 20 mai.

À partir du 5 juin le théâtre reste fermé pendant six mois et rouvre le 16 décembre, avec Hamlet.

1900

L'Aiglon. Ed. Rostand. 15 mars.
Matinées poétiques.
La Nuit de mai. Musset.
L'Étincelle (Léonie de Rénat). Pailleron. Un acte.
Cyrano de Bergerac (Roxane). New York, décembre.

1901

* *L'Île heureuse*. Eugène Morand. (Mme Moréno, Parny, M. Pierre Magnier.)
* *La Dame aux camélias*. (Avec Renée Parny.) 7 septembre.
L'Aiglon (reprise). Sarah et Coquelin. 17 octobre.
Les Précieuses ridicules. Molière. (Sarah et Coquelin.) 12 décembre.
* *L'Aveu*. Sarah Bernhardt. *Ibid.*
* *La Défense du bonheur*. Garnier. *Ibid.*

1902

Théodora. Sardou. 7 janvier.
Phèdre. Racine. 6 février et 8 avril.
* *La Femme de Claude*. Dumas fils. 20 février.
Jean-Marie. A. Theuriet. (Avec de Max.) Même date.
Magda. Sudermann. (Avec de Max.) 6 mars.
La Samaritaine. Rostand. 24 mars.
Francesca da Rimini. F. Marion Crawford. 22 avril.
* *L'Aveu*. Même date.
* *L'Aiglon* (de Max). 5 octobre.
Fédora (reprise). Sardou. 19 novembre.
Théroigne de Méricourt. P. Hervieu. 23 décembre.

1903

Andromaque (Hermione). Racine. 7 février.
Werther. P. Decourcelle. 6 mars.
Circé. Charles Richet. À Monte-Carlo, avril.
Bohémos. Zamacoïs. *Ibid.*

L'Aiglon (reprise). 12 avril et 4 juin.
Le Maquignon. Louis Dumur. 8 août.
Sapho (Fanny Legrand). Daudet. *His Majesty's Theatre*. À Londres, 18 juin.
Plus que Reine (Joséphine de Beauharnais). Bergerat. Londres, 29 juin.
La Légende du Cœur (Cabestaing). J. Aicard. Théâtre antique d'Orange, 13 juillet.
Reprise Place du Châtelet. (Avec Mme Moréno, de Max.) 28 septembre.
Jeanne Vedekind. Philippe. (Avec de Max, Blanche Dufrêne.) 5 novembre.
* *Le Dieu vert*. Albert Keim. Un acte. (Avec Mme Moréno, Dufrêne, de Max.) Même date.
La Sorcière (Zoraya). V. Sardou. 15 décembre.

1904

* *Polyeucte*. Corneille. (De Max et Mme Moréno.) 14 janvier.
Le Festin de la Mort (Mme de Maujourdain).
Cartellane. Même date.
* *La Femme de Claude*. Dumas fils. (Blanche Dufrêne.) 18 janvier.
Bohémos. Zamacoïs. Un acte. Même date.
Magada. Sudermann. 11 février.
La Samaritaine. Rostand. 25 février.
Varennes (Marie-Antoinette). Lavedan et Lenôtre. 23 avril. (Reprise 14 septembre.) (Pelléas.)
Pelléas et Mélisande. M. Maeterlinck. Londres, 2 juillet.
* *Par le fer et par le feu*. Maurice Bernhardt (d'après Sienkiewicz). (Avec Huguenet, Desjardin, Decœur, Gabrielle Robinne, Jane Méa.) 21 octobre.

1905

L'Aiglon. En janvier.
La Dame aux camélias. *Ibid*.
Angelo, tyran de Padoue (La Tisbé). Victor Hugo. 7 février.

Esther (Assuérus). Racine. (Avec Ventura, Dufrêne.) 8 avril.
Mai-juin. Opéra italien.
* *Le Masque d'amour*. Daniel Lesueur. (Avec Henry Krauss, Calmettes, Tessandier.) 10 octobre.
Pour la couronne (reprise). Coppée. (Avec Philippe Garnier, Darmont, Tessandier.) 4 novembre 1905.

1906

* *Le Frisson de l'Aigle*. Paul Gavault. (Avec Henry Krauss, Maury.) 26 janvier.
* *L'Aiglon*. (Avec Blanche Dufrêne.) 20 avril.
* *La Dame aux camélias*. (Avec B. Dufrêne.) 16 octobre.
La Vierge d'Avila (Sœur Thérèse). Catulle Mendès. 10 novembre.

1907

Les Bouffons (Jacasse). Zamacoïs. 25 janvier.
Adrienne Lecouvreur. Sarah Bernhardt. 3 avril.
Représentations de min Olga Nethersole, en juin.
Le Vert galant (la reine Margot). Émile Moreau. Un acte. 12 juin.
* *La Maîtresse de piano*. André Barde (d'après le roman de Duquesnel). (Avec Gabrielle Dorziat.) 5 octobre.
Le Réveil (Thérèze de Mégée). Paul Hervieu. Au Théâtre-Français de Londres, 25 octobre.
La Sorcière (reprise). Sardou. 21 novembre.
La Belle au Bois dormant (le poète-prince Landry). J. Richepin et Henri Cain. 25 décembre.

1908

La Dame aux camélias (reprise). 16 février.
L'Aiglon. En mars.
La Courtisane de Corinthe (Cléonice). Paul Bulhain et Michel Carré. 8 avril.
* *Le Chemineau* (reprise). J. Richepin. 18 mai.
* *L'Or. René Péter et Danceny*. (Avec Ventura, Worms.) 18 octobre.

Le Passé (Dominique Brienne). Porto-Riche. En tournée.
* *Les Révoltés*. Henri Cain et Adénis. (Avec Henry Krauss, Decœur). 20 novembre.

1909

* *La Fille des Rabenstein*. Wildenbruch, trad. Rémon. (Avec Mme Ventura.) 26 janvier.
L'Aiglon. 20 février.
La Samaritaine. 15 avril.
La Dame aux camélias. 23 avril.
La Tosca. 8 mai.
Fédora. 19 mai.
Phèdre.
* *La Sorcière*. (Avec Blanche Dufrêne.) 4 juin.
* *La Révolution française*. A. Bernède. 18 septembre.
Le Procès de Jeanne d'Arc. Émile Moreau. 25 novembre.

1910

La Beffa (Gianetto Malespine). 2 mars.
Les Bouffons (Jacasse). 20 avril.
* *Le Bois sacré*. E. Rostand. Même date.
* *Vidocq*. Bergerat. 15 mai.
* *La Vie de Bohème*, reprise. Barrière et Murger. 11 juin.
* *La Conquête d'Athènes*. Albert du Bois. (Avec de Max et M. L. Derval.) 10 octobre.
* *L'Homme mystérieux*. De Lorde. 3 novembre.
* *Les Noces de Panurge*. E. Adenis. (Avec Galipaux.) 20 décembre.
La Femme X... (Jacqueline Fleuriot). A. Bisson.
Judas. John de Kay. Globe Théâtre. New York, 29 décembre.

1911

* *La Dame de Montsoreau*. A. Dumas père. (De Max joue Chicot et Marie-Louise Derval, Diane.) 15 mars.
Reprise 1er septembre.

Sœur Béatrice. Maeterlinck. Chicago, avril.
* *Le Typhon*. Melchior Lengyel. (Avec de Max.) 10 octobre.
Lucrèce Borgia. Victor Hugo. 23 novembre.

Matinées classiques

Phèdre. Racine. 7 décembre.
Tartuffe (Dorine). Molière. 14 décembre.

1912

Andromaque (Andromaque). Racine. (Avec Ventura et Lou Tellegen.) 18 janvier.
L'Aiglon. Du 15 février au 21 mars.
La Dame aux Camélias.
La Samaritaine.
La Reine Élisabeth. Émile Moreau. 11 avril.
Lorenzaccio. Musset. 21 mai.
* *Napoléon*. Maynet et Didier. 1er juin.
Une nuit de Noël sous la Terreur (Marion). Maurice Bernhardt et Henri Cain. Au Coliseum. Londres, 21 octobre.
Jubilé de Sarah Bernhardt, 23 octobre.
* *La Maison de Temperley*. Guggenheim. 6 novembre.
Départ pour les États-Unis. 23 novembre.
* *Kismet*. Knoblauch. Trad. par Jules Lemaître. (Avec Lucien Guitry.) 18 décembre.

1913

* *Servir*. Henri Lavedan (avec Lucien Guitry) et *La Chienne du Roi*. Lavedan (avec Jane Harding). 8 février.
* *Le Bossu*. Paul Féval. (Avec Romuald Joubé.) Avril et novembre.
* *La Vivante Image*. J.J. Renaud. 28 octobre.
Jeanne Doré. Tristan Bernard. (Rentrée de Sarah Bernhardt.) 16 décembre.

1914

Phèdre. 5 mars.
La Dame aux camélias. 15 mars.
Tout à coup (marquise de Chalonne). Cassagnac. 16 avril.
La Mort de Cléopâtre. Maurice Bernhardt et Henri Cain. Un acte. 10 mai.

Reprises de :
L'Aiglon et de *La Jeunesse des Mousquetaires*. Dumas.

Années 1915 à 1920

Pendant cette période de cinq années, Sarah Bernhardt ne paraît pas à son théâtre, sauf pour le poème des *Cathédrales*. Elle joue en Angleterre et en Amérique des scènes de son répertoire. Portia dans *Le Marchand de Venise*, et des pièces inspirées par la guerre : *Hécube ; Du théâtre au champ d'honneur ; Arrière les Huns ; L'Une d'elles ; Vitrail*.
La Vierge de Lutèce. A. Villeroy. (Avec Blanche Dufrêne et Joubé.) 15 juin 1915. Reprise 27 août.
L'Impromptu du paquetage. Maurice Donnay. (Avec Jeanne Granier.) 6 novembre 1915.
Les Cathédrales. Poème dramatique d'Eugène Morand, dit par Sarah Bernhardt et Marie Marquet. Même date.
Le Chemineau (reprise). J. Richepin. (Avec Moréno, Daragon.) 7 février 1916.
La Tour de Nesle (reprise). Dumas père. (Avec Marie Marquet.) 15 mars 1916.
Les Nouveaux Riches. Albadie et de Cesse. (Avec Tarride et Cheiret.) Mars 1917.
Vautrin. Guiraud. Octobre 1917.
L'Aiglon. (Avec Simone Signoret, Calmettes.) 20 novembre 1918.
La Jeune Fille aux joues roses. François Porché. (Avec Simone, Yonnel, Raimu.) 12 mars 1919.

Napoléonette. 29 mai 1919.
La Maison cernée. Frondaie. (Avec Michelle, Yonnel, Gauthier.) 10 novembre 1919.

1920

* *Les Nouveaux Riches* (reprise). (Avec Tarride, Mme Moréno.)
Athalie. Racine. (Rentrée de Sarah Bernhardt, avec Mme Moréno.) 1er avril.
* *L'Étrange Aventure de M. Martin Pecquet*. Pierre Chaîne et Dupuy-Mazuel. (Avec Tarride et Mme Moréno.) 29 mai.
* *Faire fortune*. (Avec Grétillat.) En octobre.
Daniel. Louis Verneuil. (Avec Sarah Bernhardt, Arquillière, Yonnel, Marcelle Géniat.) 6 novembre.

1921

* *Les Grognards*. G. Lenôtre et Henri Cain. (Avec Augustine, Leriche, Decœur, Chameroy.) 12 janvier.
Vitrail. René Fauchois. (Sarah y joue le rôle de Douce Violaine.) À l'Alhambra, 14 janvier.
* *La Prise de Berg-op-Zoom* (reprise) ; Sacha Guitry. Mars.
* *Les Deux Gosses*. Decourcelle. 21 mai et septembre.
La Gloire. Maurice Rostand. (Avec Sarah Bernhardt, Grétillat, Yonnel.) 18 octobre.
L'Aiglon. (Avec Véra Sergine.) 16 décembre.
* *Les Aigles dans la tempête*. Albert du Bois. (Avec Véra Sergine, Grétillat, Yonnel.) 15 mars.
La Mort de Molière. Maurice Rostand. (Sarah Bernhardt incarne *La Douleur*, avec Grétillat, Molière.) 13 avril.
Régine Armand. Verneuil. 20 avril.
* *La Dame aux camélias*. (Avec Simone Frévalles, Jean Worms.) 1er septembre.
La Gloire (reprise). 25 octobre.
* *Pasteur* (reprise). Sacha Guitry. (Avec Lucien Guitry.) 1er décembre.
* *Paul et Virginie*. Népoty. (Avec Maupré, G. de France, Decœur, M. Guitry.) 22 décembre.

BIOGRAPHIE

1 – Chambre de l'enfance

La naissance de la petite Idole

1844 Cette date « officielle » a été mise en doute (on a évoqué 1841) ainsi que le lieu. La date la plus probable semble être 1843, non à Paris mais au Havre. Les incertitudes (également pour ses deux sœurs Jeanne et Régina) sont dues aux destructions partielles des archives, à Paris pendant la Commune, au Havre durant la Deuxième Guerre mondiale.

1847 Sarah est mise en nourrice dans une ferme près de Quimperlé. Mort de l'actrice Mlle Mars (1779-1847), créatrice d'*Hernani*.

1849 Mort de l'actrice Marie Dorval (1798-1849), maîtresse d'Alfred de Vigny, elle le quitta pour Alexandre Dumas et créa Antony.

1851 Sarah est placée à la pension Fressard à Paris (Auteuil).

1852 Napoléon Bonaparte est empereur des Français. Son frère utérin, le duc de Morny, est Président du corps législatif.

1853 Sarah est pensionnaire au couvent de Grandchamps à Versailles.
Baptême de Sarah.

1856 Première communion de Sarah à Grandchamps en juin.

1857 Mort mystérieuse de son père à Pise. Ce père est-il le bon ? Il n'est pas impossible que la mère de Sarah ait fait croire à l'un ou l'autre de ses amants qu'il était « le vrai » père. À cause des cheveux crépus et rebelles de Sarah, Alexandre Dumas pourrait être le bon, d'autant plus que si on admet la naissance au Havre, Dumas et la mère de Sarah séjournaient à l'hôtel Frascati, alors haut lieu, avant Deauville, de distractions mondaines et demi-mondaines.

1858 Mort de Rachel (1820-1858). Elle fut la première tragédienne de grand renom à jouer en Amérique en 1855.

1859 Sarah revient chez sa mère à Paris au 265 de la rue Saint-Honoré.
Un « conseil de famille » décide de l'avenir de Sarah. C'est le duc de Morny, présent, qui suggérera fermement le théâtre.

2 – Chambre de l'oiseau

Une jeune débutante

1860 Sarah entre au conservatoire grâce à la recommandation du duc de Morny.

1862 Sarah obtient en juillet un 2e prix de tragédie et un 2e prix de comédie. Elle entre à la Comédie-Française également grâce au soutien du duc de Morny. En août, *Iphigénie* de Racine, débuts dans le rôle titre, accueil plutôt froid.

1863 Le 15 janvier, après l'hommage à Molière, incident avec Mlle Nathalie. Refusant de s'excuser, Sarah démissionne du Français.
Elle s'installe rue de Rome avec sa sœur Régina. Elle joue de petits rôles au Gymnase.

3 – Chambre du baiser
L'enfant Maurice

1863 Idylle avec le prince Henri de Ligne, voyage à Bruxelles.

1864 Fugue-voyage en Espagne, sans doute en compagnie du prince de Ligne. Sarah de retour à Paris s'installe 5, rue Duphot, toujours avec Régina. Le 22 décembre, naissance de Maurice Bernhardt à Paris.

1865 Mort du duc de Morny. Sarah est engagée comme doublure au théâtre de la Porte Saint-Martin qu'elle dirigera plus tard.

4 – Chambre de la Reine
Le petit diadème de l'Odéon

1866 Début août, Sarah est engagée au théâtre de l'Odéon. Le 15, elle joue Aricie dans *Phèdre* de Racine pour une soirée de gala en l'honneur de Napoléon III. En septembre, débuts officiels dans le rôle d'Armande des *Femmes savantes* de Molière.

1867 Joue Mariette dans *François le Champi* d'après George Sand. Mort de l'actrice Mlle George (1787-1867).

1868 En février, Sarah joue Anna Damby dans *Kean* d'Alexandre Dumas.
Elle s'installe 6, rue Auber à Paris. Débuts de sa sœur Jeanne au théâtre de la Gaieté. Naissance d'Edmond Rostand et de Paul Claudel.

1869 Sarah obtient son premier grand succès dans le rôle de Zanetto du *Passant* de François Coppée, jeune poète de vingt-six ans, dont c'est la première pièce jouée. Cette pièce prévue pour une seule représentation le 14 janvier aura une carrière inespérée.

L'appartement de Sarah, rue Auber, est détruit par un incendie.

1870 Guerre franco-prussienne. Dès le début du siège de Paris et la fermeture des théâtres, Sarah crée une ambulance à l'Odéon pour soigner les blessés. Avant le siège, elle avait confié son fils à sa mère pour qu'ils se réfugient en province.
Mort d'Alexandre Dumas père.

1871 Juste avant la Commune, apprenant que sa mère est partie pour Hambourg avec Maurice, Sarah quitte Paris pour les retrouver.
En fin d'année, réouverture de l'Odéon, Sarah rencontre Victor Hugo.

1872 Première de *Ruy Blas* le 26 janvier. Triomphe de Sarah dans le rôle de la reine d'Espagne.

5 – Chambre rouge
Le sang de Phèdre

1872 À la suite du succès de *Ruy Blas*, Sarah est engagée pour la deuxième fois à la Comédie-Française le 1er octobre. Le 6 novembre, débuts, rôle de Gabrielle dans *Mademoiselle de Belle-Isle* d'Alexandre Dumas père.

1873 Sarah, le 22 août, joue Andromaque de Racine, le 17 septembre, elle est Aricie dans *Phèdre*.
Chez Sarah, le 16 décembre, mort de sa jeune sœur Régina. Voyage en Bretagne avec Gustave Doré.

1874 Sarah loue un atelier d'artiste 11, boulevard de Clichy à Paris. Elle joue *Le Sphinx* d'Octave Feuillet avec Sophie Croizette, *Zaïre* de Voltaire avec Mounet-Sully.
Elle expose ses premières sculptures au Salon.

1875 Sarah s'installe dans un hôtel particulier, avenue de Villiers, à Paris. En février, elle devient sociétaire de la Comédie-Française, elle a trente-deux ans. Elle crée *La Fille de Roland* de Henri de Bonnier.

1876 Elle joue *L'Étrangère* de Dumas fils (il a vingt ans de plus qu'elle). Elle obtient une mention honorable au Salon pour *Après la tempête* et fait la connaissance de Louise Abbéma et de Georges Clairin, tous deux peintres.
Mort à Paris de Julie, la mère de Sarah.
Le 27 septembre, elle joue *Rome vaincue* d'Alexandre Parodi.

1877 Le 21 novembre, reprise d'*Hernani* avec Mounet-Sully.

1878 Ascension en ballon avec Clairin, nouveau scandale à la Comédie-Française. Sarah publie « Impressions d'une chaise » illustré par Clairin. Elle joue dans *Othello* de Shakespeare et dans *Amphitryon* de Molière. Elle reçoit la visite de l'imprésario Edward Jarrett qui lui propose d'organiser des tournées à l'étranger.

1879 Sarah fait la connaissance de Pierre Loti, jeune officier de marine âgé de vingt-huit ans.
En juin, à Londres, avec la troupe du Français, elle joue *Mithridate* et *Phèdre* de Racine, *Ruy Blas* de Victor Hugo et *L'Étrangère* de Dumas fils. Elle expose ses sculptures dans une galerie londonnienne sans doute à l'initiative de Jarrett.

6 – Chambre de la folie
Mariage avec Jacques Damala

1880 Le 17 avril, avec quelques réticences car le rôle qu'on lui a attribué ne lui convient pas, elle joue *L'Aventurière* de Dumas fils. Au lendemain de la première, après l'échec de la pièce, elle donne sa démission de la Comédie-Française.

En mai, elle part en tournée : Copenhague, Bruxelles, Londres, puis en France mais en province.
Le 15 octobre, départ pour son premier voyage et sa première tournée aux États-Unis.

1881 En mai, retour. Attendue triomphalement au Havre, elle joue au profit des marins sauveteurs *La Dame aux camélias* de Dumas fils.
À Paris, elle rencontre Aristide Damala, elle l'auditionne dans Hippolyte de *Phèdre*. Il est âgé de vingt-cinq ans. Coup de foudre.
Sarah loue le théâtre de l'Ambigu.
Elle retrouve Damala à Saint-Pétersbourg où elle joue *La Dame aux camélias*. Elle l'intègre dans la troupe non sans remous. Il prend le nom de Jacques Damala.

1882 Tournée en Italie, Grèce, Hongrie, Autriche, Suède.
Le 14 avril, à Londres, elle épouse Damala. Le 26 mai, à Paris, elle joue *La Dame aux camélias* avec Damala dans le rôle d'Armand Duval.
Début décembre, elle joue *Mères ennemies* de Catulle Mendès, le 12 décembre crée *Fédora* de Victorien Sardou. Elle est cependant obligée de vendre ses bijoux pour rembourser le déficit de l'Ambigu.

7 – Chambre du meurtre
La Tosca

1883 Tournée en Scandinavie et en Angleterre avec *Fédora*.
Sarah loue le théâtre de la Porte Saint-Martin et y présente *La Dame aux camélias* et *Froufrou*.
Relations tumultueuses avec Damala qui la trompe avec de jeunes comédiennes et qui continue sa morphinomanie.

Liaison avec Jean Richepin, rendu célèbre par son recueil poétique *La Chanson des gueux*.
Le 20 décembre, création de *Nana-Sahib* de Jean Richepin.
Ce même mois, parution du pamphlet *Sarah Barnum* de Marie Colombier qui était dans la troupe lors de la première tournée aux États-Unis (1880-1881).
Le 18 décembre, Jean Richepin et Maurice Bernhardt saccagent l'appartement de Marie Colombier.

1884 Triomphe au théâtre de la Porte Saint-Martin avec *La Dame aux camélias*.
Sarah passe l'été près du Havre à Sainte-Adresse au château de la Solitude. En septembre, elle confie la direction du théâtre à Félix Duquesnel.
Sarah présente une adaptation de *Macbeth* par Jean Richepin, échec.
À Ravenne, elle fait connaissance de La Duse alors âgée de vingt-six ans. La Duse avait vu jouer Sarah à Turin deux ans auparavant et avait été subjuguée par son jeu.
Le 26 décembre, à Paris, nouveau triomphe avec la création de *Théodora* de Sardou.

1885 Tournée d'été à Bruxelles, Genève et province française avec *Théodora*.
En automne, elle présente *Marion Delorme* en hommage à Victor Hugo qui vient de mourir.

1886 Elle vend son hôtel de l'avenue de Villiers et s'installe dans un autre hôtel particulier 56, boulevard Pereire.
En février, elle joue Ophélie dans *Hamlet* avec Philippe Garnier dans le rôle titre, échec.
Pour renflouer les finances du théâtre, elle reprend *Fédora* de Sardou.
À partir d'avril, tournée de quatorze mois en Amérique du Nord (deuxième voyage) et en Amérique du Sud.

1887 En été, retour à Paris. Malgré de nombreuses sollicitations elle refuse de revenir à la Comédie-Française.
Le 24 novembre, elle triomphe dans *La Tosca* de Victorien Sardou.
Son fils Maurice épouse le 29 décembre Terka Jablonowska.

1888 Sarah reprend *La Tosca* à Paris et à Londres. Elle joue en tournée *L'Aveu*, pièce en un acte dont elle est l'auteur.
Tournée en Europe, plus l'Égypte et la Turquie.

1889 Troisième tournée aux États-Unis.
Le 18 août, Jacques Damala, épuisé par la drogue, meurt à Paris.
Naissance de Simone, la petite-fille de Sarah.

1890 Le 3 janvier, première de la *Jeanne d'Arc* de Jules Barbier, succès.
Le 5 avril, Sarah lit *La Passion* d'Haraucourt au Cirque d'hiver. Elle reprend *Théodora* et le 21 octobre crée *Cléopâtre* de Sardou.

8 – Chambre de la renommée
« La missionnaire de l'art français »

1891 De janvier 1891 à septembre 1893, grande tournée mondiale : Europe, Amérique du Nord, îles Sandwich, Honolulu, Australie, Nouvelle-Zélande.

1893 Dès son retour à Paris, elle cède le bail de la Porte Saint-Martin et prend en location le théâtre de la Renaissance qui lui est mitoyen.
Tournée à Bucarest, Vienne, Istanbul, Athènes.
Inauguration de la Renaissance le 6 novembre avec *Les Rois* de Jules Lemaître.
Elle joue *Phèdre* avec Lucien Guitry.

1894 Le 31 octobre, création de *Gismonda* de Sardou, nouveau triomphe.

1895 Le 6 février, donne *Amphitryon* de Molière avec les frères Coquelin et Lucien Guitry, Sarah joue Alcmène.
Connaît un échec avec le rôle de Magda dans *Hemat* de Suderman.
Le 5 avril, crée *La Princesse lointaine*, première pièce d'Edmond Rostand alors âgé de vingt-sept ans, c'est un échec.
De juin à décembre, tournée européenne.

1896 De janvier à juillet, troisième tournée aux États-Unis.
Août, première vacances chez elle à Belle-Isle, puis Londres.
Le 2 décembre, elle crée en jouant le rôle titre *Lorenzaccio* d'Afred de Musset, pièce réputée injouable : elle adapte le texte avec la collaboration de Bernard d'Artois. Grand succès.
Le 6 décembre à Paris : journée Sarah Bernhardt.

1897 Présente *Spiritisme* de Sardou dont l'échec l'oblige à reprendre presque immédiatement *La Tosca*.
Le 14 avril, première de *La Samaritaine*, deuxième pièce d'Edmond Rostand, présentée en matinée, la pièce n'obtient qu'un accueil froid.
En mai, La Duse donne des représentations exceptionnelles dans le théâtre de Sarah.
Sarah crée *La Ville morte*, pièce écrite pour elle directement en français par Gabriele d'Annunzio, échec.
Octobre : tournée en Belgique.
En novembre, elle reprend *La Dame aux camélias* pour renflouer les finances du théâtre.
En décembre, elle crée *Les Mauvais Bergers* d'Octave Mirbeau.

1898 Le 13 février, Sarah est opérée, sans doute d'un kyste ovarien.
Le 20 avril, elle joue *Lysiane*, première pièce de Romain Coolus.

Le 28 octobre, elle crée *Médée* de Catulle Mendès.
Elle termine sa direction du théâtre de la Renaissance avec *La Dame aux camélias* du 18 novembre au 11 décembre.

9 – La Grande Chambre
Le Théâtre Sarah Bernhardt

1899 À partir du 1er janvier, elle prend la direction du Théâtre des Nations, place du Châtelet, qui devient le théâtre Sarah-Bernhardt. Elle ouvre le 21 janvier avec *La Tosca.*
Le 20 mai, elle joue le rôle titre de *La Tragique Histoire d'Hamlet, prince de Danemark*, adapté de Shakespeare par Marcel Schwob et Eugène Morand.
Le 29 juin, elle joue ce même *Hamlet* à Strafford en Angleterre.
Tournée en Europe pendant la rénovation complète du théâtre. Elle visite Schönbrunn et voyage en Autriche avec Edmond Rostand qui veut écrire *L'Aiglon* pour elle et qui vient de connaître avec *Cyrano* (1898) l'un des plus grands succès du théâtre en France.
Elle rouvre son théâtre le 16 décembre avec *Hamlet.*

1900 Première de *L'Aiglon* au théâtre Sarah-Bernhardt, triomphe public malgré un accueil réservé de la critique.
En juillet, mort de sa sœur, Jeanne, chez elle.
Quatrième tournée aux États-Unis.
Après l'incendie de la Comédie-Française, la troupe de Molière s'installe en novembre et décembre dans le théâtre de Sarah.

1901 De janvier à avril, cinquième tournée aux États-Unis puis à Londres avec *Cyrano* et *L'Aiglon*, cette fois Coquelin créateur de Cyrano joue le rôle de Flambeau qui avait été créé par Lucien Guitry.

À partir de septembre, elle reprend à Paris *La Dame aux camélias* et *L'Aiglon*.

1902 De janvier à avril : quatre pièces en alternance, *Théodora, Phèdre, Magda, La Samaritaine*. En mai, elle joue *Sapho* d'Alphonse Daudet à Londres.
Le 23 décembre, elle crée à Paris *Théroigne de Méricourt* de Paul Hervieu.

1903 À partir du 7 février, dans les matinées classiques qu'elle donne dans son théâtre elle joue alternativement dans *Andromaque* les rôles d'Andromaque et d'Hermione.
En novembre, elle reprend *La Dame aux camélias*.
Le 15 décembre, elle crée *La Sorcière* de Sardou.

1904 Le 23 avril, elle crée *Varennes* de Henri Lavedan et G. Lenôtre.
Le 15 juin, elle joue *La Sorcière* à Londres.
L'été, à Belle-Isle, elle écrit *Adrienne Lecouvreur*.
Début octobre, elle reprend *L'Aiglon*. Puis elle présente la première pièce de son fils Maurice Bernhardt *Par le fer et par le feu*.

1905 Le 7 février, elle joue pour la première fois *Angélo tyran de Padoue* de Victor Hugo.
En avril, elle donne en matinées classiques huit représentations d'*Esther* de Racine dans l'esprit de l'école de Saint-Cyr.
En avril, tournée à Londres, elle joue *Sapho* de Daudet et *Pelléas et Mélisande* de Maurice Maeterlinck.
À partir de juin, grande tournée aux États-Unis et en Amérique du Sud où elle fait une grave chute sur le genou.

1906 Retour en France. Tournée à Londres. Été à Belle-Isle.
Le 10 novembre, fait sa rentrée à Paris après un an et demi d'absence dans *La Vierge d'Avila*, nouvelle pièce de Catulle Mendès.

1907 Publie ses mémoires *Ma double vie* dans lesquels elle élude totalement sa vie privée.

Le 25 janvier, elle crée *Les Bouffons* de Miguel Zamacoïs, jeune poète de vingt-six ans, elle tient le rôle du bouffon Jacasse.
Le 3 avril, elle donne une unique représentation de sa pièce *Adrienne Lecouvreur*.
Sarah est nommée professeur au Conservatoire.
Le 11 juin, à Paris, deuxième journée Sarah Bernhardt.
En décembre, elle joue *La Belle au bois dormant* de Jean Richepin et Henri Cain, elle tient le rôle du Prince charmant et poète.

1908 Sarah joue le rôle de Cléonice dans *La Courtisane de Corinthe* de Michel Carré et Paul Bilhaud.
En mai, tournée à Londres.
Mort de Victorien Sardou et de François Coppée.

1909 Sarah a donné sa démission du Conservatoire, ne pouvant pas assumer à la fois ses cours et sa carrière théâtrale.
Elle joue le rôle du poète dans la *Nuit de mai* d'Alfred de Musset, et des fragments du *Cyrano* de Rostand (Roxane).
En juin, elle agrandit son domaine de Belle-Isle en achetant le manoir de Penhoët qui sera détruit en 1944.
Sarah joue *Jeanne d'Arc* d'Émile Moreau, succès.
Mort de Coquelin.

1910 Elle joue le rôle de Gianetto Malespini dans *La Beffa* de Sem Bellini et Jean Richepin, puis celui de Jacqueline dans *La Femme X* d'Alexandre Bisson.

1911 Tournée aux États-Unis. Outre son répertoire habituel elle joue *Judas* de John Kay et *Sœur Béatrice* de Maeterlinck.
Le 23 novembre, à Paris, elle joue *Lucrèce Borgia* de Victor Hugo.

1912 Elle joue *La Reine Élisabeth* d'Émile Moreau puis le rôle de Marion dans *Une nuit de Noël sous la Terreur* de son fils Maurice et Julien Cain.
Le 23 octobre, jubilé Sarah Bernhardt.

1913 Tournée aux États-Unis.
En décembre, elle crée, rôle titre, *Jeanne Doré*, drame de Tristan Bernhardt, avec lequel elle n'a aucun lien de parenté.

1914 Le 19 janvier, Sarah Bernhardt est faite chevalier de la Légion d'honneur, le 27 janvier, hommage des artistes à l'actrice.
Le 28 juin : attentat de Sarajevo.
Sarah passe l'été à Belle-Isle. Elle souffre de plus en plus de son genou droit.

10 – Chambre d'hôpital
Jours tragiques

1915 Le 22 février, Sarah est amputée de la jambe droite par le Dr Denucé à la clinique Saint-Augustin à Bordeaux. Elle va en convalescence à Andernos.
Le 1er avril : réouverture du théâtre Sarah-Bernhardt.
Jusqu'en 1920, Sarah ne paraîtra pas sur la scène de son théâtre sauf pour le poème « Les Cathédrales » d'Eugène Morand en compagnie de Mary Marquet.

1916 Sarah tourne un film *Mères françaises*. Au printemps, elle participe au théâtre aux armées, elle récite *Le Vol de la Marseillaise* d'Edmond Rostand.
En septembre, tournée aux États-Unis, Sarah recueille des fonds pour les soldats en interprétant des pièces inspirées par la guerre : *Hécube, Du théâtre au champ d'honneur, Arrière les Huns, L'Une d'Elles, Vitrail*, ainsi que le rôle de Portia dans *Le Marchand de Venise*.
Mort de Mounet-Sully.

1917 Dernière tournée aux États-Unis.
Sarah rentre en France fin novembre après l'armistice.

1918 Mort d'Edmond Rostand.

Le théâtre Sarah-Bernhardt continue son activité mais elle n'y paraît pas en tant qu'actrice.

1919 Elle joue *Vitrail* à l'Alhambra et *Athalie* en matinées classiques.
Été à Belle-Isle.
Le 2 septembre, mort de Georges Clairin.

1920 Le 10 mars, mariage de sa petite-fille Lysiane avec l'auteur dramatique Louis Verneuil.
Elle joue *Athalie* et en novembre elle crée *Daniel* de Louis Verneuil avec Jean Yonnel et Marcelle Géniat.

11 – Chambre d'éternité
La gloire et le mythe

1921 Sarah est nommée officier de la Légion d'honneur.
Tournée à Londres, Barcelone, Madrid. Elle passe l'été à Belle-Isle et en octobre crée *La Gloire* de Maurice Rostand, fils d'Edmond.
Elle passe Noël à Bruxelles avec *Athalie, La Gloire* et *Daniel.*

1922 Dernière création de Sarah, *Régine Armand* de Louis Verneuil.
Dernier séjour à Belle-Isle.
Octobre-novembre, tournée dans le Midi et en Italie.

1923 En répétant *Un sujet de roman* de Sacha Guitry, elle tombe gravement malade, crise d'urémie. À peine remise, elle commence à tourner, le 15 mars, *La Voyante*, un film de Leon Abrams.
Le 20 mars, une nouvelle crise d'urémie interrompt définitivement le tournage.
Le 26 mars, à 20 h 10, Sarah Bernhardt meurt à Paris dans son hôtel du boulevard Pereire.
Le 29 mars, funérailles de Sarah Bernhardt : une foule considérable accompagne le cortège jusqu'au cimetière du Père-Lachaise en passant devant le théâtre de Sarah place du Châtelet.

BIBLIOGRAPHIE

BARING (Maurice), *Sarah Bernhardt*, Librairie Stock, éd. Delamain et Boutelleau, novembre 1933.

BAUDELAIRE (Charles), *Les Fleurs du mal*, Gallimard, juin 1999.

BERNHARDT (Sarah), *Petite Idole*, Éd. Nelson, 1920.

—, *Ma double vie, mémoires de Sarah Bernhardt*, Éd. des femmes (éd. féministe de Claudine Hermann), 1980.

—, *L'Art du théâtre, souvenirs de scène de Sarah Bernhardt*, Éd. Sauret, « Pages perdues et retrouvées », 1993.

BRON (Ludovic), *Sarah Bernhardt*, Éd. La Pensée française, 1925.

CHATEAUBRIAND (René de), *Napoléon* (Livres XIV à XIX des *Mémoires d'outre-tombe*), La Table Ronde, 1998.

COCTEAU (Jean), *Portraits souvenir*, Grasset, Les Cahiers rouges, 1re éd. octobre 1984.

COLOMBIER (Marie), *Sarah Barnum*, Paris, chez tous les libraires, 1883.

COPPÉE (François), *Choix de poésies*, Librairie Alphonse Lemerre, 1929.

—, *Souvenirs d'un Parisien*, Les Introuvables, 1993.

DUMAS (Alexandre), *Le Comte de Monte-Cristo* (1), Le Livre de Poche, 1995.

DUMAS fils (Alexandre), *La Dame aux camélias*, GF. Flammarion, 1981.

DUPONT-NIVET (Jean), *Sarah Bernhardt, reine de théâtre et souveraine de Belle-Île-en-Mer*, Éd. Ouest-France, juillet 1996.

FORGENCY (Vladimir), *Sarah Bernhardt, scandaleuse*, Éd. Jafo, 1993.

GOLD (Arthur), FIZDALE (Robert), *Sarah Bernhardt*, Gallimard, 1994.

GONCOURT (Edmond de), *La Faustin*, Éd. Babel, 1913, 1995.

HUGO (Victor), *Théâtre complet*, II, Bibliothèque de la Pléiade, 1964.

JAMES (Henry), *Esquisses parisiennes (Chroniques)*, Éd. de la Différence, juillet 1988.

—, *La Muse tragique*, P. Belfond, 1992.

JONES (Ernest), *La Vie et l'œuvre de Sigmund Freud, I. La jeunesse (1856-1900)*, PUF, Bibliothèque de psychanalyse, mai 1982.

JULLIAN (Philippe), *Sarah Bernhardt*, Balland, 1977.

KAUFFMANN (Jean-Paul), *A Voyage to St Helena*, Four Walls Eight Windows, La Table Ronde, 1997.

—, *The Dark Room at Longwood*, Harwill, 1999.

LA FONTAINE (Jean de), *Fables*, « Les deux pigeons », Bibliothèque de la Pléiade, Gallimard, 1964.

LO DUCA, *Journal secret de Napoléon Bonaparte*, Phébus, février 1997.

MARGERIE (Caroline de), *Edmond Rostand ou le baiser de la gloire*, Grasset, novembre 1997.

MONTHOLON (général), *Les Souffrances de Napoléon*, Éd. Nelson.

MUSSET (Alfred de), *Théâtre* I. *Les Marrons du feu. La Coupe et les lèvres. À quoi rêvent les jeunes filles ? La Nuit vénitienne. André del Sarto. Les Caprices de Marianne. Fantasio. On ne badine pas avec l'amour. Lorenzaccio.*

PRONIER (Ernest), *Sarah Bernhardt, une vie au théâtre* (coll.), Éd. Alex Jullien, Genève, sd.

QUEIROS (José Maria Eça), *Lettres de Paris 1893-1897 (Cartas de Paris)*, Éd. Métailié & Banco Pinto & Sotto Mayor, 1997.

Revue *Europe*, « Le théâtre en France », avril-mai 1962.

RICHEPIN (Jean), *Rana-Sahib*, Éd. Maurice Dreyfous.

ROSTAND (Edmond), *La Princesse lointaine*, Librairie Charpentier et Fasquelle, 1924.

—, *L'Aiglon*, Gallimard, avril 1994, 1re éd. dans la coll. septembre 1986.

ROSTAND (Maurice), *Sarah Bernhardt*, Éd. Calmann-Lévy, coll. « Masques et visages », décembre 1950.

SAGAN (Françoise), *Sarah Bernhardt, le rire incassable*, Robert Laffont, coll. « Elle était une fois », 1987.

SCHOPP (Claude), *Alexandre Dumas, le génie de la vie*, Fayard, mai 1997.

SÉGUR (comte Philippe de), *Un aide de camp de Napoléon de 1800 à 1812*, Éd. Nelson.

SIMON-BACCHI (Catherine), *Sarah Bernhardt, mythe et réalité*, Éd. C. Simon-Bacchi, 1984.

SKINNER (Cornelia Otis), *Madame Sarah Bernhardt*, Fayard, 1966 et 1968.

SPIVAKOFF (Pierre), *Sarah Bernhardt vue par les Nadar*, Herscher, 1997.

TOUSSAINT DU WAST (Nicole), *Rachel, amours et tragédie*, Stock, coll. « Femmes dans leur temps », 1980.

WILDE (Oscar), *Salomé, dessins d'Alastair*, Éd. G. Crès et Cie, décembre 1922.

ZAMACOÏS (Miguel), *Les Bouffons*, Paris, Librairie théâtrale (1907), Flammarion, 1943.

—, *Pinceaux et stylos*, Librairie Arthème Fayard, septembre 1948.

Table des annexes

Mes remerciements à :

Pierre Cardin et Jean-Marie Tasset, Pierre Spivakoff, Séverine Mabille, Miguel Cisterna.

Je tiens également à dire ma reconnaissance pour leur aide à :

Maïté Arroqui, Philippe Bouclet, Claude Chanson, Jean Dupont-Nivet, Noëlle Guibert, Daniel Ladeuil, Aliette Martin, Brigitte Perrault, Anne Pievic, Jacqueline Razgonnkoff, Clarionde Sully, Frederik Sully.

DU MÊME AUTEUR

Une femme, Camille Claudel, Presses de la Renaissance, 1982. Nouvelle édition, Fayard, 1998.
Racine, roman, Fayard, 1997.
Danse !, Fayard, 1999.

Composition réalisée par NORD COMPO

Imprimé en France sur Presse Offset par

BRODARD & TAUPIN

GROUPE CPI

La Flèche (Sarthe).
N° d'imprimeur : 12996– Dépôt légal Édit. 22208-05/2002
LIBRAIRIE GÉNÉRALE FRANÇAISE - 43, quai de Grenelle - 75015 Paris.

ISBN : 2 - 253 - 15293 - 5

31/5293/1